# YLORIOR

## ÉVOLUTION

## II

Onjoy

Copyright © 2020 Marie Faucheux
*Independently published*
N°ISBN : 9781072768357
Dépôt légal : Juillet 2020
*4ème édition : Juin 2020*
*Relecture : Gaëlle Bonnassieux*
*Correction : Les mots futés*
Tous droits réservés
Pour le compte d'Onjoy
102 boulevard Victor Hugo
93400 Saint-Ouen

# PROLOGUE

Je me réveille…

Enfin… Difficile de dire si je me réveille. Je suis dans un lit, certes, mais par-dessus les couvertures. Et en tenue de jour.

Je ne comprends pas.

Je ne comprends rien.

Je suis dans une chambre. Ou plutôt : j'ai *conscience* que je me trouve dans une chambre. Une chambre de petite fille. J'ai conscience de tout un tas d'autres choses.

Sauf du principal :

Qui suis-je ?

J'ai le sentiment que ce n'est pas la première fois que je me pose cette question. Je lutte pour rassembler mes souvenirs, mais… non.
Rien.

Je me focalise alors sur le petit cahier et le stylo que je tiens dans mes mains. Je lis les derniers mots inscrits :

« À toi de jouer, Miny ! »

Miny ? Est-ce qu'il s'agirait de mon prénom ?

J'essaye de réécrire la même chose juste en dessous pour voir s'il s'agit de mon écriture ou non.

A priori, en plus de savoir lire, je sais écrire.

Et oui… Il s'agit bien de mon écriture.

Je ne dois pas être Miny, alors. Pourquoi m'adresserais-je à moi-même ?

J'étudie le début du cahier. Il est noté « Troisième partie : Un destin pas comme les autres ».

Un rapide coup d'œil à la ronde et je découvre deux autres cahiers déposés sur la petite table de chevet.

Je m'empare de ce qui semble être la première partie. Une petite voix en moi me pousse à la lire avec attention pour y trouver toutes les réponses qu'un simple miroir ne m'apporterait jamais. Je ne prends même pas la peine de me lever pour étudier mon reflet pour savoir à quoi je ressemble.

Je me love dans mon lit et entame ma lecture…

« Je vais aller à l'essentiel, Mily.

Elles ont assuré leurs arrières en t'effaçant la mémoire. J'écris ce livre pour rétablir la vérité. Parce que c'est important. Et parce que je ne laisserai pas l'amnésie sévir une deuxième fois chez toi.

Chez moi.

Chez nous.

Effectivement, qui est mieux placée que moi pour rédiger le contenu de notre mémoire. Puisque je suis toi. Ou, plus précisément, je suis la partie de toi qui, pour l'instant, se souvient. (…) »

Impossible de m'arrêter de lire jusqu'à la fin…

Alors voilà. Je sais tout.

Enfin, je crois.

…

Et maintenant ?

PREMIÈRE PARTIE

*Une jeune fille pas comme les autres*

———

*Un mystère*

*Et maintenant…* Par où commencer ?
Par me lever, peut-être.

J'étudie mon reflet dans le premier miroir qui s'impose à ma vue.
Je suis si pâle, si menue. Cela marque un fort contraste avec ma chevelure très noire et épaisse.

— Tu as fini ? me questionne une petite brune dans l'interstice de la porte.

Il doit s'agir de ma mère adoptive, Nathalie Tourel. Je n'ai pas été très généreuse en descriptions dans le récit de ma mémoire. J'ai été à l'essentiel, c'est certain. J'imagine que j'ai dû faire passer en priorité mon histoire plutôt que les détails physiques des centaines de personnes croisées durant ces dernières années.

Je vais donc devoir donner le change en élucidant qui est qui sans que cela ne se remarque.

*La belle affaire...*

— Je veux dire... Tu as fini d'écrire ou je te laisse encore un peu ? reprend Nathalie.

— Non non, c'est bon. J'ai terminé, tout va bien.

D'ailleurs, je devrais sans doute cacher les trois cahiers afin que personne d'autre que moi ne puisse y accéder. Un coffre sous clé ou quelque chose comme ça.

— Si tu as faim, je peux te réchauffer ton déjeuner. Je n'ai pas voulu t'interrompre une fois de plus. Tu semblais si concentrée...

Pas de doute, il s'agit bel et bien de ma mère adoptive. Toujours très soucieuse du contenu de mon estomac comme de mon bien-être.

Je lui fais signe que j'arrive et glisse mes cahiers sous le matelas en attendant.

Quelle étrange sensation de découvrir la maison des Tourel, en sachant que j'y ai vécu des souvenirs dont je ne me souviendrai sans doute jamais.

Je m'oriente à la bonne odeur de gratin pour trouver l'emplacement de la cuisine ainsi que ma mère aux fourneaux.

— Tu es si pâle, ma chérie... Tu n'as fait que t'enfermer dans ta chambre depuis ton retour. Tu es certaine que tout va bien ?

En me mettant à sa place, je ne peux que comprendre son inquiétude. Je lui dois un semblant d'explication.

— Tout ne va pas bien, non. Je passe ma vie à oublier... ma vie. Alors, je me sens obligée de noter tous les détails qui me sont encore accessibles en cet instant. Au cas où je redeviendrais amnésique à nouveau...

— C'est, en effet, ce qu'a deviné ton père. Mais tu ne peux pas non plus passer tout ton temps à noter des choses dans des cahiers. Je préfère te voir profiter de la vie, même si tu l'oublies un jour, que te voir enfermée pour donner une priorité à ta mémoire.

Elle n'a pas tort, mais elle ne dispose pas non plus de tous les éléments me concernant.

— Nous pouvons t'aider, tu sais ! insiste-t-elle. Je peux te raconter tout ce que nous avons vécu ensemble avant ta disparition. J'ai eu six ans pour ressasser tous ces merveilleux souvenirs, alors pourquoi ne pas t'en faire profiter ? Et puis nous pouvons aussi filmer les moments forts passés ici et encourager ton entourage à faire de même.

*Mon entourage…*

Que me reste-t-il de mon entourage, ici, à part mes parents adoptifs ?

— Madame Peyrot serait ravie de te revoir, poursuit-elle comme si elle lisait dans mes pensées. Tu vas vite te faire de nouveaux amis, j'en suis certaine.

Mon scepticisme est tellement perceptible que ma mère enchaîne tout de suite :

— Je te propose que nous commencions par une séance de shopping pour mettre à jour ta garde-robe. Je doute que tes affaires t'aillent encore. On va te trouver des chaussures aussi. Qu'est-ce que tu en dis ?

Moi, j'en dis que plus tôt je retrouve Jules, mieux je me porterai. Certes, j'ai tout oublié le concernant, y compris à quoi il ressemblait. Je ne sais que ce que j'ai lu de mon propre récit. Mais quelque chose en moi me pousse irrémédiablement vers lui.

Peut-être qu'en le retrouvant, je…

Je n'en sais rien. Je suis juste persuadée qu'il est essentiel à ma vie.

— D'accord pour la séance shopping, acquiescé-je par politesse. Mais, est-ce qu'il serait possible de faire un petit détour par Enivelle avant ?

*Au 7 rue de l'Olivier…*

— Enivelle ? m'interroge Nathalie confuse.

8

— Oui. Je pense avoir une piste très sérieuse à suivre pour me souvenir. Au moins je serai fixée.

Nathalie esquisse la grimace de celle qui comprend mais qui n'ose pas me dire que, depuis le jour de la grande tempête, cette ville m'a toujours traumatisée. C'est quelque chose dont j'ai conscience parce que je l'ai lu. Mais comme je n'ai conservé aucun souvenir du vécu, Enivelle ne m'apparaît plus si terrible que cela. Autant en profiter.

— D'accord ! s'exclame ma mère. Alors, nous pourrons aussi nous rendre au centre commercial d'Enivelle juste après. Il y aura toujours plus de choix qu'ici…

Je lui rends son sourire bienveillant et termine le délicieux repas préparé avec amour par ses soins. J'ai une chance extraordinaire d'avoir des parents aussi géniaux, quand j'y pense. Ils ne méritent pas toutes les complications que je leur ai infligées malgré moi.

Je compte néanmoins me rattraper…

Mais pour l'heure, commençons par retrouver mon meilleur ami !

Tout est censé m'être familier. Et pourtant, rien ne l'est. Mes souvenirs se confondent à ce que j'ai imaginé en lisant mes mémoires. Drôle de sensation…

Dans quel état me trouverais-je si je n'avais pas entrepris la démarche de tout rédiger ? J'ose à peine y songer…

Je ne sais plus où donner de la tête… Et le trajet s'avère interminable jusqu'à Enivelle.

— Voilà ma chérie, nous sommes devant le numéro 7, exprime Nathalie en coupant le moteur de la voiture. Tu te souviens de quelqu'un habitant ici ?

— Il n'y a qu'un seul moyen d'en avoir le cœur net, déclaré-je en sortant du véhicule.

La maison concernée est très jolie. Je sens à nouveau mon cœur s'emballer, rien qu'à l'idée que Jules pourrait se trouver à seulement quelques pas de moi.

La boîte aux lettres indique « MARTIN ».

Je suis sur la bonne voie.

Et pourtant, je ne parviens pas à sonner tant je suis stressée. J'ai peur qu'il ne s'agisse pas de mon Jules, et encore plus peur que ce soit bien lui. Je n'ai aucun moyen de le reconnaître sur le plan physique, mais peut-être que lui, si.

Je suis tentée de me résigner à croire en cette histoire d'ami imaginaire. Ce serait pratique, finalement. Mais mon corps, mon âme, mon instinct me poussent à poser mon index sur la sonnette.

Et le portail s'ouvre.

— Bonjour ? C'est à quel sujet ? m'accueille une jeune femme rousse très souriante.

Je me tourne vers Nathalie qui m'incite à poursuivre ma piste sans me soucier d'elle. Elle a sorti de quoi lire, je ne culpabilise pas de la laisser seule dans la voiture.

— Bonjour, je… je m'appelle Mily. Je suis à la recherche d'un certain « Jules Martin ». Est-ce qu'il habiterait ici ?

Le sourire de la dame se transforme en un rictus moqueur. Ce qui me met mal à l'aise. Me prend-elle pour une de ses admiratrices ou quelque chose de ce genre ?

Toujours est-il que ses mots me touchent à nouveau en plein cœur lorsqu'elle répond :

— Il est en train de faire ses devoirs. Vous préférez monter ou je l'appelle ? Il sait que vous êtes là ?

*Jules faire ses devoirs…* D'après ce que j'ai pu lire à son propos… c'est louche. Après, toutes les possibilités sont à prendre en considération. Le fait qu'il donne le change pour pouvoir rester chez sa famille adoptive ou peut-être même qu'il a vraiment évolué depuis notre séparation. Qui sait ? Jules s'est toujours montré si imprévisible…

— Je ne suis pas certaine qu'il se souvienne de moi, avoué-je avec prudence.

Déjà que je ne suis pas non plus certaine qu'il s'agisse bien de lui. Mais je préfère m'en assurer auprès de l'intéressé.

— Ne bougez pas, je l'appelle !

*Je n'ai pas l'intention d'aller ailleurs !* ironisé-je en mon for intérieur.

Une petite tête brune dépasse de la fenêtre au premier étage pour me détailler de la tête aux pieds. Je trouve cela extrêmement frustrant de ne pas pouvoir identifier s'il s'agit de lui ou non. Si c'est le cas, toute trace de cicatrice a disparu avec mes souvenirs.

— Salut ! commence-t-il. On se connaît ?

Que répondre à cela, franchement ?

— Je… Je m'appelle Mily Tourel.

Mon prénom est censé faire tilt chez lui. Ce n'est pas le cas. Quoique… Un regain d'espoir fait surface lorsqu'il s'exclame :

— Monte !

Je ne me fais pas prier.

— Tu viens pour les cours de maths, c'est ça ? lance-t-il en me réceptionnant en haut des escaliers. Je suis désolé, je ne savais pas qu'on avait réservé ce créneau, ça m'est sorti de la tête. Je te pensais plus jeune, aussi.

Je me laisse guider vers sa chambre sans dire un mot. Cette petite tirade n'annonce rien de bon s'il s'imagine que je viens pour prendre des cours de maths. À moins que ce soit lui qui en ait besoin. Jules était censé savoir que j'étais précoce, d'après ce que j'ai pu lire.

C'est en me retrouvant dans sa chambre que la désillusion s'installe. Je n'imaginais pas Jules aussi bien ordonné et studieux. Son bureau est jonché de classeurs et bouquins d'études, alors que nous sommes en plein été.

Mon regard est tout de suite attiré par les quelques peluches sur son lit… Notamment le chien extraterrestre. Je ne me rends pas compte que je suis en train de le prendre dans mes mains, lorsque Jules déclare :

— Je sais que je n'ai plus l'âge pour les peluches, mais j'avoue avoir du mal à me défaire de certaines d'entre elles. C'est plus sentimental qu'autre chose.

Je l'écoute avec attention, tandis qu'une larme s'écoule le long de ma joue gauche. Ce profil que je m'efforce de ne pas montrer à ce jeune garçon qui n'est vraisemblablement pas mon meilleur ami. En effet, les lettres « OVNI » apparaissent sur le collier de la peluche. Celle de mon Jules n'était pas dans le même état.

— Tu as quel âge ? osé-je questionner malgré tout.

— Dix-sept ans, et toi ?

Impossible de répondre. J'éclate en sanglots sans crier gare. Mon hypersensibilité est indomptable, surtout en de pareils moments.

Mon Jules est censé avoir quinze ans. Je donnerais n'importe quoi pour que mon instinct me trompe à son sujet. Mais les faits sont sans appel.

Je ne dispose d'aucune autre piste pour le trouver. Cette triste fatalité me rend inconsolable. Et pourtant, je sens bien que le Jules en question ne sait plus où se mettre. Je bredouille alors :

— Je suis désolée, je t'ai pris pour un vieil ami à moi et…

Mes excuses se confondent en bégaiements incompréhensibles.

Je le remercie, le salue à la hâte et prends la poudre d'escampette en direction de la voiture de ma mère.

Elle ne dit rien. Je ne dis rien. Tout est dit.

Ma piste n'a pas abouti.

Notre séance shopping s'avère expéditive. Je n'avais pas envie d'y consacrer beaucoup de temps, même si je me rendais bien compte que c'était nécessaire.

J'entame un travail sur moi pour associer mon esprit à mon corps. Mon âge, c'est encore une autre histoire. On ne devient pas adolescente du jour au lendemain. Après, je ne me souviens pas non plus de la sensation d'être une jeune enfant.

J'ai toutefois une chance incroyable d'avoir pu lire mon histoire, quand j'y pense. Or, je ne peux rien confier de tout cela à Nathalie, bien qu'elle fasse son possible pour essayer de me soutirer un maximum d'informations.

Quoi de plus normal, après tout ?

— Est-ce qu'il serait possible de passer au foyer de Madame Stener ? demandé-je avec précaution pendant que nous rangeons nos achats dans la voiture.

— Là, tout de suite ? Mais il est bientôt l'heure de souper et…

— Je n'en aurai pas pour longtemps.

Je ne lui laisse pas le choix, formulé ainsi. Il me faut des réponses au plus vite concernant Jules qui ne cesse de m'accaparer l'esprit. S'il reste un endroit au monde où puiser des preuves de son existence, c'est là-bas. Même si je vais devoir fournir un effort surhumain pour faire semblant de me rappeler du foyer et des gens qui y travaillent.

Ma mère pense que j'ai juste oublié les six dernières années qui m'ont séparée d'eux, ainsi que mes quatre premières années et demie, avant le jour de la grande tempête. Je dois me tenir à cette version, sinon je vais devoir expliquer comment j'ai retrouvé leur maison, parler de Jules et de tout le reste…

*Quelle histoire !*

Le paysage défile sous mes yeux. Je suis aux aguets dans l'espoir que quelque chose me paraisse familier.

À chaque fois que nous longeons un champ, je cherche les Oriors du regard. Chaque oiseau me paraît suspect. Mais aucun ne semble correspondre à la description que j'avais détaillée dans mes cahiers.

Le panneau « Movence » apparaît enfin. Un frisson parcourt tout mon corps. Nous ne devrions plus être très loin du foyer de Mme Stener. J'observe chaque grillage et bâtisse avec la plus grande attention. Je sais juste que le foyer est entouré de cyprès.

Puis, le moteur cesse de ronronner pour laisser passer un groupe d'enfants de tous âges. Leurs cheveux mouillés indiquent qu'ils reviennent de baignade. Je suis comme hypnotisée par les gestes des personnes qui les encadrent. Il ne fait aucun doute qu'il s'agit du personnel du foyer ainsi que des orphelins.

— Tu reconnais quelqu'un ? me confirme Nathalie.

*Si seulement !*

Peut-être ne suis-je pas prête pour affronter cette situation. Or, je le suis encore moins pour « abandonner » Jules.

— En six ans, il a dû s'en passer des choses ! soupiré-je pour me débarrasser de la question.

Je regarde ce groupe passer sous mes yeux comme au ralenti. Autrefois, je faisais partie de ces orphelins. Tant d'émotions s'entrechoquent dans mon esprit. J'ai du mal à faire le tri. Disons que je ne sais plus par où commencer, trop d'interrogations m'assaillent.

Peut-être que le plus judicieux serait de respirer, dans un premier temps. Puis de chercher à faire le vide dans un deuxième.

J'y parviens jusqu'à ce que la voiture se retrouve à l'arrêt sur le petit parking du foyer de Madame Stener.

Ma main s'attarde sur la poignée de la portière. J'ai envie de l'ouvrir, mais le stress m'en empêche. Toutes les réponses que je cherche se trouvent derrière cette immense grille noire. Qu'elles me plaisent ou non. Je me demande si je ne préfère pas l'ignorance à la désillusion.

Un dernier soupir et je cède à l'emprise de ma curiosité.

Nathalie me désigne le roman qu'elle a prévu de lire. Le message est clair : elle me laisse faire ce pour quoi j'ai insisté de venir.

*C'est parti…*

J'avance vers la grille le cœur battant. Je suis forte. Je suis censée me souvenir de cet endroit pour le moins gigantesque, au vu de toutes ses infrastructures imposantes sous mes yeux ébahis.

Je me tiens droite, relève mes épaules. Je n'ai pas envie que l'on me considère comme quelqu'un de faible.

— Je peux vous aider, jeune fille ? me demande une dame qui pourrait être Mme Stener d'après la vague description lue.

— Oui bon… bonjour ! bégayé-je sous le coup de l'intimidation. Je suis à la recherche de… de quelqu'un portant le nom de Jules.

— Je regrette, mais nous ne divulguons aucune information sur les enfants, Mademoiselle.

*Naturellement…*

Quelque chose me dit que cette femme ne m'ouvrira pas la grille si je ne me montre pas un peu plus persuasive.

— En fait, c'est surtout Madame Peyrot qui pourrait m'aider. Je suis une de ses anciennes patientes, tout comme Jules. La directrice me reconnaîtra. J'ai vécu trois ans ici avant de me faire adopter.

— Ah oui ? se méfie mon interlocutrice en arquant un sourcil. Et quel est votre nom ?

— Mily Tourel. Mais ici, on m'appelait « Mily Crépin ».

L'expression de la dame en dit long. Elle se met à me dévisager, comme si elle faisait face à une revenante. C'est un peu le cas, techniquement parlant. Mais je dois à tout prix maintenir une certaine contenance.

— Je peux voir vos papiers d'identité ? me surprend-elle.

Je m'attendais à tout sauf à cela.

— Je ne les ai pas sur moi, désolée. Mais s'il vous plaît, allez chercher Madame Stener ou Madame Peyrot. Elles me reconnaîtront !

Je la sens hésiter.

— Je vous en prie, c'est très important ! renchéris-je pour achever de la convaincre.

Elle sort un boîtier noir de sa poche et effectue deux trois mouvements rapides dessus. Je suis subjuguée par les couleurs qui s'affichent à l'écran. Un écran qui semble répondre au toucher, alors qu'il n'y a pas de clavier. Je comprends qu'il s'agit d'un téléphone amélioré, lorsque la gardienne porte ledit boîtier à son oreille.

J'avais fait abstraction du fait que me familiariser avec mon ancienne vie impliquerait que je m'adapte aux nouvelles technologies.

— J'ai une jeune fille devant moi qui affirme être Mily Tourel, énonce-t-elle sans prendre la peine de s'éloigner de moi. Elle n'a pas de papiers d'identité, mais…

Elle hoche plusieurs fois la tête avant de raccrocher.

— Je n'en aurai pas pour longtemps, je vous le promets ! tenté-je à nouveau.

— Oh ! Mais nous ne demandons qu'à vous croire, jeune fille. Toutefois, veuillez comprendre notre méfiance. Aux dernières nouvelles, Mily Tourel a été déclarée morte il y a de cela quelques années déjà.

*De mieux en mieux…*

Je déglutis tout en cherchant un argument de poids pour prouver qu'une erreur a été commise, lorsque j'aperçois une grande femme très distinguée courant à toute vitesse dans notre direction. Je l'entends s'écrier au loin et à bout de souffle :

— Oh mon Dieu ! Je n'arrive pas à le croire… Tu peux ouvrir, Véronique ! C'est bien notre Mily !

Elle ne se jette pas dans mes bras, mais presque. Son émotion est palpable. Nous étions proches. Il s'agit peut-être de Mme Stener.

— Véronique, tu peux appeler Madame Peyrot pour la prévenir que j'arrive avec Mily.

Elle reporte son regard embué de larmes vers moi. Les mots sont inutiles dans ces moments-là. Elle opte pour :

— Mais où diable étais-tu passée toutes ces années ?

— J'aimerais bien le savoir…, réponds-je sans détour.

— Ne me dis pas que l'amnésie t'a frappée une nouvelle fois !

Je baisse le regard pour toute réponse. Elle me prend par la main et je sais qu'elle m'emmène vers la chambre des secrets. Je la laisse me guider dans le silence.

Le look « atypique » de Mme Peyrot est reconnaissable entre mille. Elle se rue vers nous, elle aussi. Or, contrairement à Mme Stener, la fameuse psychologue au grand cœur a du mal à contenir son émotion.

Ses larmes sont contagieuses, alors que c'est la première fois que je la rencontre officieusement. Officiellement, je sais que cette personne m'a beaucoup aidée par le passé. Si mon esprit a tout oublié, mon canal lacrymal semble avoir conservé quelques traces de cette complicité. Cette révélation me rassure. Je me dis que lorsque je retrouverai Jules, mon corps sera en mesure de le reconnaître.

— Pardonne-moi, Mily !

Voilà la première chose que formule Mme Peyrot avant de me prendre dans ses bras.

La pardonner ? Mais pourquoi ?

— Voyons, n'importe qui aurait pris la même décision ! la défend Mme Stener en lui assénant une tape amicale sur l'épaule.

— Non, non, c'est impardonnable ! renchérit la psychologue. Je t'ai abandonnée en convainquant tout le monde qu'il était temps de faire ton deuil… Est-ce que tes parents sont… ?

— Ne vous en faites pas, je comprends, la rassuré-je comme je peux. C'est ma mère qui m'a accompagnée ici. Elle m'attend dans la voiture, tout va bien.

— Quand es-tu revenue ? Comment ? Tu…

— Madame Peyrot ! intervient Mme Stener. Il vaudrait mieux nous installer dans la chambre des secrets. Il s'avère que Mily ne se souvient de rien, d'après ce que j'ai pu comprendre. Mais peut-être pourriez-vous l'aider à y voir plus clair ? C'est bien pour ça que tu es venue, Mily, non ?

J'ai un peu honte d'avouer que ma principale motivation est Jules. J'opine cependant du chef et attends le moment opportun pour parler de mon ami.

J'avais si bien décrit la chambre des secrets dans mes cahiers que cet endroit m'est familier. Je défie quiconque de ne pas se sentir à l'aise ici !

— Fraise, vert et… ambiance de nature sauvage ? me propose Mme Peyrot.

Je souris. J'ai lu cela. Je ne sais pas pourquoi l'évocation de ce genre de détails me procure autant de bien. Peut-être que cela me prouve que je n'ai rien inventé dans la rédaction du contenu de ma mémoire.

Car, oui, quelque part, le doute est permanent. Jusque-là, je n'ai vu aucun Orior à l'horizon, je n'ai reçu aucune preuve de l'existence de Jules, et encore moins d'Ylorior.

Mais je me trouve ici. Au foyer de Mme Stener, dans la chambre des secrets et face à la réplique exacte de la Mme Peyrot décrite dans mes cahiers. Je n'aurais pas tout inventé, c'est déjà un sacré soulagement.

— Volontiers ! la remercié-je.

— À quand remontent tes derniers souvenirs, alors ?

*Mentir ou ne pas mentir… Telle est la question ?*

Dans tous les cas, il m'est exclu de parler d'Ylorior et de mes cahiers. Autant me tenir à la même version que je m'évertue à maintenir auprès de Nathalie.

Je m'empare du verre de jus de fraise que la psychologue me tend et lance :

— À mon anniversaire des huit ans. A priori, juste avant ma disparition. Puis, une femme m'a récupérée dans les bois. Et c'est en me réveillant hier que je suis revenue à moi. Entre les deux, c'est le trou noir.

— J'imagine à peine combien toute cette part de mystère doit te tourmenter…

Je le serais si je n'avais pas lu mon histoire. Et comme je n'ai pas du tout envie d'entamer une thérapie pour guérir un alibi, j'enchaîne sans tarder :

— Ce qui me tourmente le plus, c'est ce que ma mère m'a révélé dès mon retour à la maison.

J'ai toute son attention. Parfait !

Je poursuis :

— Elle m'a soutenu que Jules, mon meilleur ami, n'a jamais existé et que vous aviez fait en sorte de me laisser penser le contraire, sous prétexte que cet « ami imaginaire » me faisait le plus grand bien.

*Blanc.*

Je déteste ce silence éloquent.

Je hais encore plus cette gêne occasionnée.

— Non ! me révolté-je. Je refuse de l'accepter. Jules a trop interagi avec vous tous pour le croire ! J'ai même lu son dossier dans vos archives !

D'accord, ce n'est pas très malin de ma part d'avouer avoir enfreint certaines règles de confidentialité, mais rien ne compte plus que de retrouver Jules.

— Mily…

— Non, Madame Peyrot ! Je sais ce que vous allez dire. Et je refuse de l'accepter. J'ai oublié pas mal de choses, j'ai conscience que mon esprit est loin d'être fiable. Mais ne m'enlevez pas ça, pitié ! Ne m'enlevez pas le peu de certitudes qu'il me reste !

— Alors, dis-moi ce que tu attends de ma part, Mily ! Je t'écoute.

— J'aimerais que vous m'aidiez à retrouver Jules… Ou du moins, la preuve de son existence. N'importe quoi ! Des photos, son dossier, de vieux vêtements, des bulletins de notes… Je ne suis pas folle. Il était mon unique repère…

Mme Peyrot soupire tandis qu'elle lance la lecture de la musique d'ambiance. Une technique pour se donner le temps de trouver les bons mots pour me mettre sur la voie de la raison.

— Il écoutait du « Moby », ici ! insisté-je avec ferveur. Et toutes ses séances avec vous étaient juste avant les miennes. Tous les mercredis.

— Mily…

Je n'y peux rien, mes larmes ruissellent sur mes joues, mais il m'est impossible de me taire :

— Il était couvert de cicatrices sur son visage. Il impressionnait tout le monde et ne supportait pas l'autorité. Ses notes en classe demeuraient aussi catastrophiques que ses appréciations orales.

Toujours aucune réaction chez Mme Peyrot, hormis cet ignoble petit air compatissant.

— Dans quel but aurais-je inventé un ami imaginaire pareil ? riposté-je. Il était différent avec moi. J'ai retrouvé ma voix et bien plus encore grâce à lui. On s'apportait beaucoup mutuellement… Et il a fait pareil lorsqu'une nouvelle petite amnésique est arrivée au foyer.

— Tu veux parler de Violette ?

*Rien n'est encore perdu !*

— Oui ! m'exclamé-je d'un sourire chargé d'espoir. C'est même Jules qui lui a trouvé son prénom !

— Mily… Si Violette se fait appeler « Jules », c'est parce qu'elle est arrivée au foyer le 12 avril, le jour de la Saint Jules.

On tourne en rond… J'ai envie de crier, tellement je me sens incomprise.

— Bon ! reprend Mme Peyrot. De toute évidence, nous sommes face à une situation délicate. Je comprends que cet ami constituait un repère important. Je te propose donc la chose suivante.

*Je suis tout ouïe…*

— Je vais faire venir Violette afin qu'elle puisse répondre à toutes tes questions le concernant. Tu seras fixée, comme ça. Je pense aussi que vous avez pas mal de choses à partager, étant donné les nombreux points communs qui vous lient. Qui sait, peut-être que Violette Jules t'offrira de nouveaux repères ? J'en suis convaincue !

Ce n'est pas une mauvaise idée. Si l'on en croit le récit de mon histoire, Violette ne serait autre que « Vita », ancienne Yla de la danse. Elle aurait été bannie durant le tournoi Honera quelques jours avant que Leïna vienne me chercher.

Certes, elle ne se rappelle pas de tout cela. À moins qu'elle ait eu le temps et la présence d'esprit de rédiger le contenu de sa mémoire, comme moi. Mais j'en doute.

La rencontrer me permettra donc deux choses primordiales :

1/Creuser un peu plus la question de Jules.

2/Estimer si Ylorior existe ou pas.

Dans tous les cas, rencontrer une autre hypothétique Ylorienne me permettrait de me sentir moins seule.

Enfin, je l'espère…

# chapitre 2

*Une bénévole*

Mme Peyrot sort le même genre de téléphone que la gardienne de la grille pour pianoter plusieurs choses sur son écran.

— Violette ne devrait pas tarder ! annonce-t-elle dans la foulée. Si tu ressens le besoin de parler de quoi que ce soit en attendant, je t'en prie, je suis là pour ça.

Je n'ai envie de parler de rien d'autre que de Jules. Alors, autant m'abstenir… Rien ne vaut une diversion digne de ce nom !

— Je me demande à quoi peut servir ce drôle de boîtier que vous avez dans les mains. Véronique a téléphoné avec, et vous… Enfin, il n'y a pas de clavier. Comment appelez-vous ce machin ?

Et voilà comment on meuble dix minutes tout en enrichissant sa culture moderne.

Ainsi, cet objet s'appelle un « smartphone » et fonctionne sous une technologie nommée « tactile ». C'est assez novateur, en effet. Je nage en pleine admiration en parcourant chaque application. Il y en a une pour à peu près tout : le téléphone, les messages, l'appareil photo, la vidéo, l'accès à internet et aux emails… Il y a même une calculatrice intégrée et… quelqu'un qui frappe à la porte.

— Tu peux rentrer, Violette !

Ce que j'aperçois en premier chez elle, avant la blondeur éclatante de ses longs cheveux, c'est son sourire. Un de ces sourires naturels emplis de bienveillance. L'expérience devrait me pousser à me méfier d'elle. Car si l'on en croit mon histoire, pas une seule

Ylorienne ne s'est avérée être de mon côté. Et même si Violette a tout oublié, je dois quand même rester sur mes gardes.

— Alors, c'est vrai ! Tu es vraiment là ! C'est à peine croyable ! jubile-t-elle en s'installant juste à mes côtés.

Elle me détaille avec la plus grande attention. J'ai l'impression qu'elle est en train d'examiner une œuvre d'art, comme si elle cherchait à s'assurer qu'il ne s'agit pas d'une copie frauduleuse.

— Mily ne se souvient de rien depuis le jour de sa disparition, la prévient Mme Peyrot. Tu es bien placée pour comprendre ce qu'elle traverse. Elle est revenue hier. Je te préconise...

—... d'y aller mollo, naturellement ! termine Violette. Tu peux parler, Mily ?

— Oui, pardon. C'est juste que je ne sais pas quoi dire.

— Normal..., compatit l'ancienne Yla de la danse.

Il n'y a qu'une Ylorienne pour trouver ce genre de situation « normal ». Et dire qu'à l'époque où j'ai grandi ici, « la normalité » constituait l'une de mes principales préoccupations. Aujourd'hui, je me retrouve bien au-delà de ça.

— Il paraît que nous partageons pas mal de points communs, poursuit-elle sans masquer son impatience de m'analyser dans les moindres détails. Si tu savais le nombre de questions qui me brûlent la langue ! Et si tu savais combien de fois j'ai espéré te rencontrer un jour !

— J'ai pas mal de questions, moi aussi, avoué-je en commençant à me détendre quelque peu.

— Peut-être voudriez-vous que je vous laisse seules toutes les deux ? suggère Mme Peyrot.

— Ne vous en faites pas pour nous, Madame Peyrot. Vous devez avoir des séances à assurer. Que dis-tu de venir chez moi, Mily ?

*Chez elle ?*

Mme Peyrot s'interpose aussitôt :

— Dans ce cas, demande à Mme Stener un autre casque. Il n'est pas question...

—... de la faire monter sur mon scooter sans sécurité, je sais bien ! la rassure Violette. Loin de moi cette idée saugrenue, voyons !

Puis, elle se tourne à nouveau vers moi pour me proposer :

— Je t'invite à dormir chez moi ce soir. Ce n'est pas très loin d'ici. Je pense qu'il nous faut au moins ça pour rattraper toutes ces années d'éloignement. Je suis persuadée que nous avons beaucoup à nous apporter.

Elle n'a pas tort. Mais hélas ! je ne pourrai rien lui révéler, moi. Déjà parce que je suis censée avoir tout oublié. Et puis, parce qu'il n'est pas question de la mettre en danger. C'est miraculeux qu'elle ait réussi à survivre jusque-là. Les autres Yloriennes bannies n'ont pas toutes bénéficié de ce traitement de faveur.

Alors mieux vaut garder quelques distances avec Violette pour le moment.

— Ce serait avec plaisir, décliné-je de mon ton le plus courtois. Mais je n'ai pas beaucoup vu mes parents depuis mon retour et...

— Alors demain soir ? insiste-t-elle, armée d'une expression qui en dit long sur son entêtement.

— Je ne te promets rien. Je dois demander l'autorisation à ma mère.

— Ah oui, c'est vrai que tu n'es pas émancipée, toi. Si tu as besoin, je peux t'aider à devenir autonome comme moi, malgré notre âge. Nos aptitudes intellectuelles sont une réelle bénédiction et un passe-droit pour tout un tas de choses, tu verras.

Cette déclaration vient de me faire prendre conscience de ce qui constituera sans doute notre plus grande différence. Nous avons, certes, les mêmes capacités mentales d'Yloriennes, sauf que, contrairement à moi, Violette semble s'en servir comme d'une force pour gagner en indépendance et en assurance. Tandis que moi...

Moi, je stagne dans un présent sinueux parce que je cherche par tous les moyens à renouer avec mon passé. Un passé parsemé de trous, d'embûches, d'hypothèses hasardeuses, de complots et de tristesse. Je m'en rends compte, mais je ne parviens pourtant pas à passer outre. Cette sensation de m'évertuer à nager vers des profondeurs obscures, alors que la surface reste accessible à tout moment... Mes bras, mes jambes brassent de l'eau. Mais je n'avance toujours pas.

*Je me noie...*

Je me reprends.

Violette ignore tout de son passé, aussi. Et elle ne s'en porte pas plus mal, on dirait. Je ne la connais que depuis quelques minutes et je la cerne déjà comme étant une personne optimiste. Une jeune fille tournée vers l'avenir. Une jeune fille qui avance la tête haute sans se soucier du reste du monde. Une jeune fille admirable.

Je ferais bien d'en prendre de la graine...

— Je pense que ma mère ne verra pas d'inconvénients pour demain, souris-je. C'est très gentil à toi de proposer.

— Mais c'est tout naturel ! apostrophe-t-elle. C'est dans notre intérêt à toutes les deux, en plus. Je sens que je ne vais pas dormir de la nuit, tant je vais ressasser toutes les questions qui me tiraillent pour les classer par ordre de priorité !

Elle donne l'impression de plaisanter, mais je pense qu'elle est sérieuse, puisque je prévois de faire de même de mon côté...

Et je connais bien évidemment la toute première question qui surgira de mes cordes vocales. Je m'étonne même d'avoir réussi à la retenir jusque-là.

Quelque part, je me protège. Je garde ainsi un espoir jusqu'à demain.

Je me suis endormie d'une traite. Je devais être épuisée sur le plan psychique. Si bien que je n'arrive pas à croire qu'il est déjà quatorze heures.

J'ai la tête dans le brouillard. Je me sens cependant en forme.

— Comment va la belle au bois dormant ? plaisante mon père en me voyant descendre les escaliers d'un pas lourd.

— J'ai l'impression d'avoir dormi pendant des mois entiers, lui rétorqué-je.

— C'est peut-être le cas. Suis-moi !

Je me laisse guider jusqu'à la cuisine, intriguée.

— Tu ne travailles pas ? On est pourtant... mardi, non ? l'interrogé-je.

— J'ai travaillé tout le week-end. On me doit un sacré paquet de jours de repos. Ce n'est pas tous les jours qu'on retrouve sa fille unique à la maison ! Si tu savais comment les collègues ont réagi à la nouvelle !

Jean-Marc essaye de masquer son émotion, mais je dois être pourvue d'un sixième sens pour décrypter cela, maintenant.

— Vous pensiez que vous ne me reverriez jamais ? élucidé-je en m'installant à table.

— Chaque jour écoulé sans le moindre indice, c'est comme...

Il hésite un instant et reprend :

— C'est comme du venin qui se propage dans notre organisme jusqu'à l'étouffement. Le doute, l'espoir, les questions sans réponses, les cauchemars, les craintes, les...

— Je sais..., le coupé-je pour ne pas lui infliger à nouveau cette peine. Je connais. Je n'ai pas d'enfants, mais...

— Tes parents biologiques, devine-t-il en m'évitant toujours aussi soigneusement du regard.

Et désormais, Jules...

— Ils sont morts, tranché-je pour mettre un terme à cette conversation insoutenable. Je me suis enfin résignée à cette idée pour pouvoir avancer. C'est ce que Madame Peyrot vous a incités à faire pour vous remettre de ma disparition. Mon deuil. C'était la meilleure chose à faire. Je ne vous en veux pas.

Mon père me tourne toujours le dos. Il ramène son bras vers son visage. Je sais qu'il pleure, tout comme je sais qu'il a besoin de se décharger de ses émotions négatives. Mon retour n'est pas seulement une source de haute réjouissance pour mes parents adoptifs. Ils culpabilisent de m'avoir abandonnée. D'avoir cessé les recherches. Mais ils ne pouvaient pas continuer à brasser du vide. J'aimerais tellement soulager leur conscience.

— C'est à moi que j'en veux de vous avoir infligé une telle peine, même si ce n'était pas voulu, appuyé-je à défaut de trouver une meilleure approche.

— Il doit...

Jean-Marc se racle la gorge pour reprendre une certaine contenance et enchaîne :

— Il doit y avoir une explication tangible à tous ces mystères. Et si ça n'avait rien à voir avec de l'amnésie et que ton corps était dans le coma durant toutes ces années ?

— Mes muscles n'étaient pas atrophiés à mon réveil, papa. Arrive un moment où il serait temps d'avancer plutôt que de chercher à éclaircir les points noirs de mon passé. J'ai l'impression que ça nous nuit plus qu'autre chose.

— Tu as raison, concède-t-il en sortant deux plats du réfrigérateur.

J'ai raison. Cela ne fait aucun doute.

Alors, pourquoi suis-je incapable de lâcher prise en ce qui concerne Jules ?

— Ta maman nous a préparé ton repas préféré avant de partir faire quelques courses.

Mon repas préféré... J'attends que mon père termine de réchauffer le plat pour savoir de quoi il est question.

Je vais de surprises en surprises chaque jour. Voilà que je m'apprête à goûter un plat inconnu, et je sais d'avance que ce sera mon plat préféré. À qui d'autre est-ce arrivé un truc pareil ?

Est-ce que l'optimisme naturel de Violette commencerait déjà à déteindre sur moi ? On dirait bien que oui.

Je savoure ce succulent repas en compagnie de mon père et me réjouis par avance de retrouver l'Ylorienne émancipée qui s'ignore en fin de journée.

Si je me concentre juste sur le positif, tout devrait bien aller. Les Ylas m'auront au moins transmis cela.

— J'ai attendu ton arrivée toute la journée comme on attend le Messie ! s'exalte Violette en sautillant sur place.

J'embrasse mes parents et leur fais signe que tout se passera bien, une dernière fois.

Violette se montre si impatiente de me présenter son petit univers qu'elle ne s'embarrasse pas à attendre l'ascenseur. Nous grimpons quatre étages en courant dans les escaliers.

Arrivées devant sa porte, elle m'étudie d'un petit sourire que j'ai du mal à déchiffrer.

— Tu n'es pas essoufflée, toi non plus ! s'enthousiasme-t-elle. Je voulais le constater de mes propres yeux. Nous devons avoir plus de points communs étranges que prévu. J'ai trop hâte !

Voilà un détail que je n'aurais jamais relevé. J'ai beau être au courant de notre véritable origine et en quoi consiste notre ancienne condition ylorienne, mais beaucoup de choses m'échappent. Ce qu'implique réellement notre condition humaine sur Terre reste flou. Une mémoire absolue, des capacités intellectuelles hors norme, une résistance physique défiant la maladie et les fractures, et l'hypothétique possibilité de voir les Oriors... Encore que cela reste à prouver.

Violette m'aidera à y voir plus clair sans le savoir.

— Bienvenue dans mon humble demeure ! s'écrie-t-elle en me faisant signe de rentrer chez elle.

Un magnifique studio décoré avec simplicité et goût.

— Fais comme chez toi, Mily ! Ce n'est pas très grand, mais c'est très confortable. Tu veux du thé ? Je fais un thé à tomber par terre, tu auras du mal à t'en remettre !

J'accepte volontiers, même si je n'ai aucune idée du goût que peut avoir un thé. C'est que je n'ai jamais dû en goûter.

Je regarde Violette préparer sa mixture avec dextérité. Des plantes dans un sachet qu'elle s'apprête à infuser dans de l'eau bouillante. Le principe ne m'est pas étranger, mais ce doit être la première fois que je vois cela. J'assimile le thé au café. Une boisson chaude qui n'est pas destinée aux enfants. C'est donc logique que je ne connaisse pas.

— Si je n'ai pas ma ration de thé par jour, c'est bien simple, je dors ! pouffe ma nouvelle amie. Toi non ?

...

Je me souviens avoir lu mes problèmes de narcolepsie en classe. Quelque chose de très étrange d'un point de vue strictement humain. Mais quand je regarde tout autour de moi... il n'y a que des meubles et de la décoration. Aucune plante. Ceci explique donc cela.

Violette ingère des plantes pour rester en forme en pensant que c'est le thé en lui-même qui lui offre toute l'énergie nécessaire.

Elle ignore tout de son métabolisme ylorien. Moi pas. Je m'engage intérieurement à lui offrir des plantes en pot. Je vais juste devoir le faire de façon subtile pour ne pas que Morana se doute de quoi que ce soit.

En partant du principe qu'Ylorior existe. C'est encore quelque chose que je dois éclaircir.

Pour l'heure, j'attends le moment opportun pour aborder le sujet que je redoute autant qu'il m'accapare l'esprit.

Violette semble soudainement nerveuse, aussi. Le silence qui règne dans la pièce est quelque peu pesant. Je le constate à la façon dont elle verse le thé brûlant dans les tasses. Elle est aussi mal à l'aise que moi.

Je connais les raisons qui me poussent à ce mutisme passager, mais quelles sont les siennes ?

C'est Violette qui rompt ce silence en débitant à toute vitesse :

— Tu prends du sucre dans ton thé ? Peut-être que tu préfères quand il est moins infusé. N'hésite pas à me dire si tu veux rajouter de l'eau pour casser l'amertume, car moi je ne m'en rends plus compte. Si je ne le fais pas aussi fort, il n'a aucun effet sur moi.

Je ne dis rien, mais je m'autoconfirme qu'il est plus que temps de rendre la vie de Violette plus agréable. Il y a des moyens plus simples pour vivre avec notre condition humaine, sans toutefois devoir dépendre d'infusions amères.

— Je parle trop, je sais, s'excuse-t-elle. Regarde ça ! Je suis tendue comme un arc sans raison. On dirait que j'ai tellement attendu ce moment que maintenant, je... Je n'en sais rien. Tu vas me prendre pour une folle !

— Ce qui nous fait un nouveau point commun, alors ! ricané-je pour masquer un reste d'embarras. Je ne m'attendais pas non plus à ressentir tout ce stress. C'est sûrement parce que je suis ravie de faire enfin ta connaissance et que ça met en exergue une certaine pression.

— Attends... Qu'entends-tu par « ravie de faire enfin ta connaissance » ? relève-t-elle. Est-ce que cela signifie que tu as entendu parler de moi depuis plus longtemps qu'hier ?

*Oups...*

Je viens de faire une boulette, je crois. À moins que je tourne cela à mon avantage. Il est donc là, le moment opportun tant attendu !

— Tu es arrivée trois jours avant ma disparition, Violette. Il était prévu que je te rencontre une fois que tu te serais un peu plus... acclimatée à la vie au foyer. Et pour être tout à fait sincère avec toi, malgré toutes les similitudes qui nous reliaient, je n'étais pas très enchantée par ta présence. Le pouvoir insoupçonné de la jalousie...

— De la jalousie ? répète-t-elle à moitié hilare.

— Tu me remplaçais dans la vie et peut-être bien dans le cœur de Jules, mon meilleur ami.

Je n'aime pas le froncement de sourcil de Violette.

— Jules ?

— Ce nom ne te dit rien ?

— À part qu'il s'agit de mon nom de famille, non. Je n'ai jamais rencontré de Jules. Ou alors, je l'ai côtoyé sans connaître son prénom. C'était un bénévole ? Un surveillant ? Un orphelin ?

— Un orphelin. C'est lui qui t'a tout de suite pris sous son aile quand tu es arrivée au foyer. C'est même lui qui t'a nommée « Violette ».

— Désolée de te contredire, mais c'est Madame Peyrot qui m'a appelée ainsi en raison de la couleur de mes yeux mauves. « Violette » sonnait mieux que « mauve », je lui en suis très reconnaissante ! ricane-t-elle.

Je n'ai pas le cœur à plaisanter, hélas ! J'ai l'impression de pédaler dans le vide tout en m'enfonçant dans des sables mouvants.

— Ce garçon..., reprend-elle. Il est où à présent ?

— C'est la question qui me hante depuis mon retour. J'ai l'impression d'être la seule personne qui ne l'a pas oublié. C'est atroce comme sensation. Alors que je sais que vous l'avez tous rencontré. C'est vraiment quelque chose que je sens, Violette.

— Si tu as une photo de lui, je pourrais mieux te renseigner. Tu sais que j'ai la mémoire absolue, moi aussi.

— Si j'avais une photo de lui, soupiré-je, la problématique serait moindre...

Après un bref instant de silence, Violette rétorque :

— Il représentait plus qu'un meilleur ami pour toi, pas vrai ?

Je vais finir par croire que toutes les Yloriennes sont obsédées par ce genre d'ambiguïté.

— Qu'est-ce que ça changerait de toute façon ? Tout le monde semble persuadé qu'il s'agissait d'un ami imaginaire.

— Ce pourrait être une hypothèse recevable, affirme Violette en avalant une gorgée de son thé fumant sans donner l'impression de s'être brûlée. C'est très courant chez les enfants souffrant de solitude de se créer un compagnon imaginaire, surtout chez les orphelins. À présent que tu as pris six ans dans la vue, tu dois te sentir à l'ouest, j'imagine.

Violette déborde de bon sens. Mais c'est plus fort que moi : elle m'énerve. Ce genre de discours m'irrite plus qu'il n'est censé m'apaiser.

— Ce n'est pas ce que tu voudrais entendre, j'en ai conscience, se rattrape-t-elle face à mes expressions. Mais je suis bien placée pour savoir ce que ça fait que de se retrouver sans le moindre repère, Mily. Et j'ai comme l'impression que tu persistes à t'accrocher à une bouée qui n'a plus lieu d'être à quatorze ans.

— Il avait le visage couvert de cicatrices et...

Le regard complaisant que m'adresse Violette me décourage de terminer ma phrase. Je sais qu'elle a raison. Je ne l'accepte seulement pas. Entre le savoir et l'acceptation, il y a un gouffre que je ne suis pas du tout prête à franchir.

— Tu sais, déclare-t-elle avec prudence, j'ai tout un tas d'autres bouées bien réelles à ta disposition, si tu le souhaites. J'étais à peu près au même point que toi il y a six ans. Sauf que je n'avais aucune identité, ni passé, ni famille, ni amis, ni la notion de ce qu'était manger, dormir et j'en passe. Il me semble que c'est aussi ce que tu as traversé après la tempête à Enivelle, non ?

Contrairement à elle, je ne venais pas tout droit d'Ylorior. J'étais née sur Terre, donc on m'avait juste ôté la mémoire. C'est la raison pour laquelle les besoins rudimentaires humains ne m'étaient pas étrangers.

Je n'ai cependant pas d'autre choix que de hocher la tête en plongeant mon regard vers ma tasse bouillante. Je déteste mentir. Et je déteste encore plus être contrainte de le faire.

— Regardons le bon côté des choses ! énonce Violette d'une voix chargée de positivisme. Tu t'es peut-être réveillée dans le corps d'une adolescente, mais tu n'en es pas non plus réduite en l'état de nourrisson. Et puis, tu n'es pas seule, surtout. Tu as tes parents, Madame Stener, Madame Peyrot et puis moi. Et moi, je dispose d'un tas de ressources pour t'aider plus que n'importe qui d'autre.

Je ne la mérite pas. Cette fille est un ange. À croire que Morana ne bannissait que les Ylas dignes de confiance...

— Et ce n'est pas en fixant cette tasse que tu sauras apprécier les bienfaits de mon thé ! poursuit-elle sur un ton plus enjoué.

— C'est bien trop chaud encore.

— Ah oui, c'est vrai... J'ai tendance à oublier que tu ne partages pas toutes mes bizarreries. C'est bon à savoir que tu crains la chaleur. Tu crains le froid aussi ?

À vrai dire, elle me pose une colle. On m'a toujours mise en garde pour ne pas que je me brûle. Je n'ai donc jamais risqué ce que je m'apprête à faire.

Je pose mon index sur les rebords de la tasse, puis le reste de ma main. Et je ne sens aucune différence de température.

*Incroyable !*

— A priori, tu es aussi extraterrestre que moi ! éclate de rire Violette. Quand je te disais qu'on avait des tas de choses à s'apprendre, j'étais encore loin du compte !

Extrêmement loin du compte, en effet !

— Notre apparence physique n'est qu'un détail, enchaîne-t-elle. Mais je commence de plus en plus à croire que nous pourrions être des sœurs jumelles. Cela expliquerait beaucoup de choses. J'ai lu des quantités d'articles relatant des phénomènes insolites partagés entre des jumeaux. Un simple test ADN nous éclairerait.

Voilà où se trouve l'exacte limite de notre complicité naissante. Violette voit en moi le moyen d'assouvir sa quête d'identité. Quoi de plus naturel ! Cette même quête qui m'a propulsée dans ce cauchemar ambulant. Dans un monde sans Jules ni espoir.

Violette cherche la vérité. L'unique chose contre laquelle je dois la protéger. Nous protéger. Même si cela signifie trahir sa confiance. Je suis Ylorienne, après tout. La trahison doit faire partie de nos gènes. Quelque chose que Violette n'obtiendra jamais de ma part.

— Si on arrive à prouver que nous sommes sœurs, mes parents vont se sentir obligés de t'adopter. C'est ce que tu veux ? tenté-je.

J'avale une gorgée de thé pour masquer mon malaise. C'est moins mauvais que cela en a l'air.

— Ne le prends pas mal, Mily, mais maintenant que j'ai goûté à la liberté que m'offre l'émancipation, je ne pourrai pas m'en passer.

Je suis indépendante. Je travaille à distance pour un groupe de comptables qui me paye ce qu'il faut pour assurer mes besoins. Je fais en quinze minutes ce qui leur réclame une journée de dur labeur. Ça me laisse le temps de suivre trois cursus scolaires par correspondance et de faire des heures de bénévolat au foyer.

J'admirais Violette pour son optimisme. À présent, cela dépasse l'entendement !

— Dans ce cas, conclus-je, nous n'avons qu'à partir du principe que nous sommes effectivement sœurs, mais cela restera entre nous jusqu'à notre majorité. C'est mieux pour mes parents, après ce qu'ils ont traversé...

J'ai quand même honte de jouer cette carte-là, mais je n'ai pas le choix.

— D'accord, acquiesce ma fausse sœur. Je veux bien faire semblant de n'être qu'une amie, mais dans ce cas j'exige au moins d'obtenir le titre de meilleure amie.

— Tu es ma seule amie, Violette, alors la question ne se pose même pas.

Ma seule amie de sexe féminin.

Je n'abandonne pas Jules. Je sais. Je suis têtue. Mais c'est ainsi.

— Je suis ta seule amie, pour l'instant ! Laisse-moi te présenter à mes amis bénévoles au foyer de Madame Stener. D'ailleurs, intégrer l'équipe te ferait le plus grand bien ! Crois-moi sur parole !

Ce qui me ferait le plus grand bien, c'est... Le disque est rayé... À moi d'essayer de reprendre le cours de ma vie là où j'en suis. Je trouverai des solutions au moment venu.

Je m'accroche.

Et j'accepte la proposition de ma nouvelle meilleure amie.

# chapitre 3

*Une preuve*

— J'ai comme l'impression que tu veux que je te resserve du thé, très chère amie ! lance Violette en s'emparant de sa théière.

Voilà donc comment on entame une amitié. Cela change de notre première rencontre avec Jules, d'après ce que j'ai lu.

Nous passons la soirée à comparer nos « aptitudes particulières ». Violette est ravie d'avoir enfin quelqu'un à la hauteur de son intellect face à elle. Et du même âge. Si bien que nous enchaînons tout un tas de jeux de société et de logique.

Il s'avère que je ne vaux rien sur le plan culture populaire. Les films, les musiques, les jeux vidéo et les livres... Si j'ai pu lire, écouter ou voir certains titres évoqués durant la soirée, je ne m'en souviens pas. Je dois cependant trouver des excuses, parce que je ne suis censée me rappeler que des quelques années vécues au foyer avant ma disparition. Enfin, sur Terre.

*Bigre !*

Je devrais me montrer plus prudente vis-à-vis de Morana, qui doit ignorer que j'ai trouvé un moyen de déjouer le pouvoir de Malissia en rédigeant le contenu de ma mémoire au préalable.

Je me suis laissée emporter par mes émotions et mon affection pour Jules. Je le réalise avec effroi.

Si Morana se rend compte que je me « souviens » de Jules, du foyer, de mes parents adoptifs, Dieu sait ce dont elle pourrait être capable encore. Je crains pire qu'une simple tempête. Je dois donc rectifier le tir de toute urgence :

— Puisque tu es ma meilleure amie, Violette, je vais te révéler un secret. Je compte toutefois sur ta discrétion, car... enfin, c'est délicat.

— Mais je t'écoute ! me sourit-elle.

Cette complicité est agréable. Je me concentre sur le semi-mensonge par omission que je m'apprête à formuler :

— Je n'ai pas juste oublié les six dernières années, mais bien plus que ça.

Le sourcil relevé de mon amie m'incite à poursuivre :

— En fait, j'ai tout oublié. Sauf que j'ai pu mettre la main sur des petits carnets que Madame Peyrot me faisait rédiger chez moi. Je devais noter mes joies, mes peines et tout ce qui pouvait me passer par la tête, lorsque j'ai été adoptée par les Tourel. Mes souvenirs s'appuient donc sur cette lecture.

— Purée...

*Je n'aurais su mieux dire !*

— Si je fais semblant de me souvenir, c'est pour ne pas alarmer mes parents, après tout ce qu'ils ont enduré par ma faute. Et techniquement, c'est plus simple pour moi de reprendre ma vie là où je l'avais laissée, même si je dois faire semblant de reconnaître tout ce et ceux qui m'entourent.

— Eh ben ! siffle-t-elle d'admiration. Heureusement que Madame Peyrot a eu la présence d'esprit de t'imposer cette tâche. Je devrais m'y coller, dans le cas où cela se reproduirait comme pour toi. Je trouve d'ailleurs très étrange que cette amnésie soit localisée sur certaines choses et pas d'autres.

— Comment ça ?

— On ne se souvient pas comment manger ou faire pipi, mais par contre on sait comment lire et écrire à la perfection. Tu ne trouves pas ça bizarre ?

— Nous ne sommes plus à un mystère près, si tu veux mon avis..., achevé-je pour entériner la question.

Voilà comment noyer le poisson vis-à-vis des instances supérieures dans le royaume qui nous domine. Quelque part, cette semi-révélation me soulage d'un poids. Je n'aurai plus à devoir donner le change auprès de Violette à ce niveau-là.

— Donc, si je comprends bien, reprend-elle, ce « Jules », tu ne t'en souviens pas vraiment ?

Mon cœur se noue. Je vois très bien où elle veut en venir.

— Avec tous les détails que j'ai pu rédiger et lire sur lui, il a existé, Violette. Je pourrais le prouver si j'avais accès à la salle des archives de la chambre des secrets. Au moins, je serais fixée.

— Je vois...

Je suis sur le point d'énoncer tout un argumentaire pour la convaincre de m'aider à commettre une légère infraction, lorsque je l'entends enchaîner :

— Demain, je ferai diversion pendant le déjeuner. Tu t'introduiras où tu voudras, ni vu ni connu.

Je reste abasourdie par tant de... J'en perds mes mots.

— Ne me regarde pas comme ça ! raille-t-elle. Tu ferais pareil pour moi, n'est-ce pas ? Et puis, si on n'était pas capables de se rendre ce genre de services entre nous, nous ferions de piètres meilleures amies !

Toujours cette petite étincelle de positivisme dans le regard. Je suis consciente que je dois rester sur mes gardes, mais elle me complique la tâche.

Cette fille est un véritable rayon de soleil !

Désormais, j'attends avec impatience demain, soi-disant pour rencontrer les amis bénévoles de Violette. Quoique ça ne me fera pas de mal de m'ouvrir à un semblant de vie sociale.

Je ne me suis jamais sentie aussi seule de ma vie qu'hier, et voilà que ce soir, grâce à la convivialité naturelle de Violette, je m'autorise à songer à de belles perspectives d'avenir.

Il était temps !

Je m'endors sur ces belles pensées.

Le bénévolat au foyer de Mme Stener, c'est tous les mercredis après-midi et les samedis. Mais, comme nous sommes au beau milieu des grandes vacances d'été, c'est selon la disponibilité de chacun et quand on le souhaite. Je trouve cette organisation très ingénieuse. Je me demande si elle existait déjà du temps où j'étais encore orpheline.

Violette me prête un casque pour que je puisse grimper à l'arrière de son joli scooter blanc. Elle avait prévu que j'accepterais de l'accompagner au foyer pour faire une journée d'essai en tant que bénévole. Après tout, cela ne m'engage à rien.

— Accroche-toi, c'est parti !

Je ne suis pas très à l'aise sur un engin à deux roues, mais je fais confiance à mon amie. J'imagine qu'il doit s'agir d'un passage obligatoire lorsqu'on devient adolescent. Entre autres...

— Je ne serais pas contre une visite du foyer, confié-je à Violette une fois que nous arrivons à destination.

Je n'ai pas besoin de lui rappeler que je dois faire semblant de me souvenir des lieux, Violette est comme moi. Elle ne manque aucun détail. Sauf quand Malissia s'interpose, mais j'espère qu'elle nous donnera quelque répit avant la prochaine séance d'amnésie.

La visite est expéditive et efficace à la fois. Naturellement, rien ne m'a semblé familier. J'ai bien fait de mettre Violette dans la confidence. Elle me sera d'une aide précieuse.

— Bon, alors voilà, Mily. Je vais te présenter à mes amis Bérangère, Loïs, Sophie et Victoire. Il y a tout un tas d'autres bénévoles, mais peu fréquentables si tu veux mon avis.

— Comment ça ?

— Si tu les cherches, tu les trouveras échoués sur un banc en train de fumer pour se donner un genre... C'est sûr que c'est vital comme modèle à donner aux enfants !

Je peux ressentir toute la colère éprouvée par Violette à leur égard. Je les cherche du regard et les repère sur un banc derrière le réfectoire. Ils sont trois. Deux garçons et une fille.

— Pourquoi Madame Stener les autorise-t-elle à venir, s'ils sont si nuisibles que ça pour les enfants ? demandé-je.

— Parce que Maud est une excellente musicienne et connaît tout un tas de comptines. Et les deux autres crétins se font suivre par Madame Peyrot. Leur présence ici est avant tout thérapeutique. Heureusement qu'ils sont cool avec les enfants, sinon je peux t'assurer que je ne laisserais pas faire, malgré mon âge.

— Parce qu'ils ont quel âge ?

— La limite est d'au moins seize ans pour intégrer l'équipe de bénévoles. Si on fait une exception pour moi, il n'y a pas de raison que l'on te refuse l'accès. D'autant que nous sommes plus matures que tous les autres adolescents réunis ici.

— Je devrais d'ailleurs signaler ma présence parmi vous aujourd'hui, non ? m'inquiété-je.

J'ai juste pensé à prévenir mes parents.

— T'en fais pas, je me suis chargée de tout, me rassure Violette en me guidant vers une salle encore inexplorée. Pareil pour la diversion. À onze heures trente, la sonnerie retentira pour inviter les orphelins à se rendre au réfectoire. Ce sera le moment où nous aurons tous la tête ailleurs pour les compter et les rassembler.

— Tu penses que ce sera donc le moment idéal pour m'immiscer dans la salle des archives de la chambre des secrets ?

— Exact ! Puis, le temps qu'on installe les enfants à table et qu'on leur serve l'entrée, ça te fera une bonne demi-heure pour consulter les bons dossiers. Madame Peyrot ne travaille qu'à partir de quatorze heures le mercredi.

— Est-ce que la chambre des secrets sera ouverte, alors ?

— A priori, oui. Mais sinon je te montrerai où se trouvent les clés. Maintenant, comme nous sommes le premier mercredi du mois, une sirène retentira à midi pile. Ce sera le signal pour que tu me rejoignes en cuisine. Je prétexterai que tu m'aide à confectionner le gâteau surprise pour Victoire. C'est son anniversaire aujourd'hui.

Je suis stupéfaite par toute cette organisation millimétrée et mise en œuvre en si peu de temps.

— C'est tout bon ? s'assure Violette en marquant un arrêt devant une porte.

J'opine du chef et nous pénétrons dans une petite salle remplie de casiers.

— Voici donc les vestiaires des bénévoles, Mily ! s'écrie-t-elle enjouée. Je te présente mon casier adoré ! Tous ceux qui sont ouverts sont libres. C'est donc à toi de choisir celui qui sera le tien !

Je jette mon dévolu sur le numéro quinze, comme ma date d'anniversaire.

S'ensuit une séance de présentations avec les amis de Violette. Des adolescents fort sympathiques. Il n'empêche qu'ils n'en restent pas moins des personnes d'au moins trois ans de plus que nous. Déjà que j'ai du mal à assimiler mon âge, cela fait beaucoup d'un coup.

Mais toute nouvelle aventure nécessite une période d'adaptation.

La matinée est interminable. J'ai constamment les yeux rivés sur l'horloge dominant la cour de récréation, attendant avec impatience la sonnerie qui annonce le repas.

Dès lors, nous préparons l'activité de l'après-midi pendant que les orphelins s'amusent entre eux dans la cour.

Je ressens le besoin de longer la clôture derrière les cyprès, mais me retiens.

Chaque chose en son temps.

Onze heures trente.

La sonnerie retentit en même temps que mon cœur s'emballe. Je commence à être habituée à cette sensation. Lorsque je suis sur le point de mettre la main sur un véritable indice. Ou une nouvelle désillusion.

J'inspire.

Expire.

Puis, je me dirige vers la chambre des secrets d'un pas assuré. Je ne me retourne pas. Je n'ai qu'un seul et unique objectif.

La porte principale n'est pas verrouillée.

Pas même celle des archives. Mme Peyrot doit avoir confiance envers ceux qui encadrent les orphelins pour minimiser cet aspect sécuritaire. Quelque part, je m'en veux de trahir cette confiance. Toutefois, mes intentions ne sont pas mauvaises.

Parmi tous les dossiers qui me font face, ma réponse est sans doute répertoriée.


Je me dirige d'instinct vers l'étagère comportant les dossiers commençant par la lettre « T » de « Toussaint ».

Bien évidemment, je n'y trouve rien d'autre d'utile que mon propre dossier répertorié à « Tourel ».

Tout y est. Mon arrivée au foyer ainsi que mes multiples problèmes psychologiques traversés. Tout comme ce que j'avais décrit dans mon récit de vie.

Mon cœur s'arrête lorsqu'il est mentionné le nom « Jules ». Un espoir se liquéfie à la lecture du paragraphe complet où il est mentionné. Selon Mme Peyrot, Jules constituerait l'une de mes « visions positives », venant en parfaite opposition à mes « visions négatives ». *Les Oriors...* Mme Peyrot les nomme « des créatures se métamorphosant en oiseaux ». Selon elle, je me serais inventé Jules pour m'apporter un équilibre émotionnel, étant donné que je réfutais toute forme de communication et de sociabilisation avec autrui.

Je relis plusieurs fois ces terribles mots marqués à l'encre noire sur beige. Comme s'il était possible, qu'à force, leur tournure prenne un autre sens. Un sens qui aurait le pouvoir de faire cesser mes larmes.

C'est étrange... je ne me souviens pas de ce garçon, je n'ai pas l'impression de l'avoir connu, toutes les preuves et les témoignages convergent vers une machination de mon esprit. Un esprit d'ailleurs bel et bien tortueux.

Et pourtant, je ne peux pas m'y résoudre. Une force intérieure m'en empêche au plus profond de mon âme. Cette sensation est indescriptible.

Je me bats contre le vent, le temps, des mots, des faits.

Je ne dispose pas des bonnes armes pour lutter contre de tels moyens.

Il serait plus facile d'accepter la triste fatalité.
*Et si j'avais tout inventé ?*

J'étais déjà la seule à voir les Oriors... Dieu sait comment un esprit tourmenté aurait pu interpréter ces visions. Le fait que je ne puisse plus voir ces « visions », Jules y compris, devrait me replacer dans un contexte plus réel.

À quoi bon m'accrocher à un récit rédigé par la personne au mental dérangé que j'étais ?

Je referme douloureusement mon dossier pour le remettre à sa place. Je n'essaye même pas de sécher mes larmes ruisselantes. Elles demeurent tout ce qu'il reste de mes espoirs. Autant les évacuer une bonne fois pour toutes.

Jules n'a jamais existé.

Les Oriors n'ont jamais existé.

Ylorior non plus n'existe pas.

Je me répète ces trois phrases en boucle sans parvenir à leur accorder la moindre valeur.

Je continue de lutter.

Désormais, seule Violette et ses capacités spéciales similaires aux miennes constituent un semblant de preuve. Pour ce que ça vaut...

Je ne vois pas par quel moyen prouver l'existence d'un royaume tenu secret. Surtout s'il n'est que le fruit de mon imagination d'enfant.

Mais je trouverai bien.

Je baisserai les bras une autre fois.

Cette pensée encourageante m'aide à me ressaisir lorsque la sirène de la ville annonce midi.

Je rejoins Violette dans la cuisine, comme si de rien n'était.

Elle devine à ma tête que l'heure n'est pas aux réjouissances. Ce qui marque un fort contraste avec ses expressions à elle, qui se montre plus enthousiaste que jamais. J'ignorais que c'était possible avec Violette.

— J'ai une nouvelle qui va te remonter le moral ! énonce-t-elle le sourire éclatant.

*Jules ?*

— Victoire organise une soirée d'anniversaire chez elle ce soir ! Soirée dansante et pyjama avec tous ses amis d'école et bénévoles du foyer !

*Ah non ! Pas Jules.*

Je ne vois pas ce qu'il y a d'autant réjouissant à cette annonce, jusqu'à ce que Violette précise :

— Depuis le temps que je rêve d'assister à une fête de ce genre, Mily ! Tu es obligée de m'accompagner, je ne veux pas être la seule gamine de quatorze ans. Tu verras qu'on va s'amuser !

Pendant qu'elle me supplie du regard, je cherche une excuse valable pour décliner. Je ne suis pas d'humeur.

— Ah non ! Je sais ce que tu essayes de faire ! se moque-t-elle. Mais tu ne te rends pas compte de la chance que cela représente ! Tous les événements dignes d'intérêt se passent uniquement à Enivelle et sont interdits aux moins de seize ans. Pour une fois, UNE SEULE, que nous pouvons danser ! Sais-tu depuis combien de temps j'en rêve, Mily ? Par pitié, dis oui !

Si je suis en train de hocher la tête, c'est parce que son engouement pour la danse me met la puce à l'oreille. Dans mes récits imaginaires ou fondés, Violette était Yla de la danse.

Serait-ce là une piste à creuser ?

Toujours est-il que Violette saute d'une joie immense. Ce débordement de bonheur est contagieux. Je broie moins de noir cette après-midi.

Probablement parce que rien n'est encore perdu.

Violette me dépose chez les Tourel — enfin chez moi (encore une chose à laquelle je dois me faire) — en fin d'après-midi. Elle doit venir me récupérer en début de soirée pour ce maudit anniversaire.

J'avoue que je comptais sur Nathalie pour y échapper, avec une phrase du type : « Non, Mily, tu es trop jeune et encore fragile pour te rendre à ce genre de soirée avec des personnes que tu ne connais pas ».

Mais non. Au lieu de cela, j'ai le droit à un immense rictus accompagné de :

— C'est super que tu te fasses de nouveaux amis aussi vite ! Allons voir quelle tenue serait la plus adaptée !

*Pff.*

Je serais d'avis d'y aller en jean avec un pyjama dans mon sac à dos, comme lorsque je suis allée chez Violette la veille. Visiblement, une soirée d'anniversaire dansante requiert quelque chose de spécial avec des accessoires. Je laisse ma mère adoptive s'en occuper. Cette tâche semble lui faire autant plaisir que cela m'ennuie.

Une fois cette corvée passée et Nathalie aux fourneaux, je me précipite sur l'ordinateur de bureau de mon père. Je ne me souviens de rien de ma vie sur Terre, mais je constate que l'informatique n'a aucun secret pour moi à l'instar de la lecture, l'écriture ou encore, lacer mes chaussures. Ce qui me paraît étrange. A priori, l'informatique ne doit pas être beaucoup pratiquée au sein du royaume... Peut-être que toutes les capacités utiles liées aux humains nous sont inculquées dès notre création.

Soit.

J'entreprends des recherches qui pourraient m'aider à prouver l'existence *(de Jules, encore Jules, toujours Jules)* d'Ylorior. Bien évidemment, je me garde bien de taper le nom du royaume secret dans la barre de recherche Google. En revanche, je n'éprouve aucun problème de conscience à entrer :

« Jules Toussaint ».

Bien sûr, il en existe des tas dans le monde. Je regarde leurs profils sur les divers réseaux sociaux existants. Il y a des photos, mais je ne sais pas si elles sont récentes, ou bien qui est le Jules Toussaint en question, lorsque l'image comprend plusieurs personnes. Difficile de m'y retrouver en ayant oublié le visage de mon meilleur ami.

Quelque part, je me dis qu'en le voyant, ma mémoire refera surface le concernant. Après tout, avant de m'installer devant cet ordinateur, je n'avais pas conscience que je savais m'en servir.

Je sais que Jules est brun aux yeux chocolat et qu'il porte (portait ?) des cicatrices sur son visage.

Je tourne en rond, c'est infernal. Je m'y prends très mal.

Si j'ai inventé Jules, j'ai inventé Ylorior. Les deux sont liés. Je ne vois pas d'autres explications.

Par conséquent, si j'arrive à prouver qu'Ylorior existe...

Je compte sur la fête de ce soir pour observer Violette de près. Mais d'ici là, peut-être qu'internet pourrait me venir en aide.


Si je me base sur le récit du contenu de ma mémoire, je suis censée avoir vu pas mal de choses sur Terre. Or, je ne peux pas me reposer sur ma mémoire photographique oubliée.

La petite fille qui ne pouvait pas dormir sans son doudou, par exemple, pourrait être n'importe qui sur Terre. Ou plutôt en Russie, le plus grand pays du monde, car j'avais noté que je ne comprenais pas encore le russe. Sauf que le russe n'est pas uniquement parlé en Russie.

*Grr.*

Chaque piste me ramène au même point de départ.

Enfin, peut-être pas.

Je tape les mots clés : Kate — flood — usa — house – storm. Tous les mots en anglais susceptibles de se rapporter à la jeune gothique américaine que j'avais aidée lors de ma deuxième épreuve pour devenir Yla.

Je constate, au passage, que je sais parler anglais, alors qu'il me semble avoir lu que je ne l'ai appris qu'en lisant un bouquin dans les archives d'Ignassia. Cela ne prouve, certes, pas l'existence d'Ylorior, mais l'article sur lequel je finis par tomber...

*BINGO !*

Cet article de blog tombe presque du ciel. La jeune Kate rapporte sa folle expérience à travers son propre site qu'elle a nommé : « In the skin of a resurrected suicidal teenager ». Soit : « Dans la peau d'une suicidaire ressuscitée ». Elle y retrace les moments les plus difficiles de son passé ainsi que le fossé qui la séparait de ses parents.

Puis, elle en arrive à cet événement, qui pourrait être interprété comme le plus dramatique de sa vie, mais qui lui a permis d'accéder à une toute nouvelle vie. Une seconde chance. Elle insiste sur le fait que les impasses n'existent pas et que, parfois, il suffit juste de reprendre les bases de sa vie en acceptant de changer de point de vue.

— Le blog d'une suicidaire ? s'alarme Nathalie qui me fait sursauter dans mon dos.

*Diantre ! Que va-t-elle s'imaginer ?*

— Oui, c'est...

*Trouve un truc rassurant, trouve un truc rassurant !*

— C'est le blog d'une jeune Américaine qui partage son expérience pour aider les personnes qui n'arrivent plus à être heureux. Je me dis que je pourrais faire pareil en aidant les orphelins à voir la vie du bon côté, à présent que je retrouve un semblant de normalité dans la mienne.

— C'est pour ça que tu veux devenir bénévole ?

— Oui, admets-je sans mentir. Violette m'a convaincue. Je pense que ça peut m'apporter beaucoup, mais que je peux surtout me montrer utile aux enfants.

Nathalie sourit. Mission accomplie !

Je dirais même : mission doublement accomplie, puisque je viens de rassurer ma mère en même temps que je viens de prouver l'existence d'Ylorior. En quelque sorte.

Une inondation ne survient pas d'un orage « comme par magie » (enfin si, justement !). Tout comme la tempête d'Enivelle...

Je suis sur la bonne voie. Je le sens et je le sais.

J'ai hâte de confirmer tout cela ce soir en observant Violette.

*Une faille*

Victoire fête ses dix-sept ans, alors je m'imaginais une soirée plutôt calme.

Difficile de faire calme avec une trentaine d'invités !

Violette est aux anges en découvrant la piste de danse. Il y a au moins une de nous deux qui se réjouit de cette soirée ! Dommage pour elle, elle devra se montrer patiente pour se déhancher. Victoire a prévu tout un tas d'activités avant de lancer les lumières et la musique.

Je sens que cette soirée s'annonce interminable, alors que nous venons d'arriver.

— Ne fais pas cette tête ! m'encourage Violette. On va s'amuser, tu verras !

Je hausse les épaules et reporte mon attention sur le buffet. Enfin, plutôt sur le bar, puisqu'il n'y a pas grand-chose d'autre que des boissons, en dehors du gâteau que ma mère a confectionné pour l'occasion et les chips que mon amie a ramenées.

— J'peux vous servir à boire ? nous propose un jeune garçon. On a d'la Vodka, du Malibu, du rhum ou d'la bière.

— Et nous on a quatorze ans ! invective Violette. Qu'y a-t-il sans alcool ?

Elle vient de poser une colle au grand gaillard.

— Bah... On peut pas dire qu'y a de l'alcool dans la bière. J'en buvais à douze ans déjà.

— Et on voit le résultat..., maugrée mon amie dans sa barbe. Même pas capable d'aligner deux phrases !

Je pense être la seule à avoir entendu. En attendant, je vois Violette faire signe au garçon qu'on se débrouillera sans lui.

— On ferait peut-être mieux de rentrer, non ? risqué-je. Cette soirée n'est pas faite pour des filles de notre âge.

Et cela me met extrêmement mal à l'aise.

— Ignore les buveurs, c'est tout. De toute façon, ils n'aspirent à rien d'autre qu'à picoler entre eux pour tester leurs limites. C'est l'âge bête et ingrat, paraît-il.

— Si tu me vois partir dans cette direction dans quelques années, je t'en conjure, Violette, gifle-moi !

— Aucun risque que nous sombrions là-dedans ! affirme-t-elle. Nous sommes bien trop vigilantes pour ça. Tous ces adolescents que tu vois, là, agglutinés au bar, ils ne savent pas s'amuser autrement qu'en buvant. Une façon comme une autre de prouver qu'ils sont « dans le coup ». C'est d'un pathétique !

— Je ne vois pas en quoi boire est amusant.

— L'alcool inhibe les sensations, la raison, les pensées parasites. Il n'y a que de cette façon qu'ils peuvent « se lâcher », selon eux. Par ailleurs, l'effet de groupe les stimule. Celui qui finira le plus mal en point deviendra une légende. Enfin, tout ça me dépasse, Mily. J'ai hâte de devenir adulte pour outrepasser tout ce joyeux bazar.

— Si tu as conscience de tout ça, pourquoi restes-tu amie avec eux ?

— Ces ivrognes ne sont pas mes amis, mais ceux de Victoire. Elle, elle n'est pas du tout comme ça. Regarde autour de toi ! Victoire a demandé à chacun d'apporter à manger ou à boire, elle a préparé tout un tas de choses que ses amis s'évertuent à ignorer, préférant l'attrait de l'alcool.

Violette a raison. Je ressens une pointe de compassion pour cette jeune fille qui espérait passer un anniversaire tranquille. Mais l'âge ne semble pas en accord avec ces petits plaisirs simples de la vie...

— Je serais Victoire, je virerais tous ceux qui entravent le bon déroulement de la soirée qu'elle espérait ! dénoncé-je avec ferveur.

— Et après, quoi ? Il ne resterait plus que nous, deux gamines de quatorze ans. Je comprends ton point de vue et je le partage, Mily, crois-moi ! Mais, si moi aussi je devais écarter toutes les personnes qui sont différentes de moi, il ne resterait que toi. J'analyse beaucoup, mais je n'apporte aucun jugement. Chacun est libre de faire ce qu'il veut. Sinon c'est la solitude assurée, et elle ne vaut pas mieux que ce débauchage.

— Je préfère être seule que mal accompagnée, bredouillé-je pour défendre coûte que coûte ma vision.

— Certes. Sauf que la solitude est permanente et destructrice. Ces jeunes, aussi débiles soient-ils sous l'effet de l'alcool, ne sont pas toujours dans cet état. À nous d'accepter leurs faiblesses éphémères.

Je ne suis pas certaine de la suivre... Ce comportement face à l'alcool est risqué en plus d'être illogique. Alors, pourquoi donner notre bénédiction en laissant les adolescents se ridiculiser tout en se ruinant la santé ?

En ce qui me concerne, il m'est difficile de rester ainsi les bras croisés à les regarder s'autodétruire. Une déformation ylorienne, sûrement. Violette est censée ressentir la même chose. Et cela m'agace que cela ne soit pas le cas.

— Il n'est pas question de jugement, mais de bon sens, riposté-je. Il faut leur faire comprendre à quel point ils sont pitoyables, et qu'il n'y a aucune fierté à se rendre malade.

— Tu sais, Mily, j'ai accepté l'idée que mon intelligence me rende plus lucide qu'eux. Si je ne peux pas leur en vouloir parce qu'ils ne disposent pas d'une mémoire absolue, par exemple, je dois accepter tous leurs autres... défauts. Cet âge ingrat permet aux adolescents de se découvrir, de tester leurs limites et de chercher quelle place occuper dans la société. Nous, on a assimilé tout ça depuis toujours.

— Oui, mais...

— Si je ne peux pas leur reprocher de craindre la chaleur ou le froid, les maladies, les trous de mémoire et j'en passe, je ne peux pas non plus les accabler pour ce qui semble faire partie du cours normal de l'évolution humaine. Je me suis faite à cette idée parce que, sinon, je deviendrais asociale.

*Le message est passé...*

Je déglutis en tentant d'intégrer sa façon de voir les choses.

Ma condition humaine serait capable de comprendre et de fermer les yeux sur autant d'aberrations. Mais ma condition ylorienne, elle, bouillonne de l'intérieur.

À ce propos, que font les Ylas pour pallier l'engouement pour l'alcool ?

— Franchement, Mily, l'alcool ce n'est encore rien du tout comparé aux autres drogues beaucoup plus dangereuses que les jeunes aiment consommer... Laisse tomber, nous ne pouvons rien y faire. Tu dois te faire une raison.

*Une raison...*

Plus j'observe ce monde avec mon regard d'Ylorienne déchue, plus je me retrouve consternée par tout un tas d'incohérences affligeantes de ce genre. Les humains n'ont pas assez de problèmes, il faut qu'ils trouvent un moyen pour s'en créer ?

Je n'arrive pas à comprendre. C'est au-delà de mes forces.

— Essaye, au moins ! insiste Violette.

— Je ne te promets rien.

Je ne desserrerai pas les dents de la soirée. Ce climat est malsain. J'ai plus l'impression d'être complice que témoin de quelque chose de répréhensible. Le fait que ce soit toléré et autant banalisé me sidère encore plus.

Je songe aux parents de tous ces adolescents qui abusent. Tout ce qu'ils ont pu vivre depuis leur naissance, l'éducation qu'ils leur ont inculquée... Et voilà ce qu'ils en font...

— Essaye un peu mieux que ça ! raille Violette en m'assenant une petite tape de son coude.

Je m'apprête à répliquer quelque chose de cinglant, mais aucun son ne sort de ma bouche. Je suis comme hypnotisée par le regard du grand brun qui me fixe depuis le fond de la salle.

Et je suis presque prête à parier qu'il a les yeux couleur chocolat...

— Allô, ici la Terre ? me secoue Violette avant d'éclater de rire.

Je la dévisage quelque peu sonnée par cet échange visuel avec l'inconnu.

— Tu manifestes ton aversion pour la débilité des adolescents et tu jettes ton dévolu sur le pire d'entre eux la seconde d'après ! s'égosille-t-elle.

J'élude la remarque. Une seule chose m'intéresse :

— Qui est-ce ?

— Un des trois fumeurs bénévoles au foyer. Un de ceux qu'il faut éviter comme la peste, si tu veux un conseil avisé.

— Tu n'as pas répondu à ma question.

— Ce n'est pas Jules, si c'était le fond de cette question. Bon sang de bonsoir, Mily ! Reprends-toi ! Tonelli est le mal personnifié.

Jules l'était aussi, aux yeux des autres.

— Il boit, il fume des choses pas très nettes, il est le roi des aventures sans lendemain. Fais-moi confiance, ignore-le ! appuie Violette avec ferveur.

Je n'avais pas envisagé les choses sous cet angle. Jules était, à priori, du genre à réfuter l'autorité en bravant les interdits par tous les moyens qui soient. Mais ce n'était encore qu'un enfant. Un adolescent confronté aux mêmes problèmes dispose de moyens plus destructeurs...

— Tonelli, tu dis ?

— David Tonelli. Pas Jules. Il n'est pas celui que tu cherches, Mily !

J'entends ce qu'elle me dit. Ce ne sont que des mots dans le vent. J'ai le sentiment que je dois accéder aux preuves par moi-même pour trancher. Le regard que j'ai échangé avec cet étranger n'était pas anodin.

Mon corps s'est exprimé, mon esprit se doit donc de vérifier chaque piste.

— Mily ! s'agace Violette en tentant de me retenir.

*En vain.*

Mes pas sont comme aimantés vers ce mystérieux garçon...

— Mily Tourel ! m'accueille-t-il d'un rictus asymétrique. La légende vivante ! J'ai cru comprendre que ton amie va m'écorcher vif si tu t'approches trop du méchant David. Que me vaut cet honneur ?

Il connaît mon prénom et mon nom. Cela ne signifie pas grand-chose étant donné qu'il est bénévole au foyer. Je dois encore me faire à l'idée que je bénéficie d'une légère réputation de « revenante » à Movence. Toujours est-il que je dois tirer certaines choses au clair...

— Est-ce qu'on ne se serait pas connus par le passé ? questionné-je sans détour. Tu me rappelles un très bon ami que j'avais au foyer.

— Tu dois faire erreur. Si je t'avais croisée avant aujourd'hui, j'aurais jamais pu t'oublier !

Son regard est perçant, comme s'il essayait de plonger dans mon âme. Il me trouble, mais pas assez pour entraver ma lucidité.

Si on m'a supprimé la mémoire pour que je ne me souvienne pas de Jules, entre autres, il est logique qu'on ait fait la même chose de son côté. Sinon, il ferait tout pour me retrouver, et mon amnésie ne servirait à rien.

Enfin, je crois.

Je divague.

— Tu as été adopté ? demandé-je sans une once de tact.

Ceci expliquerait son changement de nom.

Je pense que je peux me permettre cette question déplacée, étant moi-même une ancienne orpheline. Sauf que son visage se ferme à l'évocation de sa famille. C'est plutôt intrigant comme réaction.

— Je peux savoir en quoi ça t'intéresse ? se défend-il en posant son verre sur le rebord d'une fenêtre.

Il réagit comme si je venais de l'attaquer, bien qu'il ne se montre toutefois pas agressif.

— Je suis désolée si je t'ai froissé. Je me pose juste des milliards de questions en ce moment, et les réponses ne courent pas les rues.

— Tu devrais prendre un verre, ça te ferait du bien. Si boire me permet d'oublier, peut-être que ça pourrait te rendre la mémoire, à toi, qui sait ? Les effets sont différents d'une personne à une autre...

J'ai envie de le remettre à sa place. Au lieu de cela, j'enchaîne :

— Et que cherches-tu à oublier ?

— Tu te prends pour Madame Peyrot ou quoi ? ricane-t-il comme pour se défiler. Il me faudrait un peu plus de deux verres dans l'organisme pour répondre à cette question, Mily Tourel.

— Si tu bois pour oublier, le genre de réponses que tu formulerais ne m'avancerait pas beaucoup. Surtout si tes capacités d'élocution se retrouvaient compromises.

— T'es pas banale, toi ! glousse-t-il d'un ton admiratif.

*Il ne croit pas si bien dire...*

Il me scrute un instant, impressionné par ma répartie. Je sens qu'il cherche une échappatoire. Mais je ne suis pas prête à lui accorder de répit, tant qu'il n'aura pas mis un terme à mes doutes les plus persistants le concernant.

— Tu n'as toujours pas répondu à ma question, souligné-je en le défiant du regard.

— Alors voilà ce qu'on va faire, Mily Tourel. Je ne sais pas ce que tu vises en cherchant à dépouiller mon histoire, mais ça a l'air important pour toi. Aussi important que de conserver toutes ces informations secrètes pour moi. Nous sommes donc confrontés à un véritable problème, n'est-ce pas ?

Est-ce que Jules me faisait ainsi tourner en bourrique par le passé ? Il ne me semble pas l'avoir mentionné dans mon récit, mais je n'écarte pas non plus l'hypothèse que mon ami ait pu changer ou évoluer en plus de m'avoir oubliée.

Or, sa compagnie m'est agréable, malgré l'odeur pestilentielle se dégageant de son haleine envahie par des restes d'alcool et de tabac. Un cocktail épouvantable.

Alors j'opte pour :

— Je te propose un deal. Je te pose une question et tu as le droit de m'en poser une en retour. Cela me paraît équitable. Qu'en dis-tu ?

— J'ai une meilleure idée, énonce-t-il avec fierté. Je te soumets une requête particulière et, si tu l'acceptes, je répondrai à n'importe laquelle de tes questions. Et ainsi de suite. Deal ?

Il me semble que Jules était quelqu'un de très joueur aussi. Ce qui me pousse à lancer sans réfléchir :

— Deal !

Son sourire s'étend. Il se redresse pour me regarder droit dans les yeux et poursuit :

— Ma toute première requête est très simple, Mily Tourel. As-tu un lien de parenté ou quelque chose dans le genre qui te rattache à Jules ?

Je crois que je viens de me décomposer sur place.

— Jules ? répété-je abasourdie.

— Oui, admets que c'est étrange... Vous avez l'air d'avoir le même âge, vous êtes toutes les deux amnésiques et plutôt précoces, d'après ce que je peux constater. Mais vous ne vous ressemblez pas du tout, alors ça soulève des questions. Vous êtes de fausses jumelles ou bien...

La déception m'étrangle. Il va falloir que j'assimile le fait que « Jules » est aussi le nom de famille de Violette.

— C'est ma meilleure amie. Pourquoi cette question ?

— Si je te réponds, tu perds l'occasion de satisfaire ton étrange curiosité à mon égard. Je te rappelle que le deal c'est : une requête contre une seule réponse.

Il m'énerve avec son petit air de vainqueur, mais il m'amuse à la fois.

Je réfléchis un instant. Si je lui demande s'il a été adopté, une réponse en « oui » ou « non » ne m'éclairera guère plus. J'opte alors pour une question ouverte :

— Ma question est donc la suivante : qui est ta famille, David ?

— Malin ! me complimente-t-il sans se départir de son sourire en coin. Ma famille est morte. Il ne reste que ma mère et ma sœur,

Audrey. Une crapule qui grandit trop vite, mais que j'adore. Ça te va comme réponse ?

— Seulement si c'est la vérité...

— Ça fait partie du deal, même si je ne l'ai pas précisé.

Dans ce cas, l'hypothèse qu'il pourrait s'agir de Jules est maintenue. Selon ce que j'ai pu relever du récit de ma mémoire, Jules cherchait sa mère et sa petite sœur avant d'atterrir dans le foyer de Mme Stener. Sans doute les a-t-il trouvées entre-temps, ainsi que sa véritable identité.

Je me perds dans tous ces croisements.

— Je te suggère de calmer tes ardeurs, Tonelli ! intervient Violette quelque peu sur la défensive. Mily n'a que quatorze ans et elle n'a pas besoin d'être pervertie par tes vertus douteuses.

— Mes vertus douteuses ? explose-t-il de rire en s'emparant à nouveau de son verre pour descendre une gorgée.

— Tout va bien, Violette, le défends-je, je lui posais juste quelques questions. J'en ai encore d'autres, d'ailleurs.

— Mais enfin, Mily ! s'emporte mon amie de plus en plus irritée. Je m'en serais rappelée, si Tonelli m'avait aidée à m'intégrer au sein du foyer, d'après ce que tu m'as dit. Crois-moi, ce n'est *pas* Jules ! Il n'a même jamais été pensionnaire au foyer.

Le fait qu'elle ne se rappelle pas de quelque chose qui a très certainement eu lieu rend cette phrase superflue.

Je n'avais pas ressenti de jalousie envers Violette sans raison. Jules l'avait prise sous son aile, j'en suis sûre !

— Bon, c'est pas que je m'ennuie, reprend David, mais Victoire ne veut pas qu'on fume à l'intérieur. Si tu as d'autres questions, Mily Tourel, mes nouvelles requêtes et moi nous trouverons dehors !

— Ça ira, merci ! vocifère Violette en le fusillant du regard. Va donc te mazouter les poumons en compagnie des gens de ton espèce !

David s'éloigne à moitié hilare. L'animosité que lui destine Violette ne doit pas dater d'hier. Si lui a l'air de s'en moquer, moi, cela m'interpelle.

— Je peux savoir ce qu'il t'a fait ? questionné-je sans attendre.

— À moi, rien. Mais aux filles naïves comme toi, beaucoup de mal. Ce mec ne sait que respecter les enfants de moins de douze ans. Sinon, c'est un véritable prédateur destructeur. Demande à n'importe qui autour de nous. David a sa réputation. Et j'ai peur que tu cherches à combler l'absence de Jules par quelqu'un comme lui. Tu es vulnérable.

Elle n'a pas tort.

Mais... parce qu'il y a toujours un « mais » lorsqu'il s'agit de Jules, j'ai *besoin* de savoir.

J'attends le moment opportun pour fausser compagnie à ma meilleure amie surprotectrice. Je profite d'une envie pressante pour m'éclipser aux toilettes. Sauf que je ne la rejoins pas tout de suite après. J'effectue un détour par l'extérieur en tâchant de me faire le plus discrète possible.

Je repère tout de suite David. Ou plutôt son rire. Il a ce je-ne-sais-quoi qui captive son auditoire. Un groupe de fumeurs est comme suspendu à ses mots. Et pas seulement les filles.

J'avoue qu'il me fascine, moi aussi, malgré le verre à nouveau plein qu'il tient dans sa main gauche et la cigarette fumante dans sa main droite. En ce qui me concerne, ce n'est pas pour les mêmes raisons que les autres.

Lorsqu'il accroche mon regard parmi la foule agglutinée autour de lui, il lâche :

— Ron, tu gardes un œil sur mon verre ? Je reviens !

Il a à peine terminé sa phrase qu'il progresse à vive allure dans ma direction tout en écrasant son mégot dans un cendrier au passage.

Tous les regards inquisiteurs sont tournés vers moi. Je ne sais pas comment réagir à cela.

— Suis-moi avant qu'ils commencent à jaser ! me murmure-t-il en me devançant.

Je suis tentée de résister l'espace de... deux secondes...

Mes jambes trahissent à nouveau l'attraction qui m'attire irrémédiablement vers ce garçon si intrigant.

— Ça te dit qu'on fasse une petite balade dans le pâté de maisons, loin de toute cette agitation et des meilleures amies à cran ?

Se balader seule avec un adolescent à la réputation discutable en pleine nuit, dans un endroit inconnu...

Je me débats contre mes réticences tout aussi friables les unes que les autres.

— Serait-ce une nouvelle requête ? l'affronté-je du regard malgré la différence de taille.

— Tu es dure en affaire, toi ! plaisante-t-il d'un sourire indescriptible.

Son rire est si apaisant que je me résous à m'étonner moi-même en lançant :

— Si c'est le cas, je ne suis pas contre.

Le ciel est bien dégagé ce soir. Ce n'est pas tout à fait la pleine lune, mais je sens que ce sera pour demain.

— Tu as le droit à une question, Mily Tourel, me fait remarquer David.

D'accord, mais... comment choisir parmi toutes celles qui se trouvent en file d'attente ? Après une profonde réflexion, j'interroge enfin :

— Où habitais-tu entre 2002 et 2006 ?

— Tu veux dire par là, entre le jour de la grande tempête à Enivelle et ta disparition mystérieuse ?

J'acquiesce.

Il se ferme.

Peut-être que c'est parce qu'il a oublié son passage au foyer.

— Très franchement, je n'ai pas envie d'en parler. Cette période a été la plus éprouvante de ma vie. J'en porte encore des séquelles. Je n'ai pas perdu la mémoire, moi, mais j'aurais préféré. Je n'ai pas disparu, mais ça ne m'empêche pas de me sentir paumé depuis la tempête.

Jules non plus ne souhaitait pas parler de ce qui lui était arrivé ce fameux jour. Je ne réponds néanmoins rien à cela. Sa douleur est palpable. Je n'ai aucune envie de remuer le couteau dans la plaie.

— Mais un deal est un deal, continue-t-il en soupirant. Alors...

Il laisse traîner ce dernier mot tandis qu'il s'installe sur un muret en béton. Je sais que je suis censée m'asseoir à ses côtés, ou bien, par respect, lui dire qu'il n'est pas obligé de me répondre, si c'est aussi difficile pour lui que cela en a l'air. Or, je reste aux aguets. Égoïstement.

— La tempête m'a pris mon frère aîné, Jérôme. Puis, elle a consumé le reste de ma famille par la suite. Depuis, je ne suis que l'ombre de moi-même. Je fais assez de séances avec Madame Peyrot pour m'en rendre compte. Mais il y a des blessures qui ne cicatrisent pas. C'est comme ça. Alors, où est-ce que j'étais après 2002 ? Comme aujourd'hui. À la dérive.

— Je suis désolée...

— Ce n'est pas toi qui as provoqué cette tempête, ironise-t-il amer.

Un sentiment de culpabilité m'assaille. Si je ne suis pas responsable de cette tempête, mon existence en est en partie la cause, d'après ce que j'ai lu.

Là n'est cependant pas la question. J'ai besoin d'éclaircir un point fondamental une bonne fois pour toutes :

— Donc, tu n'as jamais vécu au foyer de Madame Stener, c'est ça ?

— Au risque de te décevoir, non. Tu devais être sacrément attachée à ton ami pour vouloir à tout prix faire coïncider nos deux profils. Ça vaut ce que ça vaut, mais j'aurais bien aimé être ton ami durant cette période. Ça m'aurait évité bien des galères...

— Comment ça ?

Mon acharnement devient de plus en plus pathétique, j'en ai tout à fait conscience.

— La solitude et la dépression ne font pas bon ménage, se contente-t-il de répondre. On a tous notre façon de réagir. Disons que je n'ai pas trouvé de moyens très... enfin bref. Tu as failli m'extirper d'autres réponses gratos, ou je rêve ? glousse-t-il en se remettant en marche.

— Encore désolée...

— Ne le sois pas, Mily Tourel. Mine de rien, je trouve ça rafraîchissant de parler avec toi. Tu as réussi à me soutirer des informations que Madame Peyrot a mis des mois à obtenir de ma part, alors que je ne te connais pour ainsi dire pas du tout.

*Cela reste à prouver...*

Au moins, j'ai la preuve que le sentiment de confiance est réciproque entre nous.

— En tout cas aujourd'hui, tu as l'air d'aller mieux, remarqué-je. Tu as des tas d'amis et...

— J'ai des tas d'amis, oui. Et pourtant, je n'ai pas hésité à leur fausser compagnie pour me retrouver ici avec toi. Tu es différente.

*Différente...*

A priori, je dois le prendre comme un compliment.

— Après, précise-t-il, ça tient peut-être du fait que tu me prends pour ton vieil ami, mais je pense que tu n'agirais pas autrement dans le cas contraire. Un seul échange avec toi m'a suffi pour savoir que tu ne juges pas selon les apparences. Car en me voyant, soit on me considère comme un moins que rien, comme le fait ta meilleure amie, soit on me met sur un piédestal.

J'essaye de prendre du recul vis-à-vis de David. En effet, il n'a rien du parfait adolescent modèle. Des cheveux bruns en bataille lui bouffent le visage, une tenue en simili cuir très sombre, un air farouche. Je n'aurais pas été vers lui comme je l'ai fait, sans cet amalgame avec Jules. Pourtant, à présent que je dispose d'un regard un peu plus aiguisé sur sa personnalité, son look m'a tout l'air d'être une carapace.

*Tout comme Jules autrefois...*

Serait-ce une coïncidence de plus ? Ylorior m'a appris à me méfier du hasard.

David est donc un écorché en mal de repères. Il se réfugie à travers diverses distractions pour surmonter les épreuves de la vie. Pas les plus saines qui soient. Mais ce soir, il préfère ma compagnie.

J'ai la sensation que c'est parce qu'on se sent toujours plus en confiance avec d'autres écorchés. Pas besoin de donner le change, de prétendre que tout va bien ou de se mentir à soi-même. Peut-être que je suis la première personne assez abîmée par la vie que croise David, et que c'est la raison pour laquelle il peut se permettre d'être lui-même. Qui sait ?

C'est en tout cas ainsi que je ressens les choses.

— J'espère que je ne t'ai pas effrayée, exprime-t-il quelque peu gêné par mon silence.

— Je ne suis pas quelqu'un de très loquace. Ne le prends pas pour toi !

— Ma prochaine requête est une question un peu délicate. Tu me permets ?

J'opine du chef tout en restant méfiante pour l'aspect « délicat » annoncé.

— Cet ami que tu pensais que j'étais...

*Que je pense qu'il est toujours...*

—... est-ce que c'était plus qu'un ami à tes yeux ?

*LA question !*

Pourquoi cette obsession collective autour d'une hypothétique ambiguïté amoureuse entre Jules et moi ? Serait-ce trop demander d'envisager la possibilité d'un véritable amour fraternel entre deux êtres ?

— J'avais huit ans quand j'ai disparu, David. À huit ans, on ne se pose pas ce genre de questions. Enfin, je crois. En tout cas pas moi. Pas avec Jules. Notre relation était fraternelle.

— Dans ce cas, j'imagine que tu es libre, enchaîne-t-il l'air de rien.

Je ne l'avais pas vue venir, celle-là ! Est-ce que David chercherait à me courtiser ? J'ai envie d'éclater de rire, tellement cette idée me paraît absurde. J'ai quatorze ans sur le plan physique. Mais sur le plan émotionel, je dois me situer dans une tranche d'âge incertaine.

Je suis tout sauf disposée à penser à ce genre de choses. Je devrais cependant me sentir flattée qu'un gars comme David puisse s'intéresser à quelqu'un comme moi. Mais non. Cela me met plutôt mal à l'aise.

— Excuse-moi, je ne voulais pas te brusquer, se rattrape-t-il comme il peut. Maintenant, tu vas penser que je t'ai emmenée ici pour te draguer lourdement, mais non. Sois tranquille. Je suis joueur, mais tu n'es pas le genre de fille qui... enfin bref. Je m'enfonce. Oublie tout ce que je viens de dire.

— Je ne sais même pas quel âge tu as.

C'est la première chose qui me soit venue en tête pour masquer mon embarras progressif.

— Je vais avoir seize ans à la fin du mois. Voilà ta réponse. À mon tour pour une nouvelle requête !

Il essaye de me mettre à l'aise, je le sens. Mais la seule chose qui m'occupe l'esprit, là tout de suite, c'est que Jules est censé n'avoir qu'un an de plus que moi. Pas deux. Pas plus.

Je commence à être fatiguée de devoir trouver des explications ou un semblant de logique à toutes les incohérences qui séparent Jules et David.

Serait-ce le moment de me faire une raison ? J'hésite...

— Je ne voulais pas te bousculer, insiste David accablé. Je ne sais pas ce qui m'a pris, je ne suis qu'un abruti. Faut toujours que je foire tout...

— Non, c'est rien. Vraiment. Ça m'a juste prise au dépourvu. Je ne suis pas du tout prête pour... ce genre de choses. Me reconstruire toute seule est déjà une épreuve. Alors l'idée de me retrouver... avec quelqu'un m'est abstraite. Ne le prends pas pour toi !

Son regard est bienveillant. J'ai dû trouver les mots justes.

Je prends conscience de quelque chose d'important durant ce silence. Que David soit Jules ou non, nous pouvons devenir de bons amis. Je me sens suffisamment à l'aise à ses côtés pour lui faire confiance. Surtout maintenant que toute trace d'ambiguïté est éradiquée entre nous.

— Ne t'en fais pas ! le rassuré-je en lui adressant mon sourire le plus chaleureux. Amis ?

— Je me demande ce que ta meilleure amie va en penser ! pouffe-t-il de nouveau détendu.

— Comment se fait-il qu'elle t'en veuille à ce point ?

— Je te l'ai dit, Mily Tourel. Soit on me juge, soit on me vénère. Et dans les deux cas, pour de mauvaises raisons. Violette n'échappe pas à la règle. Je ne peux pas lui en vouloir. Sa réaction est naturelle face à la carapace que j'érige autour de moi. C'est ta réaction, à toi, qui m'étonne.

— En même temps... je n'ai pas eu affaire à cette carapace, lui fais-je remarquer. Enfin, je crois.

— Et c'est ce qui me surprend encore plus, renchérit-il. Jusque-là, j'ignorais que j'étais capable de baisser ma garde. Ce qui me conforte à l'idée que tu es différente. Agréablement différente.

Plus David se dévoile, plus je perçois sa sensibilité. Il est vrai qu'en le voyant, il donne l'impression de quelqu'un de robuste.

Est-ce ma nature ylorienne qui le mettrait autant à l'aise à mes côtés ? Cette théorie est contestable, dans la mesure où Violette n'a pas obtenu le même résultat. Mais Violette n'était pas Yla de la famille. Si les problèmes de David prennent leur source à travers l'histoire de sa famille, ceci expliquerait donc cela.

Cette prise de conscience a de quoi me faire cogiter un bon moment. Et si j'avais aussi un rôle à jouer auprès des humains en tant qu'Yla de la famille ? Ici ? Et pas seulement auprès des femmes ?

Était-ce la raison pour laquelle Lélinda cherchait à me voir retourner sur Terre ? Pour prouver à Morana que leur organisation n'est pas du tout optimal ?

*Pff.* Voilà que j'essaye encore de trouver des excuses à la prétendue Yla du bonheur. Mais les agissements de Lélinda me laissent perplexe. Car, malgré tout ce qu'elle a pu faire à mon encontre, je n'arrive pas à expliquer certains de ses agissements. Notamment, pourquoi a-t-elle permis à Malissia de me laisser le temps de rédiger le contenu de ma mémoire avant de me l'ôter ? Entre autres...

*Je m'égare.*

Je me demande comment je vais pouvoir missionner sans pouvoirs magiques depuis la Terre. C'est une conversation que je rêverais d'entretenir avec Violette. Violette qui doit d'ailleurs se faire un sang d'encre. Je suis certaine qu'elle me cherche. Pourvu qu'elle ne s'imagine pas que j'ai à nouveau disparu. Une sorte de tradition d'anniversaire.

— On devrait peut-être retourner à la fête, non ? suggéré-je. Victoire doit avoir lancé la soirée dansante. Je ne voudrais pas gâcher ça à Violette, elle l'attendait avec impatience. Et comme tu as pu le constater, elle se montre un tantinet protectrice envers moi. Elle doit s'inquiéter.

— Et elle a raison ! À sa place, je t'aurais aussi mise en garde contre moi. Mais je suis ravi que les choses soient ainsi. Ça change ! Maintenant, voici ma nouvelle requête, Mily Tourel. M'accorderais-tu une danse ?

Je manque de m'étouffer de rire. Moi... danser. L'image m'est aussi superflue que si on me demandait de... Non... En fait, danser m'apparaît comme l'activité la moins accessible qui soit.

— Ce serait avec plaisir si je savais danser ! avoué-je honteusement. Mais c'est au-dessus de mes forces.

— Allons... Je suis sûr que tu te sous-estimes. Laisse-moi t'apprendre ! Je suis plutôt bon cavalier.

— Peut-être une autre fois.

— Dois-je comprendre par-là que tu n'as plus aucune question à me poser ? me taquine-t-il.

À peine quelques heures que nous nous connaissons, et il a déjà mis le doigt sur mon plus gros point faible : ma curiosité. Il a gagné. Mon sourire le lui indique.

— Le temps d'une seule chanson, alors ! l'avertis-je.
— Vendu !

De retour à la fête, je m'attends à ce que tous les regards nous épient en quête de potins hasardeux. Mais à ma grande surprise, ils convergent tous, sans exception, vers ma meilleure amie sur la piste de danse.

Le spectacle qu'elle nous offre est prodigieux.

Hypnotique.

La musique, les jeux de lumière et ses mouvements ensorcelants ne font qu'un. C'est... magique.

Tandis que tout le monde se délecte de cette représentation impromptue — oui, parce que Violette n'a pas l'air de se rendre compte qu'elle est le centre de l'attention — je soulève à nouveau cette folle hypothèse selon laquelle nous pourrions avoir un rôle à jouer sur Terre en tant qu'Yloriennes.

Violette, ou plutôt Vita, était l'Yla de la danse. Je me demande comment tous ceux de la pièce se sentent en la regardant ainsi se dandiner au rythme effréné de la mélodie. Est-ce qu'ils ressentent une forme d'apaisement ?

Dans tous les cas, je constate que plus personne ne boit, ne fume, ni ne ressent le besoin de combler un quelconque vide pour se divertir. Plus rien n'a d'importance pour eux en dehors de ce mirage sur la piste de danse.

La musique monte crescendo. J'en frissonne moi-même alors que je ne suis pas entièrement humaine. Je devrais être capable de ne pas subir la magie d'Ylorior de la même façon que les humains.

Le stroboscope me donne l'impression d'une scène se déroulant au ralenti. Seuls les mouvements envoûtants de Violette semblent me ramener à la vitesse réelle. Ou l'inverse. Je ne sais plus trop. Même en tentant de me concentrer du mieux que je peux, je ne parviens pas à détacher mon regard de mon amie en transe.

Si bien que je mets plus de quatre secondes à réagir lorsque je vois Violette convulser sous l'assaut du stroboscope.

À terre.

Et personne ne bouge.

J'accours dans la direction de mon amie pour lui venir en aide.

Personne ne bouge.

Je la tiens dans mes bras, à défaut de trouver une meilleure solution.

Personne ne bouge.

Je hurle pour qu'on éteigne la musique et les flashs de lumière incessants.

Personne ne bouge.

Je soulève Violette dans mes bras et me dirige moi-même vers la console d'où provient toute cette nuisance visuelle et sonore.

Personne ne bouge.

Sous la panique, je débranche toutes les machines alentour plutôt que de perdre du temps à trouver les boutons pour les éteindre.

Cette fois, le charme semble rompu. Violette cesse de convulser et les gens autour reviennent progressivement à eux.

Je reporte mon attention sur ma meilleure amie qui écarquille les yeux. C'est de la terreur que je lis à travers son regard pétrifié.

Une émotion qui me contamine lorsque sa voix se brise à travers toute la salle pour crier au bord de la suffocation :

— J'ai été bannie ! J'ai été bannie ! J'ai été bannie ! J'ai été bannie...

Je ne peux plus l'arrêter ni la faire taire.

Je suis tétanisée, moi aussi.

*Elle se souvient...*

#  chapitre 5

*Une vocation*

Deux jours sans nouvelles de Violette.
Deux interminables jours.

Ce n'est pas faute d'avoir essayé de la contacter par tous les moyens. Depuis ce que tout le monde a pris pour une crise d'épilepsie et un épisode psychotique à son réveil, elle se terre dans un silence macabre chez elle.

Au moins, je sais qu'elle n'a pas disparu.

Au moins, je sais qu'elle n'a pas été tuée par les Oriors.

Mais tout de même...

Je retourne la question dans tous les sens. Violette se souvient d'Ylorior, cela ne fait aucun doute. Le choc doit être rude. Je suis plus ou moins passée par là dans un contexte tout à fait différent. Si elle me laissait lui parler, je pourrais la soulager du poids de ce secret.

Sauf que justement, je ne peux pas.

Déjà parce que je ne suis pas censée m'en souvenir, et puis parce que Violette ne doit rien comprendre à ma situation. Les souvenirs qu'elle a d'Ylorior ne m'incluent pas. Elle a été bannie trois jours avant mon arrivée au royaume. Et presque personne n'était au courant de mon existence là-bas. Encore moins de mon histoire.

Violette doit cependant se douter que je suis une Ylorienne. Tous nos points communs doivent la mettre sur la piste. J'imagine qu'elle se mure dans son silence pour... me protéger. Je ne vois aucune autre explication valable.

Je respecte son choix et j'attends qu'elle revienne vers moi depuis deux jours.

Mais là, c'en est trop...

Je demande à Nathalie si elle peut m'accompagner chez Violette. Nous y sommes en moins de temps qu'il n'en faut.

Je retrouve Bérangère, Victoire et Loïs sur le perron de mon amie.

— Il n'y a rien à faire, elle ne veut pas nous ouvrir ! m'annonce ce dernier. Peut-être qu'avec toi, on aura plus de chance !

— Allez-vous-en ! s'écrie Violette depuis l'intérieur de son studio. Surtout toi, Mily !

*Waouh ! Quel accueil !*

— Mais tu as oublié quel jour on est ? insiste Bérangère, sa joue collée à la porte qui nous sépare de notre amie. Vendredi 3 août ! C'est la piste aux trésors au bord du lac, Violette. On a *besoin* de toi !

— Violette n'oublie jamais rien, souligne Victoire. Je pense qu'on peut s'asseoir sur l'activité du jour. On trouvera autre chose.

— Les orphelins attendent ce moment depuis si longtemps, on ne peut pas reporter ! déplore Loïs. S'il te plaît, Violette ! Si tu ne peux vraiment pas venir, essaye... je ne sais pas, moi... Essaye de...

— Pff, ça nous apprendra à nous reposer sur elle pour tout organiser ! se fustige Bérangère dépitée.

— Je termine de tout noter ! Deux minutes ! énonce sèchement Violette.

— De tout noter ? s'effare Loïs. Mais t'as une idée du travail que ça représente pour nous, Violette ? Nous ne sommes pas tous aussi précoces que toi !

— Vous non, mais Mily peut très bien me remplacer.

Les trois visages désappointés des bénévoles convergent vers moi à l'unisson.

*Dans quel traquenard ai-je mis les pieds une fois de plus ?*

— Mais Mily ne connaît ni les lieux ni les orphelins... Elle en sait encore moins que nous ! se plaint Bérangère.

Et elle a raison.

— Pas si elle lit ça ! déclare Violette tandis qu'elle glisse un carnet sous le seuil de sa porte.

Loïs l'attrape et se décompose en parcourant les pages.

— Bon sang, mais tu as mis combien de temps pour écrire tout ça ?

*Nous écrivons très vite...*

— On va mettre un siècle à tout lire et tout déchiffrer ! se renfrogne d'autant plus Bérangère.

*Et nous lisons très vite aussi...*

— Remettez-le à Mily et partez, par pitié ! Et ne revenez pas, j'ai besoin d'être seule !

Violette n'a pas besoin de le répéter. Le ton employé ne nous incite pas à jouer les prolongations devant sa porte.

*« Meilleure amie » l'espace d'un jour, alors...,* marmonné-je pour moi-même en prenant la direction de la sortie.


L'ascenseur met une éternité à descendre. Je ne peux faire autrement qu'accepter de les aider. L'idée de m'improviser bénévole au foyer de Mme Stener sans la présence de Violette pour me guider me paraît insurmontable. Mais me retrouver responsable de la tristesse de tout un tas d'orphelins, encore plus.

Je me résigne et fais signe à Loïs de me tendre le carnet de notes.

Violette y a, en effet, tout consigné comme je l'aurais fait moi-même. Elle avait prévu que je viendrais ou que ce serait moi qui prendrais le relai d'une manière ou d'une autre.

Dedans, tous les orphelins y sont répertoriés avec des détails précis les concernant.

Je prends donc conscience de l'ampleur de l'activité en parcourant les premières pages. Un humain serait incapable de s'occuper de tout cela en même temps.

— Tu penses que tu pourrais nous donner un coup de main ? m'interroge Victoire, le regard implorant.

— J'ai ma voiture, on peut te ramener avec nous ! renchérit Loïs.

Je soupire... Je n'ai plus qu'à prévenir ma mère du programme qui m'attend cette après-midi...

— Tu lis ou tu ne fais que survoler les pages du regard ? me questionne Bérangère dans la voiture.

Je marque une pause... Je ne sais pas quoi répondre. Comment les humains normaux sont-ils censés lire ? Apparemment, pas de cette façon.

— Je fais ce que je peux dans le temps qui m'est imparti ! me défends-je en jouant la nonchalance.

— Oui, mais je ne suis pas sûre que tu comprennes l'importance de...

— Ber ! la coupe Loïs. C'est déjà super qu'elle accepte de nous aider, lâche-la un peu ! Elle n'a pas beaucoup de temps pour tout assimiler.

Oui enfin, j'ai presque fini, mais je me garde bien de le signaler. Le terme « extraterrestre » doit assez luire sur mon front pour que je rajoute une couche de paillettes multicolores.

Une fois arrivés au foyer, je sais ce que je dois faire. À commencer par répartir les tâches auprès de chaque bénévole.

— Tiens ! s'exalte David en me surprenant en train de distribuer les pochettes préparées au préalable par Violette pour chacun. On a troqué Jules contre Mily Tourel ! Quelle agréable surprise !

— C'est pas le moment de l'embêter, David ! le réprimande Loïs. C'est le bordel sans Violette. Mily nous donne un coup de main.

— Bah ! moi, je ne serais pas contre le fait qu'elle me donne un bon coup de main juste après ! ricane un des bénévoles.

— La ferme, Ronan ! s'énerve David en bousculant l'intéressé. Elle a quatorze ans, espèce d'abruti !

La violence dans ses propos et ses expressions nous surprend autant Ronan que moi. Je ne vois pourtant pas ce qu'il y avait de méchant à travers ces mots.

— Hé, du calme, Dave ! s'excuse le bénévole en levant les mains en signe de reddition. C'est bon, j'ai pigé. Chasse gardée...

Je dévisage David qui semble avoir du mal à contenir sa colère sous-jacente. Mais son regard s'adoucit lorsqu'il croise le mien.

Et je me demande si ma condition d'hybride humaine/ylorienne n'y serait pas pour quelque chose...

Si Violette a le pouvoir d'hypnotiser les gens rien qu'en dansant, est-ce que moi je ne disposerais pas de la faculté d'apaiser les humains rien qu'en croisant leur regard ?

Après tout, j'ai trouvé mes parents adoptifs, ainsi que tous les gens que j'ai croisés depuis mon retour, vraiment détendus à mon contact.

Si j'ai raison, je pourrai révolutionner la qualité de vie d'un grand nombre de personnes.

J'ai hâte de mettre cette théorie à l'épreuve.

Et je me trouve au parfait endroit pour cela...

Et dire que je me suis retrouvée à leur place durant quelques années... J'observe tous ces orphelins avec admiration. Ils ont tous vécu plus ou moins le même drame. S'ils n'ont pas été abandonnés par leurs parents biologiques, ils n'en ressentent pas moins les mêmes douleurs. Et pourtant, leurs sourires demeurent communicatifs.

Et ma présence n'y est pour rien.

Deux autocars à deux étages nous attendent pour nous escorter jusqu'au lac. Je fais la requête auprès de Loïs — le plus âgé des bénévoles — de me charger de faire l'appel dans chaque car, afin de pouvoir me familiariser avec les orphelins.

Il accepte sans se douter que mettre un prénom sur un visage me permettra de tous les connaître en quelques secondes.

L'absence de Violette se fait ressentir. Tout le monde s'inquiète à propos du sort de la fameuse piste au trésor. Les enfants doivent donc avoir l'habitude que ce soit mon amie qui organise toujours tout. Ce que je comprends, lorsque je lis ses notes.

Violette détient un véritable don pour divertir les enfants avec trois fois rien.

Juste du papier, de la ficelle et des crayons de couleur.

L'activité consiste à placer un bénévole dans un endroit stratégique autour du lac avec des directives très précises. J'expliquerai le but du jeu à tout le monde plus tard.

Pour l'heure, les équipes d'enfants ont déjà été créées. Nous devons encore distribuer à chacun un collier constitué d'une ficelle et d'un origami coloré différent par équipe.

— Je ne sais pas si c'est une bonne idée de mettre ces deux-là dans la même équipe, m'informe Sophie en me désignant Paul et Vivien. Ils ne font que se crêper le chignon.

— Et c'est la raison pour laquelle Violette les a mis ensemble, justifié-je. Bien souvent, une rivalité donne lieu à une amitié lorsqu'une collaboration contre un ennemi commun s'impose. Là, il n'est pas question d'ennemi, mais de compétition.

— C'est Violette qui a marqué ça dans le carnet de notes ? s'étonne la bénévole.

— Pas en ces termes, mais c'était sous-entendu. Sois tranquille, Sophie ! Si ça venait à dégénérer, je m'entretiendrais avec eux. J'en assume la responsabilité.

— Okay.

Et c'est comme cela pour à peu près toutes les décisions que Violette m'a chargée de prendre à sa place. J'ignorais que j'allais devoir défendre chacune d'entre elles.

Les bénévoles et leurs plaintes défilent aussi vite que ma patience. Je trouve cela normal qu'ils ne me fassent pas confiance et qu'ils remettent en question mon sens du discernement. Ils me connaissent à peine. Mais là, je commence à saturer.

Avant que je n'implose, j'attire l'attention de tous les bénévoles devant la soute à bagages des autocars. Je sors tout un tas de bacs que je dépose, en silence, aux pieds de chacun.

La vivacité de mes gestes en dit long sur mon humeur. Ce qui fait que personne n'ose s'interposer ni formuler quoi que ce soit.

*À la bonne heure !*

Je récite haut et fort les tâches allouées à chacun sur un ton sec et tranchant. Personne ne me coupe. Les messages sont donc passés. Je peux conclure par :

— Je n'ai plus rien à ajouter, je vous ai transmis tout ce que Violette a noté. Avec tout ça, l'activité devrait fonctionner comme sur des roulettes si vous vous tenez bien à ses directives. Merci !

J'attrape le bac contenant tout ce qui m'est nécessaire pour préparer l'activité que je suis censée animer moi-même, et pars m'installer à ma place. Sans me retourner.

Je veux bien être sympa et donner un coup de main, mais j'ai mes limites.


Mon animation est fin prête. Il reste une bonne vingtaine de minutes avant que Loïs siffle le départ de la chasse au trésor. En attendant, les enfants sont encadrés par les surveillants autour d'un pique-nique champêtre.


J'hésite à faire le tour des différents stands mis en place pour l'activité, pour vérifier si chaque bénévole a respecté sa mission ou si quelqu'un a besoin d'un coup de main de dernière minute. C'est ce que ferait Violette.

Mais je suis bien ici toute seule. Tranquille. Surtout que j'imagine que rien ne sera à la hauteur de ce qui a été demandé. Alors, pourquoi m'infliger cette peine ? On va encore m'assaillir de questions, de reproches ou chercher à argumenter pourquoi en faire le moins possible rendrait l'activité tout aussi divertissante...

Je prends sur moi et estime que j'ai relayé toutes les informations utiles au bon fonctionnement de ce jeu.

*Lâcher prise...*

Ce qui me laisse vingt minutes pour profiter d'une petite balade en pleine nature.

La forêt qui entoure le lac est splendide. Tous ces arbres m'apaisent comme si les particules yloriennes rentraient en contact direct avec mon organisme. Je me sens si bien, si légère !

Jusqu'à ce qu'un petit garçon se mette à crier en me voyant.

Et c'est David, comme par hasard, qui accourt au plus vite pour lui venir en aide.

— Qu'est-ce... Bah alors, Arthur, on a peur de Mily Tourel, maintenant ? s'amuse-t-il en écrasant sa cigarette contre le premier tronc d'arbre qui lui vient sous la main.

— C'est une fille et elle m'a vu tout nu ! se vexe le jeune orphelin.

J'approche dans sa direction et m'accroupis à sa hauteur pour exprimer :

— Ne t'en fais pas, bonhomme, je n'ai pas porté atteinte à ta pudeur, je te le promets !

— Ce charabia signifie qu'elle n'a pas vu ton petit oiseau, grand gaillard ! ricane David en lui assenant une tape amicale sur l'épaule. T'as quand même pu faire pipi ?

Arthur secoue la tête, honteux. Je ne sais pas comment intervenir pour rattraper les choses et le rassurer. A priori, je n'emploie pas un vocabulaire adapté pour les enfants. C'est donc David qui prend à nouveau les choses en main :

— Bon ! alors va te trouver un arbuste un peu plus gros pour te cacher, et tu reviens quand tu as fini de faire pipi. Ça marche ?

Arthur hoche la tête et s'éloigne en silence.

— Il est trognon, celui-là ! sourit tendrement David tandis qu'il rallume sa cigarette.

Je pourrais être attendrie par son côté protecteur envers cet orphelin, mais je n'arrive pas à m'empêcher de rétorquer :

— Tu ne devrais pas fumer devant les enfants. Surtout en pleine forêt. C'est dangereux. D'ailleurs, tu ne devrais pas fumer du tout.

— Arrête, on dirait Jules ! s'esclaffe-t-il en soufflant sa fumée en hauteur.

Mon cœur s'emballe avant que ma raison me rappelle qu'il parle de Violette.

— Je ne vois pas ce qu'il y a de drôle ! Tu as conscience que tu te bousilles la santé et que tu pourrais déclencher un incendie ? Ce n'est pas un bon exemple à donner aux enfants.

— Tu vois bien que j'attends qu'ils aient le dos tourné pour tirer une taffe de temps en temps. Et puis, je fais très attention, sois tranquille, Mily Tourel ! Mon père était pompier et il fumait comme tel ! plaisante-t-il de son petit sourire coutumier. C'est pas ça qui l'a tué, alors puisqu'on n'a qu'une vie...

C'est un terrain glissant. Je ne peux pas lui demander de quoi son père est décédé, cela ne se fait pas.

— Va donc dire ça à toutes les personnes en train d'agoniser d'un cancer du poumon, riposté-je.

— J'ai donc affaire à une véritable militante anti-clope ! s'exclame-t-il avant de reprendre son sérieux. Et si j'arrêtais de fumer... tu accepterais de sortir avec moi ? Je parle d'aller boire un verre ensemble en tout bien tout honneur, hein.

— Je ne bois pas d'alcool. J'ai qu...

—... quatorze ans, je sais ! Mais il existe tout un tas d'autres boissons. Sauf que j'ai comme l'impression que tu trouveras n'importe quelle excuse pour m'éviter. Je me trompe ? Je le vois dans ton regard fuyant. C'est ta meilleure amie qui t'a trop mise en garde contre moi, ou alors est-ce parce que tu es désormais sûre que je ne suis pas ton ami d'enfance ?

— Je...

... dois me rendre à l'évidence qu'il y a du vrai dans ses propos. Mais je ne sais pas quoi lui répondre. C'est gênant comme situation.

— Allons ! Mily Tourel... Tu peux tout me dire, je saurai encaisser et te laisser tranquille si c'est là ce que tu veux. Mais j'aimerais juste que tu me donnes trois bonnes raisons de ne pas vouloir prendre un jus de fruits entre amis avec moi. Juste trois bonnes raisons. Parce que je n'arrive pas à comprendre ce que j'ai fait de mal.

Et moi, j'aimerais qu'Arthur revienne au plus vite pour abréger cette conversation embarrassante. Mais c'est à croire qu'il ne se contente pas de la petite commission...

Alors, je réfléchis à ces trois raisons valables qui pourraient justifier que je me méfie de lui.

1/Il n'est pas Jules.

2/Violette ne le porte pas du tout dans son cœur et elle le connaît mieux que moi.

3/Je suis trop jeune pour penser à ces choses-là. En tout cas dans ma tête.

Or, je connais d'avance ses contre-arguments. Il m'a bien fait comprendre qu'il cherchait à ce que l'on soit amis, compte tenu de mes réticences. S'il respecte cela, je n'ai aucune excuse pour l'éviter.

Un jus de fruits, ce n'est pas la mer à boire... Mais je n'ai pas non plus envie de lui fournir de faux espoirs.

Alors, je lui réponds ce qui me vient en tête :

— Première raison, tu fumes. Deuxième raison, tu bois de l'alcool. Troisième raison, tu as une réputation avec les filles qui ne rassurerait pas du tout mes parents. Je n'ai pas envie qu'ils se mettent à penser qu'à peine revenue, je puisse me montrer influençable auprès de mauvaises fréquentations. Ce n'est donc pas contre toi, mais pour protéger...

— Donc, c'est bien ce que je pensais. Je ne suis pas ton ami d'enfance, Jules t'a monté le chou et...

— Arrête de l'appeler Jules, s'il te plaît ! Elle a un prénom ! m'emporté-je.

David ne s'attendait pas à autant d'agressivité de ma part. Moi non plus, d'ailleurs.

Il n'a pas terminé sa cigarette qu'il l'écrase à terre pour finalement jeter son mégot dans un petit sachet prévu à cet effet. Il le glisse dans sa poche et se décide à reprendre :

— Je n'insiste pas plus, alors. C'est dommage. Je me sens bien avec toi. On aurait pu développer une belle complicité.

Je déglutis. Pourquoi est-ce que je me sens aussi mal, subitement ?

— Je ne voulais pas...

— T'as pas à te justifier, m'interrompt-il d'un ton calme. Je t'ai demandé trois raisons. Tu me les as fournies et elles sont, hélas ! valables. C'était le deal. Maintenant, je vais voir où est Arthur parce que ça fait des plombes qu'il devrait être revenu.

Je le laisse partir sans rien ajouter.

Je m'en veux, mais j'ai le sentiment que c'est ce que je devais faire. David n'est pas le genre de fréquentation qui m'aidera à trouver ma voie dans cette nouvelle vie compliquée que j'essaye de reprendre en cours de route.

Je tente du moins de m'en convaincre...

Je retourne à mon stand.

Je ne pourrai pas faire partie des bénévoles du foyer. Je me sens plus à ma place auprès des orphelins que des adolescents. Il s'agit peut-être une passade. Tout comme cet énorme poids qui m'oppresse depuis que j'ai blessé David.

Il est évident que je l'ai blessé. Ce n'était même pas mérité. Il cherchait juste à être sympa avec moi.

Plus j'avance vers mon stand, plus ce poids s'intensifie, jusqu'à ce qu'il me prenne à la gorge. La culpabilité m'étouffe.

Je suffoque.

Je ne peux plus mettre un pas devant l'autre. Je ne vois pas d'autre choix que de rebrousser chemin pour présenter mes excuses à ce bénévole amical.

Cette force qui guide mes pas est louche. Je ne suis pas sous hypnose, mais je ne suis pas maître de mes mouvements non plus. Est-ce qu'une ou plusieurs Ylas se cacheraient derrière tout cela ?

*Impossible...* David est un garçon. Elles ne le voient pas, et le règlement de Morana les défend d'essayer.

Je comprends qu'il n'est pas question de David Tonelli lorsque je le croise, livide, en panique, en train de courir dans tous les sens.

— Arthur ! s'écrit-il d'une voix cassée.

Ses traits tirés reflètent la terreur tandis qu'il continue à chercher derrière tous les buissons qui se trouvent sur son passage.

*Arthur a disparu...*

Un frisson parcourt mon corps.

*C'est de ma faute.*

La première chose qui me vient à l'esprit, c'est Morana. J'ignore pourquoi. Enfin, si, je sais pourquoi, mais je n'ose pas l'envisager. Dès qu'il y a un drame qui se produit autour de moi, Morana en est la cause. Mais que peut-elle bien vouloir à Arthur ? C'est un petit garçon.

Est-ce qu'elle pense qu'il s'agit de Jules ?

*Et d'ailleurs... Était-ce Jules ?*

Je débloque. Jules a forcément grandi alors qu'Arthur doit tout juste avoir huit ou neuf ans. Qu'est-ce que Morana ferait d'un petit garçon sur Ylorior ? Chercherait-elle à se servir de lui pour me faire du chantage ?

— ARTHUR ! beugle David. Si tu joues à cache-cache, tu as gagné ! Je commence à avoir peur, là, s'il te plaît montre-toi !

Tous les pires scénarios me tétanisent sur place. Je me sens si impuissante et si responsable à la fois.

*Une grotte...*

Si Morana est derrière tout cela, elle va sûrement se servir de Leïna pour venir me chercher et ainsi procéder à une monnaie d'échange. Toutefois, la phobie de Leïna l'empêche de s'aventurer à l'extérieur des grottes dépourvues de toute forme de végétation.

Alors, je dois trouver une grotte...

— Est-ce que tu sais où se trouve la grotte la plus proche d'ici ? interrogé-je David.

— Il n'y en a pas, c'est bien ça le problème. Les seuls endroits pour se cacher ici sont les arbres, les buissons, le lac et puis...

David me désigne l'étang vaseux face à nous. Je vois mal comment on pourrait avoir envie d'y plonger. Il n'est déjà pas beau à voir.

— Personne ne serait assez bête pour se baigner dans une horreur pareille ! commenté-je comme pour rassurer mon interlocuteur angoissé.

— Sauf s'il ne l'a pas vu. Arthur a la phobie des oiseaux. C'est pour ça qu'il a besoin de quelqu'un pour l'accompagner dans la nature. Imaginons qu'il se soit senti menacé et qu'en tentant de fuir... Mily... Il y avait tout un tas d'oiseaux qui guettaient ce fichu étang lorsque je suis arrivé. Et si...

David s'étrangle sur ce silence morbide.

*Je reste muette.*

*Des oiseaux...*

Je m'approche d'un pas vif vers ce maudit étang. Il ne peut pas s'agir d'Oriors. Il faut être d'origine ylorienne pour pouvoir les voir sur Terre. À moins que David soit un Ylor déchu — ce dont je doute, puisqu'il ne bénéficie pas des mêmes capacités que Violette et moi —, il se pourrait donc que ces oiseaux ne soient qu'un message pour moi. Une piste.

Dès lors, il y a un risque sur deux que le jeune Arthur se retrouve dans cet étang. Et c'est tout ce qui doit compter pour l'instant. Je chercherai une explication plus tard.

Je retire mes chaussures.

Mon gilet.

— Je peux savoir ce que tu fais ? s'alarme David en tentant de s'interposer entre l'étang et moi.

— Si Arthur est dedans, c'est le moment ou jamais de le sauver ! S'il n'y est pas, nous serons fixés.

— Mais tu as perdu l'esprit ! me gronde-t-il. Si Arthur est dedans, il est déjà mort avec le choc thermique. C'est ce qui te pend au nez si...

Je ne le laisse pas achever sa phrase inutile. Il ne sait rien sur moi. Il ne connaît pas ma résistance physique aux températures extrêmes, il ne connaît pas mes nombreuses facultés yloriennes.

Je dois m'assurer que ce petit se porte bien. Car, même si, par miracle, Morana n'est pas derrière cette mystérieuse disparition, Arthur s'est bien retrouvé dans cette situation à cause de moi. Je lui ai fait peur.

David se met à hurler tout un tas de choses inaudibles.

Seul le bruit de l'eau chatouille mes tympans.

Je ne vois pas grand-chose dans toutes ces algues, mais je me retrouve à l'aise dans l'eau. Je savais que je saurais nager à la perfection. Cela ne me réclame aucun effort ni concentration. C'est une seconde nature en quelque sorte. À l'aise dans n'importe quel milieu naturel, donc.

L'étang n'est pas très large. Je compte bien le ratisser de long en large avant d'entamer une recherche plus minutieuse en profondeur.

Cependant quelque chose cloche.

Une gêne au niveau de ma poitrine ou peut-être de mes poumons.

Avant que je réalise quoi que ce soit, je...

...

— Miny !

*Miny ?*

— MINY !

*Jules ?*

— MINY, REVEILLE-TOI !

Je suis désarçonnée. Et je suis presque certaine que c'est Jules qui est penché au-dessus de moi.

Mais je vois flou.

Je vois son nez flou.

Je vois ses yeux flous.

Je vois son front flou. Je repère toutefois une cicatrice.

— Jules ! soufflé-je avant de sombrer à nouveau dans le néant.

Je reste inerte.

Sereine.

J'ai l'impression de planer.

Je n'ai conscience que d'une seule chose : la présence de Jules.

Il est là. Près de moi. Je ressens sa présence sans avoir besoin d'ouvrir les yeux. Cette attraction entre nous explique pourquoi je n'ai jamais pu me faire à l'idée de son absence.

Tout simplement parce qu'il est toujours là.

Où ? Je n'en sais rien.

L'important, c'est qu'il soit à mes côtés en cet instant présent.

— Miny, je sais qu'tu m'entends, me murmure-t-il tout bas. Alors, je vais être bref. J'ai toujours veillé sur toi et j'le ferai toujours. Mais on peut plus se voir. C'est trop dangereux. Si tu t'souviens de moi, tu t'souviens de tes visions...

J'essaye d'assimiler tous ces mots se bousculant en vrac dans mon esprit embrumé. Je lutte davantage pour ouvrir les yeux et voir à quoi ressemble Jules. Je veux me rappeler de son visage. Je veux le voir. Je veux qu'il reste. J'ai besoin de lui.

— Prends soin de toi, ma Miny ! chuchote-t-il en déposant un baiser délicat sur ma tempe. Maintenant, réveille-toi !

Je suis étendue sur un lit d'infirmerie. Et c'est le cadet de mes soucis...

« *Si tu t'souviens de moi, tu t'souviens de tes visions...* » tourne en boucle dans ma tête. Qu'a-t-il sous-entendu ?

J'ai peur de comprendre...

« Mes visions », c'était le nom que je donnais aux Oriors à l'époque. Est-ce que Jules... ?

Non, impossible. Jules ne peut pas être un Orior. Il me protégeait, pas l'inverse.

À moins que Morana l'ait envoyé sur Terre pour être certaine que j'aille bien, pour ainsi me guider plus facilement vers Leïna le jour de mon huitième anniversaire... Après tout, c'était parce que je le cherchais que je m'étais retrouvée à la merci de la luciole de Leïna.

Non, je refuse d'envisager cette éventualité. Jules ne se changeait pas en oiseau et je n'étais pas la seule à le voir. Même si tout le monde a l'air de prétendre que si. Y compris Violette, qui était censée pouvoir les voir aussi.

Serait-ce un coup de la part de Morana pour mieux me manipuler, là encore ?

*Non, non et non !*

Je préfère encore me convaincre que c'est Magnensia qui a cherché à m'apaiser à travers un de ses rêves loufoques. Elle doit penser que je n'irai pas bien tant que je n'aurai pas une explication tangible à propos de Jules.

Je ne sais pas à quoi ressemble un rêve mais, d'après le récit de mes aventures sur Ylorior, Magnensia se servirait de nos souvenirs et comblerait les oublis à l'aide de divers effets (excédent de lumière, flou artistique...). Or, moi, je ne suis pas d'origine humaine. Elle ne me bernera pas aussi aisément. Le fait que le visage de Jules me soit apparu flou me confirme cette théorie.

Techniquement, Magnensia s'est servie de ce dont je me « rappelle » sur Jules : la cicatrice sur son visage, sa façon de s'exprimer en mâchant les mots, le fait qu'il veillait sur moi et le surnom qu'il m'avait attribué.

— Dieu soit loué, tu es réveillée, ma chérie ! s'exclame Nathalie en accourant vers moi pour me prendre dans ses bras.

Je suis peut-être réveillée, mais loin d'être éveillée.

Mon esprit demeure concentré sur ce dilemme insoutenable : Orior ou Magni ?

*Mon cœur balance...*

Tout est probable et je n'ai pas la possibilité de tirer toutes ces hypothèses au clair.

— Comment te sens-tu ? me demande mon père.

Les expressions sur les visages décomposés de mes parents me forcent à me réconcilier avec la réalité.

Quand cesserai-je de les effrayer ?

La dernière chose dont je me souviens, en dehors de ce rêve/mirage, c'est cet étang. Mon esprit ylorien a certainement omis que j'étais sous condition humaine. Et donc, qu'il fallait que je remonte à la surface pour prendre de l'air... Plus ridicule comme accident, on ne peut pas !

Je m'en veux tellement !

J'aperçois la silhouette de David dans l'interstice de la porte. Je n'ai pas le temps de prononcer le moindre mot qu'il enchaîne :

— Arthur va bien. Il était retourné auprès du groupe...

Le poids sur ma poitrine s'allège. Je peux rassurer mes parents que tout va pour le mieux, mais il me faudra plus qu'une simple phrase pour cela.

— Tu nous as fait si peur, chérie ! reprend ma mère les larmes aux yeux.

Je ne les mérite pas...

Malgré cela, je tente :

— Je suis désolée. Je ne sais pas ce qui m'a pris de plonger dans cet étang. Promis, je ne me remettrai plus jamais en danger !

— C'est en partie de notre faute, intervient mon père. On pensait que tu étais prête à... Enfin, il est clair que tu ne l'étais pas. Ta mère et moi avons décidé de prendre des vacances tous les trois pour nous ressourcer ensemble. On en a grandement besoin.

C'est loin d'être une mauvaise idée. Je n'ai d'ailleurs pas du tout le cœur à continuer ma vie sur cette voie. Trop de questions sans véritables réponses. Violette qui m'ignore, moi qui terrorise les enfants et mes parents adoptifs, David qui se montre si gentil envers moi en échange de mon mépris le plus profond.

Moi qui pensais que ma vocation était de semer le bonheur autour de moi d'un simple regard, je me suis fourvoyée.

Il est temps de me retirer de Movence quelque temps, en compagnie de mes parents. Cela nous fera le plus grand bien.

Je n'ai le cœur à rien d'autre, de toute façon...

# chapitre 6

### *Un été*

J'étais heureuse de m'éloigner de Movence l'espace de deux semaines. Mais je suis tout aussi contente de retrouver le confort familier de la maison des Tourel.

Je comprends le besoin d'évasion constant des grands voyageurs. Prendre l'avion, le train, rencontrer de nouvelles personnes, visiter de nouveaux lieux, ne pas savoir de quoi demain sera fait. Des découvertes à foison. C'est palpitant, en effet. Mais je me rends compte que j'ai bien trop besoin de stabilité pour cette vie-là.

Deux semaines, c'était suffisant. J'ai pu apprendre à connaître mes parents adoptifs. Nous en avions besoin tous les trois. Un véritable régal !

Nous revoilà rentrés au bercail.

Je peux souffler.

— Quand tu déferas tes valises, ma puce, énonce Nathalie, garde des affaires pour dormir dans un sac à dos. Je n'ai pas le droit de t'en dire plus, c'est une surprise !

*Une surprise ?*

*Je soufflerai plus tard...*

— Je pensais que vous vouliez rentrer un samedi pour vous reposer le dimanche avant la reprise ! tenté-je d'élucider.

— C'est en partie vrai. Mais Violette a concocté quelque chose de spécial ce soir. Tu ne sauras rien d'autre.

Je me retiens de sauter de joie. Je vais revoir Violette. Enfin ! Elle est donc sortie de son mutisme et souhaite me revoir. C'est à peine croyable !

Je vais essayer de ne pas l'assaillir de questions à propos d'Ylorior. Cela ne serait de toute façon pas prudent...

Ce qui est bien plus facile à penser qu'à mettre en application...

Voilà deux minutes que j'ai rejoint Violette à l'arrière de la voiture de Loïs. En dehors d'un pitoyable échange de « salut », nous n'avons rien fait d'autre que de nous dévisager en silence.

Elle veut me parler, mais ne le peut pas.

Je veux lui parler, mais ne le peux pas.

C'est insupportable !

— C'est bon, fais pas cette tête, Mily ! tempère Loïs pour alléger l'ambiance pesante. C'est une excellente nouvelle pour Violette !

— Je ne le lui ai pas encore annoncé ! réplique aussitôt mon amie.

— Annoncé quoi ? m'enquis-je sans détour.

Elle soupire.

*Ça promet !*

— J'ai été admise au conservatoire de danse d'Enivelle.

— Bravo ! C'est une excellente nouvelle ! la félicité-je tout sourire.

— Cela signifie que je vais devoir m'installer à l'internat là-bas. C'est une véritable aubaine pour moi. Danser a été une révélation. Je ne m'attendais pas à ce que... Enfin, tu n'imagines pas combien je trépigne d'impatience à l'idée de commencer mon cursus !

Je maintiens le silence. Je sais à quoi sert cette tirade. À justifier le fait que nous ne nous verrons que rarement.

— Je suis contente pour toi ! hasardé-je en feignant le sourire le plus naturel possible.

— Mily...

— Non, c'est vrai ! me défends-je. Je suis ravie ! C'est ton nouveau rêve et tu es faite pour la danse, cela ne fait aucun doute. Je viendrai te voir à l'opéra, aussi. J'ai hâte !

— Tu sais, tu pourrais aussi t'installer à Enivelle. Il y a des tas d'universités que tu pourrais suivre et nous pourrions nous voir régulièrement, et...

— Violette... Je ne suis pas toi. J'ai besoin de me faire mes propres expériences de jeune fille de quatorze ans avec des adolescents de mon âge.

— Ouais, enfin t'es sûre de vouloir retourner chez la Valonois de malheur ? Son établissement ne te mérite pas !

— Ce dont je suis sûre, c'est que je ne veux pas quitter les Tourel. Pour le reste... j'aviserai.

— Tu sais que tu peux toujours intégrer l'équipe de bénévoles, suggère Loïs l'air de rien.

Je baisse le regard et rétorque, honteuse :

— Étant donné ce qu'il s'est passé la dernière fois, je ne suis pas certaine que ce soit une bonne idée. C'est trop tôt.

— Attends, tu plaisantes ? Dave m'a raconté ce qu'il s'est passé. Tu n'as pas hésité à plonger dans ce bassin mortel pour sauver un gamin. C'est le genre de courage qui ferait de toi la meilleure des bénévoles. Et puis tu remplacerais Violette, comme ça. Tu es aussi intelligente qu'elle et moins relou !

Violette lui répond en lui assenant un coup de genou à travers le siège conducteur, ce qui provoque l'hilarité de ce dernier.

— Tu as toute la soirée pour y réfléchir ! poursuit-il gentiment. Après ça, je doute que tu puisses encore refuser cette place en or que nous te réservons à nos côtés, Mily !

J'interroge Violette du regard. Ça, elle peut me le révéler :

— Soirée camping entre bénévoles au bord du lac. La dernière de la saison pour moi. C'est un peu mon pot de départ. Je tenais à ce que tu sois présente, parce que ces soirées sont magiques !

— Ouais enfin, à la base, rectifie Loïs, on avait organisé cette petite fête pour l'anniversaire de Dave, mais bon... tu ne l'as jamais porté dans ton cœur, le pauvre !

— Parce que Tonelli n'est pas une personne fréquentable, c'est tout ! riposte sèchement Violette.

— Et avec le fait qu'il ait sauvé ta meilleure amie de la noyade et qu'il l'ait réanimée, tu continues de penser qu'il n'est pas fréquentable ?

Violette l'ignorait autant que moi. Cette déclaration remet en cause son jugement sur David, tandis que de mon côté... il s'agit là d'une information qui sème la zizanie dans mon esprit.

J'étais persuadée avoir aperçu et entendu Jules me réanimer. S'il s'avère que c'était bel et bien David, soit la théorie qu'il pourrait s'agir d'un rêve orchestré par Magnensia se confirme, soit... retour à la case départ.

Est-ce que Jules et David ne seraient pas la même personne ?

Je n'ai jamais pu écarter cette possibilité.

Puisque je ne peux soutirer aucune information à Violette, je compte bien en obtenir avec David ce soir.

Non, parce que tous ces mystères ont bien assez duré !

Il n'y a qu'à intercepter le regard de David pour savoir qu'il ne s'attendait pas à ma présence ici ce soir. Il y a quelque chose chez lui qui me captive et m'intimide à la fois. Je ressens le besoin d'être à ses côtés et de le repousser en même temps. Je trouve cela très légèrement déroutant.

Je ne satisfais aucune de ces deux pulsions, puisque Violette et Loïs ont organisé bon nombre d'activités en tout genre. Et bien sûr, mon amie s'est arrangée pour nous éloigner le plus possible du « trio inflammable ». Surnom qu'elle aime attribuer à Maud, David et Ronan, juste parce qu'ils fument.

Nous passons donc la soirée à décortiquer le ciel et les astres, puis nous nous retrouvons tous autour d'un feu de camp animé par Maud et sa guitare sèche.

— Admets au moins qu'elle a une très jolie voix ! taquiné-je Violette tout bas.

— C'est aussi une excellente musicienne, je ne nie pas. En plus, c'est agréable de pouvoir écouter autre chose que des comptines pour enfants. Mais c'est tout le reste de sa personnalité que je ne cautionne pas. Elle s'autodétruit et donne le mauvais exemple. Le pire, c'est qu'elle le sait et qu'elle ne fait rien à l'encontre de cette intolérable vérité.

Je comprends son raisonnement, mais je me rends compte que je condamne moins les personnes qui s'écartent de l'être humain modèle, depuis mon retour de voyage. Ce qui marque une différence entre elle et moi : son tempérament est bien plus ylorien que le mien. Peut-être que c'est dû au fait que, contrairement à elle, j'ai grandi sur Terre.

Et je me suis attachée à des êtres imparfaits...

Tout ce que Maud joue est magnifique. Je ne peux pas suivre le groupe qui chante à l'unisson. Tous les morceaux me sont étrangers.

— T'en fais pas, me rassure Violette. Il te suffit de les écouter une fois pour les connaître par cœur. Ça viendra doucement, mais sûrement.

*Certes...*

Je me laisse bercer par toutes ces mélodies et tente de ne pas prêter attention à la justesse des voix de Loïs et Bérangère. Sans grand succès. Je prends sur moi pour ne pas leur faire de remarques. Le regard noir que leur gratifie Violette est toutefois assez éloquent.

Les pauvres...

Je finis par prétexter une pause pipi pour me retrouver un peu seule. Je n'ai rien contre la musique, mais j'affectionne le silence.

— Attends, je t'accompagne ! s'exclame Violette.

*Adieu, silence !*

J'imagine qu'elle va tout faire pour éviter le sujet qui me brûle les lèvres depuis que je l'ai retrouvée. Mais je peux me montrer plus tenace qu'elle...

— N'y pense même pas ! me surprend-elle à rétorquer d'un ton tranchant. Je sais très bien que tu as l'intention de me sonder dans tous les sens. Mais je ne peux rien te dire.

Si elle savait combien j'ai conscience de tout cela ! J'aimerais pouvoir lui faire comprendre que je me « souviens » de tout sans que cela interpelle Morana, les autres Ylas ou les Oriors pouvant nous surveiller.

Techniquement, je suis censée ne savoir que ce que j'ai pu écrire dans les petits carnets donnés par Mme Peyrot avant que je prenne connaissance d'Ylorior. Il y a donc bel et bien un sujet que je peux aborder en toute sécurité sans risquer de trahir mes connaissances.

— Alors, dis-moi si, toi aussi, tu as ou as eu des visions. Tu sais, des oiseaux qui prennent forme humaine avec un long manteau noir à capuche et un regard luisant inquiétant. Apparemment, j'en voyais beaucoup avant ma disparition. Aujourd'hui, plus rien.

— Donc, tu te dis que Jules pourrait être l'une de ces visions, conclut-elle. Cette idée m'a traversé l'esprit aussi. C'est peut-être le cas. Qui sait ce que ton imagination d'enfant traumatisée a pu créer ?

Je dévisage Violette d'une façon qui la pousse à se rendre compte de sa boulette. Elle qui semblait mettre un point d'honneur à ne rien me révéler, elle vient pourtant d'affirmer être au courant de mes visions. Or, je ne lui en avais jamais parlé auparavant.

— C'est... c'est Madame Peyrot qui m'a parlé de tes visions, tente-t-elle de se rattraper, très mal à l'aise.

— Bien essayé, mais Madame Peyrot est tenue au secret professionnel.

— J'ai dû lire ça dans ton dossier ou alors...

Désormais, je connais l'expression de Violette lorsqu'elle ment...

— Qui t'a parlé de mes visions ? la défié-je d'un regard que je voudrais menaçant.

— Ce n'est pas important.

— Et tu crois que tu vas t'en tirer comme ça ?

— Tu ne devais pas faire pipi, toi ? Regarde ! Il est joli cet arbuste, je t'attends ici, promis !

Mon regard ne faiblit pas. Aucune distraction ne saura me détourner de mon objectif : obtenir une réponse à cette question existentielle :

— Qui ?

— Si je te réponds, Mily, je crains fort que ce soit la dernière chose que nous puissions échanger toutes les deux. Ne crois pas que ça me fait plaisir de te cacher toutes ces choses. Mais...

— Alors tu préfères me laisser croire que j'ai tout imaginé ? m'emporté-je. As-tu seulement conscience que tu es l'unique personne dans ce monde capable de me comprendre et me voir autrement que comme une enfant assez perturbée pour s'être inventé un ami imaginaire ?

Mon amie baisse le regard, trop gênée par mes larmes.

— Ose prétendre une nouvelle fois que j'ai tout inventé, Violette ! Vas-y !

Toujours pas de réponse. Ce qui constitue une forme de réponse, finalement.

Le silence que maintient l'ancienne Yla de la danse en dit beaucoup plus long que ses (mensonges) paroles formulées.

Je n'ai rien inventé. Et elle se souvient de tout.

Y compris de Jules...

— Tu te souviens de lui ! m'acharné-je sur mon amie.

C'est plus une accusation qu'une question.

— Tu vas nous attirer de sérieux ennuis si tu continues ! se défile-t-elle une fois n'est pas coutume.

*Je vais me gêner...*

— Tu l'as revu, toi aussi ?

— Ça suffit ! s'agace-t-elle avant de me dévisager abasourdie. Et puis comment ça, « toi aussi » ? Tu l'as revu ? Tu es sûre que c'était lui ? Non, parce qu'il me semble que tu as oublié à quoi il ressemblait, et il est probable que...

— C'était lui !

Je décide cependant de ne pas révéler qu'il s'agissait peut-être d'un rêve ou d'une hallucination.

— Fais attention, Mily ! Il se pourrait bien que certaines personnes cherchent à te faire tourner en bourrique. Je te jure que si je pouvais t'en dire plus, je le ferais. Je te prie de me croire et de rester méfiante quoi qu'il arrive.

Difficile d'en vouloir à Violette. Son regard implorant reflète toute la frustration liée à ses récents souvenirs. Je sais qu'elle fait allusion à Morana, lorsqu'elle évoque les divers dangers qui nous pendent au nez. J'aimerais que mon regard lui communique le fait que je sais tout cela, en parfaite discrétion.

C'est peine perdue.

Toutefois, je n'y peux rien, je tente une dernière chose :

— Dis-moi au moins si tu l'as revu. Juste ça et je te laisse tranquille avec mes questions.

— Très bien. Ne me demande pas comment je le sais. Je le sais. Mais ces « visions » que tu voyais à un moment donné, je les voyais aussi. Nous sommes pour ainsi dire les seules à pouvoir voir ces créatures chargées de nous surveiller. Par conséquent, les voir est signe de danger.

— Quel est le rapport avec Jules ?

Je vois parfaitement où elle veut en venir, mais je ressens le besoin de l'entendre de sa bouche pour y croire.

— Tu as très bien compris où je voulais en venir. Mais si tu as besoin de l'entendre de ma bouche, ma foi... Je parie que la dernière fois où tu as vu Jules, tu étais dans une situation délicate. N'est-ce pas ?

*Lorsque je m'étais noyée dans l'étang...*

Je déglutis pour toute réponse.

— Est-ce si invraisemblable pour toi à croire ? Ces créatures étranges portant une grande cape noire à capuche étaient vêtues ainsi pour susciter la peur, pour nous empêcher d'accéder à certains endroits. Entre autres. Sauf que quelques-unes étaient habillées en civil pour nous surveiller d'encore plus près...

— Non ! C'est impossible !

Je ne peux pas croire que Jules ne soit qu'un vulgaire Orior parmi d'autres envoyés par Morana. Et ce, pour me surveiller.

Non. Je refuse.

*Non, non, non, non et non !*

— Je savais que tu réagirais comme ça. J'aurais mieux fait de ne rien dire.

— Comment le sais-tu ? aboyé-je.

— Je le sais.

Cette conversation tourne en rond, mais tant pis. J'assume.

— Tu l'as revu ?

— En quelque sorte. Là n'est pas l'important. Si tu le revois, dis-toi que c'est parce que tu es de nouveau en danger et que c'est tout sauf bon signe. Alors, ne fais pas l'erreur de te ruer dans ses bras, par pitié !

Mon cœur éclate en mille morceaux.

Je ne peux pas le concevoir. Tout, mais pas ça !

J'aurais pu encaisser que Jules n'ait été qu'un ami imaginaire, finalement. Admettre qu'il fasse partie du complot ylorien orchestré par Morana est au-dessus de mes forces. Encore un peu, et cette révélation ruinerait tous les souvenirs que j'ai pu lire dans le récit de ma mémoire. Mes rares souvenirs heureux...

Ô comme j'aimerais déceler une trace de mensonge à travers les expressions de Violette !

J'ai envie de hurler. De pleurer. De tout casser, alors que je ne suis pas violente.

— Mily...

Je ne laisse pas mon amie me consoler. Mes larmes ruissellent malgré moi.

Je perds pied.


Je cours.

*Je crois.*

Je sombre.

*Je crois.*

Le lac.

Je plonge.

*Je crois.*

*Le calme...*

Puis, ces deux bras me tirant de ma léthargie récupératrice.

Je me sentais si bien dans l'eau ! Et ce type à la force herculéenne fait son possible pour me ramener au bord du lac.

Je me débats dans tous les sens et le repousse en un tour de bras. Ce n'est qu'une fois débarrassée de son emprise que je mets un visage sur mon agresseur.

— David ? Mais qu'est-ce qui t'as pris, tu es fou ?

— Et toi, suicidaire ? Combien de fois va-t-il falloir que je te repêche de l'eau ?

Si je ne percevais pas cette lueur d'angoisse dans son regard, je l'assaisonnerais bien pour m'avoir flanqué une trouille bleue. Mais mon empathie naturelle m'avertit qu'il a dû se faire une nouvelle frayeur en me voyant ainsi faire la planche au beau milieu du lac. Surtout après l'épisode de l'étang.

— Pardon, esquissé-je malgré tout. Je sais très bien nager. J'avais juste oublié de respirer dans l'étang. C'est le genre d'erreur qu'on ne réitère pas deux fois.

— Tu m'excuseras, mais dans le doute...

L'avantage d'être dans l'eau par cette nuit peu éclairée par le clair de lune, c'est que David ne peut pas voir que mon visage est défiguré par la peine et mes yeux rougis par les larmes. Je n'ai pas le cœur d'avoir à justifier mon état de déprime.

— C'est très gentil de ta part de te soucier de moi. Vraiment. Mais je suis venue me réfugier ici pour être seule.

Je ne vois pas de moyen plus direct pour lui faire comprendre de me laisser tranquille.

— Je connais ce sentiment. On pense toujours que la solitude est la solution à toutes les peines du monde. Permets-moi de te suggérer un petit exercice de rien du tout !

Comme très souvent, David m'intrigue. Et comme toujours, cela m'énerve. J'aimerais qu'il me rende indifférente pour pouvoir m'en dépêtrer.

*Faiblesse...*

— As-tu déjà médité ? me questionne-t-il.

Je m'attendais à tout sauf à cela.

— Non.

— Bon, alors refais la planche, comme tu étais, ou alors mets-toi dans une position confortable. Ensuite, ferme les yeux et essaye de ne penser qu'à des choses apaisantes. Concentre-toi sur toi et sur le monde qui t'entoure. Puis, respire. Vas-y !

Serait-ce le moment où je suis censée lui révéler que je ne suis pas complètement humaine et que je ne fonctionne pas comme le commun des mortels ?

Trêve de plaisanterie, j'exécute ses recommandations, par simple curiosité. Je ferme les yeux, je me concentre sur autre chose que Jules. Enfin... j'essaye. Sinon, je vais de nouveau pleurer et j'ai tout sauf envie d'avoir à en justifier la raison auprès de David.

Au bout d'un quart d'heure, j'ai le sentiment d'être seule au milieu de ce lac. J'ai aussi l'impression d'être en apesanteur, comme si l'eau avait disparu. Drôle de sensation...

— Maintenant, me murmure David tout bas, concentre-toi sur les sensations que tu ressens si je fais ça...

Je sens le contact de sa main dans la mienne et une vague de chaleur parvenir jusque dans mon cœur battant à tout rompre. Et pourtant, je suis censée demeurer insensible aux fluctuations des températures.

— Te sentais-tu mieux avant ou après que je t'aie donné la main ? poursuit David dans un chuchotement des plus apaisants.

Dorénavant, je comprends où il veut en venir.

— Ne sois pas gênée d'admettre que ma main t'a réconfortée, pouffe-t-il. Cela n'a rien à voir avec moi, hélas ! mais plutôt avec le fait de ne pas être seule. Tout simplement. J'ai moi-même longtemps cru que je me tirerais de mes problèmes sans l'aide de personne. Résultat des courses, je me suis perdu et je me suis rendu accro à des trucs qui craignent. Mais je me soigne, grâce à toi.

Je ne sais pas quoi dire. Alors je maintiens mes yeux fermés et ma position à la surface de l'eau.

— Depuis le jour où tu t'es noyée, continue-t-il sur sa lancée, je ne sais pas ce qu'il s'est passé, mais j'ai eu comme une révélation. Enfin quelque chose dans le genre. Depuis, j'ai arrêté de boire et de fumer. Il y a des choses bien plus importantes dans la vie, et je n'ai plus besoin de ces distractions pour fuir mes ennuis. Autant les affronter.

J'ai peur de voir où il veut en venir. S'il a effectivement mis un terme à tout cela, il ne me reste plus aucune excuse pour le repousser. Quoique je trouverai bien en temps voulu. Je le laisse donc à sa tirade. Il enchaîne :

— Ronan pense que j'ai mangé Madame Peyrot avec toutes ces prises de conscience récentes ! plaisante-t-il. Mais j'en ai juste assez de fuir. Ce qui m'amène à te suggérer un nouveau deal, Mily Tourel.

*Lui et ses deals !* Je le laisse parler, je verrai bien si sa requête est raisonnable ou non.

— Je te raconte mon histoire, aussi sordide soit-elle, et en échange, tu me racontes la tienne.

Sauf que je ne suis pas en mesure de le faire... Je vais pour prétexter que mon amnésie n'équilibrerait pas le marché, lorsque j'ouvre les yeux. Et ce que je vois me chamboule au point que j'en tombe à la renverse. Je me redresse aussitôt pour vérifier qu'il ne s'agit pas d'une énième hallucination...

Mais non.

— Bah, qu'est-ce qui te prend à me fixer comme ça ? m'interroge David embarrassé.

— Tu... ta cicatrice sur le front... Elle date de quand ?

Cette fameuse cicatrice que j'ai vue dans mon rêve/coma, lorsque je pensais m'adresser à Jules après la noyade. David la cache tout le temps derrière ses cheveux en bataille. Mais à présent qu'ils sont trempés et plaqués en arrière, je ne suis plus capable de voir autre chose.

— Ça fait partie de mon histoire. J'accepte de te la raconter à condition que tu acceptes mon deal.

Mon honnêteté repassera plus tard. J'ai honte de me servir de mon amnésie pour conserver le secret de mon existence, mais je n'ai pas d'autre choix. Surtout si je veux découvrir qui se cache derrière cette cicatrice.

*Faiblesse le retour...*

— Deal ! énoncé-je sans tarder.

Nous nous serrons la main et je m'empresse de quémander :

— À toi l'honneur ! Je suis tout ouïe.

— Je veux bien, mais tu ne voudrais pas qu'on sorte de l'eau d'abord ? On se les pèle !

Je n'avais même pas remarqué qu'il claquait des dents, le pauvre. J'acquiesce et le suis hors de l'eau.

— C'est encore pire dehors ! se plaint-il à moitié hilare.

Je devrais faire semblant d'être frigorifiée, mais Morana trouverait cela étrange.

— T'as pas froid, toi ? me questionne-t-il très intrigué.

— Pas pour l'instant.

— Bouge pas ! Je vais nous chercher des serviettes.

J'obéis et je l'attends. Je ne devrais pas autant me réjouir de cet échange. Il est en effet fort probable que ses révélations aboutissent à une désillusion. Mais dans tous les cas, tous les doutes seront écartés.

Il revient essoufflé avec serviettes, sacs de couchage et bonbons. L'essentiel pour accompagner une soirée confidences.

— J'ai pas prévu de mouchoirs, me prévient-il d'un sourire espiègle. Tu seras donc bien sympa de t'abstenir de pleurer à la suite de mon histoire larmoyante.

Je pense que j'ai bien assez pleuré pour la journée... Mais il l'ignore.

— Je te promets de maîtriser mes émotions, plaisanté-je en retour.

— Tu voulais savoir à quand remonte ma cicatrice ? commence-t-il tandis qu'il s'installe à mes côtés en même temps qu'il se sèche.

Je l'imite en prenant bien soin de ne pas l'interrompre. C'est bien trop important...

— J'invente toujours tout un tas d'histoires différentes quand mes cheveux ont le malheur de ne plus la masquer. J'ai même du mal à croire que je suis sur le point de te révéler la vérité, et ce, comme si c'était naturel.

Pas si naturel que cela. Son embarras me prouve qu'il est à deux doigts de tout me raconter. Et je trépigne d'une impatience de plus en plus difficile à contenir.

— La vérité c'est que...

Il laisse cette phrase en suspens quelques secondes et reprend :

— C'était le 22 octobre 2002...

*Le jour de la grande tempête à Enivelle.*

La simple évocation de cette date me soulève le cœur, alors que je n'en ai conservé aucun véritable souvenir. Seulement ce que j'ai lu.

— Ma mère avait réussi à se réfugier dans la salle des serveurs de son bureau avec ses collègues. Mon père gardait ma sœur âgée d'un an à la maison. J'avais six ans et mon grand-frère Jérôme, neuf ans. Nous étions tous les deux à l'école primaire quand ça s'est produit. Dans la cour de récréation.

Cela nous fait un point commun... En dehors du fait que moi, c'était la maternelle.

— Je ne me souviens plus de ce que j'ai pu recevoir en pleine tête. Ça m'a juste sonné un bon bout de temps, avant que Jérôme me trouve pour m'aider à me relever et me mettre à l'abri. Je saignais beaucoup au niveau du front. Mon frère m'a dit de ne surtout pas m'inquiéter, qu'il allait chercher de l'aide et que je ne devais pas bouger de cette cachette.

Il marque un silence douloureux avant de poursuivre :

— J'ai fait ce qu'il a dit. Mais personne n'est jamais venu m'aider. Et je n'ai plus jamais revu Jérôme...

D'un geste instinctif, je lui prends la main. Les mots sont inutiles. « Je suis désolée » sonnerait creux, tout comme des condoléances dix ans après. Je ne connaissais pas son frère, je ne peux donc pas partager sa peine. Mais je peux être là pour lui. Son idée de m'avoir pris la main tout à l'heure me semble être une bonne preuve de soutien.

— Il est mort en essayant de me secourir. J'ai mis beaucoup de temps à me le pardonner, grâce à Madame Peyrot. Ça n'a pas été le cas pour mon père.

Je lui serre la main un peu plus fort. Quelque chose me dit que ses malheurs ne se sont pas arrêtés là.

— Ma plaie au front s'est infectée. J'étais si bien caché qu'on me pensait mort, moi aussi. J'ai perdu connaissance et me suis réveillé dans une chambre d'hôpital bondée, quelques jours après. C'est mon père qui m'a appris pour Jérôme... Et au lieu de pleurer, je lui ai demandé pourquoi il n'avait pas été là pour nous. Pourquoi il n'avait pas sauvé Jérôme. C'était son rôle en tant que père et pompier.

— Tu n'avais que six ans, David. Ta réaction était...

— Elle était injuste. Et j'ignorais que mon père se blâmait déjà bien assez. J'ai mis beaucoup de temps à me pardonner ça. Madame Peyrot affirme que mon père se serait quand même pendu si je n'avais rien dit, car son acte était bien trop désespéré pour n'avoir été nourri que par les paroles de son fils de six ans sous le choc. Mais je n'en suis toujours pas convaincu. Selon moi, mon père se serait arrangé pour que ce soit quelqu'un d'autre que moi qui le découvre suspendu à une corde, s'il ne m'en avait pas voulu.

Et moi qui me plaignais pour mon amnésie... David a vécu l'enfer, et ce, à cause de Morana. Je sais qu'elle a orchestré cette catastrophe naturelle pour tuer ma mère, sa grande rivale. Je devrais la haïr pour cela. Mais n'ayant aucun souvenir de ma mère biologique, c'est surtout la douleur de David qui alimente mon désir de vengeance envers la reine illégitime. Et ça, c'est tout nouveau pour moi comme sentiment.

— J'ai dit « pas de mouchoirs », Mily Tourel ! me fait remarquer David.

Comment lui faire comprendre que mes larmes ne sont que la représentation de la colère qui bouillonne en moi ?

— Je t'avais prévenue, insiste-t-il. J'espère que ton histoire est moins triste.

Je n'ose pas lui prétexter mon amnésie, mais je n'ai pas le choix. Après ce qu'il vient de me confier, j'aurais le sentiment de le trahir. Alors j'opte pour :

— Si tu avais le pouvoir de tout oublier, y compris l'existence de Jérôme et de tous les autres membres de ta famille... tu oublies donc la mort, ton chagrin, ta culpabilité, mais aussi leurs visages, les bons comme les mauvais souvenirs qui te rattachent à eux. Tu l'utiliserais, ce pouvoir ?

*Silence gênant.*

Il connaît vaguement mon histoire. Il sait où je veux en venir, mais n'ose pas s'exprimer sur le sujet. Normal.

— Difficile à dire... Je suis tenté de répondre *oui* parce que j'ignore ce que ça fait de tout oublier. Mais il y a quand même quelques trucs dont tu dois te souvenir, n'est-ce pas ?

— Seulement les trucs que Madame Peyrot m'avait fait noter sur des carnets. Des souvenirs que j'ai lus. Donc, on ne peut pas parler de vrais souvenirs.

Je ne suis pas complètement en train de mentir.

— Qu'y avait-il de marqué dans ces carnets, alors ? s'intéresse-t-il.

Là, par contre, je vais sans doute devoir avoir recours à une diversion.

— Que j'étais mentalement dérangée. Je voyais des créatures dans les bois qui me terrorisaient. Puis, il paraîtrait que je me suis forgée un ami imaginaire. Ce fameux Jules que j'ai pris pour toi lors de notre premier échange.

— Donc, sans lui, tu ne serais jamais venue vers moi. C'est finalement une bonne chose qu'il ait existé. Enfin… existé dans ton esprit.

Cette rectification et la façon dont il l'a dit m'interpellent. Cette déclaration ne l'a pas fait ciller. Je m'en fais sans doute pour rien, mais lorsqu'il est question de Jules, j'outrepasse très souvent les pensées rationnelles…

*Et si David en savait plus que prévu ?*

— Qu'est-ce que tu veux dire par-là ? hasardé-je pour creuser au mieux.

— Non seulement tu m'as pris pour un type que tu appréciais, mais en plus, il ne représente pas une véritable concurrence. Enfin, le fait qu'il n'existe pas me met dans une position tout de suite plus avantageuse.

Ce n'était pas tout à fait le genre de réponse escomptée. Je cligne des yeux plusieurs fois.

— Mais ne t'en fais pas, Mily Tourel. J'ai compris que tu n'étais pas prête, et loin de moi l'idée de te mettre la pression. Je saurai me montrer patient.

— David…

— Je suis un garçon très patient, Mily Tourel.

Il m'amuse quand il joue la nonchalance en relevant le menton de la sorte. Il a l'air de tout sauf innocent et patient, mais je veux bien lui accorder le bénéfice du doute.

— J'ai peut-être quatorze ans sur le plan physique, mais émotionnellement, c'est compliqué. Je ne vaux pas mieux qu'une gamine de huit ans choquée par un couple qui s'embrasse sur la place publique.

À croire que Morana a tout de même déteint sur moi avec son aversion pour l'amour et les hommes. Mais pour ma part, c'est différent. Il n'est question que de maturité sentimentale, rien de plus.

Toujours est-il que David éclate de rire et n'hésite pas un instant à lancer :

— Tu veux dire que si je t'embrassais, là, tout de suite, tu serais écœurée ? Vraiment ?

— S'il te plaît…

— Je ne cherche pas à te forcer la main, mais s'il y a une infime chance pour que ça t'enlève un blocage, je me dis…

— Il ne s'agit pas de ça, David. Je ne suis pas quelqu'un pour toi, ni pour qui que ce soit. Pitié, n'insiste pas ! C'est pour ton bien.

Cette fois-ci, il a reçu le message. Sauf qu'au lieu de faire face à sa mine déconfite causée par l'échec de toutes ses tentatives, je le vois esquisser un large sourire avant de s'allonger confortablement les mains sous sa tête.

— De toute façon, je t'ai déjà embrassée, Mily Tourel. Je suis toujours en vie. Et grâce à ce baiser, toi aussi.

*Il me fatigue*… Alors que je me trouve dans un endroit regorgeant d'arbres et de plantes en tout genre.

— Tu aurais pu y rester, toi aussi, en me sauvant. Et tu n'as qu'un léger aperçu de mes bizarreries. Tu sais que je suis amnésique et immature sur le plan sentimental. Tu sais aussi que je suis victime d'hallucinations et que j'ai la faculté de me mettre dans des situations périlleuses. Par pitié, n'insiste plus.

Il a compris.

— Je serai patient.

Il est têtu.

*Comme Jules*…

Mais moi aussi.

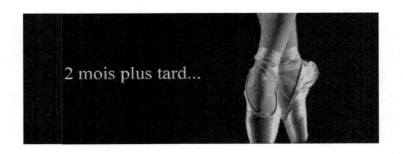

*Une rentrée*

Deux mois que j'attendais cette rentrée avec une impatience démesurée. Les cours par correspondance, c'est bien pour passer le temps, mais j'avais hâte de découvrir à quoi pouvaient ressembler de véritables études supérieures au cœur d'un amphithéâtre.

Maintenant que j'y suis, je me rends compte que ce n'est pas si extraordinaire que cela. Tous les étudiants font au moins une tête de plus que moi alors qu'ils n'ont que cinq ans de plus.

Violette me manque. Son anormalité similaire à la mienne me manque. Deux mois que je ne l'ai pas vue. Et nos échanges téléphoniques sont de moins en moins fréquents. La danse accapare toute son attention.

Mais si j'ai choisi d'entreprendre mes études de médecine à Enivelle, c'est pour me rapprocher de son conservatoire. J'envisage donc de lui faire la surprise une fois que je sortirai d'ici.

Plus que quarante minutes avant la fin de ce cours interminable. J'insiste sur le « minable » de ce dernier mot. Cela valait le coup de me déplacer jusqu'à Enivelle pour écouter le professeur nous enseigner ce que je savais sans doute déjà à l'âge de six ans.

Je m'ennuie.

Ferme.

Je n'ai pas l'air d'être la seule. Ma voisine soupire avant de remarquer ma présence.

— Toi, t'es une surdouée, n'est-ce pas ?

*Je suis bien des choses…*

Je hausse les épaules comme si de rien n'était.

— J'ai sauté deux classes, moi, m'apprend-elle. Et toi ?

— Je ne sais pas trop.

Et c'est rare qu'on me pose une colle dans le domaine des études. Parfois, les questions les plus simples sont les plus difficiles à y répondre.

De toute évidence, je n'ai pas l'énergie nécessaire pour sympathiser avec qui que ce soit. Cette jeune fille mérite de se faire des amis qui ne sont pas obligés de mentir pour son bien.

Ma condition ylorienne secrète me confine dans une impitoyable solitude, j'en ai conscience. Mais je préfère la solitude au mensonge.

Ma froideur naturelle repousse ma voisine qui ne cherche pas plus que cela à approfondir le contact avec moi. Parfait !

Je reprends mon ennui là où j'en étais.

Sonne enfin l'heure de ma libération !

Je me précipite à l'arrêt de bus le plus proche et jubile à l'idée de retrouver ma meilleure amie. Je me demande quelle tête elle va faire lorsqu'elle me verra.

Le conservatoire est d'une splendeur à couper le souffle. Violette n'avait pas exagéré lorsqu'elle m'en avait fait l'éloge un bon millier de fois par téléphone. L'architecture est contemporaine comme la plupart des bâtiments à Enivelle.

Par contre, pour s'y retrouver à l'intérieur, c'est limite s'il ne faut pas venir armé d'une boussole, d'un GPS et d'un guide touristique à la fois.

— Vous venez pour les auditions, Mademoiselle ? m'interpelle une jeune femme très aimable.

J'ai peut-être le physique d'une danseuse, mais ils seraient déçus. J'en rirais presque.

— Oh non ! Je suis à la recherche d'une amie. Elle ne sait pas que je suis là, je lui fais la surprise.

— Quel est son prénom ?

— Violette.

— Et son nom de famille ?

— Jules.

C'est plus fort que moi, mon cœur se comprime à l'évocation de ce prénom. Quand est-ce que cela cessera ?

— Désolée, enchaîne la jeune femme, ça ne me dit rien. Elle suit quel cours ? Vous savez qui est son professeur ?

Nous n'avons jamais abordé ce genre de choses au téléphone…

— Je n'en sais rien, m'excusé-je. Mais elle est interne ici. Et je devine que c'est l'un de vos talents les plus prometteurs. Elle est blonde, les yeux mauves et…

— Pardonnez-moi de vous couper, mais j'ai l'impression que vous êtes en train de décrire Vita.

— Vita ?

J'ai prononcé cela tout haut, les yeux exorbités. Mais bon sang, Violette aurait-elle perdu la raison ? Elle ne pouvait pas trouver un pire moyen pour indiquer à Morana qu'elle se souvenait de tout ce qui la mettait à présent en danger !

Je dois la prévenir de toute urgence que… Eh non ! Ça non plus, je ne peux pas. Ce serait mettre les pieds dans le plat à mon tour.

*Misère…*

— Il doit s'agir de son nom de scène, commente la jeune femme. Les danseuses étoiles aiment bien se créer un rôle. Si c'est bien Vita que vous cherchez, je peux vous conduire à elle.

J'accepte en opinant du chef.

Nous longeons cinq à six couloirs vitrés différents. Les salles de danse sont toutes vides à cette heure-ci. Puis, une musique s'élève sur ma droite et attire mon attention. Une fois que je me retrouve face au spectacle qui se déroule sous mes yeux, j'oublie la musique et la raison de ma présence ici. C'est moi qui me retrouve surprise, pas Violette.

Ses mouvements gracieux accaparent toute mon attention. Si bien que je mets quelques secondes pour me rendre compte qu'elle est en train de danser avec un cavalier. La jeune femme qui m'accompagne est happée, elle aussi.

Vita a ce don.

Elle est née pour danser.

Il n'y a qu'à voir les humains pour savoir combien la regarder se mouvoir ainsi leur apporte du réconfort. Moi-même, j'ai beaucoup de mal à décoller mes yeux de sa sublime prestation.

Je me demande comment son cavalier fait pour rester concentré sur sa propre chorégraphie, d'ailleurs. En tout cas, le duo qu'ils forment est harmonieux, parfait. Ils doivent souvent répéter ensemble. Je trouve donc cela étrange que Violette ne m'ait jamais parlé de lui…

— Savez-vous quel est le prénom de son cavalier ? demandé-je à mon accompagnatrice.

Je lui fais un signe insistant pour lui rappeler ma présence. Difficile d'attirer l'attention d'une personne hypnotisée par les prouesses artistiques de ma meilleure amie. Mais la question me brûle les lèvres, j'ignore pourquoi. Alors je la réitère :

— Pardonnez-moi, Madame, mais pouvez-vous me dire qui est le cavalier de Vita ?

— Quel cavalier ? finit-elle par me répondre.

L'hypnose est plus sévère que je ne le pensais chez les humains…

— Eh bien ! celui avec qui elle est en train de danser, énoncé-je.

À présent, j'ai le droit à ce regard intrigué sous-entendant que je suis folle. Je connais ce regard. Mais pour une fois, ce n'est pas moi qui déraille. Enfin, je crois.

— Ce garçon ! insisté-je en le désignant de l'index.

— Mais enfin, si vous êtes son amie, vous devriez savoir que Vita ne danse qu'en solo. Elle déstabilise beaucoup trop les autres danseurs, c'est pour cette raison qu'elle vient s'isoler ici pour répéter.

— D'accord, mais là, il y a bien un danseu…

Je ne termine pas ma phrase que je saisis l'ampleur de la situation de plein fouet.

Si cette jeune femme ne voit pas le cavalier, cela signifie que…
*Un Orior…*
*Et pas n'importe lequel !*

Mes canaux lacrymaux me titillent. Je chasse toutes mes pensées. Je n'ai qu'une seule idée en tête. Affronter la vérité le plus vite possible.

Il n'y a pas quarante-deux explications à cela. Si Violette côtoie un Orior d'aussi près (très près !) et ne m'en a pas parlé, c'est parce qu'elle ne voulait pas…

Je n'en sais rien.

Il n'y a qu'un seul Orior qui a de l'importance à mes yeux. Et je suis prête à parier que c'est LUI.

Mes pas me guident vers la porte d'entrée de la salle.

Lorsque j'accroche enfin le regard de Vita, elle se décompose. Ce n'est pas le genre de réaction escomptée lorsqu'on vient faire une surprise à sa meilleure amie. Sauf si on vient de la prendre en flagrant délit de haute trahison.

Je n'ai pas le temps de détailler le visage de l'Orior, qu'il me confirme qu'il en est un en se métamorphosant en oiseau sous mes yeux ébahis. L'avoir deviné est une chose. En avoir la preuve sous mes yeux en est une autre.

Je déglutis.

Je n'ai pas la force d'écouter les excuses de Violette. Son malaise me blesse d'autant plus.

— Mily, s'il te plaît !

C'est encore pire lorsqu'elle me supplie. Je pars en courant.

*Vers où ?*

Un couloir après l'autre. Je verrai bien où il finira par me mener. Mémoire absolue ou pas, dans mon état larmoyant, c'est à peine si je saurais reconnaître la porte d'entrée si elle se manifestait face à moi.

— Laisse-moi t'expliquer ! beugle mon ancienne amie dans mon dos.

Tout est clair. Elle m'a plus ou moins demandé d'oublier Jules pour être certaine de le garder pour elle. C'est aussi simple que cela.

Qu'elle se le garde. Il ne vaut pas mieux qu'elle, dans ce cas.

Je leur souhaite beaucoup de bonheur. Mais qu'ils ne s'attendent pas à ma bénédiction. Pas dans ces conditions. Pas comme ça.

— Je ne sais pas ce que tu es en train de t'imaginer, mais tu dois faire fausse route ! me bloque-t-elle.

Elle a l'avantage sur le terrain.

— Tu joues avec le feu sur tous les niveaux, *Vita* ! Alors, ne t'étonne pas si tu te brûles les ailes. Ne compte pas sur moi pour sombrer avec toi.

J'ai l'avantage sur la moralité.

Je rebrousse chemin et trouve enfin la sortie.


J'ai l'impression que je suis condamnée à essuyer des déceptions à chacun de mes passages sur Enivelle.

Je sèche mes dernières larmes sur la route vers le bus qui me ramènera à Movence. Il n'est plus question que je verse la moindre goutte supplémentaire pour des personnes qui ne méritent ni mon amitié ni ma confiance.


Le bus est à l'heure. J'évite de croiser le regard de qui que ce soit. Je dois avoir une mine de déterrée.

— Oh ! bah ça alors ! Mily Tourel !

*Il ne manquait plus que lui…*

Non vraiment, ce n'est pas ma journée.

— Viens t'asseoir ici, me propose David.

Je me sens obligée d'accepter son invitation en l'évitant soigneusement du regard. Je ne veux surtout pas qu'il voie que j'ai pleuré.

— Bah mince ! Qu'est-ce qui t'arrive ?

*Loupé…*

C'est encore pire quand on me plaint. Les vannes sont désormais ouvertes. Un véritable ruisseau un jour d'averse.

— Raconte à tonton David !

Il ne comprendrait pas. Déjà que j'ai, moi-même, du mal à comprendre ma réaction. Après tout, ce n'est pas comme si Jules m'appartenait. Mais Violette aurait dû m'en parler. Je me serais montrée compréhensive. Enfin, je pense.

J'ai tendance à partir au quart de tour lorsqu'il est question de Jules.

Mais tout ça, c'est terminé.

— Bon d'accord, tu n'as pas l'air de vouloir en parler, élucide David. Alors, changeons de sujet ! Quel bon vent t'amène à Enivelle ?

— La rentrée.

— La rentrée ? Mais t'es pas censée être au lycée ? Voire même au collège ?

— Je suis en fac de médecine.

Le regard abasourdi de David me fait presque éclater de rire. Il me permet cependant de sécher mes derniers sanglots.

Deux mois que je ne l'ai pas vu et je suis forcée d'avouer que sa compagnie m'avait manqué.

— Attends, rappelle-moi ton âge, déjà ?

— Quatorze ans.

— Et tu passes l'un des concours les plus difficiles ? J'imagine que tu connais les statistiques de réussite de la première année de médecine.

Je les connais et j'ai honte de m'octroyer la place de quelqu'un d'autre aussi facilement. Personne ne peut rivaliser contre mes capacités yloriennes. Mais en même temps, lorsque je constate l'immaturité des élèves de ma promotion, je me sens moins coupable. Les médecins de demain ont du chemin à parcourir pour devenir des personnes responsables.

— Je tente ma chance, me défends-je. Et toi, que faisais-tu à Enivelle ?

— Idem. La rentrée. Prépa HEC.

J'ignorais que David était une tête. Il ne correspond pas vraiment au profil de celui qui suit des études aussi sérieuses. Quoiqu'étant donné son âge, il a de l'avance, lui aussi.

— C'est super, ça ! Ainsi, tu veux devenir commercial ?

— Ouais, c'est chiant. Mais je ne savais pas trop quoi faire. On m'a dit qu'avec ça, je pourrais aller partout. On verra.

Je vais pour lui avouer que j'ignorais qu'il était surdoué, lui aussi, lorsque l'information retient mon attention. Et je m'en veux de ne pas y avoir songé avant.

Toutes ces coïncidences autour de David ne peuvent pas en être. Surtout depuis que je connais l'origine des coïncidences.

David a vécu un drame lors de la tempête, il est surdoué et, depuis mon retour, il se trouve partout sur mon sillage.

Si Jules était un Orior envoyé par Morana pour me surveiller étant petite, se pourrait-il que David soit son remplaçant ?

Cette hypothèse tient avec tous les évènements qui se sont enchaînés ces derniers mois. Et voilà qu'il revient pile au moment où je viens de revoir Jules…

Morana doit se sentir toute puissante. Mais je suis bien décidée à déjouer ses plans, maintenant que je les ai percés à jour.

Un sourire conspirateur s'épanouit sur mon visage.

Je me tourne vers David.

*Que la fête commence !*

Je me demande à quoi ressemble la maison d'un Orior. Ou plutôt, quelle excuse David va trouver pour ne pas me la présenter, ainsi que sa fausse famille.

— Ma mère pense que je suis avec Violette, avancé-je. Elle ne viendra pas me chercher avant dix-neuf heures à l'arrêt de bus.

— Si tu connais son numéro par cœur, ce dont je me doute, tu peux la joindre avec mon portable, me propose-t-il.

J'intercepte son bras tandis qu'il est sur le point de fouiller dans son sac à dos pour sortir son téléphone.

— À moins que tu aies un bon film chez toi.

Mon audace le déstabilise autant qu'il a l'air surpris.

— J'en ai même plusieurs, lance-t-il tout sourire.

Là, c'est moi qui suis surprise. J'aurais parié qu'il trouverait une parade pour ne pas devoir me révéler qu'il n'a pas véritablement de maison.

Il compte peut-être sur le fait que je vais décliner.

— Super !

— Je rêve ou Mily Tourel serait en train de me faire des avances ?

— Ne pars pas si vite en besogne ! Il ne s'agit que d'un film.

Son sourire en coin me gêne. Le fait que je me sente aussi bien à ses côtés me met d'autant plus mal à l'aise. Sûrement un coup de Morana, ça aussi. Elle a fait exprès de m'envoyer un Orior aussi séduisant et intelligent.

Dommage pour elle, ça ne prend pas avec moi. J'ai plus d'un tour dans mon sac...


Nous arrivons au perron d'une maison. « Tonelli » est écrit sur la boîte aux lettres. Je dois avouer que la reine illégitime s'est donné du mal pour parfaire sa supercherie.

Je suis David à l'affût du moindre indice confirmant mes suppositions.

— Coucou ! nous accueille une jeune blonde depuis la cuisine. Oh mais t'es pas seul, aujourd'hui !

— Mily, je te présente Audrey, ma petite sœur. Audrey, voici Mily, une amie.

— Une amie ! plaisante-t-elle en appuyant d'un clin d'œil insistant.

— Détrompe-toi, petit démon ! lui répond-il. Mily n'est, hélas ! qu'une amie.

On ne peut pas lui enlever son entêtement. Je suis cependant impressionnée par celui de Morana. Être allée jusqu'à concevoir une fausse famille à David, c'est très fort.

*Creusons un peu plus loin...*

Les Oriors peuvent voler. Et puis, selon moi, ils doivent bénéficier des mêmes spécificités que nous autres Yloriennes. Notamment en ce qui concerne la résistance aux températures.

Je dois trouver un moyen de l'ébouillanter « par mégarde ».

— Tu sais à quelle heure je dois te ramener à l'arrêt de bus ? s'inquiète mon soi-disant ami. Dix-neuf heures pile ?

— Oui. Mais je pourrai y retourner seule.

— Compte là-dessus ! ricane-t-il avant de me faire signe de le suivre dans le salon.

Il me désigne une étagère remplie de DVD et Blu-ray en tous genres.

— Pendant que tu jettes ton dévolu sur le film, je peux te servir quelque chose à boire et à manger ? Des envies particulières ?

— Si tu en as, je prendrais volontiers un thé.

Ce qui me rappelle Violette. Je la chasse de mon esprit et reste concentrée sur mon unique mission.

— Ça marche ! Choisis le film que tu veux, sauf les Barbies de ma sœur, par pitié !

— On devrait les donner, ça fait un moment que je ne les regarde plus ! intervient Audrey.

Elle attend que son frère disparaisse de son champ de vision pour m'interroger :

— Alors comme ça, tu donnes du fil à retordre à mon frangin ? se gausse-t-elle. Ça change ! Bien fait pour lui !

J'élude la remarque gênante. Je parcours cette étagère. Tous les films ici présents me sont étrangers. J'ai un sérieux retard à rattraper.

— Si tu veux le faire enrager, choisis Twilight, me conseille-t-elle d'un air farceur.

— Je t'entends, petit démon ! hèle David.

Normal, notre ouïe est surdéveloppée. Les Oriors ne doivent pas non plus couper à cette règle.

— Ne me dis pas que tu ne connais pas Twilight ! devine Audrey à ma réaction.

— Mily n'a que deux ans de plus que toi et elle est en première année de médecine. Il est clair que vous ne devez pas aimer les mêmes choses ! se moque David qui dépose un plateau de divers biscuits sur la table basse.

— Waouh ! T'es encore plus intello que mon frère ? M'étonne pas qu'il ait le béguin !

— Bon, t'as pas autre chose à faire, toi ? sourit David en emmêlant les cheveux de sa sœur d'un frottement sur le crâne.

— C'est bon, je vous laisse. Mais avant...

Audrey s'empare d'un bouquin dans l'une des bibliothèques pour me le tendre.

— Tu m'en diras des nouvelles ! ajoute-t-elle.

« *Twilight, chapitre 1. Fascination* ».

— Te sens pas obligée, murmure David tout bas tandis qu'il part chercher nos boissons.

Il me ramène une boîte remplie de tout un tas de sachets de thé différents ainsi que du sucre sous toutes ses formes.

Il est si prévenant que je m'en veux presque de m'impatienter de lui brûler les mains. En attendant, je le remercie.

Trente secondes lui suffisent pour ramener tasses et eau chaude. Il prend du thé, lui aussi. C'est un bon énergisant pour nous, les Yloriens. Je me demande s'il fumait pour la même raison, d'ailleurs. Après tout, les cigarettes sont à base de plantes.

J'attends le moment opportun où sa main se trouvera dans l'axe que j'ai repéré et je renverserai mon eau chaude dessus. Morana ne se rendra pas compte que je l'ai fait exprès.

Voici enfin l'heure de vérité...

L'eau atteint à peine son poignet qu'il fait un bond en retenant un petit cri de douleur, ce qui me provoque un sursaut et renverse la tasse sur mes jambes.

— Oh la la, mince ! Ça va ? Je suis désolé !

J'aurais aimé avoir prononcé cette phrase en premier. C'est moi qui suis désolée. Je viens de l'ébouillanter et il trouve encore le moyen de se préoccuper de mon bien-être...

*Culpabilité, quand tu nous tiens...*

— Suis-moi ! enchaîne-t-il en me guidant vers la salle de bains.

Je suis pas mal décontenancée, alors j'avance mécaniquement.

— Tu devrais passer tes jambes sous l'eau froide et appliquer cette pommade pour que ça diminue la douleur ! s'inquiète-t-il.

Je ne sais pas quoi dire tant je me sens mal pour lui. Son poignet est rouge cramoisi. Je devrais commencer par cela.

— Ne t'inquiète pas pour moi, le rassuré-je comme je peux. Mon jean semble avoir limité les dégâts. Ce n'est pas le cas de ton poignet. Passe-le sous l'eau froide !

— T'es sûre que ça va ?

Admettons que les Oriors n'éprouvent pas la même résistance à la chaleur que les Yloriens, cela n'explique pas pourquoi il se fait tant de soucis pour ma peau. Un Orior doit tout de même connaître nos spécificités sous notre condition humaine.

Serait-ce une stratégie supplémentaire de la part de Morana pour me duper ?

J'en ai assez d'être amenée à douter de tout le monde, tout le temps. C'est éreintant. Mais à ma décharge, toutes les personnes que j'ai pu trouver dignes de confiance m'ont trahie à un moment donné : Jules, Violette, Morana, Lélinda et toutes les autres Ylas.

Pourquoi David échapperait-il à la règle ?

Je trouve cela très louche qu'il se montre aussi patient, attentionné et dévoué envers moi, alors qu'il ne reçoit que de l'indifférence en retour.

— Pourquoi moi, David ?

Je viens de lâcher cette question à voix haute, ce qui me surprend autant que mon pauvre interlocuteur pris de cours.

— Il faut croire que je dois aimer le goût du danger ! plaisante-t-il en désignant son poignet gisant sous un jet d'eau froide.

— Je suis sérieuse. Tu vois bien que je ne t'attire que des ennuis.

— Ton cerveau de cartésienne doit se faire une raison. On ne peut pas toujours tout expliquer. Il y a quelque chose chez toi qui m'apaise. Outre les noyades et les brûlures, je me sens bien à tes côtés. J'étais paumé avant. Avec toi, je ressens le besoin d'aller mieux. D'être quelqu'un de bien.

Si Violette a le pouvoir d'apaiser les humains rien qu'en dansant, je pense que ma mission liée à la famille doit y être pour quelque chose. David a subi de graves traumatismes suite à la perte de deux membres de sa famille. J'ai dû, sans le savoir, panser cette douleur.

Je n'ai pas assez utilisé mes pouvoirs en tant qu'Yla de la famille pour connaître l'étendue de leur potentiel. Avais-je une influence sur le deuil familial ou quelque chose du genre ? Je ne le saurai jamais.

— Et j'y arrive ! achève-t-il. Et tout ça, grâce à toi. Alors, essaye de ne pas voir que l'aspect négatif de l'influence que tu as sur moi.

Facile à dire... Je me sens minable.

— J'ai bien dit « essaye » ! reprend-il d'un petit sourire.

Il me connaît bien. Trop bien.

— Par contre, il n'est pas question que nous regardions Twilight, je te le dis tout de suite !

J'éclate d'un rire timide. Contre toute attente, je me sens bien à ses côtés aussi.


Dix-huit heures quarante-cinq, déjà, et nous avons passé notre temps à parler dans cette salle de bains. Je n'ai pas vu les minutes défiler, ce qui est plutôt nouveau pour moi sur Terre.

— Tu es déjà montée à l'arrière d'une moto ? me demande-t-il.

*Très bonne question...*

— Pas plus qu'à l'avant. Mais je n'ai pas de casque et...

— Je vais te filer celui de ma sœur, me coupe-t-il avec empressement.

Il semble si heureux à la perspective de me ramener en moto que je ne me sens pas de lui refuser cette faveur.

— C'est une moto bridée, je n'ai pas l'âge requis pour une plus balèze, alors tu n'as aucune raison de t'en faire !

J'accepte le casque qu'il me tend et m'installe sur le minuscule siège arrière de sa bécane. Il attrape mes bras pour les passer autour de sa taille. Il espère sans doute que je me sente bien tout contre lui. C'est le cas.

Je ne mérite pas son amitié. Encore moins son amour. Ce garçon est trop bien pour moi. Je n'arrive pas à m'enlever ce triste constat de la tête.

Je dois trouver quelque chose qui l'éloigne de moi. Quelque chose qui lui permette de tirer un trait définitif sur l'hypothétique « nous » qu'il s'est construit. Ce rêve n'aura jamais lieu, il doit commencer à l'entrevoir comme un cauchemar.

Le trajet jusqu'à l'arrêt de bus est trop court pour me laisser le temps de monter le plan idéal.

Le moteur s'arrête. Je descends et ôte le casque d'Audrey pour le lui rendre.

— C'était sympa, merci ! énoncé-je, à défaut de trouver quelque chose de plus approprié.

— À refaire quand tu veux, Mily Tourel ! me provoque-t-il après avoir enlevé son casque en retour.

Il se relève pour reposer sa moto sur la béquille et se tourne pour me prendre dans ses bras, sans crier gare. Mon esprit active la sonnette d'alarme tandis que mon corps se délecte de la chaleur que cette étreinte lui apporte.

— Pourquoi m'appelles-tu toujours par mon prénom et mon nom ?

J'ai lancé cela pour avoir l'air moins embarrassée.

— Pour ne pas griller ma couverture trop vite, me murmure-t-il à l'oreille.

Des frissons me traversent le corps tout entier. J'essaye de me détacher de ses bras pour le dévisager, mais il ajoute :

— Tu préférais quand je t'appelais « ma Miny », n'est-ce pas ?

Puis il desserre son étreinte, l'air de rien.

…

*Il ne s'en sortira pas aussi facilement !*

J'arrête de lutter.

Mes lèvres rejoignent les siennes, et me voilà au paradis.

Cette attraction me bouleverse au point que j'oublie tout. Tout sauf Lui.

*Jules.*

*Mon Jules.*

Je le savais quelque part au fond de moi. Qu'importe les explications. J'ai désormais la preuve que c'est LUI. Il n'a pas besoin d'en dire plus. Morana compte trop là-dessus.

— Il t'en a fallu du temps ! chuchote-t-il à moitié hilare.

Je le fais taire par un énième baiser passionné.

C'est tout ce qui compte. Là, tout de suite.

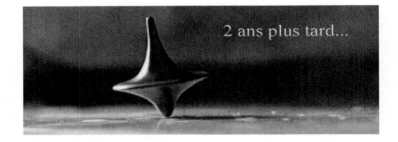

## DEUXIÈME PARTIE

*Un jeune homme pas comme les autres*

—

# chapitre 8

*Un rêve*

— Oh mon Dieu ! Que s'est-il passé ? Denise ! Va chercher la trousse de secours !

— Bah ça alors ! Que lui est-il arrivé, à ce pauvre garçon ? Où sont ses parents ?

— J'en sais rien, mais si on ne fait rien, il va se vider de son sang.

— Je vais chercher la trousse. Bouge pas !

*— Tu veux que j'aille où ? Si tu vois Jean-Pierre au passage, dis-lui de venir en renfort. Lui, il saura quoi faire.*

*Tout le monde s'active.*

*— Mon garçon, tu comprends ce que je dis ?*

*— Me prends pas pour un idiot !*

*— Très bien. Alors est-ce que tu sais où sont tes parents ?*

*— C'est à toi de me dire où les trouver. Je cherche ma mère et ma sœur.*

*— D'accord. Dans ce cas, j'aurais besoin que tu me donnes le nom de ta maman.*

*— Si je le connaissais, je ne serais pas ici pour perdre mon temps. On m'a dit de m'adresser à quelqu'un dans le bâtiment qui comportait des drapeaux sur la devanture. Où puis-je trouver la personne compétente pour répondre à ma question ?*

*— Oh bah, euh…*

*Denise et Jean-Pierre rejoignent la jeune femme avec la trousse de secours.*

*— Tiens !*

*— Merci. Il dit qu'il cherche sa mère et sa petite sœur. Il ne connaît pas leur nom.*

*— Et quel est ton prénom à toi, petit ?*

*— Jules.*

*— Et est-ce que tu connais l'adresse de ta maison ?*

*— Vous le faites exprès d'être aussi nuls ?*

*Les adultes se regardent à tour de rôle sans trop savoir comment réagir.*

*— Appelle Madame Stener !*

*— Ça marche.*

Je me réveille en sursaut. Je mets un temps avant de comprendre qu'il s'agissait de ce que les humains appellent un rêve.

Je me tourne vers David qui dort profondément. Ce n'est pas un hasard si je fais le tout premier rêve de ma vie, cauchemars exclus, la toute première fois où je dors avec lui.

Je connais l'origine du hasard… Et dans ce contexte bien précis, il répond au prénom de « Magnensia », voire « Magni » pour les intimes.

J'avais lu dans mes carnets que Magnensia avait le pouvoir de sonder la mémoire des humains masculins, à condition qu'ils soient très proches d'une humaine. Si Leïna pouvait lire dans mes pensées lorsque j'étais sous ma condition humaine, cela explique comment Magni a pu parvenir à m'envoyer ce rêve.

La question qui s'impose à présent, c'est « pourquoi » ? Pourquoi m'envoyer ce rêve-là en particulier ? Il s'agissait d'un souvenir de David lorsqu'il se faisait encore appeler Jules.

Dans ce rêve, je voyais à travers ses yeux et j'entendais sa voix comme si je revivais la même scène en lui.

Magni est peut-être en train de m'annoncer qu'elle peut enfin répondre aux questions qui me sont interdites depuis plus de deux ans. Comment Jules Toussaint est devenu David Tonelli, par exemple ?

Si mon petit ami ne s'attarde pas sur les explications, c'est pour nous protéger. Je pense même que cela ne vient pas de lui. C'est bien l'œuvre d'une Yla que je reconnais là. Une Yla qui serait, par miracle, de mon côté quelque part sur Ylorior et qui se donne du mal pour faire mon bonheur.

Je soupçonne Malissia d'être cette bienfaitrice. Elle était censée m'ôter la mémoire lors de mon retour sur Terre. Mais elle a attendu que je termine de rédiger mes souvenirs pour cela. Désormais, je suis persuadée qu'elle a protégé l'identité de Jules pour le mettre à l'abri de Morana et pour me permettre de le retrouver en toute sérénité. Et si David semblait ne pas en avoir conscience dès le début de notre rencontre, c'est sûrement parce que Malissia ne lui en a fait prendre conscience que plus tard, sinon, nos retrouvailles auraient été trop flagrantes.

C'est la meilleure théorie dont je dispose. Car j'en ai échafaudé, des hypothèses, en deux ans !

Toujours est-il que Magnensia devait attendre avec impatience que je m'endorme aux côtés de mon bien-aimé pour scanner ses souvenirs à son tour, et pour me confirmer tout cela.

Tout se tient. Malissia et Magnensia sont très proches. Je n'imagine pas le nombre de risques qu'elles prennent pour me venir en aide. Je leur en suis tellement reconnaissante !

Je ferme les yeux et remercie mes deux alliées, en espérant que le message leur parvienne en toute discrétion.

— *Bon, si jamais on te pose la question où j'suis, tu dis que j'me cache ou j'sais pas. Pigé ?*

*Hochement de tête de la part de la jeune Violette.*

— *Tu vas retrouver ton amie ?*

— *Moins t'en sais, mieux ce s'ra.*

*Nouveau hochement de tête.*

*Une grille cède d'un simple coup de pied.*

*La route est longue et sinueuse à travers la forêt. L'objectif est tout tracé. La progression est rapide.*

*La nuit commence à tomber.*

*La maison des Tourel.*

*La maison des Tourel vide.*

*Les heures passent.*

*Puis les Tourel reviennent.*

*Sans Mily.*

*La police est présente.*

*Incompréhension.*

*Fuite dans la forêt.*

— Miny ? me réveille David inquiet.

J'intercepte son regard et ses traits crispés se détendent.

— Je crois que tu faisais un cauchemar. Tu étais très agitée.

Je ne peux pas lui révéler que je viens à nouveau de revivre un de ses souvenirs. Mais à présent, je comprends où il se trouvait lorsque nous le cherchions dans la forêt, le soir de ma « disparition ». Il était venu me rejoindre chez les Tourel.

Je le serre dans mes bras pour toute réponse. Nous ne pouvons pas nous partager ce que nous savons, mais notre attachement mutuel vaut bien plus que tous les discours du monde.

— Il était si terrible que ça, ton cauchemar ? ricane-t-il en m'embrassant sur la tempe.

J'adore lorsqu'il fait cela.

— Il est quelle heure ?

David attrape son téléphone et m'indique que nous pouvons nous rendormir. J'accueille la nouvelle avec joie, bien trop impatiente d'en découvrir plus. Je sens que Magni me réserve tout un tas de révélations en tous genres.

J'ai tellement hâte !

Je m'endors sur ces belles pensées aux côtés du garçon de mes rêves. Dans tous les sens du terme.

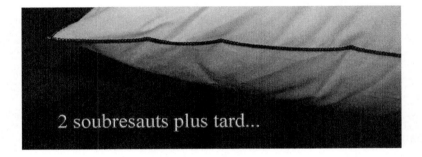

# chapitre 9

## *Un doute*

— *Où est-elle, bordel ?*

— *Jul...*

—*... Non, il n'est pas question que t'essayes de m'entourlouper avec tes jolies tournures. J'veux une réponse claire à ma question ! Est-ce qu'on s'en est pris à elle ? À cause de moi ? Parce que je n'ai pas réussi à lui donner ce satané truc ?*

*Bruit de verre qui se casse au sol.*

— *Rentre avec moi, mon grand.*

— *Je ne suis pas « ton grand ». Pigé ? Et pourquoi j'te suivrais ?*

— *Parce que tu lui seras toujours plus utile à nos côtés qu'enfermé dans un établissement qui n'est pas chez toi.*

— *« Chez moi »... Le seul « chez moi » qui avait un véritable sens à mes yeux, c'était auprès d'elle. Et j'viens de tout foutre en l'air !*

— *Pas tout, non. Fais-moi confiance, rien n'est encore perdu. Il existe des solutions. Suis-moi et je te les exposerai à ta guise.*

*La main de l'interlocuteur mystère s'impose à la vue subjective du protagoniste. Ce dernier hésite un instant avant de lui serrer la main en retour.*

Impossible de me rendormir après cela. J'essaye de comprendre à qui Jules s'adressait. Je me mords les lèvres pour m'empêcher de le lui demander. Il dort si paisiblement. S'en souvient-il, au moins ? Peut-être, sinon Magni n'aurait pas accès à ses souvenirs pour me les renvoyer.

*Frustration...*

Je tourne dans tous les sens pour tenter de rejoindre les bras de Morphée à nouveau, mais c'est peine perdue. Mes pensées me tiennent aussi éveillée que si j'étais encore sur Ylorior.

Et bon sang, quel est ce « satané truc » en verre dont il faisait référence et qu'il ne s'est pas privé de casser sous la colère ?

Je cogite pendant les dernières heures qui m'éloignent de mes rêves.

Puis, David me prend dans ses bras et je me sens tout de suite mieux.

— C'est la dernière fois qu'on dort ensemble, m'énonce-t-il comme si de rien n'était avant de se lever et de me laisser seule sur le lit.

Il n'ajoute rien. Il est tout simplement... froid.

D'accord, c'est la première fois que nous dormons ensemble. C'est donc la première fois que j'ai le loisir de constater sa mauvaise humeur matinale, mais tout de même.

*Ai-je fait quelque chose de mal ?*

— Je ronfle ? le questionné-je en le rejoignant dans la salle de bains.

— Non.

Il ne m'accorde pas un regard. Est-ce bien mon petit ami qui se trouve face à moi, là ? J'ai beaucoup de peine à le croire...

— Je prends toute la place ? La couverture ? Je te tiens chaud ou froid ? Je parle dans mon sommeil ? C'est à cause de mon cauchemar ?

On ne peut pas dire que je n'aurai pas essayé de comprendre. Mais j'essuie un nouvel échec. Son mutisme morose me blesse.

— Je mérite quand même un semblant d'explications, non ?

— Non.

L'heure n'est pas à l'échange de vocabulaire très fourni, ce matin. Je n'ai qu'une envie : m'habiller et partir en courant.

Alors c'est ce que je fais.

Et Monsieur Je-suis-de-mauvais-poil ne daigne pas lever le petit doigt pour m'en empêcher. Ce qui est pire que son silence. Ou équivalent.

*Respire...*

Que s'est-il passé ?

D'abord ces souvenirs ressassés sous forme de rêves, puis l'attitude de David. Les Ylas sont-elles responsables de son éloignement ? Est-ce que les rêves avaient pour but de me mettre en garde ?

Les avertissements de Violette me reviennent comme un boomerang. Cela fait quelques mois, voire même des années, que je me montre distante avec elle pour cette raison. Ce n'est pas très agréable d'entendre sa meilleure amie critiquer son petit ami à longueur de temps. Elle n'a jamais porté David dans son cœur, c'est loin d'être un scoop.

Toutefois, je ne me suis surtout jamais sentie prête à lui révéler qu'il s'agissait de Jules. Déjà parce que ce serait dangereux pour les mêmes raisons qui m'empêchent d'en parler avec l'intéressé. Mais c'est aussi parce qu'elle ne me croirait pas et tenterait de me convaincre du contraire.

Je n'ai pas envie ni besoin de douter.

Mais à présent, j'angoisse. La belle affaire !

Violette m'avait fait comprendre que Jules était un Orior. Elle avait même ajouté : « Si tu le revois, dis-toi que c'est parce que tu es de nouveau en danger et que c'est tout sauf bon signe. Alors, ne fais pas l'erreur de te ruer dans ses bras, par pitié ! »

J'ai brûlé la main de David.

J'ignore pourquoi je ressens le besoin de justifier le fait que mon petit ami n'est pas un Orior envoyé par Morana pour me surveiller ou me nuire.

Mais dans tous les cas, son attitude de ce matin est très louche. Et je ne tiendrai pas la journée sans explications.

Je compte bien le faire mariner avec son humeur maussade, pendant que je pars en quête de réponses tant redoutées jusqu'ici.

Je me sens prête à écouter les mises en garde de Violette. Sait-on jamais. Peut-être que tout ceci n'est qu'un malentendu. Peut-être qu'elle m'aidera à tirer tout cela au clair.

Je la préviens que je passerai la voir demain après mes cours. Elle accepte avec joie. Cet enthousiasme ne va pas durer. J'espère quand même être en meilleure forme demain.

— Ah non, Mily ! Ne compte pas sur moi pour te parler de Jules ! À chaque fois, ça tourne au drame. Je pensais qu'on avait enfin entériné la question !

— Il n'est pas question de drame, me défends-je comme je peux.

— Tu parles ! Tout prend des proportions énormes quand il s'agit de lui !

— Peut-être bien. Mais ça restera ainsi tant que je n'aurai pas obtenu toutes les informations que l'on me cache. Et quand je dis « on », tu sais bien que c'est toi que je vise en premier.

Violette soupire un bon coup et s'installe sur son canapé, résignée. Elle n'a pas le temps de m'inviter à l'imiter que je suis déjà prête à recevoir ses aveux. Car oui, quelque chose me dit que c'est ce qu'elle est enfin sur le point de me révéler.

— Ne t'attends pas à ce que je te dise tout ce que je sais sur nous, Mily. C'est beaucoup trop dangereux.

*Loupé...*

— C'est dangereux quand ça t'arrange ! lui reproché-je.

— Tu veux bien développer ?

Fricoter avec un Orior, se faire nommer « Vita », et j'en passe, j'appelle cela de la provocation pure et dure envers Morana. Bien entendu, je me garde bien de formuler cela tout haut. La reine n'est pas censée savoir que je suis au courant d'à peu près tout.

Je m'en tiens à ce que je suis censée me rappeler d'après mes petits carnets remplis pour Mme Peyrot :

— Ce n'est pas parce que tu es restée muette à propos de cette créature, que je pensais être une vision d'enfance, que je l'ai oubliée. Tu es bien placée pour savoir que nous n'oublions jamais rien.

— Je pensais que tu n'y attachais de l'importance qu'à partir du moment où tu pensais qu'il s'agissait de ton Jules. Comme tu n'es jamais revenue vers moi pour obtenir diverses explications, j'ai pensé que tu étais revenue à la raison.

Elle n'a pas tort. Jules s'était révélé être David le soir où j'avais surpris Violette danser avec cet Orior. Mais aujourd'hui, je veux tout savoir. Je le lui fais comprendre par un regard éloquent.

— Tu es sérieuse ? soupire-t-elle. Tu en doutes encore ?

— Ma vie est un désert parsemé de doutes…

— T'as pas mieux, dans le genre mélodramatique ? se moque-t-elle.

— Violette, s'il te plaît ! J'ai besoin de savoir.

Elle fixe une de ses bougies sur sa table basse et enchaîne tout bas :

— Cette créature avec qui tu m'as vue danser...

Je m'appuie contre le dossier de son canapé pour lui faire comprendre que je suis prête à tout entendre.

— Je l'ai surnommé « Adam », poursuit-elle toujours sans me regarder. Parce qu'ils n'ont pas de noms. Mais des matricules. Et ils sont là pour nous surveiller de près.

— Et c'est lui qui t'a dit que Jules était une créature comme lui, envoyée pour me surveiller ?

— Adam n'a rien affirmé, juste suggéré. Mais tu vois, je te balance une information énormissime, et au lieu de t'inquiéter qui cherche à nous faire surveiller, pourquoi, comment, ou bien comment se fait-il que nous soyons les seules à pouvoir voir ces créatures, ta principale préoccupation, c'est encore et toujours Jules !

Elle marque un point, une nouvelle fois. Mon obsession pour Jules va finir par me jouer des tours. Je ne dois pas oublier que je ne suis pas censée connaître le dixième de ce que je sais.

— Parce que tu me répondrais, si je te posais ces questions ? tenté-je de me rattraper.

— Hélas ! non.

— Alors, à quoi bon ?

— Ça ne t'empêche pas d'insister pour Jules.

Qu'on essaye de m'en empêcher ! Je reprends aussitôt :

— Parce que tu en sais plus que moi et que ça me rend dingue. J'ai besoin de savoir ce qu'Adam a suggéré.

Violette soupire à nouveau. Elle passe sa main dans sa longue chevelure blonde pour la replacer en arrière. Puis, elle enchaîne :

— Eh bien ! Tu n'as qu'à le lui demander.

Elle termine tout juste sa phrase que la porte du placard s'entrouvre sur un Orior, capuche baissée. Je n'étais pas du tout préparée à ce face-à-face. Je reste bouche bée tandis qu'il avance :

— Tu n'exagérais pas lorsque tu disais qu'elle était têtue ! plaisante-t-il à l'égard de Violette.

— Je te souhaite bien du courage ! lui répond-elle en lui faisant signe de s'installer sur la chaise qui nous fait face.

— Tout d'abord, entame Adam, je tiens à clarifier un point essentiel. Je ne suis pas autorisé à divulguer la moindre information concernant notre provenance, à nous trois, ainsi que la personne qui me missionne. Et Violette non plus.

Si je comprends bien, je vais devoir jouer les ignorantes encore un bon bout de temps. Je rassemble la concentration nécessaire pour poser les questions qui viendraient à moi, si j'avais réellement perdu mes souvenirs d'Ylorior.

Je ne prends aucun risque en commençant par cette question :

— Comment se fait-il que Violette en sache plus que moi ? Le danger ne s'appliquerait qu'à moi en particulier ?

Je ne connais vraiment pas la réponse à cette question. Je sais juste qu'elle a recouvré ses souvenirs en dansant. Mais j'ignore comment et pourquoi.

— Violette n'était pas censée se souvenir. Mais un phénomène imprévu s'est produit, et c'est d'ailleurs la raison de ma présence ici auprès d'elle. On m'a envoyé pour la surveiller de très près, afin de m'assurer que le secret reste bien gardé.

— Et vous pensez tous les deux que Jules a été envoyé pour la même chose, lorsque j'étais plus jeune, en déduis-je.

J'essaye de faire abstraction de l'exaspération latente de mon amie. Elle doit en avoir assez de m'entendre parler de Jules à longueur de temps.

— C'est l'explication qui me paraît la plus plausible, confirme Adam en me fixant du regard avec insistance. Violette ne s'est souvenue de lui qu'après avoir retrouvé la mémoire. Cela signifie qu'il fait partie de notre... communauté.

— Je ne peux pas y croire, contré-je envers et contre tout. S'il était habillé comme toi, j'aurais remarqué qu'il était différent et je l'aurais noté dans mon petit carnet. Et puis, pourquoi avoir pris Violette sous son aile lorsqu'elle est arrivée, s'il devait me surveiller, moi ?

— Probablement parce qu'il devait s'assurer qu'elle ne se souvenait de rien, elle non plus. Quant à notre tenue vestimentaire, nous pouvons porter ce que bon nous semble. De toute façon, vous êtes les seules à pouvoir nous voir. Si je ne fais pas l'effort de changer mon accoutrement, c'est parce que Violette sait qui je suis. Je n'ai pas à protéger mon identité ni à la dissimuler. Je pense que Jules devait prendre ce genre de précautions, lui.

— Donc selon toi, ce serait possible que vous soyez obligés de changer d'identité pour parfaire l'illusion ?

— Comment ça ?

À moi de mieux formuler ma question sans qu'il ne soupçonne que j'ai compris que David et Jules sont la même personne.

— Est-ce qu'il vous est possible de changer d'apparence, par exemple, pour préserver votre identité auprès de la personne que vous devez surveiller ?

— Nous nous métamorphosons en oiseau, comme tu dois le savoir, même si tout ça doit te paraître complètement surnaturel.

C'est le moment où je suis censée être impressionnée par un phénomène paranormal. Mais je n'ai jamais été très douée pour feindre des émotions. Alors j'opte pour :

— Je ne suis plus à une bizarrerie près. Entre mes amnésies, ma mystérieuse disparition de six ans, ma mémoire absolue, ma résistance aux températures et j'en passe. Quelque chose me dit que nous faisons partie d'une... « communauté » quelque peu spéciale. Ce qui expliquerait qu'un si grand secret nous contraint au silence et à l'ignorance, en ce qui me concerne. Cela fait un moment que j'ai assimilé ça. Donc oui, Adam. Je sais que tu peux te transformer en oiseau et que tu peux choisir si les humains « normaux » peuvent te voir ou non.

Mes deux interlocuteurs s'échangent un regard contrit. Ils hésitent à me révéler quelque chose d'important. Je le sens.

— Qu'y a-t-il ? m'inquiété-je. J'ai dit « humains normaux » parce que je pars du principe que nous sommes des humains différents. Je me trompe ?

— Non, non, poursuit Adam avec des pincettes. C'est juste que...

— Si tu lui dis ça, ça va la faire psychoter encore plus ! le coupe Violette. Franchement, abstiens-toi !

— Tu serais à sa place, tu aimerais bien le savoir.

— J'ai été à sa place. Et crois-moi, il y a des jours où je donnerais n'importe quoi pour ne jamais m'en être souvenue !

*À quel moment suis-je censée m'interposer ?*

— Je ne vois pas ce qu'il y a de mal à ce qu'elle sache que nous ne sommes pas en capacité d'être vus par quelqu'un d'autre que nous.

— Dans ce cas, Jules ne peut pas être une créature comme toi, rebondis-je sans attendre. Il interagissait avec la psychologue, la maîtresse, la directrice et puis les autres orphelins, d'après ce que j'avais écrit. À moins que toutes ces personnes appartiennent aussi à notre communauté ?

J'évite de parler du fait que David a une famille. Je songe à Audrey qui n'a rien d'une Ylorienne. Quoique... Le doute s'installe encore et toujours. C'est infernal !

— Tu vois ! lui reproche Violette. Je t'avais prévenu que ça ferait plus de mal que de bien.

Elle se tourne vers moi et enchaîne :

— Tu te bases juste sur des choses que tu as écrites lorsque tu étais plus jeune et désemparée. Je suis certaine que Jules n'avait pas de réelles interactions avec les autres. En tout cas, moi, je ne m'en souviens pas, alors que mes souvenirs, eux, sont réels.

— Et si Jules n'était pas comme Adam, mais plutôt comme nous ? lâché-je en même temps que l'idée s'impose dans mon esprit.

Je n'avais jamais envisagé Jules comme un Ylor, jusque-là. Je rassemble le flot d'informations dont je dispose pour analyser ma nouvelle théorie de plus près.

— Impossible ! s'exclame Adam.

— Débrouille-toi avec ça, maintenant ! soupire Violette à l'attention de l'Orior.

— C'est impossible, reprend-il, parce que la personne qui nous missionne, mes... confrères et moi, nous charge aussi de traquer les... humains comme vous, mais de genre masculin. Sache que Violette et toi faites partie des rares... personnes à évoluer en dehors de la communauté. Seules les filles y sont autorisées. Nous y veillons, et jusque-là, la personne responsable des... garçons n'a jamais enfreint les règles, je peux te le garantir !

Traduction sans censure : Morana veille, par le biais des Oriors, à ce qu'aucun Ylor ne soit envoyé sur Terre. Et Honéor, le roi des Yloriens, mon oncle, a l'air de se tenir à toutes ces restrictions.

Donc, Jules n'est ni un Orior, ni un Ylor.

*Retour à la case départ...*

Ou pas.

Comment expliquer les rêves ? Le fait que Jules soit réincarné en la personne de David ? Son changement brutal d'humeur ?

Je ne peux rien énoncer de tout cela sans mettre en danger Magnensia, Malissia, Jules/David et moi-même. Si Morana semble tenir Violette sous contrôle depuis que mon amie se souvient de tout, j'imagine que le châtiment qu'elle nous réservera ne sera pas aussi clément.

Je pense ne prendre aucun risque en demandant à Adam :

— Puisque tu as l'air de savoir beaucoup de choses qui me dépassent, penses-tu que mon petit ami, David, est comme toi ?

— Tonelli est bien des choses, mais pas un Orior ! ironise Violette avant de se rendre compte de son erreur.

— Un Orior ? m'étonné-je.

— Zut, Vita ! la sermonne Adam. À un mot près j'aurais été contraint de t'éliminer ! Fais gaffe, bon sang de bois !

— L'éliminer ? m'interloqué-je abasourdie.

— C'est comme ça que nous protégeons le secret. Il suffit que l'une d'entre vous prononce le nom que vous étiez censées oublier, celui de la communauté, pour que vous soyez éliminées d'un simple toucher par nous autres Oriors. Notre mission est très inconvenante, je te l'accorde. Mais nous ne l'avons pas choisie.

Ma réaction doit être éloquente. Quand Malissia assurait protéger les Ylas bannies en leur ôtant la mémoire, elle ne mentait pas. Cette dernière ne fait que remonter dans mon estime à mesure que les jours défilent.

— On en a trop dit ! se plaint Adam.

— Ou pas assez, renchéris-je.

— Oui, eh bien ! pour l'instant, achève Violette, il faudra te contenter de ça.

*On verra...*

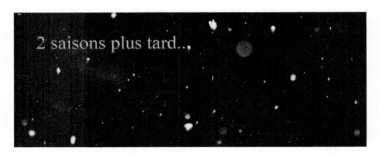

2 saisons plus tard...

# chapitre 10

## *Un trouble*

Si j'avais su que le trajet se déroulerait ainsi, je n'aurais pas compté les jours jusqu'à ce départ en classe de neige avec bénévoles et orphelins.

Jules/David m'accorde la même indifférence que durant les mois précédents. Pour ne pas dire du mépris.

Je sais que je devrais me révolter face à son comportement et insister pour obtenir des réponses quant aux raisons qui précipitent notre relation à sa perte. Je devrais lui poser un ultimatum afin qu'il ne prenne pas notre couple pour acquis et qu'il réalise que j'en souffre. Je devrais le bousculer un peu, je le sais…

Je devrais beaucoup de choses. Mais j'ai peur qu'en le faisant, je le perde définitivement.

Est-ce que rompre avec lui ne me ferait pas plus de mal que son indifférence injustifiée ? Je n'en peux plus de ressasser cette éternelle question en boucle dans mon esprit torturé.

— Tu pleures ? s'inquiète-t-il.

J'ignore ce qui me surprend le plus. Le fait qu'il fasse enfin attention à moi ou qu'il m'adresse la parole.

— J'aimerais comprendre, c'est tout, déclaré-je tout bas.

—Tu vas pas remettre ça, sérieux ! se plaint-il en me fuyant à nouveau du regard. Tout va bien entre nous quand t'arrêtes de poser des questions inutiles et quand tu ne fais pas dans le mélodrame.

Tout va bien pour lui, dans ce cas. Je me garde cependant bien de le formuler à voix haute. C'est peine perdue.

Je ferme les yeux et espère que ce voyage en autocar passera plus vite en dormant jusqu'à notre arrivée. Une part de moi espère aussi que mon petit ami s'endorme à son tour, afin que Magni puisse m'envoyer de nouveaux souvenirs pour m'éclairer sur notre situation.

Mais non.

Nous voilà arrivés à destination.

Et bien évidemment, les dortoirs ne sont pas mixtes, comme toujours. Y compris pour les bénévoles. Surtout pour les bénévoles, d'ailleurs. C'est d'un ridicule !

— Tu tires une de ces tronches ! se moque Violette tandis qu'elle range ses vêtements dans son armoire.

— Il paraît, oui.

— Franchement, je ne vois pas ce qui te retient avec lui…

— Si tu as d'autres remarques pertinentes du genre pour me faire me sentir mieux, ne te gêne surtout pas ! lui reproché-je.

— Ce que tu peux être susceptible parfois !

Je termine de ranger mes affaires en silence.

— Tu comptes faire la tête durant tout le séjour ? me questionne-t-elle au moment où je prends la sortie du dortoir. Non, c'est juste pour savoir à quoi m'en tenir.

— Ça dépend. Tu comptes me monter contre mon petit ami durant tout le séjour ?

— Tu voudrais que je fasse semblant de l'apprécier ? Déjà que je n'ai jamais porté Tonelli dans mon cœur, tu t'attends vraiment à ce que je fasse un effort alors que je vois qu'il ne te rend pas heureuse ? Tu déplores mon attitude alors qu'elle ne va que dans ton intérêt. Ce n'est pas moi ton ennemie, Mily. Ce n'est pas moi qui te rends si triste. Essaye de ne pas l'oublier !

Je soupire. Elle a raison. Mais je ne suis pas prête à reconnaître l'échec de mon couple.

J'étais si heureuse d'avoir retrouvé Jules…

Pourquoi me fait-il cela ?

P.O.U.R.Q.U.O.I. ?

Il s'agit du « pourquoi » de trop dans ma misérable existence. La colère prend le pas sur la tristesse. J'avance d'un pas décidé vers les dortoirs des hommes.

Je ne mets pas longtemps à trouver celui de David. Je l'entends parler. Ou plutôt se disputer avec quelqu'un. Je n'ose pas l'interrompre, alors je reste cachée dans le couloir, le temps qu'il se calme.

— Espèce de pourriture ! Tu ne la mérites pas ! Laisse-la tranquille, pigé ?

J'ignorais que David était remonté contre un bénévole. Lui qui était si ami avec tout le monde (excepté ma meilleure amie). Je tends un peu plus l'oreille dans l'espoir d'entendre la voix de la personne menacée. Mais c'est David qui reprend aussi sec :

— Je n'suis pas certain que t'aies bien pigé ! Tu t'es assez amusé avec elle. Maintenant, tu vas gentiment la quitter et la laisser vivre sa vie !

Je n'avais jamais entendu David dans une telle rage. Et ce, pour défendre une fille. Je ressens le poids de la jalousie tel un venin s'écoulant douloureusement dans chacune de mes veines.

Et s'il était tombé amoureux de la petite amie d'un des bénévoles ? Cela expliquerait bien des choses. Notamment pourquoi il se montre si distant avec moi.

Mon cœur s'emballe, je commence à trembler de tous mes membres, mes larmes ont cessé de couler, ma tête surchauffe, je suis au bord de l'asphyxie.

*Je m'écroule.*

— Miny !

Je cligne des yeux plusieurs fois et ressens la chaleur de l'étreinte de mon amoureux. Il me porte dans ses bras et sa main me couve comme si j'étais un objet précieux.

*Il tient encore à moi...*

— Qu'est-ce que j'vais bien faire de toi ? murmure-t-il avant de poser un baiser délicat sur mes lèvres.

Je rassemble l'énergie nécessaire pour me cramponner à ses épaules et l'embrasser avec fougue. J'ai besoin de sentir à quel point il m'aime. J'ai besoin d'être rassurée plus que jamais.

Il ne me repousse pas. Au contraire.

Je pleure de joie tandis que nous nous embrassons avec la même passion que notre tout premier baiser.

Je me redresse pour me retrouver à califourchon sur ses cuisses et ainsi resserrer notre étreinte. Ses mains se font de plus en plus aventureuses. Il me couvre de tout son amour. J'attendais tout cela depuis si longtemps que je fais tout pour prolonger ce moment.

C'est alors lui qui, à bout de souffle, met fin à notre instant de tendresse.

— Pardonne-moi, mon amour.

— Quand je te retrouve comme ça, je n'ai plus aucune raison d'être triste, tu sais. Je suis si…

Il m'interrompt d'un air résigné pour me briser à nouveau en mille morceaux :

— Je ne te demandais pas pardon pour t'avoir mise à l'écart, mais pour ce baiser bien trop… Enfin bref ! Nous ne pouvons plus rester ensemble.

Je reste interdite face à cette lourde sentence sortie de nulle part.

— Ne te méprends pas sur mes intentions, reprend-il. Je t'aime comme un fou. Et c'est pour cette raison que nous devons cesser de nous voir.

J'assimile l'information pendant qu'une centaine d'hypothèses se bousculent dans ma tête. Les trois plus plausibles demeurant :

1/Il cherche une excuse pour me quitter sans trop me faire de mal, parce qu'il en aime une autre. Peut-être m'a-t-il embrassée avec cette fougue en pensant que j'étais cette autre ?

2/C'est Morana qui s'est arrangée pour monter tout un plan, afin que je tombe amoureuse pour me faire souffrir à mon tour. Une forme de vengeance cousue sur mesure d'une subtilité ylorienne.

3/Jules/David a peut-être pris connaissance de qui j'étais au moment où j'ai reçu les rêves de Magni. Après tout, c'est à partir de ce moment-là que tout s'est dégradé entre nous. Et je comprends que ma véritable nature puisse l'effrayer.

Dans tous les cas, je reste anéantie. Figée. Je n'ai pas la force de dire quoi que ce soit.

— Par pitié, ne me regarde pas comme ça ! C'est d'autant plus difficile pour moi, susurre-t-il.

Il énonce cela en récupérant une de mes larmes sur ma joue.

— J'ai essayé d'ignorer la fatalité, mais tu vois bien qu'on se fait du mal. Parfois, l'amour ne suffit pas, Mily.

Tout ce qu'il va ajouter sera de plus en plus blessant. Il cherche des excuses pour ne rien m'expliquer et me quitter à la fois. Alors, je prends mon courage à deux mains pour me relever et m'éloigner de lui au plus vite.

J'en ai assez entendu. Trop c'est trop !

Je pars me réfugier loin de tout le monde. En particulier loin de Violette. Je n'ai pas besoin de la voir jubiler face à cette nouvelle.

Cela fait deux ans que nous nous rendons dans des infrastructures adaptées pour les classes de neige. Elles se ressemblent toutes. Je sais donc tout de suite où me rendre pour trouver un équipement à ma taille. J'hésite entre une paire de raquettes ou de skis alpins. Je privilégie la vitesse, même si je n'ai pas encore de forfait pour utiliser les remontées mécaniques. Je dispose de suffisamment de force et de motivation pour grimper le plus haut possible de la première montagne sur mon passage. Un besoin de solitude extrême en pleine nature m'oppresse. J'ai le sentiment que c'est le seul moyen pour retrouver un semblant de souffle.

La personne qui s'est chargée des réglages de mes skis écarquille de grands yeux, lorsqu'elle me voit enfiler mes chaussures de ski dans ma tenue citadine. Elle ne va pas tarder à me poser des questions, alors je file en vitesse de son magasin. Je n'ai pas besoin de combinaison de ski et je n'ai pas envie de perdre de temps à sauver les apparences. Pour une fois, je me concentre sur moi, uniquement moi.

Jusque-là, il n'y en a toujours eu que pour les autres et surtout pour Jules. On voit où ça m'a menée. Si Morana est une fois de plus derrière tout cela, on peut dire qu'elle a réussi son coup ! J'ai pris une bonne claque et ne m'en remettrai pas de sitôt.

J'affronte la réalité en face tandis que je gravis cette montagne pentue. Elle va me donner du fil à retordre, mais ce n'est rien comparé à ce que Jules/David me fait subir. La fatigue physique est plus gérable que ce qui est d'ordre mental.

J'ignore la douleur, j'ignore la pénombre qui s'abat sur le paysage, j'ignore tout ce que je suis en mesure d'ignorer.

Je ne deviens qu'ignorance. C'est préférable à la déprime.

Cette ascension vers le sommet me donne l'impression de ne pas me laisser sombrer dans l'abîme qui me tend les bras avec ferveur. Alors j'accélère le pas. Je donne tout ce que j'ai.

Une fois en haut, je m'écroule, essoufflée, endolorie. J'en ai le tournis. Mais un sourire fait tout de même son apparition sur mon visage.

Il s'agit d'une petite victoire. Le panorama est prodigieux, qui plus est. Tout n'est pas perdu ! Bien au contraire. Me retrouver ici me fait prendre du recul.

Aussi sadique et perfide que soit Morana, elle n'avait pas tort sur un point. L'amour est à double tranchant. Il peut faire le plus grand bien, comme le plus grand mal à la fois. Et durant tout ce temps, je me suis uniquement focalisée sur Jules au lieu de songer à ce que je pourrais apporter aux autres, grâce à mes capacités yloriennes. Violette a bien tenté de me mettre en garde plusieurs fois, pourtant.

Mais l'amour rend sourd et aveugle. On accepte seulement les remarques que l'on estime dignes d'intérêt de la part de nos proches. J'ai sciemment choisi de mépriser le point de vue de ma meilleure amie ylorienne. La seule personne ici sur Terre capable de me comprendre.

Je m'en veux vis-à-vis d'elle, et vis-à-vis de moi-même.

Je suis de nature ylorienne, bon sang ! J'ai tellement de choses à apporter aux humains et je n'ai strictement rien fait en dehors des priorités que j'ai données à mon couple.

Je reproduis les mêmes erreurs que ma mère. Pourtant, je suis au courant que l'amour qui liait mes deux parents les a menés à leur perte, en faisant sombrer Ylorior avec eux.

Il est plus que temps que je me ressaisisse !

Je n'ai pas le temps d'approfondir ma soudaine réflexion qu'une détonation met tous mes sens en alerte.

Je mets six secondes à identifier la cause, et sept la source.

*Une avalanche.*

D'ici, je ne crains rien, sauf si le sol sous mes pieds se met en branle. Ce qui n'est pas le cas.

Je reste cependant très perplexe. Avec le peu de neige qu'une fin de mois de mars est en mesure d'offrir, tout ceci ne repose sur aucune forme de logique. De plus, aucun risque d'avalanche n'a été relevé, sinon nous n'aurions pas choisi cette station pour emmener les enfants.

Je ne crois plus au hasard depuis fort longtemps…

Cette avalanche est d'origine ylorienne, à l'instar de la tempête d'Enivelle. Si cette dernière catastrophe avait eu pour but de tuer ma mère…, qui est la cible à présent ?

Morana ne m'aurait-elle pas fait suffisamment souffrir à son goût ? Elle vient de m'enlever Jules. Je mets peu de temps à saisir que cette avalanche est destinée à supprimer ma seule véritable alliée. D'autant qu'elle doit l'encombrer depuis qu'elle se souvient de tout...

Je vois clair dans son jeu. Cette maudite reine illégitime ne s'en sortira pas comme ça. J'ai une longueur d'avance sur elle, du fait de me souvenir de tout.

Je ne la laisserai pas s'en prendre à ma meilleure amie.

Et je ne la laisserai plus s'en prendre à qui que ce soit d'autre. Peu importe les moyens !

Elle voulait me faire souffrir, sans doute. Me voir me morfondre comme lorsque j'étais une enfant amnésique. Dommage pour elle, cette avalanche est la goutte de saleté qui fait déborder ma patience. Elle vient de réveiller la colère jusqu'ici enfouie en moi.

Elle va le regretter.

Je dévale les pentes qui se dévoilent sur mon chemin. Je m'oriente au grondement sourd provoqué par l'avalanche qui se dirige droit vers l'endroit où Violette se trouverait, si elle s'était lancée à ma recherche, comme je le soupçonne.

Vita ne craint pas le froid, mais le manque d'oxygène, si. Il faut agir vite.

Je n'ai jamais skié aussi rapidement. Le paysage défile telles des lignes vertes et blanches horizontales.

Je suis si déterminée que je ressens la puissance émaner de tout mon corps. Rien ne m'arrêtera. Vita est la seule famille ylorienne qu'il me reste, si je fais abstraction du roi que Morana s'acharne à isoler dans son petit coin.

Je ne suis plus qu'à quelques mètres de la brume provoquée par l'avalanche. À ce rythme, je l'atteindrai d'ici huit ou neuf secondes.

*Prendre une décision.*

*Vouloir traverser le danger pour provoquer Morana.*

*Maintenir le cap.*
*Foncer.*
*Tout schuss.*
*Advienne que pourra...*

Plus que trois secondes, puis...

*Stupéfaction !*

Si Ylorior n'est pas derrière cette avalanche, je me convertis illico à une religion. N'importe laquelle !

Je suis certaine d'avoir traversé la montagne en travers et...

Comment dire...

L'avalanche s'est stoppée net sur mon passage. Dans le cas contraire, elle m'aurait avalée, au vu de l'ampleur de cette gigantesque vague blanche. Je l'ai clairement vue remonter à l'instar d'un rideau de plus de dix mètres et éclater dans les airs en un millier de flocons légers.

La personne responsable de cette supposée catastrophe naturelle tient à ce que je reste en vie, il n'y a aucun doute là-dessus. Ou plutôt, que mon sang royal, capable d'influencer le diamant primaire, reste intact.

Je souffle un coup pour faire redescendre ma montée d'adrénaline. Il va me falloir quelques minutes pour m'en remettre.

« *Foncer dans une avalanche et l'arrêter* » : *check*.

À ajouter dans « la bouleversante liste des bizarreries de la vie de Mily Tourel ». Très prochainement adaptée au cinéma par Hollywood et oscarisée dans la foulée !

Je deviens cynique.

— Diantre ! Tu m'as fichu une de ces peurs ! m'interpelle une voix masculine derrière moi.

Adam.

*Faites qu'il m'annonce que Violette est en sécurité !*

— Où est-elle ? me soucié-je sans détour.

— Tout d'abord, bonjour ! Si tu parles de Violette, un peu plus haut, par ici, dans la montagne. Mais si tu parles de ta raison et de tes bonnes manières, c'est une question que je me pose. Mais enfin ! qu'est-ce qui t'a traversé l'esprit pour faire ça ? Tu penses que tu es invincible, ou es-tu suicidaire ?

Je le laisse parler tandis que j'escalade de nouveau la montagne pour retrouver ma meilleure amie. L'attitude d'Adam sous-entend qu'elle va bien, ce qui me réconforte. Mais j'ai besoin de la voir de toute urgence. Une avalanche peut en cacher une autre. On n'est à l'abri de rien avec Morana.

— J'attends une réponse ! me sermonne-t-il en me rattrapant sans effort.

— Tu sais très bien que je ne crains rien, tenté-je en guise de défense.

— Moi oui, mais toi non. En tout cas, pas avant de foncer tête baissée dans la gueule du loup, si je puis dire.

— J'ai mes raisons. Dis-moi ! On est à combien de mètres de Violette ?

— De kilomètres, tu veux dire ? Non, parce qu'il lui en a fallu du temps pour y parvenir avec ses raquettes. T'as pas choisi l'endroit le plus accessible !

— C'est toi qui lui as dit où je me trouvais ? questionné-je par curiosité.

— Inutile. Les traces de tes skis dans la neige ont suffi. Moi, je suis venu quand j'ai entendu l'avalanche. Je ne lui colle pas aux basques toute la journée, contrairement à ce que tu peux penser.

— Non, parfois tu colles aux basques de sa meilleure amie ! plaisanté-je pour détendre l'ambiance.

— Vita ne m'avait pas dit que tu pratiquais l'humour ! riposte-t-il d'un ton railleur.

Cet Adam est plutôt sympathique, pour un Orior. Dommage que la censure vitale ne me permette pas de le cuisiner à propos de tout ce que je peux encore ignorer au sujet du royaume qui est le nôtre.

Violette nous rejoint très vite. Je peux enfin respirer. À mes côtés elle ne craint rien, puisque Morana a besoin de moi vivante. Je me demande si elle en a conscience et si elle sait que je suis de sang royal. Je ne suis déjà pas certaine qu'Adam soit au courant. Morana ne doit pas révéler grand-chose à ses Oriors, j'imagine. Tant qu'ils se contentent d'obéir à ses ordres sans ciller...

Vita n'a pas pu se souvenir de moi sur Ylorior, mais Adam l'a sûrement soulagée de bien des interrogations à mon propos. Ce pourquoi elle ne m'assaille pas de questions comme je ne me serais pas privée de le faire. Sauf qu'en effet, ma meilleure amie pense que je ne me souviens de rien.

Tout ça, absolument tout, est si frustrant !

— À l'avenir, quand il te prendra l'envie de jouer les yétis des montagnes sous moins quinze degrés, préviens-moi ! marmonne Violette sourcils froncés.

— Fais pas celle qui craint le froid ! me moqué-je en retour.

— Moi non, mais mon smartphone vient de rendre l'âme. Espérons qu'il ne s'agit que de la batterie !

— C'est une chance que tu ne te sois pas trouvée dans la trajectoire de l'avalanche ! Tu as cherché à l'éviter, c'est ça ? questionné-je.

— J'ai entendu un drôle de bruit, c'est Adam qui m'a appris que c'était une avalanche, pour tout te dire.

— Tu seras ravie d'apprendre que ton amie n'a rien trouvé de mieux que de foncer dedans tête baissée ! pouffe Adam d'un rire jaune.

Je ressens qu'il s'est véritablement inquiété pour moi. Cela me touche, en un sens. Sauf s'il a eu peur par crainte d'avoir à rendre des comptes à son « employeuse ».

— Je cherchais juste à...

Je laisse ma phrase en suspens. Il me sera difficile d'expliquer pourquoi je cherchais à sauver Violette.

—... à te tuer ? me réprimande Violette à son tour.

— Pas du tout, je...

— Et tout ça pour un sombre crétin ! me coupe-t-elle à nouveau. Franchement, je ne sais pas ce qui me retient de te faire une morale monstrueuse ! David ne mérite pas que tu te fasses tout ce mal. Qu'il ait rompu avec toi est la meilleure chose qui puisse t'arriver, tu peux me croire ! Tu le constateras par toi-même bien assez vite !

— C'est lui qui t'a dit qu'il m'a quittée ?

C'est plus fort que moi. J'ai besoin de savoir. Je n'arrive toujours pas à croire en cette rupture cauchemardesque. Il me faudra du temps pour digérer la nouvelle et plusieurs mois pour m'en remettre. Mais tant que ce n'est pas officiel, je refuserai d'y croire.

— Qui d'autre ? fulmine Violette face à mon air de chien battu. Il s'inquiétait parce qu'il ne t'avait pas vue depuis qu'il t'a dit...

— Je sais très bien ce qu'il m'a dit. Par pitié, n'insiste pas ! J'ai tout sauf envie d'en parler.

— C'est pour ça que tu es venue te réfugier sur cette montagne ?

Il s'agit d'une question rhétorique. Violette me connaît bien. Elle me prend dans ses bras et m'encourage à la suivre jusqu'à notre dortoir.

Adam attend que nous soyons toutes les deux en sécurité avant de nous saluer.

Le point positif, dans ce qu'il vient de se passer, c'est que je sais dorénavant que ma vie est précieuse pour mon ennemie. Je compte bien profiter de cet avantage pour...

Ronan interrompt mes pensées en déboulant dans notre dortoir, affolé.

— Violette... On m'a dit que c'était toi qui avais vu David en dernier. Tu te souviens dans quelle direction il allait ?

Mon amie m'adresse un regard chargé de détresse avant de lui répondre :

— Personne ne l'a revu après l'avalanche ?

Je suffoque.

Cela ne fait qu'un tour dans mon esprit.

Vita n'était pas la cible.

Il venait de me quitter. Pourquoi s'en prendre à lui ?
Pour me faire d'autant plus souffrir ?

Le son d'un hélicoptère attire notre attention. Nous nous ruons à la fenêtre pour localiser l'engin. Il se pose au beau milieu de la cour.

— C'est forcément David ! s'exclame Ronan.

— Si on le ramène ici et non à l'hôpital, c'est bon signe, renchérit Violette en me tapotant le dos.

Je n'attends pas plus longtemps avant de me précipiter au chevet de l'homme que j'aime.

— Il est en hypothermie, m'annonce l'infirmière. Nous allons devoir le réchauffer.

Je sais pertinemment ce qu'est une hypothermie. Je constate qu'elle est à un stade avancé, mais tout de même modéré. David est conscient malgré ses divers tremblements.

— Mily ! chuchote-t-il d'une voix éteinte lorsqu'il croise mon regard.

— Ne gaspille pas ton énergie, s'il te plaît ! On va te remettre sur pied, le rassuré-je en lui prenant la main qu'il me tend.

Dans ce genre de circonstance, il est recommandé de ne pas chauffer les mains, les jambes et les bras pour ne pas endommager le cœur et les poumons. Ma nature ylorienne fait que je ne génère que très peu de chaleur. Alors, je laisse ma main dans la sienne durant son transfert jusqu'à l'infirmerie.

Tout le monde s'active autour de lui. J'aimerais me rendre utile, autant que je le peux.

— Reste assise à ses côtés, Mily, nous nous occupons de lui ! exprime l'infirmière tandis qu'elle applique des compresses chaudes sur son corps et son visage.

— Je suis étudiante en médecine, je peux...

— Oui, mais tu n'es pas diplômée, encore, m'interrompt Ronan.

S'il n'était pas en train de s'activer pour sortir des compresses du micro-ondes pour les fournir à l'infirmière, je le remettrais bien à sa place.

— Tout est sous contrôle, Mily, ne t'en fais pas ! assure cette dernière. Il va s'en remettre.

Comment rester passive dans une situation pareille ? Sans omettre que c'est de ma faute s'il se retrouve dans cette situation. Et personne d'autre que moi n'est en mesure de le savoir.

Il me sera très difficile de rester à proximité de lui pour m'assurer que Morana ne réitère pas d'attaque contre lui, maintenant que nous avons rompu. Si c'est toujours d'actualité. Après tout, il est allé voir Violette et s'est lancé à ma recherche.

Je commence à me demander si Morana ne s'était pas arrangée pour lui faire des menaces de façon indirecte, voire inconsciente. Soit il me quittait, soit il mourait. Il m'a quittée, certes, mais notre baiser langoureux et sa déclaration d'amour n'ont pas dû plaire à la reine. Elle a dû voir rouge lorsqu'il s'est lancé à mon secours, qui plus est. D'où l'avalanche... Je ne vois que cette explication.

En d'autres termes, je vais devoir trouver un moyen de me débarrasser de Morana si je veux retrouver Jules.

*Merveilleuse résolution !*

*Mais comment m'y prendre ?*

C'est bien beau tout cela, néanmoins, c'est Morana qui détient le diamant primaire, la magie noire, les Oriors, sans oublier la vie de toutes les Ylas entre ses mains. J'ai tout aussi conscience qu'elle n'hésiterait pas une seule seconde à s'en prendre aux humains parmi mes proches pour m'atteindre. C'est ce qu'elle a commencé à démontrer et je pense qu'elle ne s'arrêtera pas en si bon chemin...

Quelque chose me dit que je n'ai pas le choix. C'est à moi de l'atteindre en premier, avant qu'elle ne fasse de mal à qui que ce soit d'innocent.

La chose à laquelle elle tient le plus, c'est mon sang. Elle a besoin de moi.

Je m'endors aux côtés de l'homme que j'aime, en tentant de trouver le meilleur moyen pour contrarier mon ennemie. En dehors de m'en prendre à moi-même, je ne vois pas.

On dit que la nuit porte conseil.

Nous verrons bien.

— *Non, mais là tu as complètement perdu l'esprit !*

— *Tu connais la sortie, je t'en prie...*

—*Tu vas réparer ta bourde illico ! De quel droit t'en prends-tu à quelqu'un que nous sommes censés aider, en plus ? Ah ! ça, quand tu as besoin de lui c'est super, sinon, tu le...*

— *T'as peut-être oublié où se trouvait la sortie ! On t'a déjà dit que t'étais limite niveau mémoire ? Moi j'dis, on t'a pas attribué la bonne spécialité, je ne suis donc pas l'seul.*

— *Tu te crois drôle ? Ce que tu viens de faire est très grave. Inadmissible ! Si tu l'aimes vraiment, tu devrais te réjouir qu'elle soit heureuse. Même si c'est avec un autre. Même si cet autre s'épanouit un peu trop à ton goût !*

— *Je ne fais que la protéger ! Tu sais bien quelles idées traversaient son esprit de... pervers dégoûtant.*

— *Je n'ai rien décelé d'anormal pour un garçon de dix-huit ans envers sa petite amie de seize ans. C'est...*

— *Allez, j't'ai assez entendu ! Va-t'en !*

— *Tu vas d'abord rattraper ton erreur et...*

— *Yaco, sacrebleu, je ne le répéterai pas deux fois !*

— *Tu vas faire en sorte que Mily et David soient à nouveau ensemble, et tu ne...*

— *De toute façon, elle n'aime David que parce qu'elle pense qu'il est moi.*

— *Ce qui était le cas la plupart du temps... Et après tu oses nier tes sentiments pour elle !*

— *Pff, dis pas n'importe quoi ! C'était le seul moyen pour que je puisse la voir et passer du temps avec elle. Je devais m'assurer...*

— *Blablabla. Que ça te débecte ou pas, c'est tout à fait humain d'avoir des rapports sexuels, surtout à cet âge. David a certaines pulsions, mais il n'a jamais rien tenté...*

— *Encore heureux ! Sinon, c'est pas une avalanche que je lui aurais réservée, mais bien pire !*

— *Il est respectueux envers elle ! Ça ne sera pas forcément le cas des futurs types qu'elle croisera pour se remettre de sa rupture. Alors tu vas réparer tes bêtises et peut-être que je ne te dénoncerai pas.*

— *Tu me fais des menaces ?*

— *À toi de me prouver que tu es capable d'assumer tes erreurs et de les réparer. Sinon... J'hésite encore à qui je pourrais en parler en premier. Enthé ou pourquoi pas... Hum... Honéor ?*

— *Pff. Tu pourriras sur Terre un jour, Yaconistor !*

— *Moi aussi je t'aime, mon p'tit Julior...*

2 sursauts plus tard...

# chapitre 11

## *Une résignation*

Jules est un Ylor.

*Minute...*

Jules est un Ylor ?

C'est à peine si j'arrive à y croire. Et pourtant... c'est l'explication la plus logique à tout ce bazar.

Je ne sais plus quoi penser de lui, à présent. Surtout lorsque je regarde l'état de David. La jalousie ne justifie pas un tel comportement. Il ne vaut pas mieux que Morana !

Me voilà en colère.

Trop en colère pour me rendormir. C'est bien dommage. J'aimerais bien en savoir plus sur Jules et les Ylors. Adam m'avait pourtant assuré qu'il était impossible que les Ylors se retrouvent sur Terre. Est-ce pour cette raison que Jules ne peut pas revenir ?

Qu'importe, il m'a tellement déçue qu'il me sera très difficile de lui pardonner.

Enfin, je crois.

S'il accapare mes pensées comme cela, c'est juste parce que je viens d'apprendre la vérité à son sujet. Et s'il me manque, c'est parce que c'est Jules. Ou bien est-ce l'idée que je m'étais faite de Jules qui me manque ?

Je m'en fiche.

J'essaye.

*Pff...*

Peine perdue.

Je me repasse en boucle ce dernier rêve envoyé par Magnensia jusqu'à ce que le jour se lève, ainsi que David. Je le serre fort dans mes bras, rassurée de le savoir en vie et en pleine forme. Mais la sensation est étrange. Le charme est comme rompu à présent que je sais qu'il ne s'agit pas réellement de Jules.

Si ce dernier s'est servi de lui pour m'atteindre, je ne vaudrais pas mieux en continuant à ne pas être digne de l'amour que David me porte. Si j'embrassais ce jeune homme, là, tout de suite, ce serait pour de mauvaises raisons. Pour me venger de Jules, par exemple. En tout cas, pour chercher à l'atteindre.

David mérite tellement mieux…

Je devrais le quitter en douceur. Mais d'un autre côté, il reste mon seul moyen de liaison avec Jules, en espérant que Magni m'envoie de nouveaux rêves. J'ai besoin de savoir quel genre d'Ylor est Jules, son histoire, ses pouvoirs, son entourage… Et j'ai très envie de découvrir à quoi ressemble le roi Honéor, qui n'est autre que mon oncle. Il représente le seul membre de ma famille biologique encore en vie.

*Est-ce que Jules le sait ?*

Je ne suis même pas certaine qu'Honéor le sache.

Tout est confus.

Je ne peux me résoudre à m'éloigner de David et je me déteste pour cela. Ma curiosité domine ma raison.

Je me promets de tout faire pour essayer de tomber amoureuse de mon petit ami. David mérite mille fois plus d'amour que Jules. Jules est jaloux, égoïste, arrogant et instable. Je dois cesser de le mettre sur un piédestal.

— L'avalanche…, marmonne David avec peine.

— Tu t'en es sorti, lui apprends-je en lui serrant la main.

Il tente de la serrer à son tour.

— Je ne… Mily Tourel… Je ne voulais pas rompre avec toi.

Son regard implorant me soulève le cœur. Tous ces sentiments qu'il me voue à tort renforcent ma culpabilité.

— Je sais.

Je devrais ajouter « Mais tu avais raison. Nous ne pouvons pas rester ensemble ». Au lieu de cela, je m'entends lui souffler :

— C'est oublié ! On reste ensemble.

J'accompagne cette déclaration en frottant son bras.

— Comme si tu étais capable d'oublier quoi que ce soit ! se moque-t-il d'un sourire faiblard.

Il arrive encore à plaisanter dans son état. Néanmoins, une question me taraude. S'agit-il de David ou de Jules ? Comment suis-je censée distinguer les deux ?

Après ce qu'il vient de se passer, j'imagine que Jules s'abstiendra de reprendre possession du corps de David ou de son esprit, d'après ce que j'ai pu comprendre. Mais ce boute-en-train est si imprévisible...

— Je ne sais même pas pourquoi j'ai rompu, me confie mon petit ami. On aurait dit que j'étais comme... possédé ou hypnotisé. Incapable de contrôler mes actes et mes paroles. L'avalanche m'a réveillé.

Je n'ai que la moitié des réponses, mais je me garde bien de la lui révéler. Toutes ces questions sont légitimes. Le pauvre... Toutefois, me voilà certaine qu'il s'agit bel et bien de David.

— L'important c'est que tu te rétablisses, soufflé-je. Tout va bien entre nous, ne t'en fais pas !

Je peux ressentir son soulagement.

Dans le cas où Jules referait une crise de jalousie aiguë, je ferais bien de ne pas trop m'éloigner de David. Cela vaut pour Morana.

Si seulement je pouvais confier toute cette histoire de dingue à Violette ! Elle me serait sans aucun doute de très bon conseil.

À croire que je suis condamnée à assumer le poids des événements toute seule pour le restant de mes jours ici-bas.

— *Julior, Julior, Julior, Julior...*

— *C'est pas en répétant mon prénom plusieurs fois que ça m'fera changer d'avis.*

— *Tu n'as pas le choix, de toute façon.*

— *Bien sûr que si, j'ai l'choix ! Vous ne pouvez pas me forcer à réussir ma première épreuve, et vous ne pouvez pas me bannir.*

— *En agissant ainsi, tu nous déçois tous et tu te condamnes à une existence ennuyeuse sur Ylorior. Pas de missions, pas de pouvoirs spéciaux, pas de qualification au tournoi Honera.*

— *J'men tape de tout ça !*

— *Tu aurais pourtant toutes tes chances de le gagner, ce tournoi.*

— *Vous ne m'aurez pas aussi facilement, Honéor !*

— *Tu finiras bien par céder un jour. À l'usure.*

— *Testez-moi !*

— *Très bien. Alors voilà ce que je te propose, Julior. Soit tu te rends et tu passes ta première épreuve.*

— *Mouah ah ah ! J'ai toujours apprécié votre sens de l'humour, votre* Majesté !

— *Soit je te fais passer la première épreuve en boucle jusqu'à ce que tu craques. Il n'y aura aucun Ylor spectateur, aucun membre du conseil. Seulement moi.*

— *Vous avez qu'ça à faire !*

— *Seuls les Ylors ont leur place ici. Pas les potentiels paresseux. Si tu n'obtiens pas un résultat convenable d'ici une semaine terrienne, tu seras banni.*

— *Et vous pensez que Morana vous laissera faire !*

— *Morana m'a interdit de bannir les Ylors. Or, tu n'en es justement pas un.*

— *Et c'est parce que je n'en suis pas un que vous ne pouvez pas me bannir.*

— *Moi, non. Mais Enthéor, si. Il ne s'agira pas d'un bannissement classique, mais tu sais tout aussi bien que moi que l'Ylor du passage a un certain pouvoir sur les potentiels. Notamment celui de les envoyer sur Terre.*

— *Ça ne vous a pas titillé l'ciboulot que mon père n'acceptera jamais, au grand jamais, de se séparer de son fils unique ?*

— *Contrairement à toi, lui, il m'obéira. Surtout si c'est pour te mettre sur le droit chemin.*

157

— *Vous bluffez ! Enthé ne ferait jamais ça !*

— *C'est ce qu'on verra. Tu as une semaine terrienne. Prends la bonne décision !*

— *Pff.*

— *Tu ne me laisses pas le choix, je regrette.*

— *Tu regrettes que dalle ! Si tu m'envoies sur Terre, je n'te le pardonnerai jamais !*

— *Je sais.*

— *Et tu vas quand même le faire ?*

— *Sauf si tu fais ce que le roi attend de toi.*

— *Fais ce que t'as à faire... papa ! Je préfère vivre libre sur Terre plutôt que de devenir esclave des humains ici.*

— *Nous avons eu cette conversation maintes et une fois, Julior. Ce n'est...*

— *Rien de ce que tu pourras m'dire me fera changer d'avis. Tu le sais, je le sais, Honéor le sait. Fais-le ! Qu'on en finisse une bonne fois pour toutes !*

— *Si tu changes d'avis, tu n'auras qu'à m'appeler depuis n'importe quelle grotte. En attendant, je te suggère de te rendre dans une mairie. Il s'agit d'un bâtiment comportant des drapeaux sur la devanture. Les personnes à l'intérieur devraient pouvoir te renseigner sur l'endroit où tu pourras retrouver ta maman et ta petite sœur. L'ennui, c'est que j'ignore comment elles se font appeler sur Terre.*

— *En partant du principe qu'elles sont toujours vivantes...*

— *Morana est bien des choses... Je ne pense pas qu'elle s'en prenne aux Ylas bannies.*

— *T'es aussi faible et naïf qu'Honéor ! Cette morue vous mène tous par le bout du nez et...*

*— Tu ne sais rien, Julior !*

*— Et j'm'en fous. Ça suffit de parler. Très cher Enthé, l'heure est venue pour toi de trahir ton fils.*

*— Si tu me balances, c'est moi qui te balance. Dans un ravin, par exemple... T'as compris ?*

Je me réveille en sursaut.

Il n'y a plus aucun doute là-dessus : il s'agit bel et bien des souvenirs de Jules. Je n'étais cependant pas préparée à me voir à travers les yeux de mon ami. La peur transparaissait à travers mon regard vert émeraude. Si je m'en réfère au récit de ma mémoire, je devais avoir quatre ans et demi.

Je trouve cette rencontre si troublante d'un autre point de vue que du mien. En outre, cela me prouve que la version que j'avais décrite dans ce fameux récit était fidèle à la réalité. J'aimerais tellement m'en rappeler... Je maudis Magnensia de m'avoir réveillée.

Je prends un instant de recul afin d'analyser tout ce qui vient de m'être envoyé dans ces rêves consécutifs...

Depuis le temps que j'attendais de voir à quoi ressemblait Honéor. Le roi d'Ylorior. Mon oncle. Le frère jumeau de ma défunte mère... Je me demande s'ils se ressemblaient tels de véritables jumeaux.

Toujours est-il que je ne lui donnerais pas plus de trente ans, à l'instar de Morana et des membres du conseil. J'en déduis que l'âge des Ylors doit être bloqué à vingt-huit ans.

Il n'empêche que mon oncle en impose, malgré la façon dont Jules le faisait tourner en bourrique. Je sentais qu'il se maîtrisait pour ne pas brusquer mon ami. Sa prestance est sans appel. Je l'admire déjà.

Je résiste à l'envie de me le représenter en dessin, de mémoire, au cas où l'amnésie sévirait une nouvelle fois. Ce serait trop risqué. Je vais donc me contenter de me souvenir des moindres traits de son visage carré, son regard franc et direct, et ses cheveux bruns mi-longs très légèrement ondulés. Il représente tout ce qui reste de ma famille… Je sais donc par avance que je me comparerai à lui chaque fois que je croiserai mon reflet dans un miroir.

Ce n'est cependant pas ma priorité. Il me reste encore pas mal de détails à examiner. Notamment tout ce qui concerne « Enthé », le père de Jules. Je l'avais déjà vu lors d'un précédent rêve. C'est donc lui qui a convaincu son fils de revenir au royaume juste après ma disparition, le jour de mes huit ans.

Toute cette histoire autour de Jules/Julior me laisse perplexe. Je détiens désormais l'explication de comment Jules a pu se retrouver sur Terre, mais cela n'explique pas... tout le reste. Et si Magni m'envoie tous ces rêves, ce n'est pas pour du simple divertissement. Il y a forcément un lien avec moi.

Je me tourne vers David qui dort encore à poings fermés. Il reprend des forces. J'essaye de me convaincre que je reste à ses côtés pour veiller sur son prompt rétablissement. Je me fais horreur, lorsque j'y pense. J'aimerais tellement rester avec lui autrement que par intérêt pour Jules. Peut-être que cela viendra avec le temps.

— Tu me manques, m'entends-je souffler dans un chuchotement presque inaudible.

Je me rendors sur cette déclaration pour le moins pathétique.

— Pardon, Miny...

J'ouvre les yeux et je fais face à David qui a l'air de quelqu'un qui se demande la raison pour laquelle il s'est entendu prononcer ces mots.

— Pourquoi ? demandé-je en retour.

— Pourquoi quoi ?

J'aimerais répondre à David que je ne m'adressais pas à lui. Mais je suis certaine que Jules a perçu le message.

Or, le silence qui suit cet échange me fait réaliser que le « Pardon, Miny... » sonnait comme un adieu. Et je refuse de m'y résoudre. D'accord, j'ai été très en colère après Jules lorsque j'ai appris qu'il s'en était pris à un innocent par pure jalousie... Mais l'idée de le perdre définitivement m'est insupportable.

*Le disque est rayé...*

— Bien dormi ? me questionne David.

Je me rends alors compte que je n'ai pas fait de nouveau rêve. Est-ce pour cela que Jules m'a demandé pardon ? Aurait-il décidé de laisser mon petit ami tranquille et de prendre ses distances ?

— Très bien et toi ? réponds-je comme si de rien n'était.

— Comme un bébé. Faites attention, Mily Tourel, je pourrais prendre goût à dormir à vos côtés !

Je l'espère bien. Mais pas pour les mêmes raisons que lui.

Il ne nous reste plus beaucoup de nuits à partager ensemble avant notre retour de classe de neige. Magni a intérêt à me transmettre tous les souvenirs utiles de Jules d'ici-là, parce que je me vois mal devoir justifier aux Tourel combien il est important pour moi de passer toutes mes nuits avec mon petit ami. J'en rougirais presque de honte rien qu'à la pensée de ce qu'ils pourraient s'imaginer.

Les minutes n'ont jamais défilé aussi lentement qu'en cette satanée journée.

C'est l'une des rares fois où j'attends avec impatience de me coucher. En général, c'est plutôt un moment que je redoute. Ce n'est pas dormir qui me pose problème, mais le réveil. « Vais-je me réveiller amnésique ? ». Cette question me hante au quotidien, surtout lorsque je suis loin de chez moi et des carnets comportant mon histoire.

Mais la curiosité vis-à-vis de Jules l'emportera toujours sur le reste. Il me reste tant de mystères non résolus à son propos à éclaircir.

Tellement !

Rien.

Une nuit sans rêve.

*Frustration ultime.*

Pourtant, toutes les conditions sont réunies. David dort à côté de moi.

Je me repasse « Pardon, Miny » en boucle dans mon esprit tourmenté. Est-il réellement parti ? Pour toujours ?

Peut-être qu'il reviendra demain soir.

Une deuxième nuit sans rêve.

La suivante aussi.

Et ainsi de suite...

Jusqu'à notre retour à Movence.

Terminées les nuits avec David/Jules. Je ne voudrais pas qu'on se méprenne sur mes intentions envers mon petit ami. En particulier lui-même.

Je ne suis pas prête pour... Enfin, ce qu'une adolescente « normale » de mon âge serait en droit de songer lorsqu'elle dort avec son amoureux majeur.

L'ennui, c'est que je ne suis pas non plus prête à laisser Jules s'en tirer ainsi. Il doit revenir vers David afin que je puisse connaître l'intégralité de son histoire.

Et il reviendra.
J'ai une idée très précise en tête.

# chapitre 12

## *Un besoin*

Deux solutions s'offrent à moi pour attirer l'attention de Jules. Premièrement, mettre ma vie en danger comme j'ai pu le faire, malgré moi, auparavant. Mais il n'est plus question d'infliger de telles épreuves à mes proches.

J'opte alors pour la deuxième…

La provocation.

Il n'aurait jamais dû s'en prendre à David. Mais cela m'a tout de même permis de connaître l'une de ses plus grandes faiblesses : la jalousie.

Il va le regretter.

Loin de moi l'idée de me servir de mon petit ami pour atteindre Jules. À quoi bon mépriser les agissements de Julior, si c'est pour faire la même chose juste après ? Non. Mon objectif est de mériter l'amour que me porte David, en devenant la petite amie idéale.

Je vais donc être contrainte d'acquérir la maturité de l'adolescente que je suis, sur le plan émotionnel et sentimental. En faisant ces efforts, sa jalousie le fera revenir auprès de David, j'en suis persuadée. Et je serai récompensée par le retour des souvenirs de Jules dans mes rêves.

C'est parti !

Ma décision est donc prise, je parcours les moteurs de recherche sur internet pour chercher comment une fille de mon âge est censée se comporter avec son petit ami.

Je trouve tout et n'importe quoi.

Surtout n'importe quoi.

Si j'ai bien tout compris, je devrais me maquiller comme une poupée Barbie des temps modernes, porter des vêtements très légers malgré le fait que nous sommes en hiver et que je suis censée craindre le froid, et enfin, je dois passer le plus clair de mon temps sur mon téléphone.

Je vais peut-être commencer par ce qui est à ma portée : accepter d'avoir un « smartphone » dernière génération comme me l'avait proposé ma mère. Je n'en vois pas l'intérêt, mais je ne suis pas prête à adopter les autres changements pour incarner la parfaite adolescente. En tout cas, pas pour le moment.

Mes différents plans d'action sont en place. Je n'ai pas revu David depuis notre retour de classe de neige. Il est plongé dans tout un tas de révisions. Toutes les émotions vécues pendant ces vacances ne l'ont pas aidé à préparer ses examens.

Dès lors, je profite de la rentrée pour lui faire une surprise. J'ai lu que c'était ce que faisaient les petites amies attentionnées, munies d'un bon panier-repas à l'heure du déjeuner.

Naturellement, je n'avais pas anticipé le périple qui m'attendait pour parvenir jusqu'à mon petit ami dans cette immense école de commerce. Et lorsque je tombe sur une personne capable de me renseigner, je déchante quand on me prend pour sa petite sœur. J'ai conscience que ma silhouette frêle et mon teint de porcelaine me rajeunissent, mais je trouve cette attitude limite vexante.

Je finis par le trouver dans la bibliothèque, les yeux à moitié ravagés par le sommeil, noyés dans ses révisions.

— Mily ? Mais...

Ma présence a le mérite de le sortir de sa pseudo-léthargie. Il a l'air sonné. Je lui récite le petit commentaire explicatif que j'avais préparé :

— Je voulais te faire une surprise. Je me doutais qu'avec toutes ces révisions, tu n'aurais pas de temps à consacrer à ton estomac. Et pourtant, si tu savais combien ne pas négliger ton alimentation joue un rôle essentiel pour optimiser ta mémoire et tes facultés de raisonnement, tu mangerais un festin !

— C'est donc ça le secret de ta mémoire exceptionnelle ? plaisante-t-il, penaud.

Le secret est tout autre... Mais s'il l'ignore, son hôte passager, lui, le sait. Et ce n'est que par pure provocation envers ce dernier que j'embrasse David avec passion. J'admets aussi que je le fais pour clouer le bec à toutes ces pimbêches qui nous espionnent du coin de l'œil et qui me prenaient pour la petite sœur.

— J'ai l'impression qu'il y en a une qui cherche à marquer son territoire ! se moque David tandis que je m'installe sur ses genoux.

— J'avais hâte de te voir ! souris-je en retour.

Pour tout un tas de raisons à la fois.

— Voilà ce qu'on va faire, me propose-t-il. Je meurs de faim et d'envie de manger avec toi, mais j'ai l'impression que je ne suis pas au point sur tous ces points que tu vois là. Alors je vous invite, ta prodigieuse mémoire et toi, à lire tout ça et à m'interroger durant ton festin. Deal ?

—Deal.


Qui aurait pu croire qu'un déjeuner-révision nous ferait passer un aussi bon moment ? Nous nous promettons de réitérer cela aussi souvent que possible.

J'aime la complicité que je partage avec David. J'aime surtout le fait qu'il m'accepte telle que je suis (enfin, ce qu'il pense que je suis), sans toutefois me donner l'impression qu'il se sert de mes capacités hors norme. Il m'admire d'une façon que je trouve très saine. Et je dois bien avouer que je l'admire tout autant. Pour quelqu'un qui n'est pas ylorien, je le trouve d'une intelligence fascinante.

Je l'aime beaucoup.

Après, est-ce de l'amour avec un « A » majuscule ? Je serais encore incapable de me prononcer. Mais c'est en bonne voie. Je me sens bien à ses côtés et j'ai la sensation que c'est réciproque. N'est-ce pas tout ce qui doit compter pour l'instant ?

Ça, et la prochaine nuit que je passerai à ses côtés pour parcourir les souvenirs de Jules...

C'est donc au moment de lui souhaiter bonne chance pour son examen que je m'entends lui murmurer :

— Si tu réussis, tu dors chez moi samedi soir ! Tu l'auras bien mérité !

Je regrette aussitôt la façon dont j'ai tourné mes propos. Ils pourraient être mal interprétés. D'ailleurs, l'expression de David me le confirme...

Pas le temps de rectifier ou de me rattraper. Je pense que ma maladresse naturelle dans ce domaine ne ferait qu'aggraver le malaise. Je dépose alors un baiser chaste sur ses lèvres avant de le laisser à sa concentration.

Et je n'ai plus qu'à compter les jours et les nuits avant samedi. Car il est évident qu'il va réussir ces tests. Je vais, néanmoins, devoir trouver comment repousser l'échéance de ce pour quoi je ne me sens pas du tout prête. Mais alors, pas du tout ! Je vais devoir faire preuve de subtilité pour ne pas qu'il se vexe, s'impatiente ou se forge de faux espoirs.

Cela dit, j'avoue qu'une part (honteuse) en moi se réjouit que cet embarras puisse titiller ma cible ylorienne...

Plus que quelques jours...

Cacher ma véritable nature à mes proches est une épreuve quotidienne. Mais ce n'est rien à côté de ce qui est sur le point de se tramer, dans le salon, ici et maintenant...

Ma mère m'attend pour une « conversation importante ». Sachant que nous sommes samedi et que David vient dormir à la maison ce soir, il ne faut pas être Ylorien pour deviner de quoi il en retourne.

Je descends les escaliers presque à reculons. Si les Ylas avaient une quelconque idée de la gêne dans lequel je me trouve, elles me sauveraient de là. Elles feraient diversion. N'importe laquelle ! Si elles brûlaient la maison, je leur en serais presque reconnaissante.

— Viens-là ma chérie ! m'encourage ma mère en me désignant le fauteuil face à elle.

Mon visage doit être aussi écarlate que celui de Nathalie. Elle non plus n'a pas envie d'aborder la question. Elle peut nous épargner cela. Je vais pour le lui faire savoir lorsqu'elle formule sans détour :

— Je t'ai acheté plusieurs choses ! Au cas où. Je vais te les donner juste après avoir fait un point avec toi.

— Maman, je...

— Je sais que tu es une jeune fille très intelligente et que tu sais ce que tu fais. Surtout que tu entreprends des études de médecine, alors tu sais mieux que moi en quoi tout cela consiste...

*Achevez-moi !*

J'ai envie de disparaître.

— Mais tu es encore une toute petite fille sur le plan émotionnel, et bien que David me paraisse un jeune homme tout à fait charmant, il y a certaines choses dont je me dois de te mettre en garde.

*Mayday ! Mayday !*

— Ne fais pas cette tête, ma puce ! Toutes les mamans se doivent d'aborder ce sujet avec leurs filles à un moment donné. Toi aussi tu seras amenée à le faire. Mais pas trop vite, j'espère. Cette conversation a justement pour but d'éviter ça...

Je retournerais bien sur Ylorior, là, tout de suite. Même me blottir dans les bras de Morana me paraît plus engageant que... ça.

— Je ne vais donc pas y aller par quatre chemins, enchaîne-t-elle.

Moi, j'aimerais qu'elle y aille par quarante-deux chemins, puis en sens inverse, aussi. Il ne me reste rien de mieux à faire que de l'écouter et de subir l'instant présent...

— Je vais te montrer comment on se sert d'un préservatif, j'ai acheté des bananes pour t'entraîner...

Je n'écoute pas plus, je crois que je viens de décéder de honte.

J'ai presque envie d'annuler ma soirée spéciale avec David après ce qu'il vient de se passer. Mais une pareille opportunité ne se représentera pas pour satisfaire ma curiosité vis-à-vis de Jules. Et faire chambre à part ne me permettra pas de me connecter à ses souvenirs.

Quelle histoire !

Contre toute attente, tout se passe bien jusqu'à l'heure du dîner où mes parents font presque subir un véritable interrogatoire à David. Il s'en sort cependant à merveille. Je doute que Jules aurait fait l'unanimité s'il s'était retrouvé à sa place.

Je devrais bien finir par oublier ce dernier. David a tout pour lui. Et Jules est inaccessible, loin, il a un caractère épouvantable, et il n'a jamais été question de sentiments entre nous, techniquement.

Je reviens parmi les terriens et sors de ma torpeur pour suivre ce que David est en train de raconter à mes parents :

— C'est pour ça que je tenais à ce que vous sachiez que mes intentions envers votre fille sont saines. Je connais son histoire, ses forces, mais aussi ses faiblesses. Et je fais mon possible pour l'accompagner au mieux, dans le respect et la compréhension.

C'est au tour de mes parents de se montrer mal à l'aise. Ils ont dû comprendre que David se sentait persécuté par toutes leurs questions. Enfin !

Je pense que ce silence pesant m'indique que je dois intervenir.

— David sort d'une semaine épuisante d'examens en tous genres. Je pense qu'il aura du mal à terminer le film que je nous ai prévu ce soir.

— Ça dépend du film, rétorque-t-il d'un ton railleur.

— Twilight ! le provoqué-je sans ménagement.

— Considère que je dors déjà, dans ce cas !

Et c'est ainsi que nous terminons notre repas. Dans des éclats de rire. Nous parlons de cinéma et de répliques cultes.

Je me sens si bien avec ces trois personnes que j'aime plus que tout au monde. Cela dépend juste de ce que j'inclus dans ce qu'on appelle « monde ». Car malgré tout ce que je peux bien prétendre, je suis incapable de m'empêcher de m'impatienter pour ce soir.

La triste vérité, c'est que j'aime sincèrement David. Mais je l'aime encore plus lorsqu'il dort à mes côtés. Et j'ai dans l'espoir que tout cela cessera une fois que je saurai tout ce que j'ai à connaître sur Julior.

J'avais tout prévu. Tout. Sauf le fait que Magnensia ou Jules ne se manifestent pas au rendez-vous.

Voilà deux heures que David est plongé dans un sommeil profond et il ne se passe toujours rien.

J'ai évité de boire du thé, et ma chambre est dépourvue de plantes, ce qui fait que je suis censée n'éprouver aucune difficulté à m'endormir. Je devrais même lutter pour ne pas sombrer.

Magni doit se cacher derrière cette anomalie. Et si elle me tient éveillée, c'est pour une bonne raison.

Il suffit que je comprenne cela pour prendre conscience que Jules n'a probablement pas mordu à l'hameçon. L'ennui, c'est que je ne me sens pas de devenir encore plus entreprenante, sous prétexte de provoquer la jalousie maladive de Jules.

*Dilemme...*

Tant pis. Je tente le tout pour le tout. Avec un peu de chance, David ne se rendra compte de rien.

Je dépose ma main dans son dos pour le serrer contre moi.

Toujours rien.

Je l'embrasse dans le cou.

Toujours rien.

Je remonte ma main pour lui caresser le dos.

Toujours rien.

J'approche ma bouche de son oreille pour susurrer un « je t'aime » qui a le don de le faire frissonner.

Mais à part cela, toujours rien.

Je n'ai pas fait tout ce chemin pour me réveiller bredouille demain matin. Il n'en est pas question !

Je laisse mon corps faire ce qu'il faut pour attiser ma cible. Je colle mes lèvres à celles de David et l'embrasse avec frénésie.

Il se réveille, abasourdi.

Je sens qu'il se fige lorsque je me serre un peu plus contre lui pour l'embrasser plus langoureusement encore. Je le sens hésiter un instant avant de se laisser aller, lui aussi.

Je me laisse emporter par la fougue de cette étreinte passionnée.

L'instant d'après, je me retrouve projetée par terre.

*Jules...*

À la bonne heure !


J'essaye de dissimuler au mieux la joie qui fait pression sur mes zygomatiques. Je suis censée m'offusquer vis-à-vis de David.

— Mily, je... je suis désolé, je... je ne sais pas ce qui m'a pris !

J'éprouve de la compassion pour lui. Il n'est pas responsable des faiblesses de Jules. Moi, si. Je l'ai cherché et je l'ai trouvé. Alors, il n'est pas question que je m'arrête en si bon chemin.

— Ce n'est rien. J'ai dû te chatouiller par mégarde, le défends-je comme je peux.

Je retourne dans ses bras et parcours son visage de petits baisers légers.

— Ne fais pas ça, s'il te plaît ! chuchote-t-il tout en continuant à m'enlacer.

Je me demande qui s'adresse à moi. Ce qui m'incite à répliquer :

— Donne-moi une bonne raison d'arrêter !

— Je ne veux pas te faire de mal.

— Tu m'aimes trop pour me faire du mal. Et c'est réciproque.

Je ressens son tiraillement, mais cela ne m'empêche pas de continuer mon assaut de caresses et de baisers.

— S'il te plaît, Miny, arrête !

Cette fois, David me prend les poignets et me tient à bonne distance.

— J'arrête à condition que tu restes avec moi toute la nuit et que je m'endorme dans tes bras.

Je perçois l'incompréhension dans le regard perdu de David et la résignation chez son hôte.

— D'accord, souffle-t-il.

— Je veux que tu me le promettes. Sinon, je ne vais pas te laisser dormir, crois-moi !

— Promis, Miny.

Je m'installe dans les bras de mon petit ami et ferme les yeux.

À toi de jouer, Magni !

— *Bon alors j't'écoute, très cher père, c'est quoi tes solutions ?*

— *Tu viens à peine de reposer les pieds sur Ylorior que tu...*

— *J'm'en tape ! Si t'as pas de solutions pour que je retrouve Mily, ramène-moi sur Terre illico presto !*

— *Honéor a un plan.*

— *Laisse-moi deviner... Son plan c'est de me faire passer ces satanées épreuves pour que j'devienne enfin un Ylor et l'esclave des humains. J'vois pas en quoi ça va m'aider à sauver Mily.*

— *Mily n'est peut-être pas en danger.*

— *Pff. Tu sais très bien que si. Ta réaction, quand je t'ai dit que j'avais échoué, m'a suffi à comprendre que Morana s'en était prise à elle pour nous punir d'avoir contourné ses règles en me bannissant sur Terre. C'est donc à moi de tout réparer. Et d'ici, je ne peux rien faire, tu m'as menti ! Je le vois à ta tête de traître !*

— *Tu comptes faire quoi de plus sur Terre ?*

— *Proposer un échange à Morana. Si elle m'a, moi, elle obtiendra sa vengeance. Et Mily restera hors de cause. C'est ce qu'elle cherche. Me forcer à me rendre.*

— *Tu oublies que tu es invisible à ses yeux et que...*

— *Me prends pas pour un jambon, papa ! Tu crois que je ne sais pas ce que contenait cette fiole que tu m'as demandé de donner à Mily ? Tu savais très bien que Morana la cherchait, et vous ne pouviez pas la protéger, car vous ne pouviez pas la voir. Donc, j'imagine que cette fiole contenait assez de testostérone pour la rendre visible à vos yeux yloriens.*

Enthéor baisse le regard pour acquiescer.

— *Alors, il suffit que j'ingère des œstrogènes pour me rendre visible aux yeux de Morana et de ses sous-fifres.*

— *Sauf que Morana n'a que faire de toi !*

— *Dans ce cas, pourquoi s'en être prise à Mily, si ce n'est pas pour m'atteindre, moi ? Bon, ça suffit la causette, ramène-moi sur Terre !*

— *Je regrette, Julior, mais ça ne va pas être possible. En tout cas, pas sans l'accord d'Honéor. Et il t'attend.*

— *Bah voyons !*

C'est avec un sourire à moitié satisfait que je me réveille. Je suis contente d'avoir vu ce souvenir, mais j'aurais préféré quelque chose de moins déprimant.

Jules se sent responsable de ma disparition. Il ignore que je suis Ylorienne et de sang royal. En tout cas, il l'ignorait à ce moment-là. Est-ce que Honéor l'a convoqué pour lui exposer tout cela ? Si oui, comment a-t-il réagi ?

Je veux plus que jamais connaître la suite. Je ferme les yeux et me laisse à nouveau bercer par les rêves de Magnensia.

— *Tu boudes, Julior ?*

— *Vire de là, Yaco, j'ai pas envie d'parler !*

— *C'est pas exactement comme ça que je voyais nos retrouvailles !*

— *Bah va falloir t'y faire, j'suis pas d'humeur !*

— *T'as vu Honéor, c'est ça ?*

— *Mmh.*

— *Et il t'a dit que tu devais passer les épreuves, sinon tu n'aurais pas ce que tu veux ?*

— *Mmh.*

— *Et ce que tu veux, c'est retrouver Mily, c'est ça ?*

*Yaconistor a désormais toute l'attention nécessaire.*

— *Qui t'a parlé de Mily ?*

— *Contrairement à toi, Julior, je suis un Ylor. Et un sacré Ylor de compète. Je sais tout ce qu'il y a à savoir.*

— *T'as osé me scanner alors que j'étais encore sous condition humaine ?*

— *Je n'allais pas me gêner !*

— *Si t'es venu pour te payer ma tronche, je te suggère d'aller te faire foutre.*

— *Les humains t'ont fait devenir si vulgaire !*

— *M'en fous !*

— *Moi qui me faisais une joie de te retrouver ! Je me suis dit « Cool ! Julior revient, il va enfin accepter de devenir un Ylor et j'aurai un adversaire de taille au tournoi Honera ! ».*

— *Tu ne m'auras pas aussi facilement.*

— *N'empêche que... tu es bloqué ici, Julior. Et je suis le seul qui puisse te comprendre. Je connais ton histoire et ton attachement pour Mily. Je sais ce que c'est.*

— *Tu sais que dalle !*

— *Quand tu seras de meilleure humeur, tu sauras où me trouver. Mais permets-moi de t'apprendre que d'envoyer balader un allié ne la fera pas revenir !*

*Un faisceau bleu lumineux.*

*Une voix s'élève et énonce le verdict :*

— *Cher potentiel ! Je suis le...*

— *Ouais, ouais, je sais, le Créateur d'Ylorior, bla bla bla...*

— *Tu viens de passer la première épreuve. Et malheureusement, tu as échoué. Je t'invite à...*

—*... redoubler d'efforts pour bien te faire avoir par un système d'esclavage hautement mis au point.*

— *La prochaine fois sera la bonne ! Accroche-toi, cher potentiel, et à bientôt !*

— *Ouais c'est ça, à la prochaine !*

*Le faisceau disparaît et le visage d'Honéor exprime la déception.*

— *Tu m'avais promis que tu ferais un effort, cette fois !*

— *Vous ne savez pas combien d'efforts ça réclame de louper la première épreuve ! Que j'arrive encore à la manquer en faisant preuve d'originalité à chaque fois, c'est ça, la véritable prouesse !*

— *Ça fait plus d'un an, Julior... Il serait peut-être temps de grandir, non ?*

— *Pourquoi faire ? Vous me retenez déjà prisonnier ici contre mon gré. Je ne compte pas vous faciliter la tâche en m'enterrant encore plus dans ma tombe.*

*Honéor interpelle son voisin :*

— *Si tu arrives à en tirer quelque chose, Enthé, je t'en prie ! Moi, j'abandonne.*

— *On devrait...*

— *Non ! Tout sauf ça ! À présent, veuillez m'excuser, mais j'ai des choses plus importantes à gérer.*

*Honéor s'en va. Enthéor est dépité et va pour le suivre, mais Julior le retient.*

— *Tout sauf quoi ?*

— *Passe ta première épreuve avec brio et tu seras en droit de réclamer quelque chose.*

*Enthéor part à son tour.*

*Julior jette un regard à la volée vers Yaconistor qui a suivi toute la scène.*

— Ne me regarde pas comme ça, je ne te dirai rien !

— Mais tu sais.

— Bien sûr que oui, je sais. Telle est ma mission !

— Ouais enfin, t'es l'Ylor de la mémoire, pas de la sagesse.

— Ce qui me rend bien plus important que ce bon vieux Zor.

— Quel frimeur ! Alors qu'au fond, tu n'es qu'un pion au service des humains parmi d'autres...

— Un pion qui, grâce à ses pouvoirs spéciaux, vient d'apprendre le mystérieux retour d'une dénommée « Mily Tourel » à Movence.

— Tu bluffes !

— Ce n'est pas mon genre, Julior, et tu le sais.

— Tu ne peux même pas voir les humaines.

— Non, mais je peux les voir à travers les souvenirs des humains. Et il y a justement un humain qui a flashé sur elle.

— Tu mens !

— J'ai quoi en échange de la proj ?

— Tu n'as pas mon poing dans la figure !

— Tu as passé trop de temps sur Terre... Tu sais bien que je n'ai pas le droit de projeter les souvenirs d'une autre personne. Donne-moi une bonne raison d'enfreindre les règles ! Par exemple, me promettre de concourir au prochain tournoi Honera.

— Très drôle ! Faudrait que je sois un Ylor pour y participer et ce n'est pas dans mes plans de carrière.

— Bon alors, tu vivras éternellement dans le doute... Sur ce, hasta luego, Julior !

— Okay, c'est bon ! T'as gagné ! Montre-moi la proj ! Mais t'as intérêt à pas m'avoir menti !

— Pas ici. Dans ma salle.

— *Julior !*

*Sortie magistrale d'un sous-sol de la place principale, un trao, puis la voix de Yaconistor qui réitère ses appels :*

— *JULIOR ! Écoute au moins ce que j'ai à te dire !*

*Le trao s'arrête. Yaconistor le rejoint.*

— *J'en ai assez vu. C'est elle, Yaco ! Je dois prévenir Honéor et Enthé pour...*

— *Pour retourner sur Terre ?*

— *Finalement, t'es pas aussi bête que j'le pensais !*

— *Honéor est déjà au courant.*

— *Ah si, t'es aussi bête que j'le pensais ! Pourquoi tu lui as dit ? J'suis sûr qu'il va s'arranger pour tourner cette nouvelle à son avantage et contre moi et...*

— *Tu n'es pas le centre du monde, Julior ! Si je lui ai dit, c'était pour obtenir son autorisation d'enfreindre les règles et te montrer la proj des souvenirs d'un humain.*

— *Toi et tes foutues règles !*

— *Je n'allais pas te faire le plaisir d'être disqualifié au tournoi Honera alors que tu m'as promis d'y participer !*

— *J'ai dit ça avant de savoir que c'était un complot que t'as mené de mèche avec Sa Majesté Honéor.*

— *Tu parles de complot avant même d'écouter les solutions que nous te proposons.*

— *J'les connais vos soi-disant « solutions ». Je dois devenir un Ylor et espérer obtenir un niveau 4 pour accroître mes chances de pouvoir veiller sur Mily... Une connerie du genre !*

— *Tu voudrais retourner sur Terre, et puis quoi ? Si Morana a cherché à t'atteindre en se servant de Mily une fois, qui te dit qu'elle ne le fera pas une deuxième fois ?*

— *Elle n'aura qu'à s'en prendre directement à moi.*

— *Et c'est ce qu'elle fera aussi. Si tu tiens tant que cela à cette Mily, tu admettras qu'elle demeure plus en sécurité sans toi. Et rien ne t'empêche de veiller sur elle depuis ta future salle d'Ylor. Même moi, je peux mieux prendre soin d'elle que toi.*

— *Tu parles ! À part scanner les pensées de ce pervers de raclure de bidet, tu ne fais pas grand-chose...*

— *Ça, tu n'en sais rien. Réfléchis bien à ce que tu vas dire à Honéor, parce qu'il est sacrément remonté contre toi.*

— *Pour changer...*

— *Si tu t'entêtes à ne pas changer, tu ne peux pas t'attendre à un changement de la part des autres.*

— *Et si j'tombe sur une mission de merde ?*

— *C'est pour cette raison que tu vas devoir donner le meilleur de toi-même et nous décrocher un somptueux niveau 4 !*

— *Pff...*

Il fallait que je me réveille à ce moment-là... Au moment où j'allais découvrir la mission de Jules et comment il est parvenu à se lier à David pour m'atteindre.

C'est le matin, déjà. David ne va pas tarder à se réveiller à son tour.

Je me fais l'effet d'une droguée qui n'a pas reçu sa dose de rêves. J'ai besoin de plus. Tellement plus !

Quand je saurai tout, je me sentirai apaisée et je pourrai enfin reprendre un semblant de vie sur Terre. David mérite que le chapitre « Jules » soit derrière moi. Mais pour cela, il faut bien que je termine de lire toutes les pages le concernant.

L'ennui, c'est que je n'ai accès à ces pages qu'en dormant aux côtés de David et Jules à la fois.

Je fais des études de médecine, je devrais bien trouver une parade pour obtenir ce dont j'ai besoin. Une cause médicale qui justifierait des heures de sommeil...

La mononucléose !

On l'appelle la « maladie du baiser » parce qu'elle se transmet par la salive. Je peux prétendre que David a contracté la maladie sans le savoir et que mon corps à moi ne résiste pas aussi bien.

C'est un peu extrême comme solution, mais je ne supporte plus l'idée de jouer avec les pulsions humaines de David pour parvenir à mes fins. C'est malsain et David mérite que ce moment ne soit pas gâché de la sorte. Quand je me sentirai prête à franchir ce pas, ce sera sans doute quelque chose de merveilleux à vivre tous les deux. Mais ce n'est pas à l'ordre du jour. Loin de là !

Pour l'heure, place à la mononucléose !

# chapitre 13

## Un choix

*Un faisceau bleu lumineux.*

*Puis la voix caractéristique du Créateur d'Ylorior :*

— *Très cher Ylor ! Tu viens de passer la dernière épreuve.*

— *Ouais, ouais, vas-y, abrège, Papi !*

— *Je n'ai pas été en mesure de relever quel pouvoir a été le plus sollicité. Je n'ai pas non plus pu cerner quels sujets ont été davantage ciblés.*

— *Normal, j'suis l'meilleur ! T'avais pas prévu ça dans tes calculs, Papi ! Mouah ah ah !*

— *Tu nous as impressionnés durant tout ton parcours, jeune Ylor !*

— *Ouais bah ! on sent bien les messages préenregistrés de ta part ! Si tu savais à qui t'avais à faire, là, je serais juste bon pour la fessée !*

*Éclat de rire.*

— *C'est pour cette raison que j'ai le privilège de te décerner le niveau 4 ! Félicitations !*

— *Ça, c'était prévisible. Moi, c'qui m'intéresse, c'est ma mission. Et t'as intérêt à...*

— *Quant à ta mission, tes épreuves ont toutes révélé que tu étais fait pour un rôle des plus prestigieux qui soit. Rares sont les Ylors à pouvoir prétendre être le miroir de la reine ylorienne ! Ton cas est unique !*

— *Bah ça alors ! Ça va en boucher un coin, à Honéor ! Moi, le miroir de son ennemie jurée Morana ! Mouah ah ah. « Ylor de l'ordre », comme ça claque ! Yaco sera vert de jalousie !*

— *Tu l'auras donc deviné, cher Ylor, ta mission, c'est l'amour !*

— *Attends... QUOI ? C'est quoi c't'embrouille ? C'est une blague, c'est ça ?*

— *Ton rôle sera de veiller à ce que les âmes sœurs humaines se rencontrent.*

— *Non ! On se paye ma tête ! C'est même pas une mission qui existe, ça !*

— *L'amour est un pouvoir...*

— *L'amour, c'est la honte ! Il n'est pas question que je... J'exige de repasser la dernière épreuve !*

*Sortie en furie du faisceau lumineux.*

*Avancée rapide vers le roi Honéor qui fait signe de retourner à l'endroit d'où il vient de sortir.*

— *Ça vous amuse, c'est ça ?*

— *Julior, retourne dans le socle ! Tu es en train de manquer toutes les explications relatives à tes nouveaux pouvoirs !*

— *J'm'en tape, de mes nouveaux pouvoirs ! J'suis pas d'accord avec ma mission. C'est même pas une vraie mission !*

— *Bien sûr que si ! Il s'agit même de la plus importante !*

— *Dans ce cas, on a qu'à échanger. Vous prenez l'amour et moi le bonheur. Tout le monde est content. Happy end !*

— *Cela ne fonctionne pas ainsi, Julior, et tu le sais ! Tu ne peux pas contester la décision du Créateur. Ça aussi, tu le sais.*

— *Ce que je sais, c'est que le Créateur est mort depuis longtemps et que, visiblement, il n'avait pas toute sa tête ! Comment peut-on faire confiance à un humain ? Sérieusement ! Il ne sait même pas que la reine ylorienne est l'Yla de l'ordre !*

— *Bon, ça suffit ! Suis-moi !*

— *Dans votre suite personnelle, carrément ! Avez-vous vue sur la mer ?*

— *Cesse avec ce petit ton condescendant, Julior ! Je commence à perdre patience avec toi !*

— *Tant mieux ! Comme ça, vous n'aurez aucun regret à me faire bannir.*

— *Est-ce que tu t'es posé la question, ne serait-ce qu'une seule fois, pourquoi nous surnommons Morana « la reine illégitime » ?*

— *Bah... À vrai dire, j'ai toujours pensé que c'était parce que vous vous êtes fait battre par une fille et que ça passait mieux si on la faisait...*

— *Pour quelqu'un d'aussi intelligent que toi, tu me déçois, Julior. Comme toujours...*

— *Si personne ne me dit rien, aussi...*

— *Tu étais trop jeune lors de la séparation du royaume. Nous avons trouvé plus sage de ne pas soulever de rébellion inutile auprès des potentiels. J'ai donc entrepris de révéler ce secret à chaque Ylor, une fois leur premier niveau obtenu. Ton cas est particulier sous bien des aspects...*

— *C'est pas parce que j'ai passé les trois épreuves d'un coup que ça change quelque chose. Selon moi, vous ne vouliez pas me mettre dans la confidence et je veux savoir pourquoi.*

— *Je l'admets, oui.*

— *Ah !*

— *Et ce, parce que tu es bien trop imprévisible et impulsif, Julior ! Là encore, nous venons de t'apprendre que tu es niveau 4 et Ylor de l'amour, et au lieu de t'en réjouir, tu cries au scandale !*

— *Parce que ça craint !*

— *Ça suffit ! Je ne te laisserai pas manquer de respect à Mila une fois de plus ! Désormais, tu vas t'asseoir et tu vas m'écouter très attentivement sans m'interrompre !*

*— Je préfère rester debout. C'est plus pratique pour les sorties théâtrales, tout ça...*

*L'expression d'Honéor est éloquente.*

*Silence.*

*— Mais ce banc en bois de mauvais goût me va tout aussi bien, votre Majesté !*

*Installation en position assise.*

— Pardon de te réveiller, ma chérie, mais il faut que tu manges quand même un peu.

Je ne peux pas en vouloir à ma mère de vouloir mon rétablissement pour une maladie que je simule dans l'espoir de poursuivre ce qu'elle vient de ruiner. Pile au moment où j'allais découvrir la version d'Honéor sur l'histoire d'Ylorior et de ma famille...

J'ai besoin de savoir si Lélinda m'a menti sur toute la ligne. J'ai besoin de savoir si Honéor est au courant que je suis sa nièce et sur Terre. J'ai besoin de l'entendre parler de ma mère biologique. Rien qu'à la façon dont il a prononcé le prénom « Mila », j'ai senti qu'il était attaché à elle.

J'ai besoin qu'on continue à me laisser dormir en paix...

— Tu devrais peut-être manger, toi aussi, David, reprend Nathalie. Ce n'est pas parce que Mily t'a demandé de rester auprès d'elle le plus possible que tu dois te laisser affamer de la sorte.

— C'est très gentil d'vous inquiéter pour moi, Madame Tourel, mais j'ai pas faim.

J'arque un sourcil dépréciateur. David n'a pas coutume de couper les mots comme le ferait Jules. Est-ce qu'il ne chercherait pas à négliger les besoins humains de David par pure jalousie ?

— Tu as raison, maman, on va manger tous les deux.

— Je vous apporte le petit-déjeuner tout de suite ! sourit Nathalie tandis qu'elle se précipite vers la cuisine par peur que je change d'avis.

Si Jules a dans l'intention de prendre possession du corps de David pour nuire à sa santé humaine, je ne compte pas le laisser faire.

Dès que Magnensia m'aura projeté tout ce que je dois savoir du côté ylorien, je me rattraperai avec David. Je m'en fais la promesse.

Mais il me reste encore trop de choses à rêver...

— *Si t'es venu pour me narguer, va au diable, Don !*

— *C'est Yaco qui m'a demandé de venir t'expliquer tes pouvoirs.*

— *Qu'il aille au diable, lui aussi !*

— *C'est à peu près la façon dont il m'a prévenu que tu réagirais, en effet. Une réaction très proche de celle des humains, soit dit en passant.*

— *Bah c'est bon, c'est dit. Merci d'être passé, bye bye !*

— *Honéor t'a parlé de la reine Mila, ça y est !*

— *Donaor, ça rime avec « dehors ». Alors DEHORS !*

— *Tu sais que Yaco et moi l'avons connue. S'il m'a envoyé te parler, c'est parce que j'ai eu l'occasion de missionner avec elle plusieurs fois.*

— *J'm'en fous ! J'veux rien entendre de plus. Va voir ailleurs si j'y suis !*

— *C'est d'ailleurs elle qui m'a appris bon nombre de stratégies. L'amour et la famille étant très liés... On serait très efficaces en missionnant ensemble.*

— *Ouais, mais non. Une mission pourrie plus une mission de merde, ça fait toujours une mission qui ne m'intéresse pas.*

— *Alors tu comptes bouder ? Ça te paraît divertissant comme projet ?*

— *Plus divertissant que de t'écouter ou me laisser humilier avec cette mission grotesque.*

— *Je ne suis pas d'accord avec toi. Ce n'est pas parce que tu es frustré sur le plan sentimental que ça te donne le droit de trouver l'amour grotesque.*

— *Je ne suis absolument pas frustré ! Ça va pas la tête !*

— *Ah oui ? Et Mily Tourel, on en parle ?*

— *Je t'interdis de... Rien à voir ! Mily, c'est différent.*

— *Tu prétends ne pas être amoureux d'elle alors qu'elle est ton unique centre d'intérêt ! Tu as même accepté de passer les épreuves pour elle. Pas étonnant que le Créateur t'ait décerné cette mission !*

— *C'est bon ? T'as fini tes bêtises ?*

— *Il n'y a aucune honte à avoir, Julior, tu sais. Moi aussi je suis amoureux.*

— *Pff.*

— *Tu ne me crois pas ?*

— *T'as pas vu de filles depuis la séparation du royaume... À moins que... T'es gay ?*

— *Le Créateur nous a tous faits hétéros pour des questions de procréation. Et pour ta gouverne, ce n'est pas parce que je n'ai pas vu mon âme sœur depuis la séparation du royaume que je ne suis plus amoureux. Si tu me laissais t'expliquer en quoi ton rôle consiste, tu saurais ce que l'amour implique sur Terre et sur Ylorior.*

— *Si mes calculs sont bons, comme ils le sont toujours, tu avais dix ans lors de la séparation du royaume. Bien essayé !*

— *Tu es bien placé pour savoir que l'amour n'a pas d'âge. Tu avais six ans quand tu as rencontré Mily...*

— *Elle est comme une sœur pour moi. Rien de plus ! Faut vous le dire comment, à tous ?*

— *Si c'était le cas, tu m'aurais ri au nez lorsque j'ai insinué tes sentiments envers elle. Mais non. Tu t'es mis en colère. Tu connais le dicton : « Il n'y a que la vérité qui fâche ».*

— *L'amour, c'est pour les faibles. Je n'aime pas qu'on me prenne pour un faible, c'est tout.*

— *Tu penses qu'être amoureux fait de moi quelqu'un de faible ?*

— *Parfaitement !*

— *Je fais pourtant partie des Ylors les plus performants, et ce, malgré le fait que ça fait des années que je suis séparé de Lélinda.*

— *Lélinda... Pff. C'est un vrai prénom, ça ?*

— *Elle est niveau 4, aussi. Et elle a obtenu le même privilège que toi, puisqu'elle est le miroir d'un membre de la famille royale. Et pourtant, elle était déjà amoureuse de moi avant de passer sa troisième épreuve. Cela prouve que l'amour ne rend pas faible. Je dirais même l'inverse. Je n'aurais pas obtenu mon niveau 4 sans son influence.*

— *T'aurais peut-être été quelque chose de plus prestigieux qu'Ylor de la famille, qui sait !*

— *Il s'agit très certainement d'une mission moins importante que l'amour et le bonheur, mais je peux t'assurer qu'elle est aussi cruciale pour les humains. J'ai connu mon miroir, d'ailleurs. Lina. La mère de Lélinda. Une sacrée Ylorienne et...*

— *J'm'en fous !*

— *Si tu t'en fiches de ma mission et que tu n'es pas amoureux de Mily Tourel, alors tu n'as sans doute rien contre le fait que je missionne sur la jolie petite famille qui se profile entre un certain David Tonelli et...*

— *J'te conseille de pas terminer ta phrase, ou j'te fais ravaler chaque mot un par un en te l'faisant amèrement regretter !*

*Donaor a un mouvement de recul avant d'éclater d'un rire moqueur.*

— *Le pire, enchaîne-t-il à moitié hilare, c'est que si tu avais la moindre idée de ce dont tu es nouvellement capable, tu pourrais te rapprocher de Mily comme tu le souhaites si fort depuis ton retour au royaume !*

— *Ah oui ? Et par quel miracle ?*

*Nouvel éclat de rire de la part de l'Ylor de la famille.*

— *Tu n'es pas si imprévisible que ça, Julior ! Je te propose de passer directement à la pratique. Tu constateras par toi-même que ta mission est démentielle !*

*Création d'une passerelle...*

— *La reine Mila missionnait très souvent avec mon miroir, si bien qu'elle a pu m'apprendre tout un tas de combos efficaces.*

*Survol de Movence. Zoom sur une forêt proche d'un lac.*

— *T'espères trouver quoi, là ?*

— *La question n'est pas « quoi », mais « qui ».*

— *Mily ne s'aventurerait jamais dans une forêt toute seule. Elle a peur de créatures qui la hantent dans ses cauchemars.*

— *Qui te dit qu'elle est seule ? Et qui te dit qu'elle a conservé les mêmes phobies que dans son enfance ? Ce n'est plus une gamine. Il va falloir te faire à cette idée, mon pauvre Julior !*

— *T'es en train de me dire qu'elle est dans cette forêt ? Et pas seule ?*

— *Aux dernières nouvelles, ta bien-aimée faisait partie des bénévoles du foyer de Madame Stener. Tout comme David.*

— *Le David Tonelli qui a des vues sur ma Miny ? Ce type-là ?*

*Donaor pouffe d'un rire qui se veut discret. Puis, il enchaîne :*

— *Si ta jalousie et ta fierté ne t'handicapaient pas autant, tu verrais tout un tas d'opportunités à travers ce fameux David.*

— *Ah, mais des opportunités, j'en vois plein ! J'sais juste pas encore par quoi commencer. Le noyer, le brûler, l'asphi...*

— *Tu n'es qu'un idiot, Julior ! Mets-la un peu en veilleuse et observe !*

*Vue plongeante sur David. Création d'un arc de conscience, et voilà que Donaor se retrouve « dans » la tête du sujet.*

*Tout en fermant les yeux et en gardant une main tendue vers la passerelle, Donaor commente :*

— *J'ai le pouvoir de scanner et contrôler la pensée des humains. Je peux donc lui insuffler tout un tas d'idées ou le pousser à certains actes.*

— *Comme le suicide ?*

— *Ça te demanderait trop d'efforts de rester sérieux plus de dix secondes ?*

— *C'est juste que j'vois pas en quoi ça me concerne. Sauf si tu m'annonces que je peux faire la même chose.*

— *Tu ne le peux pas. C'est en cela que nos pouvoirs sont complémentaires. Cela dit, toi, tu peux faire mieux.*

Un sourire s'épanouit sur le visage de Donaor. Il est à peu près certain d'avoir captivé l'attention de son potentiel binôme. Alors, il poursuit sur sa lancée :

— *Nous avons le même pouvoir général, Julior. Le contrôle des éléments sur Terre. Et comme nous sommes de niveau 4, nous bénéficions aussi de ce contrôle sur Ylorior.*

—*Ça m'fait une belle jambe de savoir jouer avec le vent et l'eau ! Waouh ! Génial ! Ça va révolutionner ma vie !*

— *Tu es impossible ! Tu sais bien qu'il s'agit d'un pouvoir plus prestigieux. Maintenant, si connaître l'étendue de tes pouvoirs ne t'intéresse pas, je ne vois pas pourquoi je te laisserais me faire perdre davantage de temps.*

— *C'que t'es susceptible ! On peut rien te dire !*

— *Soit ! Si tu me permets, je continue, hein ? Ma mission consiste à fonder des familles. Je dois faciliter la procréation auprès des couples compatibles, et séparer ceux qui ne le sont pas. Les unions issues des pouvoirs de la reine Mila me faisaient gagner un temps précieux. J'étais au moins certain qu'il s'agissait de deux âmes sœurs.*

— *Des âmes sœurs ! Pff !*

— *Ils représentent ni plus ni moins que la base de ta mission ! Ton pouvoir au cas par cas est un « pouvoir d'attraction ». Il te permet de détecter les âmes sœurs d'un sujet en particulier dans un premier temps.*

— *Trop trop génial !*

— *Cesse ce ton ironique, veux-tu ? Ce pouvoir d'attraction est une véritable mine d'or. Contrairement à nous, les humains ont plusieurs âmes sœurs et un peu partout dans le monde. Mais peu d'entre eux se donnent la chance d'aller les rencontrer. Soit parce qu'ils manquent de confiance ou d'estime, soit parce qu'ils sont accrochés à quelqu'un d'incompatible. Ça aussi, tu peux le détecter.*

— *Donc, t'es en train de me dire que je peux détecter Mily à travers ce microbe, qu'elle soit son âme sœur ou pas. Car visiblement, il est déjà attaché à elle.*

— *Il n'y a qu'une seule façon de le savoir. Il te suffit de pointer la passerelle avec ta paume et d'actionner ton pouvoir d'attraction sur David. Pense avant tout à déterminer où sont ses âmes sœurs. Avec un peu de chance, tu...*

Donaor ne termine pas sa phrase que l'humain se met à surbriller en orange.

— *Ça veut dire quoi, ça ?*

— *C'est simple. Quand le sujet est coincé dans une relation jugée destructrice, il s'illumine en rouge. Lorsqu'il brille en orange, cela signifie qu'il est attaché à quelqu'un d'incompatible.*

— *Ma Miny.*

— *Probablement, oui. S'il n'était attaché à personne en particulier, il apparaîtrait en jaune ainsi que toutes ses âmes sœurs. Il n'y a qu'en étant en couple avec une âme sœur que le sujet devient vert et épanoui. Il me manque donc ce genre d'informations pour être certain que j'aide les bons couples à procréer.*

— *Donc, j'ai plus qu'à trouver une âme sœur bidule à ce troufion de malheur pour qu'il lâche Mily, c'est ça ?*

— *Tu ne peux malheureusement pas détecter d'âmes sœurs lorsqu'un sujet est en orange ou en rouge, car son cœur et son esprit sont déjà occupés par quelqu'un. Mais ton pouvoir d'attraction n'a pas pour seule capacité de détecter les âmes sœurs et les attachements. Tu as une influence sur les sujets.*

— *Comment ça ?*

Derechef, Donaor se montre enthousiaste.

— *Tu peux te lier à eux pour pouvoir les incarner quelque temps. C'est un pouvoir qui permet aux humains timides de prendre confiance en eux et à d'autres de ne pas faire de maladresses. Je ne sais pas si tu te rends compte de la responsabilité qu'un tel pouvoir implique, Julior. C'est ahurissant, tout ce dont tu es capable ! Et encore, je n'ai pas abordé ton pouvoir spécial.*

*— Comment j'suis censé faire pour « incarner » David ? Et puis non, en fait, c'est nul, parce que Mily pensera qu'il s'agira de ce déchet de l'humanité et pas de moi. Et si je lui explique la vérité, elle me prendra pour un taré.*

*— C'est surtout que Morana pourrait chercher à l'éliminer si elle prend part au secret d'Ylorior. Il ne faut surtout pas plaisanter avec ça. Si tu tiens à Mily, ne lui parle jamais du royaume !*

*— T'es en train de m'dire que j'suis condamné à « incarner » un débile profond pour pouvoir côtoyer Mily ?*

*— Si tu veux veiller sur elle, c'est ton unique solution. Car si tu retournes sur Terre, Morana risque de s'en prendre à elle pour te punir d'avoir désobéi à ses ordres. Si tu lui révèles ton identité et lui expliques la situation, Morana la tue. Tu sais... je donnerais n'importe quoi pour revoir Lélinda, moi aussi. Mais je préfère la savoir en sécurité plutôt que de tenter un truc inutile qui pourrait, en plus, nous mettre en danger.*

*— Parle-moi de mon pouvoir spécial, s'il te plaît.*

*— Avec plaisir ! Le mieux, c'est que je te montre par...*

— Si tu crois une seule seconde que je vais avaler ton histoire de mononucléose, ma grande, tu te mets le doigt dans l'œil ! Tonelli, tu peux nous laisser seules un moment, s'il te plaît ?

— À vos ordres, princesse Violette ! ironise mon petit ami.

Je sens que je vais passer un sale quart d'heure. Je savais que Vita ne serait pas dupe, mais j'espérais qu'elle se montrerait trop occupée au conservatoire de danse.

— Tu peux m'expliquer ? attaque-t-elle en m'affrontant d'un regard qui me fait rougir de honte.

— Je...

— N'essaye même pas de me faire croire que tu es malade. *Nous ne tombons pas malade.*

La solution m'apparaît comme par magie :

— Je regrette, mais je ne peux pas t'en parler. Ce serait trop dangereux.

*Œil pour œil...*

— Saurais-tu quelque chose que je sais mais dont on ne peut pas... Enfin...

— Ce ne sont que des rêves, tu sais. Le subconscient nous joue de ces tours !

Vita sait que nous ne rêvons jamais en tant qu'Yloriennes. Sauf s'il y a une intervention d'origine ylorienne, justement. Je pense que le message est passé. Ses expressions m'indiquent qu'elle a compris que je suis au courant.

Un silence s'installe avant qu'elle le brise d'une voix presque éteinte :

— Et tu comptes faire... quoi ?

— Continuer à dormir, jusqu'à ce que... je me sente moins fatiguée.

— Et après ?

— Après... je pense que je serai de nouveau en pleine forme.

— Tu ne feras pas de bêtises, hein ? Tu me le promets ? insiste-t-elle.

— Quel genre de bêtises ?

— Me laisser, par exemple. Promets-moi que tu ne feras rien sans m'en parler avant, ou me le faire deviner. Promets-moi que tu ne tenteras rien de nouveau et que tu ne te laisseras pas influencer par qui que ce soit !

Je reste un instant interdite. Que va-t-elle s'imaginer ?

— Promets-le !

— Je te le promets, Vita. Ne t'inquiète pas.

Je pourrais lui promettre n'importe quoi pour qu'elle me laisse reprendre mon rêve là où je l'ai laissé. J'ai conscience que j'abuse... Mais j'ai cessé de me blâmer à ce sujet depuis un moment déjà.

*Un escalier.*
*Une porte qui s'ouvre à la volée.*
*Un jardin fleuri.*
*Une forêt boisée.*
*Une grotte.*

*Une petite minute !*

Je ne suis pas en train de rêver.

À présent que je suis arrivée à destination, je réalise que je viens de me faire hypnotiser par Iola.

Je ne suis donc pas surprise de voir apparaître Leïna sous mes yeux méfiants, la minute qui suit.

— Tu te souviens de moi, on dirait ! plaisante-t-elle face à mon accueil pour le moins glacial.

Je l'aurais reconnue entre mille, d'après la description lue dans mon récit : blonde, robe dorée, arrogante.

Or, il s'avère que je ne suis pas censée me souvenir. Je viens peut-être de commettre une erreur qui pourrait nous causer du tort, à Malissia et moi. Je n'ai pas le temps de réfléchir à un moyen de me rattraper que Leïna énonce :

— Tu ne te souviens pas de tout, apparemment. Tu sembles avoir omis que je peux lire dans tes pensées lorsque tu es sous ta condition humaine. Tu n'as pas à t'inquiéter. Je suis au courant de tout sur tout.

Et si je suis là, c'est justement parce que ce n'est pas réciproque et que je me dois d'y remédier.

*Rester méfiante...*

Je n'ai rien oublié de ce que j'ai pu lire à son propos.

— Tu as deviné que tu avais des alliées au royaume. Je sais que tu auras du mal à croire que j'en fais partie, mais il va falloir le faire sur parole, Mily. Le temps nous est compté et je commence déjà à faiblir. Donc, je vais aller à l'essentiel. Malissia, Magnensia et moi avons mis un nouveau plan sur pied. Ce n'est pas un hasard si Malissia t'a laissé le temps de rédiger tes souvenirs et si Magnensia t'a envoyé tous ces rêves. Tout comme ma présence actuelle.

Je fronce les sourcils pour l'inciter à développer.

— L'ennui, c'est que je ne peux rien te dire de plus hors d'une coque de protection. Par conséquent, tu vas devoir me suivre afin que...

J'éclate d'un rire jaune avant qu'elle n'ait le temps de terminer sa phrase.

— Ah non non non non non non non, Leïna. Tu m'as déjà fait le coup, une fois. J'ai passé l'âge de te faire confiance !

— C'est bien dommage... Car nous avons trouvé un moyen pour que tu retrouves ton Jules.

— C'est déjà ce que tu m'avais fait croire la fois précédente. Il va falloir te renouveler dans tes vaines tentatives de manipulation.

— À l'époque, nous ignorions toutes que... ce que Magnensia t'a envoyé en rêve. Ça change tout !

Il me revient subitement la promesse que Vita m'a suppliée de formuler. Comme par hasard, juste avant la visite impromptue de Iola. Est-ce que ma meilleure amie savait quelque chose ? Avait-elle anticipé cela ? Adam l'aurait-il mise en garde du plan des Ylas ?

— N'écoute pas les piètres conseils de Vita. Elle fraternise avec l'ennemi.

*Ah oui... Cette fichue capacité à lire les pensées...*

« L'ennemi ». Elle doit faire référence à Adam, qui n'est autre qu'un Orior, certes...

— Exactement ! confirme-t-elle avec froideur.

... mais elle ignore sans doute qu'il est de notre côté.

— Tu es beaucoup trop naïve, Mily ! Cite-moi une chose que Vita a faite pour toi, à part te cacher des choses importantes et t'abandonner au profit de ce microbe et de la danse !

*Vita a toujours été honnête avec moi, elle !*

— Ça, tu n'en sais rien. Dans tous les cas, le temps presse. Tu dois prendre une décision capitale pour toi, pour nous, ainsi que pour ton amoureux.

David ? Mince, je l'avais presque oublié l'espace de quelques minutes.

— Mais non, pas lui, nigaude ! Je te parle de celui qui accapare ton esprit depuis aussi loin que tes souvenirs remontent.

Elle ne m'aura pas une deuxième fois en se servant de Jules.

— Mily... Si je te propose de m'accompagner clandestinement, alors que tu n'as plus l'âge requis, tu dois bien te douter que ça n'a rien d'officiel. La seule chose que je te demande, c'est d'écouter notre plan dans son intégralité. Tu choisiras de le mener avec nous ou de revenir. À présent que tu n'es plus un potentiel, je pourrai te ramener ici à la minute où tu le décideras. J'y serai bien contrainte, de toute façon. Car tu passeras difficilement inaperçue du haut de tes seize ans. Seul notre plan comprend tout un tas de solutions. Mais la coque de protection est primordiale, tu te doutes bien pourquoi.

— Je regrette, mais je ne quitterai pas mes proches une deuxième fois, Leïna.

J'ai fait une promesse à Vita. En dehors de cela, mes parents et David se sont fait assez de soucis pour moi pour que j'en rajoute une énième couche. Peu importe si Leïna dit vrai. Jules a souvent été à l'origine des souffrances que j'ai occasionnées à ma famille, malgré moi.

— Je te propose d'y réfléchir très sérieusement, Mily. Si tu changes d'avis, reviens ici et appelle Iola !

Cela ne sera pas nécessaire.

— Une dernière chose, Mily...

*Je crains le pire...*

— Ce plan n'a pas pour but de te faire batifoler avec ton amoureux. Jules est la clé et toi notre unique moyen d'y accéder. Ce plan a pour objectif de mettre fin à une dictature qui a coûté la vie à beaucoup d'entre nous. Y compris nos propres mères, Mily. J'en ai trop dit et ça se retournera contre moi, c'est certain. Mais la cause est suffisamment importante pour me pousser à prendre quelques risques. Ça mérite que tu t'y penches. Sur ce, j'espère... à très bientôt.

Puis elle disparaît.

Je reste hébétée un moment. Je n'ai pas confiance en Leïna, mais ses derniers mots étaient empreints d'une douleur troublante. Il s'agit sûrement d'une manœuvre supplémentaire pour m'atteindre.

Dans le doute, je dois à tout prix en parler à Vita.

— Si je résume bien, conclut ma meilleure amie, tu dois à tout prix me parler de quelque chose, mais tu espères que je le devine parce que tu ne peux rien me dire.

Vu sous cet angle, ma démarche me paraît tout de suite ridicule. Je tente un semblant d'explication :

— Je me dis qu'il y a une infime chance pour qu'Adam t'ait avertie de ce qui se tramait me concernant... D'où ta visite impromptue chez moi.

— Impromptue ? s'écrie Vita. Mily, ta mère m'apprend que tu as la mononucléose et que tu es clouée au lit. Tu pensais que j'allais rester sagement à Enivelle sans rien faire ? Plus louche que ça, on meurt !

— Tout ce qui nous concerne est louche, de toute façon.

— Oui, enfin tout dépend de quel point de vue on se place.

Je profite de ces sous-entendus pour aborder ma problématique :

— Eh bien ! il est là mon souci. Disons qu'on fait tout pour m'inciter à... changer de point de vue.

— Non mais ça, ça te pendait au nez depuis des lustres ! Tu ne m'apprends rien.

— C'est pour cette raison que tu m'as fait promettre de... rester à tes côtés ?

— Ça n'a rien de personnel, Mily. Bien sûr que j'aurais de la peine si tu... partais à l'étranger. Mais si j'étais convaincue que tu te sentirais mieux ailleurs, je t'encouragerais à y aller. Or, ce n'est pas le cas. C'est même tout le contraire ! Et cela entraînerait... enfin bref. Je suis soulagée que tu m'aies fait la promesse de rester.

Vita semble savoir tout un tas de choses me concernant. Cependant, je ne cesse de me demander si elle connaît mon histoire, si elle est au courant de ma lignée royale, mes particularités ainsi que le fait que j'ai déjà été au royaume. Je dois tenter d'éclaircir tous ces points.

— Tu es au courant que j'ai déjà... voyagé, n'est-ce pas ?

— C'est ce que j'ai bien pu comprendre, oui, même si je n'ai pas tous les détails et que je n'ai pas tout compris. Ce qui me pousse d'autant plus à me méfier de... de la douane.

Fait-elle référence à Leïna ? Si la teneur de notre discussion n'était pas aussi sérieuse et importante, j'éclaterais de rire.

— Je n'ai de toute façon plus confiance en la douane. Même si elle m'a avancé des tas d'arguments alléchants. Je suis ravie que tu partages mon avis sur les risques des voyages.

— Et moi donc ! Je suis surtout ravie que cette histoire de maladie soit derrière toi. Car des maladies, on en trouve des tas à l'étranger ! Et il n'existe pas de vaccins appropriés pour nous…

Je ne réponds rien à cela. Un simple sourire suffit. Ma curiosité n'est pas pleinement satisfaite vis-à-vis de Jules. Pour clore ce sujet, je dois encore rêver de ses souvenirs.

J'espère que Magnensia me permettra d'en savoir plus.

— *Je peux savoir ce que tu fabriques ?*

— *J't'ai pas sonné, Yaconistor. J'fais c'que j'veux.*

— *Je ne t'ai pas appris à maîtriser tes pouvoirs afin que tu les utilises à des fins personnelles. Ce que tu fais avec ce pauvre David est mal.*

— *Je n'ai rien fait d'autre qu'une accolade innocente à mon amie.*

— *Je te rappelle que je peux scanner les pensées de ton sujet. Et je sais très bien quelles étaient tes intentions. Mais tu ne peux pas te servir de cet humain pour atteindre Mily. C'est malsain ! Tout cela va très mal finir. Ne m'oblige pas à le rapporter à Honéor !*

— *T'façon tu n'sais faire que ça. Balancer.*

— *Si tu étais moins égocentrique et si tu te souciais un tant soit peu du sort du royaume, Julior, tu n'imagines pas à quel point ton aide nous serait précieuse ! Tu te trompes de combat. Celui que tu es en train de mener est voué à l'échec. Tu vas finir par être frustré de n'atteindre Mily que par un intermédiaire. Les choses pourraient être différentes entre elle et toi, si Morana ne représentait plus aucune menace.*

— *Pff. J'vois pas ce que « l'Ylor de l'amour » pourrait apporter au beau milieu d'une guerre perdue d'avance. Les seules armes dont j'dispose sont des câlins et des bisous ! Top, la classe !*

— *Tu m'exaspères... Vraiment. Tu es niveau 4, Julior ! Tu as une responsabilité envers ce royaume !*

— *C'est bon ? T'as fini ? J'peux missionner tranquille ?*

— *As-tu au moins l'intention de missionner sur d'autres sujets ? Des humains dans le besoin ?*

— *Ils se sont toujours débrouillés seuls jusqu'à présent. J'vois pas pourquoi ils auraient subitement besoin d'un cupidon.*

*Soupir de la part de Yaconistor. Toute forme d'espoir est désormais inespérée.*

— *Tâche de ne pas faire de bêtises...,* marmonne-t-il avant de sortir.

— *Lui as-tu envoyé l'intégralité des souvenirs de Julior ?* interroge Malissia.

— *Impossible ! Je te signale que ma mission est très limitée. Mily doit dormir profondément et je dois continuer à missionner pour les autres sujets, si je ne veux pas lever des soupçons chez Morana, se justifie Magnensia.*

— *J'ignore comment tu te débrouilles, mais Numys n'a pas détecté de doutes concernant son ami Jules. Elle n'a toujours pas compris qu'il a toujours été fou amoureux d'elle.*

— *De toute façon, intervient Leïna, elle n'acceptera jamais de me suivre ! Elle a été catégorique là-dessus. Sauf si tu lui effaces la mémoire, Malissia. Enfin, seulement le passage où j'ai trahi sa confiance.*

— *Il faudrait pour cela qu'elle te supprime intégralement de sa mémoire, ironise Magnensia.*

— *Ouais bah en attendant, si je ne lui avais pas menti, on n'aurait pas de plan du tout à l'heure qu'il est.*

— *À quoi bon avoir un plan, s'il est impossible à mettre en œuvre sans la pièce maîtresse ? À cause de toi ! renchérit l'Yla des rêves.*

— *Vous en prendre l'une à l'autre ne nous mènera à rien, temporise Malissia. Restons concentrées sur notre cible, vous voulez bien ?*

— *Y'a pas moyen de faire venir Julior sans l'aide de Mily ? questionne Magni.*

— *Non, hélas ! Le pouvoir de la pierre sacrée a ses limites, explique Malissia. Il faut connaître la personne à faire téléporter.*

— *Et pourquoi ne ferait-on pas venir Vita à la place ? suggère Leïna. Elle connaît Julior, elle aussi. Et au pire, elle pourrait toujours faire venir Viitor.*

— *Viitor ? demande Magnensia intriguée.*

— *Le frère jumeau de Vita, répond Malissia. Mais non. Seule Mily dispose du pouvoir diamantaire nécessaire à l'utilisation de la pierre sacrée. Nous devons trouver une solution pour la convaincre de nous aider à rétablir la paix au sein du royaume.*

— *J'ai une idée ! s'exclame Magnensia.*

— *Il n'est pas question que j'y retourne si c'est pour m'exposer aux Oriors, se défend Leïna.*

— *Je me demande pourquoi on t'a intégrée au groupe... Tu es inutile, Leïna. Pour pas changer...*

— *Magni ! réprimande Malissia.*

— *Ça va, ça va ! Si Leïna ne m'avait pas coupée, je vous aurais exposé mon génie. Je vais envoyer cette conversation-là à Mily à travers ses rêves. Et j'ajouterai à cela quelques compléments d'informations. Dès lors, Mily, je t'annonce que je ne t'enverrai plus aucun souvenir de Julior, dorénavant. S'il te manque tant que ça, tu n'as qu'à venir nous rejoindre au plus vite !*

Certes.

Voilà, voilà...

Me voilà bien...

À nouveau.

Je réalise que mon choix est déjà fait lorsque je commence à lister, dans ma tête, les « pour » et les « contre » rester sur Terre. Et que je fais preuve de mauvaise foi vis-à-vis des « pour ».

Je réalise aussi que je me suis lassée de m'en vouloir pour cela. Lassée de me sentir coupable pour mes parents, pour David, pour Vita et j'en passe…

Une force mystérieuse me poussera toujours vers ce garçon que ma mémoire a oublié, mais pas mon cœur. Tant que je ne l'aurai pas retrouvé, je ne serai pas sereine. Ici ou ailleurs.

Je remuerai Ciel, Terre, Ylorior pour trouver la paix. Pour Le revoir. Pour être fixée et comprendre ce qui me lie à Lui depuis toujours.

Je dois poser mes conditions auprès de Leïna et des autres Ylas. Car si mon retour au royaume constitue une forme de plan de « sauvetage » pour elles, nous ne devons en aucun cas négliger le danger que cela représente.

Si Morana s'interpose — et il est fort probable qu'elle y parvienne — elle va chercher à s'en prendre à mes proches sur Terre. Comme la dernière fois. Pour me forcer à lui obéir et parvenir à ses fins.

Tant que Morana aura un quelconque pouvoir sur les personnes que j'aime, elle aura un contrôle sur le diamant primaire et moi.

Je me serais passée de cette maudite lignée royale…

Que faire ?

Même si je simulais un détachement général avec l'ensemble de mes proches, Morana chercherait quand même à les atteindre.

— Sauf si nous nous débarrassons de Morana avant qu'elle ne se rende compte de ta présence au royaume, retentit une voix féminine tel un chuchotement résonnant dans toute ma chambre.

Je regarde partout autour de moi.

Personne.

*Naturellement…*

Je me demande quelle Yla bénéficie de cet étrange pouvoir, lorsque j'aperçois une petite libellule scintillante face à moi.

Numys. La fameuse libellule de Malissia. Je me « souviens » qu'elle en avait fait référence lors de notre rencontre.

C'est donc à elle que je dois m'adresser.

— J'ai besoin d'assurer mes arrières, réponds-je sans détour. Après tout ce qui a pu se passer, mieux vaut rester prudente.

— Nous avons un plan pour tout ça. Mais tu te doutes bien qu'il serait inconscient d'en parler ici.

— Tout comme il serait inconscient pour moi de vous suivre à l'aveugle.

— Tu n'es pas aveugle, Mily. Laisse-toi guider ! C'est tout ce que nous te demandons. Nous assurons ta sécurité ainsi que celle de tes proches en retour. Promis !

*Que vaut la promesse d'une libellule ?*

D'accord, Malissia me semble être une Yla de confiance, mais je ne dois pas…

— Oui, tu te méfies encore de moi parce que je t'ai ôté la mémoire.

— Deux fois ! rétorqué-je sans ménager mon ton chargé de reproches.

— N'oublie pas les circonstances dans lesquelles j'ai dû agir, Mily, et le fait que je t'ai laissé la possibilité et le temps de remédier à cette contrainte !

— Seulement la deuxième fois.

— La première fois, c'était pour… Bref. Nous manquons de temps, Mily. Chaque minute compte et donne l'avantage à la reine illégitime. Va retrouver Leïna dans sa grotte et tu décideras du sort d'Ylorior une fois sur place. Je t'en supplie !

La libellule disparaît. Mes derniers retranchements avec.

2 enjambées plus tard...

# chapitre 14

## *Le retour*

Une partie de moi restera toujours ici. Ma Terre natale. Mais une plus grande partie de moi se trouve sur Ylorior. Je ne peux rien contre cela.

Je ne cherche plus à lutter.

Je cherche plutôt mon plus beau papier à lettre et mon stylo fétiche.

Trois enveloppes.

Une pour mes parents. Une pour Vita. Et une pour David.

Je reste brève, évasive. Comment faire autrement, après tout ? Vita savait avant moi que j'y retournerais. Je lui ai fait une promesse. En m'excusant pour ne pas l'avoir tenue, elle comprendra. Je l'espère. Et elle me pardonnera. Je l'espère.

Je bloque sur la tournure de mes phrases destinées à David. Il sera anéanti. J'éprouve une peine immense à lui infliger cela. Ce n'est rien comparé à ce que les Tourel ressentiront, eux aussi… J'opte alors pour quelque chose de simple :

*« Mes très chers parents, je suis navrée de vous fausser compagnie une fois de plus, mais cette fois-ci, je sais où je vais. Sur les traces de mes origines. J'attends d'en savoir plus avant de vous en parler. Je pars ce soir, par peur que vous ne parveniez à me convaincre de renoncer. Ou de tenter d'en savoir davantage, sachant que je ne peux rien vous révéler. Je ne peux pas non plus vous informer de ma date de retour, car je l'ignore encore. Ma seule certitude, c'est que je vous aime. Du plus profond de mon cœur. J'aurais aimé que cela me suffise pour me construire. Mais il restera*

*toujours un point d'interrogation qui flottera tel un rappel perpétuel et sournois dans mon esprit. Aller de l'avant... C'est ce que je fais. À tout bientôt ! Avec tout mon amour, Mily ».*

Quelques larmes agrémentent mon message. L'encre bave. Je décide cependant de ne pas y retoucher. Mes parents méritent de saisir combien les quitter me meurtrit.

Pas de larmes sans émotion. Pas d'émotion sans sentiment.

Ce qui me fait prendre conscience de l'affection que je porte à David. Il n'est, certes, pas Jules. Mais je l'aime d'une toute autre façon. Il me manquera. Toutefois, ma culpabilité envers lui prendra toujours le dessus. Il sera plus heureux sans moi. Je le lui souhaite.

J'écris les prénoms de mes proches sur les trois enveloppes et les dépose sur la table basse du salon.

Pas besoin de valises. Pas besoin de regarder en arrière.

Je franchis la porte, le cœur lourd. Sans un bruit. Sans regret. Du moins, je m'efforce de m'en convaincre.

— Je ne vois pas pourquoi tu t'en fais autant pour tes humains, m'accueille Leïna du fond de sa grotte habituelle. Je te promets... Pff, de toute façon, tu ne vas pas me croire si je te promets quoi que ce soit.

— Et pourtant, me voilà, concédé-je d'un air résigné.

— Et c'est un véritablement soulagement, tu n'imagines pas à quel point !

— Leïna... dis-moi qu'ils seront tous en sécurité sur Terre !

— Nous y veillons.

— Dis-moi que je vais retrouver Jules !

— Plus nous attendons et discutons de cela en dehors d'une coque de protection, plus notre plan comprendra des risques d'être compromis.

Je peux prendre cette réponse comme un « non ». Mais mon entêtement aveugle à l'idée de retrouver mon ami me fait défaut, une fois n'est pas coutume.

Je me vois orienter ma main vers celle que me tend l'Yla du passage.

Ma naïveté et ma curiosité l'emportent une fois de plus sur ma raison.

J'espère ne pas le regretter.

De toute façon, il est trop tard.

J'y suis.

— Bienvenue chez toi, Mily ! s'empresse d'énoncer Malissia.

— On a failli attendre ! enchaîne Magnensia.

— Maintenant, tu peux nous poser toutes les questions que tu souhaites, reprend Leïna en me désignant les alentours.

Je constate la présence d'une coque de protection planant au-dessus de nos têtes dans la salle du passage.

Des questions, j'en ai à foison. Par où commencer ?

— On va peut-être la laisser arriver, suggère Malissia. Elle vient tout de même de changer de condition en un fragment de seconde.

— Je peux te dire qu'elle s'en sort mieux que la première fois, commente Leïna en me toisant tel un animal de foire. J'ai franchement cru qu'elle allait trépasser sous mes yeux.

Cette façon de parler de moi comme si je n'étais pas là…

— Ce n'est évident pour personne de passer d'une condition à une autre, me défend Malissia. Là, je trouve que tu t'en sors bien, Mily, même si je te rappelle que tu n'as plus besoin de respirer.

*Réflexe...*

— Je suis de nouveau un potentiel, alors ?

Allons savoir pourquoi cette question émerge de mon esprit surmené en premier...

— Bien sûr que non ! se moque Magnensia. Tu n'as pas été rétrogradée. Tu restes donc l'Yla de la famille de niveau 3 aux yeux du Créateur. C'est tout ce qui importe.

— Oui, enfin c'est tout ce qui importe du moment que tu restes invisible des Ylas, des animaux et des Oriors, si on veut éviter que Morana soit au courant de ta présence ici, précise Malissia.

— Et par quel miracle puis-je me rendre invisible ?

J'ai essayé de ne pas paraître trop dubitative. Sans succès, je pense.

— Ici, les « miracles » portent bien souvent le nom de « magie noire », m'explique Malissia. Cet objectif d'invisibilité constitue la toute première étape de notre plan J.

— Oui, enfin, la deuxième, rectifie Leïna. Je vous signale que ça n'a pas été simple de la convaincre de me suivre !

— Si tu avais été honnête dès le départ, aussi, grommelle Magni.

— Pitié, on ne va pas remettre cette discussion sur le tapis ! soupire Malissia qui s'installe face à moi pour attirer mon attention.

Chose faite.

Elle poursuit :

— On va te transférer dans une autre salle où il te sera remis ton médaillon. Tu récupéreras tes pouvoirs par la même occasion. Il nous faudra agir vite pour réduire les risques d'être interceptées par les pouvoirs de Morana. C'est la raison pour laquelle nous nous dirigerons, sans attendre, vers le lac.

— Tu devras garder en tête l'image de Julior lorsque tu t'empareras de la pierre sacrée. L'objectif sera de le faire venir de notre côté du royaume, complète Magnensia.

C'est sûrement l'excitation ou le stress qui me font mettre le doigt sur un problème qui n'est peut-être qu'un détail :

— Quand vous dites « l'image de Julior », vous voulez dire que je dois me représenter son apparence physique dans ma tête ?

— Bah oui, pardi ! raille Leïna.

— Mets-la en veilleuse, toi ! l'envoie balader Magni. La remarque de Mily est pertinente, puisqu'elle n'a plus aucun véritable souvenir de l'apparence de Julior petit, et que les rêves que je lui envoyais étaient tous de son point de vue à lui. Donc effectivement, Mily, nous allons pallier cela, ne t'inquiète pas !

— Comment comptez-vous vous y prendre ?

— Tu verras ça en temps et en…

Malissia interrompt son amie pour me répondre :

— Je vais te débloquer tes propres souvenirs.

L'émotion me happe sans appel. Si j'étais encore sous ma condition humaine, j'en pleurerais, c'est certain. Car cela signifie que je vais enfin pouvoir voir à quoi ressemble Jules, mais aussi ma mère biologique avant la tempête.

— Si cela ne tenait qu'à moi, Mily, je te rendrais l'intégralité de tes souvenirs, ici et maintenant. Mais j'ai fait une promesse qu'il m'est impossible d'ignorer. Alors, je te débloquerai les souvenirs de ton ami, uniquement. Juste assez pour te permettre de le faire venir parmi nous.

— Et une fois qu'il sera là ? demandé-je.

En partant du principe que je ne vais pas échouer, bien entendu.

— Moins tu en sais pour l'instant, plus le plan J aura des chances de réussir ! affirme Malissia. Concentre-toi sur la pierre sacrée et tes retrouvailles avec Julior. Le reste, nous vous l'expliquerons bien assez tôt.

J'ignore pourquoi je voue une confiance aussi importante à Malissia. Je pourrais la suivre au détriment de mes propres convictions. Mais elle ne me demanderait jamais cela. Je le sens.

L'impatience que je ressens à l'idée de retrouver mon Jules dépasse l'entendement. Si bien que je m'entends prononcer :

— Ne perdons plus de temps, alors ! Je vous suis. Que dois-je faire ?

Un sourire s'épanouit sur le visage des trois Ylas qui se toisent à tour de rôle. Bon signe ou non, je traite toute forme d'avertissement interne négatif par le mépris.

*Je vais retrouver Jules.*

Enfin !

J'ai encore beaucoup de mal à réaliser.

Les Ylas s'échangent un regard qu'il m'est très aisé d'interpréter : elles doivent m'annoncer quelque chose de désagréable, mais elles ne savent pas comment ménager ma réaction.

— Dites-le comme cela vous vient ! les encouragé-je d'un ton désabusé.

De toute façon, je savais très bien que tout ceci était trop beau, trop facile.

C'est Malissia qui, après avoir furtivement baissé le regard, finit par confier :

— Les risques que l'on te surprenne en sortant de cette salle sont beaucoup trop élevés. Et autant te dire qu'une jeune fille de seize ans attire l'attention, ici. Le souci c'est que tu ne pourras pas utiliser la pierre sacrée, si tu n'as pas retrouvé ton médaillon et tes pleins pouvoirs. Et nous ne pouvons pas te remettre tout cela ici, car la puissance que cela génère attirerait une attention bien trop suspecte.

— En gros, résume Magnensia, tu ne peux pas sortir d'ici, mais tu ne peux pas rester non plus, car on a besoin de toi pour ramener ton pote.

Je fronce les sourcils. J'ai du mal à voir où elles veulent en venir. C'est finalement Leïna qui m'éclaircit :

— On doit te rendre invisible.

Cela, elles m'en avaient déjà touché un mot. Je ne vois pas où est le problème.

— L'invisibilité, Mily, s'obtient avec de la magie noire, reprend Malissia. Comme cette coque de protection.

— L'ennui, c'est qu'aucune de nous n'est capable de la maîtriser, ajoute Magni.

Je ne comprends pas. Si nous sommes bien sous une coque de protection, c'est qu'elles ont dû trouver un moyen de…

— Sauf une, précise Leïna en m'interrompant dans mes pensées. Mais ça ne va pas te plaire.

Je n'ai pas le temps de saisir tous ces sous-entendus qu'une silhouette familière se dessine dans le fond de la salle. Elle s'approche lentement vers la lumière. J'effectue un pas de recul, par réflexe.

Comment suis-je censée réagir à sa présence ?

— Je sais bien que tu as toutes les raisons du monde de te méfier de moi, Mily, mais s'il te plaît, écoute-moi !

C'est justement parce que je l'avais trop bien écoutée, que je m'étais fait avoir en beauté lors de ma dernière venue. Comment pourrais-je de nouveau faire confiance à Lélinda après qu'elle m'ait si sournoisement trahie ?

Comment ose-t-elle s'imposer à moi ?

— C'est pas gagné…, marmonne Magni comme si de rien n'était.

— On se passerait bien de tes commentaires, dénigre Leïna.

L'ambiance est électrique. Cette tension n'arrange en rien mon malaise latent. Ceci dit, je n'ai plus huit ans. J'estime avoir assez fait mes preuves pour ne plus avoir à subir ainsi la volonté d'autrui.

Il est temps que je mette un terme à leurs petites manœuvres.

Je me redresse, le dos bien droit. J'avance d'un pas assuré, menton relevé, vers cette traîtresse de Lélinda et je persifle sans détour :

— Mon amnésie m'a fait oublier votre apparence et le ton de votre voix à toutes. Mais l'amertume de tes actes a laissé un goût si âcre dans mon esprit que rien ne pourra l'effacer ! Je sais qui tu es, Lélinda. Inutile de me rappeler à quoi tu ressembles, tu vois. Ce n'est que la forme. L'emballage d'une Ylorienne justifiant d'un fond aussi pourri que celui de la reine illégitime ! Les autres sont peut-être dupes à travers tes faux airs de grande protectrice. Tu me dégoûtes ! Alors, non. Je ne t'écouterai pas cette fois !

— J'vous avais prévenues ! déclare Magni.

Malgré cette noble tentative pour détendre l'atmosphère de la part de l'Yla des rêves, Lélinda soutient mon regard sans chercher à le défier. Elle est très forte. Dommage pour elle que je ne sois plus faible…

Je m'attendais à ce qu'elle tente de me dissuader de la mépriser autant. Au lieu de cela, elle se tourne face à un mur, tend sa paume vers l'avant et se met à projeter un souvenir… Lorsqu'Ocry est venu la chercher pour qu'elle rejoigne le conseil, pendant que nous étions en panique face à une condamnation imminente.

— Tu dois avoir lu ce passage dans tes petits carnets, me surprend Lélinda. Si je suis au courant pour eux, c'est tout simplement parce que c'est moi qui t'ai suggéré l'idée de les rédiger grâce à l'arc de conscience.

— Et elle a fait pression sur moi, afin que j'attende que tu aies terminé pour t'ôter la mémoire, confirme Malissia. C'était très difficile pour moi de patienter, parce que Morana et les Oriors veillaient de près à ce que j'obéisse à leur ordre d'amnésie.

— Note que j'aurais pu faire en sorte que tu ne puisses pas écrire et te souvenir de ma haute trahison, continue Lélinda. Or, cette étape était l'une des plus importantes. Pour toi comme pour moi, ainsi que pour l'avenir de ce royaume.

Je sens qu'elle va commencer son baratin. Je me renfrogne aussitôt.

— Si je te projette ce souvenir-là, c'est parce qu'il s'agit du moment où je me suis retrouvée à une intersection importante de mon existence. Morana me testait. Soit je continuais à subir son règne, soit je tentais de la doubler. En gagnant sa confiance, par exemple. C'est pourquoi j'ai été contrainte d'être dure, ce jour-là, lorsque je me suis rangée du côté du conseil pour annoncer les différents verdicts vous concernant.

J'observe les réactions des autres Ylas, tous les regards convergent vers moi. Lélinda a donc réussi à les berner. Elles n'étaient cependant pas présentes lorsque son véritable visage est apparu dans la salle de Morana.

— À présent, Mily, je vais te projeter ce souvenir interdit. Interdit parce qu'il date d'avant la séparation du royaume.

C'est la surprise générale. Toute l'attention est monopolisée par Lélinda.

— Léli, la raisonne Malissia avec prudence. Tu es certaine de…

— Je n'ai rien à cacher, Mali. Nous sommes protégées par la coque de protection. J'estime que Mily a le droit de voir à quoi ressemblait le royaume quand sa maman régnait.

C'est le moment pour moi d'intervenir :

— Tu m'as déjà projeté des souvenirs à toi d'avant la séparation du royaume. Lorsque tu m'as raconté l'histoire du royaume ainsi que ton fameux plan contre Morana. Tu avais juste omis que tu me trahirais sans vergogne.

Lélinda ne se laisse pas démonter, comme à son habitude.

— Tu sais tout cela parce que tu as lu les carnets de ta mémoire. Ce que tu n'as pas pu y inscrire, c'était mon plan D. Tu as dû écrire que le plan C consistait à ce que tu gagnes la confiance de Morana pour accéder au diamant primaire. En cas d'échec, il me fallait un plan D. Gagner la pleine confiance de Morana. À partir du moment où j'ai vu que tu ne parviendrais pas à avoir l'ascendant sur le diamant primaire, il fallait que je me montre horrible avec toi, afin que Morana finisse par assimiler que j'étais de son côté. Je sens ton scepticisme à plein nez, et à juste titre. Je t'invite donc à observer ceci…

Je préfère maintenir le silence. Trop de paroles ont été échangées. Puis bafouées.

Lélinda souhaite nous projeter des souvenirs. Soit. La folle curieuse en moi trépigne d'impatience de découvrir tout cela.

La projenarisation s'illumine sur… moi, tenant le diamant primaire entre mes mains. L'avoir lu est une chose. Voir cette scène à travers les yeux de Lélinda en est une autre.

Je me vois disparaître sous les yeux ébahis de ce que je devine sans peine être Morana. Grande silhouette brune ornée de noir et reflets argentés. En revoyant son visage angélique, j'ai la sensation de m'en souvenir. Étrange… Des signaux en moi me poussent à me méfier d'elle.

Toujours dans le souvenir de Lélinda, je l'entends maugréer :

— Avoue, malgré ton petit numéro, tu jubiles que ta rivale vienne de nous fausser compagnie. N'est-ce pas ?

— Je jubile surtout à l'idée que Mily n'ait pas cherché à faire quelque chose de regrettable avec ce diamant, lui répond l'Yla du bonheur, impassible.

— Ne te fatigue pas, Lélinda ! Tu peux faire tous les efforts du monde pour tenter de gagner ma confiance, je sais que tu resteras toujours réfractaire à mes choix. Ce n'est pas de ta faute si tu es tant attachée aux Ylors. Tu as, toi aussi, été pervertie par la rencontre avec ton âme sœur. Impossible de lutter contre cela ! Je suis bien placée pour le savoir. Et c'est pour cette raison que je souhaite en finir. Mettre enfin un terme à tous les dysfonctionnements qui ont échappé à la vigilance du Créateur et qui entravent le bon déroulement de nos missions.

— J'ai peut-être été pervertie, Morana, mais je ne suis pas aveugle. J'ai vu et analysé les statistiques avec attention. Je ne suis pas d'accord avec toutes vos méthodes. Je ne vous apprends rien. Mais je sais reconnaître les avantages de votre règlement.

— Je vise la qualité et non la quantité, renchérit Morana. C'est là toute la différence avec le règne initial.

— Et vous avez raison. Seulement, je ne parviens toujours pas à comprendre en quoi l'extinction des Ylors vous serait profitable.

À chaque fois que le mot « Ylor » est prononcé, Morana esquisse une grimace de dégoût.

— Lélinda… Je n'ai que faire de mon propre profit. Ce qui m'importe, ce sont nos missions sur Terre. Ce pour quoi nous avons été créées. Malgré tous les débats animés que j'ai pu entretenir avec cette tête de mule d'Honéor, je suis à présent certaine que rien ni personne n'améliorera la situation de leur côté. Et ils demeurent le seul obstacle à nos missions.

— Quels obstacles ? insiste Lélinda.

— Allons… il y en a tant… Le fait que tu sois amoureuse de Donaor entrave ta vision sur l'amour et le reste. Mais nous serions de meilleures protectrices des humains de sexe masculin que cette bande d'Ylors délurés. Ils ne pensent qu'à jouer, se battre, se faire de la compétition improductive. Ils influencent de trop les humains et cela a des répercussions de plus en plus dégradantes chez les femmes. Cite-moi une femme sur Terre ayant fait un coup d'État ou un génocide ! Si tu y parviens, c'est que cette personne aura été sous la mauvaise influence d'un homme. Par amour ou quête de fierté. Voire par soumission.

Je trouve ce discours un peu fort de café de la part de celle qui a assassiné mon père par jalousie et fait accuser ma mère pour engendrer un coup d'État magistral. Ainsi qu'une forme de génocide d'une quantité ahurissante d'Yloriennes.

Je conserve néanmoins le silence et continue à observer la scène sous mes yeux. Une scène où il ne se passe pas grand-chose, d'ailleurs. Morana observe Lélinda avec suspicion. Puis, un petit sourire en coin trahit un sentiment de fierté.

— Quelque part au fond de toi, Lélinda, tu sais que j'ai raison. Tu sais que je suis loin d'exagérer !

— N'y a-t-il pas d'autre solution que celle consistant à éliminer tous les Ylors ?

— Si tu arrives à convaincre Honéor d'appliquer mon règlement auprès de ses protégés… C'est peine perdue, crois-moi !

— Pourquoi ne pas essayer d'envoyer Mily lui parler ? Il s'agit de sa nièce, après tout, et elle me semble aussi attachée à la cause humaine que nous.

— Après ce qu'il vient de se passer, je n'ai pas confiance en Mily. Elle m'a fortement déçue.

— Elle n'a cherché qu'à se défendre. Il faut la comprendre. Tout lui tombe dessus et on la menace de s'en prendre à ses proches.

— J'ignorais que Mily était pervertie par un homme, elle aussi. Même si elle n'en a pas conscience, elle n'en demeure pas moins amoureuse. Elle ne me serait donc pas plus utile que toi dans ma quête d'établir l'ordre au sein d'Ylorior.

— Sauf votre respect, votre majesté, je pense que vous nous sous-estimez, Mily et moi. Donnez-nous une chance de convaincre Honéor ! Une seule ! Si on échoue, nous nous engageons, elle et moi, à éradiquer toute trace d'Ylor. Vous avez ma parole !

— Il en est hors de question ! éructé-je en sortant de mes gonds.

J'ai horreur que l'on fasse des promesses en mon nom.

Lélinda laisse la projenarisation en suspend et tente de me rassurer :

— Mon objectif était uniquement de gagner la confiance de Morana, Mily. Il n'est de toute façon pas question que nous fassions quoi que ce soit contre les Ylors. Je te laisse suivre la fin de notre conversation avec la reine illégitime.

Elle leva de nouveau sa paume vers le mur et je repris le fil de cet échange :

— Nous ne pouvons de toute façon plus rien obtenir de la part de Mily, j'en ai bien peur. D'ici deux jours, elle ne sera plus. Elle représente un trop grand danger depuis sa naissance. J'aurais dû mettre un terme à son existence il y a quatorze ans.

— En faisant cette grosse erreur, Morana, non seulement vous nous priveriez de sa lignée royale et de son pouvoir unique sur le diamant primaire, mais en plus, vous ne feriez qu'aggraver la colère de son oncle et des Ylors, qui nous surpassent par leur nombre et leur force.

— Que me suggères-tu alors ? la défie Morana de son regard perfide.

— Laissez-moi me charger de Mily ! Elle va grandir sur Terre et se rendre compte des impacts négatifs des hommes sur les femmes. Je vais la suivre et lui insuffler des idées allant dans ce sens, grâce à mon pouvoir sur la conscience. Lorsqu'elle sera prête, nous la ferons revenir, et elle fera les choix qui s'imposeront.

— Si tu penses que je ne vois pas clair dans ton jeu, Lélinda… Tu n'attends qu'une seule chose : ma mort.

— C'était le cas il y a quelques années. Lorsque la blessure de la perte de mes proches était encore fraîche. Mais j'ai réalisé que vous n'y étiez pour rien. En tout cas, pas directement. Depuis, j'ai mûri. J'ai compris certaines choses. J'ai analysé, réalisé, évolué. Alors, je ne vais pas y aller par quatre chemins, Morana. Je vous offre mes services en échange de votre confiance…

—… et d'une place au sein du conseil, complète Morana.

— Rien ne vous y obligera. Enfin… Rien en dehors de la promesse que vous avez faite à ma mère en échange de son bannissement. Mais nous n'allons pas revenir dessus. Cette place me revient de droit, mais elle m'importe peu. Faites-moi confiance pour mener à bien vos projets, qui sont à présent les miens. Donnez-moi quatre ans terriens, le temps que Mily devienne majeure, pour faire mes preuves. Si vous n'obtenez pas ce que vous désirez à ce moment-là, vous ferez de nous ce que bon vous semblera. Vous avez ma promesse !

Je reste dubitative un instant. Même plusieurs.

Ce n'est pas que je n'ai pas confiance en Lélinda. C'est que j'ai tellement peu d'estime pour ses paroles qu'il m'est impossible de me détacher de…

— Tu as toutes les bonnes raisons du monde de te méfier, insiste-t-elle sans me laisser le loisir de faire le tri dans mes pensées.

— Mais le temps nous est compté, intervient Malissia. Mily, il nous reste moins de quatre mois pour que notre nouveau plan contre Morana fonctionne. Une fois ce délai passé, Lélinda sera forcée d'agir autrement.

— Trois mois, c'est plus que suffisant, nous rassure Lélinda. Ne tergiversons pas plus longtemps ! Mily, tu veux retrouver Jules, oui ou non ?

*Est-ce une question piège ?*

De toute façon, dans tous les cas, je suis faible lorsqu'il est question de lui. J'acquiesce pathétiquement.

— Alors, donne-moi la main !

Je scrute la main de Lélinda avec attention.

J'hésite.

Je pense à Jules.

J'oriente ma main vers la sienne.

J'hésite à nouveau.

Je pense à Jules. Encore.

— Maintenant !

Je n'hésite plus.

Mes doigts effleurent à peine ceux de la traîtresse ylorienne que ses yeux prennent la couleur opaque qui m'indique qu'elle est sous l'emprise de la magie noire.

J'ai un mouvement de recul, mais Lélinda agrippe ma main si fort que je ne peux plus faire machine arrière.

— Elles sont passées où ? questionne Magnensia en regardant partout autour de nous.

— J'imagine que le sort d'invisibilité de Lélinda a fonctionné, en déduit Leïna.

— Exact, confirme Malissia sans se départir une seule seconde de son perpétuel sang-froid.

— Allons-y ! me souffle Lélinda. Personne ne peut nous voir tant que tu tiens ma main. Par contre, on peut nous entendre, il faudra donc rester vigilantes.

— C'est trop fou, ça ! s'exclame Magni en louchant dans notre direction.

— Souvenez-vous, les filles, reprend Lélinda, maîtrisez vos pensées et gardez votre objectif primaire en tête ! Je vais rompre la coque protectrice. Vos souvenirs ne seront plus protégés à partir de ce moment-là !

Cela ressemble davantage à un avertissement pour moi. Le message est donc passé. Si je tombe sur Morana après ça, elle pourra scanner le fait que Lélinda et moi avons utilisé la magie noire à des fins obscures. En d'autres termes, si je sombre, Lélinda coulera avec moi cette fois-ci. Une pensée qui me réconforte quelque peu.

Si peu…

— Es-tu prête, Mily ? me demande la présumée Yla du bonheur.

*Non.*

— Oui.

La coque protectrice se désagrège d'un claquement de doigts de sa part.

Les Ylas font comme si de rien n'était et se concentrent sur une passerelle que Leïna vient de créer. Leur plan semble bien rôdé.

— Si vous n'avez plus besoin de moi, j'ai à faire, exprime Magnensia avant de se diriger vers la sortie de la salle du passage.

Elle nous ouvre subtilement la voie par la même occasion.

La seconde d'après, nous sommes déjà en train de survoler la place principale.

Je me souviens alors que mes vêtements sont exotokinésables, comme je l'avais mentionné dans la rédaction de ma mémoire. Lélinda nous mène à toute allure vers le secteur de la terre. Le tout premier qu'elle m'avait fait visiter lors de mon arrivée au royaume. Je le reconnais tout de suite par sa verdure et ses montagnes imposantes.

Je (re) découvre le royaume d'Ylorior pour la toute première fois. Mais j'ai la nette sensation que mon esprit s'en souvient.

Cela ne m'empêche pas d'être happée par tant de splendeur. Ce scintillement constant… Ces couleurs… Ces reliefs… Cet arbre gigantesque…

Je conserve le silence tandis que Lélinda nous fait atterrir dans la plus grande des discrétions sur une parcelle broussailleuse. Dès lors, elle me guide vers une petite clairière bien moins chatoyante que les environs.

Cet endroit me donnerait des frissons, si j'étais encore sous ma condition humaine. Et pourtant, je la suis sans montrer la moindre résistance.

Lélinda soulève une branche pour nous faire passer, puis une autre. Et c'est au terme d'un périple peu praticable qu'une trappe fait son apparition.

Lélinda l'ouvre et me fait signe de la précéder. Je ne résiste pas plus qu'auparavant. Je me surprends de me montrer aussi docile.

J'ai juste hâte de retrouver tout ce qu'elle m'a promis.

*Tellement hâte…*

La trappe se referme derrière nous et une nouvelle coque protectrice fait son apparition. Lélinda avait tout prévu !

— C'est bon ! soupire-t-elle de soulagement tandis qu'elle me libère la main. Nous n'avons pas été repérées. Ici, nous sommes en sécurité tant que cette coque protectrice nous dominera et tant que personne ne s'aventurera ici. Ce qui est peu probable…

Elle me désigne la pièce de la main comme pour illustrer ses propos.

J'observe les alentours avec attention. En dehors du fait que nous sommes dans une salle souterraine plus meublée que les autres, a priori, je ne comprends pas trop où Lélinda veut en venir et en quoi cette pièce est spéciale.

— Nous nous trouvons dans l'une des salles de classe désormais laissées à l'abandon, commente-t-elle solennellement. Depuis la séparation du royaume, elles ne servent plus à rien. Comme tant d'autres choses…

— Je ne savais pas que vous aviez un fonctionnement scolaire, ici aussi.

— Il y a tant de choses que tu ignores encore, Mily… L'apprentissage ici n'avait pas grand-chose à voir avec ce que tu as pu connaître sur Terre, mais il était tout aussi important. Tout ce que tu as pu lire dans les archives d'Ignassia, ce qu'elle a pu t'apprendre ainsi que nous autres Ylas, on nous l'enseignait ici, entre chaque épreuve.

Elle marque une pause avant de me faire face pour continuer sur sa lancée :

— Nous étions mieux préparés que toi. Et deux ans s'écoulaient entre chaque épreuve. Mais vois-tu, nous ne bénéficiions pas de ton expérience des humains. Ce qui a révélé de grandes carences dans notre apprentissage. Des carences que j'escompte bien rectifier à tes côtés dans un futur que j'espère proche.

— Je suis déjà bien incapable de me projeter aux côtés de Jules, alors pour ce qui est du reste…, révélé-je en toute franchise. Tout ceci me dépasse. Et j'ai l'impression que retrouver mon meilleur ami est trop beau pour être vrai.

— Cela ne tient qu'à toi. Une fois que tu auras retrouvé ton statut d'Yla, tes pouvoirs et ton médaillon, ta lignée royale te permettra d'utiliser la pierre sacrée dans le lac, comme tu as pu le faire une fois, sans le faire exprès. Malissia va nous rejoindre dans peu de temps pour débloquer tes souvenirs de Jules. Après ça, rien ni personne ne pourra t'empêcher de le faire apparaître parmi nous. En tout cas, pas si tu suis mes recommandations à la lettre.

J'entends ce qu'elle me dit. Mais je n'arrive pas à le concevoir. Je n'ai cependant pas d'autre choix que de foncer tête baissée.

— Alors, ne perdons pas plus de temps ! me précipité-je.

— Parfait ! Installe-toi par ici !

J'obéis.

Je m'assieds en tailleur sur le sol scintillant.

— Tu vas de nouveau utiliser la magie noire pour rétablir mon statut d'Yla de la famille ? osé-je demander.

— En quelque sorte, me répond Lélinda d'un ton évasif.

Je l'observe préparer tout un tas de choses sur une table fixée au mur. J'ai du mal à saisir s'il s'agit d'une potion ou d'autre chose. Ma curiosité reprend le dessus :

— C'est à l'école que tu as appris la magie noire ?

— C'est ma mère qui m'a tout transmis. Elle était adepte de ce genre de pouvoir parallèle, même si cela était interdit. Mila et Honéor toléraient cette magie à partir du moment où elle était maîtrisée et bienveillante.

Ce qui expliquait pourquoi Lina, la maman de Lélinda, pouvait l'utiliser. Tout comme Morana… Or, cette dernière s'en est servie à des fins inqualifiables et impardonnables. Si je pars du principe que les Ylas m'ont raconté la vérité à propos de la mort de mes parents biologiques, bien sûr.

— Lorsque tu as disparu sur Terre, je me suis servie de ton petit ruban rouge pour récupérer ton médaillon, poursuit Lélinda. Le souvenir que je t'ai projeté tout à l'heure n'était pas une simple conversation avec Morana, mais une diversion également. Il fallait que je substitue ton médaillon en échange de celui que j'avais récupéré de ma mère. Sans cela, tu n'aurais pas pu retrouver ton statut d'Yla.

— Et le médaillon de ta maman n'aurait pas pu faire l'affaire ? hasardé-je. Nous avions la même mission, après tout.

— Chaque médaillon est unique et nominatif. Même si tu avais bénéficié du même niveau que ma mère, ça n'aurait pas fonctionné. Mais Morana n'y a vu que du feu, c'est le principal. Je termine ma double préparation et je suis à toi.

*Double préparation ?*

C'est au terme de quelques interminables minutes que j'obtiens des explications plus concrètes :

— D'un côté, j'ai préparé ce qui génère suffisamment d'énergie pour faire appel aux pouvoirs du Créateur. C'est un peu comme le faisceau lumineux après chaque épreuve, mais sans faisceau lumineux. La deuxième préparation consiste à tenir les Oriors à l'écart. Tu penses bien qu'un tel déploiement d'énergie concentré dans un endroit suspect attire l'attention. Je vais donc faire en sorte de tout maintenir dans cette salle.

Je suis abasourdie par tant de connaissances et d'ingéniosité de la part d'une gamine de douze ans. L'apparence et l'âge ne doivent vraiment pas être pris en compte, ici. Le corps de Lélinda a cessé d'évoluer, mais ses compétences dépassent tout ce que je pourrais imaginer.

Raison de plus pour rester vigilante.

— C'est parti ! m'avertit-elle. Ça va légèrement bouger.

*L'art de l'euphémisme...*

Je décolle du sol sans crier gare, soulevée par une tornade de magnitude huit mille. Au moins.

Rien ne semble chagriner Lélinda pour autant. Ce qui me rassure, en un sens. Elle avait prévu ce remue-ménage. Ses paumes sont rivées vers moi. Son regard est semblable à celui d'un requin figé sur sa proie. Je fais abstraction de ce détail. Je sais que c'est l'influence de la magie noire qui colore les pupilles ainsi.

Je me laisse faire.

J'essaye.

Ma tête bourdonne.

Le grondement constant s'intensifie et accentue mon mal-être.

Je résiste.

— Tiens bon ! s'écrie Lélinda.

Je n'avais pas prévu autre chose dans mon planning de la journée. La douleur est cependant si vive et inconfortable que je ressens le besoin de crier.

Et tout s'arrête.

Le grondement sourd. Le vent violent. Le crissement dans mon esprit. D'un seul coup.

J'ouvre les yeux et découvre ma tenue argentée, mon médaillon autour de ma nuque et un ruban rouge guidé par la paume de Lélinda.

Elle me dépose avec précaution sur le sol redevenu… palpable.

— Je te rends ton ruban par la même occasion, exprime Lélinda. Garde-le précieusement à tes côtés. On n'est jamais trop prudentes !

— Alors ça y est ? Je suis une Yla ? vérifié-je sans parvenir à y croire.

— Tu l'es redevenue, oui ! sourit mon interlocutrice. Ne t'en fais pas, Malissia arrive pour te débloquer tes derniers souvenirs de Jules. J'imagine qu'il y a un gouffre entre lire son vécu et le vivre. Au moins, tu te souviendras d'Ylorior et…

— Je ne vais pas pouvoir débloquer ces souvenirs-là, intervient l'Yla de la mémoire en nous faisant presque sursauter Lélinda et moi.

Elle s'est immiscée dans la salle ainsi que sous la coque protectrice, sans que nous ne nous en rendions compte. J'ai l'impression que les pouvoirs de cette Yla me dépassent tout autant que ceux de l'Yla du bonheur.

— Tu peux développer ? lui demande Lélinda.

— Inutile de faire cette tête, Léli, je n'étais déjà pas partante pour lui débloquer le moindre souvenir, n'abuse pas !

— On avait dit « tout ce qui concerne Ylorior » !

— Et je t'ai répondu que c'était trop risqué ! Seuls les souvenirs liés à Julior sont primordiaux pour le plan J, alors je vais me limiter à cela et ce n'est pas négociable.

J'ignorais que les Ylas pouvaient tenir tête de la sorte à Lélinda. Je suis à la fois impressionnée et déçue. J'étais si heureuse à l'idée de me souvenir de… peut-être pas tout, mais en fait, si. Je l'espérais.

Je ne vais cependant pas jouer les fines bouches. Me souvenir de Jules, c'est déjà énorme.

— Je tiens à ce que ce soit clair, Mily, insiste Malissia, ce n'est pas contre toi, mais pour ta protection. La nôtre aussi, mais pour d'autres raisons. J'ai fait la promesse à ta maman que je te protégerais ainsi, juste avant qu'elle ne disparaisse. C'est une promesse qu'il m'est impossible de rompre.

— Mali…

— Non, Léli, la coupe-t-elle. Pour une fois, cela ne te concerne pas. Mily a le droit de savoir que nous étions toutes deux proches de sa maman.

— Tout à fait d'accord, et c'est pour ça que je souhaitais qu'elle se souvienne de son passage sur Ylorior. Peut-être qu'elle n'a pas eu le temps de noter des petits détails qui pourraient lui servir.

— Mily est Ylorienne. Bien sûr qu'elle a noté tous les détails importants ! Et si ça ne tenait qu'à moi, je ne lui aurais même pas laissé le temps de rédiger le contenu de sa mémoire, par égard pour Mila. On ne va pas encore revenir dessus, bon sang ! J'ai dit que c'était non négociable. Point final.

J'ai l'impression de suivre un match de tennis. La tête à droite. Puis à gauche. La balle n'est autre que mon passé, mon présent, mon destin. Ma vie. Rien que cela…

Et je ne sais même pas qui j'espère voir remporter la partie.

— J'entends et comprends ce que tu dis, reprend Lélinda. Mais si Mila était avec nous aujourd'hui, je suis persuadée qu'elle se rangerait de mon côté. Mily sera plus en sécurité avec ses souvenirs. Si tu cherches à la protéger, tu…

Après un long soupir d'exaspération, Malissia l'interrompt et sort de but en blanc :

— Je t'interdis de parler au nom de la reine légitime ! Je ne fais qu'obéir à ses ordres. Des ordres que j'ai passablement contestés aussi, pour ta gouverne. Mais j'estime que Mila sait très bien ce qui est mieux pour sa fille. Alors, lâche-moi avec ça, Lélinda ! Mily, ferme les yeux, s'il te plaît.

Même si je sais que c'est pour retrouver les souvenirs de Jules, j'ai presque peur d'obéir à une Malissia en colère. Mieux vaut cependant ne pas la contrarier.

Je ferme les yeux.

— Dois-je comprendre ce que je dois comprendre ? s'étonne Lélinda en proie à une telle stupéfaction qu'une minute de concentration de ma part est nécessaire.

Je rouvre les yeux.

Les deux Ylas se toisent avec insistance. Toute trace d'animosité et de colère s'est envolée. Le débat est clos.

Pourquoi maintenir leur regard ainsi, alors ?

Qu'est-ce que leurs yeux tentent de s'exprimer en silence ? Que cherchent-elles à me cacher (encore) ?

*Concentre-toi, Mily...*

Notre condition ylorienne ne nous permet pas de pleurer. Mais les émotions existent bien. Je perçois chez Lélinda quelque chose de cet ordre-là. Intense.

— Je ne dirai rien ! conclut Malissia très mal à l'aise.

Je retrace tout ce qui vient d'être dit dans ma tête.

Et je m'arrête sur : « Je ne fais qu'obéir à ses ordres. Des ordres que j'ai passablement contestés aussi, pour ta gouverne. Mais j'estime que Mila sait très bien ce qui est mieux pour sa fille ».

Et c'est là que tout s'éclaire.

Malissia vient de parler de ma mère au présent.

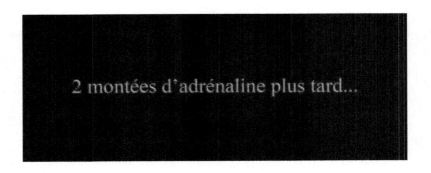

2 montées d'adrénaline plus tard...

TROISIÈME PARTIE

*Une équipe pas comme les autres*

———

# chapitre 15

*Le lac*

Si ma mère est toujours en vie et que Malissia a gardé cette information pour elle, j'imagine que c'est pour la protéger. Si Morana venait à l'apprendre…

La coque protectrice n'est peut-être pas si infaillible que cela, sinon Malissia ne se décomposerait pas autant face à l'état de choc de Lélinda. J'ai même l'impression que Malissia se méfie d'elle. Je ne suis donc pas la seule…

Malissia m'aurait parlé de ma mère sans sa présence. Mais sans Lélinda… pas de coque protectrice, hélas !

J'ai envie de hurler tant je réprime le nombre de questions qui menacent de m'étouffer. Même sous ma condition ylorienne.

— Nous manquons de temps. Notre absence va susciter des questions.

Malissia n'ajoute rien. Le malaise est de toute façon royalement implanté, si je puis dire…

— Tu veux retrouver tes souvenirs de Jules, oui ou non ? appuie-t-elle pour nous forcer à nous concentrer sur l'essentiel.

— Ou… oui, bien sûr, bégayé-je quelque peu sonnée.

— Tu vas donc fermer les yeux et ne te concentrer que sur ma voix.

*Facile à dire…*

— Ce qu'il faut savoir, poursuit-elle comme si de rien n'était, c'est que lorsque j'effectue une action sur la mémoire, je ne la supprime pas, mais je la scelle. C'est d'ailleurs la principale raison pour laquelle Morana ne peut pas me bannir. Car si je pars, tous les souvenirs que j'ai pu sceller reviendront et crois-moi, Mily, ce n'est pas du tout dans son intérêt !

— C'est aussi la raison pour laquelle Morana a bloqué le vieillissement à huit ans. Parce que c'était l'âge de Malissia lors de la séparation du royaume et que Morana trouvait cet âge idéal. Idéal parce que, malgré le fait qu'on connaît notre âme sœur depuis notre naissance, on n'y prête pas vraiment attention avant neuf ou dix ans.

— Ça ne m'empêche pas d'avoir toujours été proche de Yaconistor, souligne Malissia.

Tiens donc ! L'ami si souvent observé dans les rêves de Jules…

— Oui, mais tu n'étais pas aussi fusionnelle avec lui que j'ai pu l'être avec Donaor.

— Toujours est-il qu'il est vrai qu'au-delà de huit ans, les Yloriens deviennent moins dociles et surtout moins naïfs. J'ai déjà eu beaucoup de mal à sceller les souvenirs des Yloriennes entre deux et huit ans lors de la séparation du royaume. Ne parlons même pas des tiens, Mily…

— Et si tu débloquais les souvenirs de Julior ? s'impatiente Lélinda.

— C'est parti !

Je ferme les yeux. Et je me concentre sur sa voix…

*Ses cicatrices.*
*Les cyprès.*
*La grille.*
*Nos mains.*
*Son sourire.*
*Ses petits yeux reflétant le soleil.*
*Sa doudoune rouge sans manches qui sentait la résine.*
*Son bonnet troué.*
*Son rire.*
*Son regard boudeur.*
*Ses mèches de cheveux châtains au vent.*
*Sa voix.*
*Ses pitreries.*
*Oovy, son doudou vert.*
*Ses mauvaises notes.*
*Ses dessins.*
*Ses folles histoires.*
*Ses frasques dans la chambre des secrets.*
*Son entêtement.*
*Son « je-m'en-foutisme ».*
*Son insolence.*
*Ses talents.*
*Sa créativité.*
*Son amour pour la nature.*
*Les arbres.*
*Sa façon de fredonner mon surnom…*

*Tout…*

— Tout va bien, Mily ?

226

J'ai l'impression que conserver les yeux fermés me rapproche encore plus de lui. Je ne veux plus le quitter. Plus jamais !

— Mily ? insiste Malissia. C'est fini, tu peux rouvrir les yeux.

Je le fais de mauvaise grâce.

Je me souviens avoir lu dans mon récit que la pierre sacrée ne fonctionne que sous deux conditions : qu'elle soit utilisée par une lignée royale et qu'elle fasse apparaître des éléments ou des personnes que l'on a vraiment connus. D'où l'importance de me souvenir de Jules pour le téléporter ici.

Cependant, une question me brûle les lèvres. Je me lance :

— Vous pensez que Jules est mon âme sœur ?

Les deux Ylas s'échangent un bref regard railleur. Je ne sais pas trop comment interpréter cela. Malissia finit par lâcher :

— Vous êtes les seuls à pouvoir répondre à cette question.

— Comment as-tu su pour Yaconistor et toi ? l'interrogé-je.

— Disons que…

— Disons qu'à l'époque, ça se savait tout de suite, l'interrompt Lélinda. Mais il y avait tout de même une force qui nous poussait l'un vers l'autre. Au-delà du savoir, c'est quelque chose que l'on ressent. Ce magnétisme. Cette alchimie. Cette évidence… Tu le sauras tout de suite. Et si tu le veux bien, le plus tôt sera le mieux !

Je ne suis qu'impatience. Je sauterais bien de joie, mais je me réfrène.

J'attends les instructions.

Magie noire.

Invisibilité.

Survol des secteurs flore et aliments en toute discrétion.

Nous sommes semblables à deux colibris virevoltant vers la liberté. Vers un paradis futur.

Si tout fonctionne comme prévu.

Lélinda nous dépose au bord du lac du secteur eau, derrière tout un tas de fougères. Nous ne nous adressons pas la parole. Je me laisse guider.

Je l'observe, paumes en l'air, en train de faire disparaître le soleil pour faire place à une magnifique pleine lune. Ce qui me fait prendre conscience que je ne connais que très peu de détails sur leur fameux plan J. Peut-être que le fait qu'il fasse nuit attirera moins l'attention des Oriors une fois dans le lac avec Jules.

Je sais juste que je dois plonger à l'endroit où Lélinda me lâchera en plein vol. La pierre sacrée brillera, je n'aurai donc aucun mal à la trouver dans l'obscurité. Ce qui m'arrange, puisque je ne suis pas certaine de maîtriser « l'autolumilis ». Ce pouvoir que nous possédons toutes consistant à surbriller pour nous éclairer.

Je me répète en boucle les dernières instructions données avant de quitter la salle de classe. Lorsque je serai dans l'eau, je ne devrai penser qu'à Jules, uniquement Jules. Pas de lieux me raccrochant à lui. Pas de vêtements. Pas de chansons ou de souvenirs particuliers. Je devrai me focaliser sur sa voix entendue lors de mes rêves le concernant. Sur ses yeux. Son rire. Son sourire.

Un jeu d'enfant !

Lélinda m'interroge du regard.

J'opine du chef. Je suis prête. Plus que jamais.

Depuis le temps que j'attendais ce moment !

Nous prenons à nouveau les airs et je me laisse subjuguer par les doux reflets de la lune sur le lac.

Dans quelques minutes, voire secondes, Jules sera là.

Et je plonge.

Une brasse…

*Ses pupilles aux scintillements chocolatés.*

Une brasse…

*Sa joie de vivre.*

Une brasse.

*Ses mèches rebelles…*

Une brasse.

La pierre sacrée droit devant moi.

Une brasse. Puis une autre. Et encore une.

*Julior, Julior, Julior, Julior, Julior.*

Je saisis la pierre.

*Mon Jules…*

Une lumière éblouissante jaillit pour donner place à un jeune homme tout de rouge vêtu.

Je reste interdite face à cette apparition dépassant mes rêves les plus fous.

J'attends qu'il se retourne avec impatience.

J'espère qu'il va me reconnaître.

J'espère qu'il…

Je n'ai pas le temps de le voir que je sens sa main resserrer ma gorge et me plaquer contre les coraux. Je me débats comme je peux, mais c'est mission impossible. Sa puissance surpasse largement la mienne.

— JUUUUU…

*Mitraillage de bulles.*

Je défie quiconque d'essayer de formuler un son compréhensible dans de l'eau et pendant un étranglement qui aurait déjà signé mon arrêt de mort si j'avais été sous ma condition humaine.

Je n'ai donc pas d'autre choix que de tenter de calmer Jules et de le rassurer en le forçant à me regarder pour me reconnaître.

Là encore, je me heurte à un nouvel échec. Ce nigaud fait tout son possible pour me tenir hors de sa vue, comme si j'étais un objet maléfique qui aurait le pouvoir de le détruire en un simple échange de regards.

J'y vais alors à l'instinct. Je cherche sa joue pour la déposer dans le creux de ma main gauche. Et je la caresse. Tendrement… Jules avait coutume de me rassurer ainsi lors des jours d'orage.

Je souris parce qu'il fait son possible pour repousser ma main, mais les siennes sont occupées à comprimer ma nuque sans ménagement. Il va bien finir par comprendre que je ne suis pas une ennemie. Que je ne lui veux que du bien, et qu'en plus de chercher à le rassurer, je ne me débats plus.

J'attends.

Au pire, les Ylas vont bien finir par nous sortir de cette impasse.

J'attends quelques minutes de plus.

Et encore une.

Il finit par m'empoigner par ma robe et nous remonte à la surface à toute allure. Nous allons enfin pouvoir parler !

— Qui que tu sois, ramène-moi d'où j'viens ! ordonne-t-il sans préambule.

Il m'évite toujours autant du regard, c'est très perturbant. J'essaye de rassembler les principaux mots à lui communiquer de toute urgence, et dans le bon ordre. Mais je reste sans voix face à ce torrent d'émotions qui me traverse.

*C'est Jules…*

J'aimerais bien voir son visage autrement que crispé par une douleur dont l'origine m'est inconnue.

— Mais qu'est-ce que j'fous là, moi ? T'as utilisé de la magie noire ? C'est Morana qui t'a ordonné ça ? Mince, pourquoi moi ?

Impossible de placer un mot, de toute façon. Il bouge dans tous les sens, s'énerve, cherche une échappatoire. Et je pense qu'il a l'air de l'avoir trouvée, puisqu'il observe avec insistance le rivage d'où je viens.

— Je t'en prie, écoute-moi !

Je n'ai pas le temps d'aller plus loin qu'il prend la poudre d'escampette dans la direction repérée. Je le suis, mais il nage si vite ! Je dois redoubler d'efforts pour ne pas le perdre de vue.

Lélinda aurait dû me laisser mon ruban rouge ou quelque chose d'exotokinésable. Là, j'ai la terrible sensation que le fait que nous soyons tous deux très exposés nous met en danger. J'espère que les Ylas ont prévu quelque chose pour pallier cela dans leur fameux plan J.

Sans grande surprise, Jules se met à courir, voire sprinter, une fois qu'il atteint le rivage. Je sais qu'il va finir par me semer. Je n'ai d'autre choix que de héler le plus fort possible :

— Jules ! C'est Miny !

*Discrétion, bonjour !*

Cela a le mérite d'attirer son attention, au moins ! Il marque un arrêt qui me permet de le rattraper tant bien que mal. J'ai le temps d'admirer son visage… et le voir se crisper à nouveau à mesure que j'approche.

— Qui t'a parlé de Mily ? commence-t-il méfiant.

J'aimerais qu'il daigne me regarder dans les yeux. Il comprendrait. Il me reconnaîtrait, c'est certain !

— Après toutes ces années, Jules, tenté-je, je suis persuadée que…

— Ne m'prends pas pour un jambon ! me coupe-t-il sans maîtriser sa colère sous-jacente. Si tu connais ma Miny et que tu me balances ça, c'est que tu cherches à m'atteindre. Va droit au but ! Qu'est-ce que tu veux ?

Il me prend totalement au dépourvu. J'arrive cependant à répondre :

— J'attends que tu te calmes, dans un premier temps, Jules. J'ai des milliards de choses à t'expliquer et le fait que tu ne me reconnaisses pas me fait beaucoup de peine et complique les choses. Je m'attendais à d'autres retrouvailles, en toute franchise.

— Et ça t'avance à quoi de t'faire passer pour Mily ? T'essayes de me mettre en confiance pour quel objectif ? Gagnons du temps et dis-moi ce que t'attends de moi !

— Pourquoi m'évites-tu du regard, Jules ?

C'est à mon tour de m'énerver. Il m'agace, même si je comprends ses réticences. J'aurais tant voulu que cela se passe autrement. Il faut toujours qu'il complique tout de toute façon…

— Bon allez ! Tu vas pas me dire ce que tu veux, alors fous-moi la paix ou ramène-moi dans mon côté d'Ylorior ! Ne me force pas à devoir me montrer plus persuasif !

*Des menaces… De mieux en mieux.*

*Découragement.*

*Soupir d'exaspération.*

*Regain de motivation…* Je m'accroche et lance tout haut :

— Tu te crois malin, mais tu n'es qu'un nigaud, Jules ! Tu ne t'es jamais posé la question pourquoi je bénéficiais d'une mémoire eidétique ? Ou encore pourquoi je m'endormais en classe ? Pourquoi je ne souffrais pas des changements de température ou ne tombais jamais malade ? Tu connaissais l'existence des Yloriens et leurs particularités, et tu ne t'es jamais douté de rien me concernant.

— Bien essayé, mais je sais que Morana n'a plus banni personne depuis la séparation. C'est d'ailleurs pour cela qu'Honéor a bravé les interdits pour m'envoyer sur Terre.

— Détrompe-toi ! Morana bannit à tour de bras ici et fait régner une tyrannie épouvantable.

Il ignore tant de choses… Tout serait si simple s'il se sentait plus concerné. Je me garde toutefois bien de lui révéler cette pensée. Mon but est de le calmer, pas l'inverse.

— Donc, tu veux m'faire croire qu'elle t'a bannie, puis ramenée au royaume. Comme ça !

Il marque un point. Rien n'est simple avec moi non plus…

J'essaye d'aller à l'essentiel :

— Mon cas à moi est particulier. Ma mère biologique s'était fait bannir alors qu'elle était enceinte de moi. Je suis donc née sur Terre. La tempête à Enivelle, c'était un coup de Morana pour se débarrasser de nous. Mon amnésie est alors survenue pour me protéger de ce secret et du danger qu'il représentait pour moi. C'est lorsque j'ai disparu lors de mon huitième anniversaire que j'ai découvert l'existence d'Ylorior. Huit ans, parce que j'étais en âge de passer les trois épreuves pour devenir une Yla. Morana a tout fait pour tenter de me manipuler, quitte à me laisser penser que j'étais sa fille. Moi qui souhaitais tant retrouver la trace de ma famille biologique, tu imagines… Son plan a finalement échoué et je me suis de nouveau retrouvée sur Terre.

*Pour lui, surtout.*

Il est resté attentif durant l'intégralité de ma tirade. Et comme il ne décroche pas un mot, je poursuis sur ma lancée :

— Je t'ai beaucoup cherché une fois de retour sur Terre, tu sais. Je pense que Yaconistor, l'Ylor de la mémoire, a bien fait son boulot. Plus personne ne se souvenait de toi. On m'a même laissé croire que je t'avais monté de toutes pièces dans mon esprit torturé, tel un ami imaginaire qui me procurait du bien. Puis, j'ai rencontré David… Tu sais tout ça. Magnensia, l'Yla des rêves, a réussi à m'envoyer tes souvenirs dans mes rêves. J'ai tout suivi. Y compris ton ascension jusqu'au titre d'Ylor´de l'amour.

— Tu cherches à m'humilier en plus de me prendre pour un bleu ? J'te laisse parler histoire de, mais chacune de tes phrases pue le mensonge à plein nez. T'as fait venir le mauvais pigeon ! Maintenant, ça suffit la blague. Ramène-moi !

*Perte définitive de patience…*

Il s'éloigne comme si de rien n'était. S'il cherche à rejoindre sa partie du royaume, il va devoir faire face à un champ magnétique d'une puissance inouïe.

— Pose-moi n'importe quelle question ! hurlé-je en le rejoignant d'un pas vif. Une question à laquelle seule moi, Mily Crépin Tourel, pourrait répondre. S'il te plaît, Jules !

— A priori, tu as scanné les pensées ou souvenirs de ma Miny. T'es quoi au juste ? Yla de la mémoire ? Yla des rêves ?

Il a lâché cela d'un ton dédaigneux sans m'accorder la moindre attention et sans ralentir sa cadence.

Arrive un moment où j'arrive à court d'inspiration. Que font les autres Ylas ? Pourquoi nous laissent-elles dans cette impasse et à la merci des Oriors ?

Je dois me recentrer sur mes priorités. Nous protéger de cette trop grande exposition au danger dans un premier temps. Je me chargerai de convaincre cette tête de mule plus tard. Je lui emboîte donc le pas et le tire de force dans ma direction :

— Si tu veux que je te ramène dans ton camp paradisiaque, suis-moi ! ordonné-je d'un ton sec.

Évidemment, il n'émet aucune résistance. Il joue avec mes nerfs. Du Jules Toussaint par excellence !

Et pourtant… Rien que ce courant électrique qui parcourt mon corps au contact de sa main me foudroie le cœur. Une force m'attire irrésistiblement vers ce garçon. Je prends sur moi pour garder mes distances et le laisser bouder dans son coin.

Nous nous approchons du secteur des aliments. Je sais que nous n'avons qu'à traverser ce vaste domaine fleuri pour nous rendre dans l'ancienne salle de classe, dans le secteur de la flore. J'espère que nous tomberons sur une autre trappe abandonnée entre temps. Voire une autre cachette.

Plus nous avançons, plus je commence à me détendre. Ce silence me fait apprécier le moment. Une promenade nocturne à travers les multiples arbres fruitiers étincelant de mille feux. Une beauté indescriptible ! Et cette main de Jules dans la mienne… Je savoure chaque instant. Je pourrais rester ainsi toute ma vie.

— Bon, c'est encore loin ? J'ai failli attendre !

Mais il faut encore qu'il vienne tout gâcher. Je prends sur moi pour le laisser ruminer dans son coin et trouver un abri au plus vite.

Les Oriors sont invisibles ici, mais ils doivent surtout surveiller le royaume depuis les airs. Dès lors, je fais mon possible pour nous faire longer les arbres comportant le plus de grandes feuilles. Les bananiers, les figuiers, les palmiers… Je redoute le moment où nous allons nous retrouver nez à nez avec une Yla, voire plusieurs. Comment justifier la présence d'un Ylor accompagné d'une Yla âgée de plus de huit ans ne faisant pas partie des membres du conseil ?

— Quoi qu'il arrive, l'avertis-je, si tu vois une autre Yla, elle ne doit nous croiser sous aucun prétexte !

— Tu m'as cramé les yeux, j'vois pas comment j'pourrais voir quoi que ce soit.

Je marque un arrêt pour lui faire face.

— Tu ne vois plus rien ? m'alarmé-je.

Ce n'était pas prévu dans le plan. Aurais-je mal utilisé la pierre sacrée ? Me serais-je trop concentrée sur son regard que le transfert d'un…

— Si, j'arrive à voir le paysage et distinguer tes vêtements. C'est comme ça que j'en ai déduit que j'étais côté Ylas. Mais j'sais pas. Soit tu m'as lancé un sort qui me crame les yeux quand j'te regarde, soit c'est Morana qui a fait en sorte d'empêcher les Ylors de voir les Ylas.

Cela explique son visage crispé et pourquoi il m'évite aussi durement. L'hypothèse Morana est si plausible qu'elle me déprime.

— Est-ce douloureux ?

— T'as l'air de connaître un peu ma chienne de vie. C'est comme si j'regardais le soleil sous ma condition humaine. Sauf que le soleil est bien plus proche.

Je ne sais pas quoi répondre. Je suis bien placée pour connaître les effets du soleil sur un œil fragilisé par une condition humaine. Je ne vais jamais supporter d'être à l'origine d'une souffrance constante chez Jules. Une raison de plus pour écarter Morana du trône au plus vite.

Mais comment ?

Les Ylas sont bien gentilles avec leur merveilleux plan J, mais elles auraient pu me tenir un minimum au courant de la suite des événements ! Tout ceci est bancal et je déteste ça.

— On dirait que t'étais pas au courant, commente Jules vraisemblablement calmé. As-tu au moins conscience que ta reine est une crevure à crever plutôt cinquante mille fois qu'une ?

Sa tournure m'extirperait presqu'un sourire si l'heure n'était pas aussi grave.

— Si je t'ai fait venir, c'est pour parvenir à la destituer, lui avoué-je.

— Ah, enfin ! Fallait l'dire plus tôt ! J'savais que j'étais là pour quelque chose de coriace. Si c'est pour buter de la Morana, j'veux bien faire ce que tu veux, quand tu veux. C'est quoi l'plan ?

Excellente question ! J'aimerais bien le savoir. Je suis toutefois agréablement surprise par sa soudaine implication. Aux dernières nouvelles, il m'avait semblé que Jules ne se sentait pas concerné par la condition des Yloriennes et la réunification du royaume. C'est en tout cas ce que lui reprochaient ses amis ainsi que le roi.

— J'ignorais que tu éprouvais une haine aussi importante envers la reine illégitime, lui confié-je.

— Et moi, j'ignorais que les Ylas étaient au courant de son illégitimité.

— Elles ne le sont pas, hélas ! Nous sommes juste cinq, en dehors des membres du conseil, je crois, à le savoir. Je ne compte que celles qui sont encore ici et qui, comme moi, cherchent à rétablir la paix au sein du royaume.

— Honéor est-il au courant de vos magouilles ? C'est lui qui m'a désigné comme candidat ?

Autant tout lui raconter. J'ai l'impression que l'abri que nous offre ce bananier est fiable.

— Nous n'avons aucun moyen de communiquer avec les Ylors. Les Ylas m'ont fait revenir clandestinement ici, parce que je suis la seule à pouvoir utiliser les pouvoirs de la pierre sacrée dans le lac. Tu es le seul que j'ai pu téléporter, puisque tu es le seul que je connais, Jules.

— J'comprends pas. Tu veux me faire croire que notre présence à tous les deux serait passée inaperçue auprès de la morue ? En quoi t'es clandestine ? J'vois très bien que t'es une Yla !

— Eh bien ! j'ai plus de huit ans, alors que seuls les membres du conseil n'ont pas été condamnés à une jeunesse éternelle.

— Qui me dit que t'es pas un membre du conseil, alors ?

— Parce que j'aurais vingt-huit ans et non pas seize.

Je commence à le perdre à nouveau. Je dois me montrer plus concise et persuasive. Je poursuis :

— Je suis très mal placée pour tout t'expliquer et tenter de te convaincre de me faire confiance. Tant que tu ne pourras pas me voir et me reconnaître, tu mettras ma parole en doute. De plus, ça me bousille le cœur que ma présence t'éblouisse autant et ne nous permette pas les retrouvailles dont j'avais tant rêvé. J'ose encore espérer que, malgré ta méfiance naturelle, tu finiras par reconnaître ma voix. Certes, elle a mûri depuis que tu te faisais passer pour David, mais elle n'a pas trop changé. En attendant, nous partageons un objectif commun. J'attends que Lélinda nous rejoigne afin qu'elle t'expose la suite des événements.

— Ah tiens ! un prénom familier. Si Donaor savait que je suis sur le point de revoir sa Lélinda…

C'est tout ce qu'il trouve à répondre. Il ne fait donc aucun commentaire sur mon identité et le reste. Je suis déçue, mais ne le montre pas. Il semble déjà prêt à coopérer. C'est toujours mieux que rien.

— Elle arrive quand, la Lélinda ? me demande Jules.

Si je lui avoue que je n'en ai aucune idée, je vais définitivement le perdre.

— On doit la retrouver dans le secteur de la flore, dans un abri souterrain.

J'ai sorti cela avant de réaliser que c'était peut-être ce qui était prévu. Lélinda aurait juste omis de me communiquer que ce serait plus prudent.

— Bah alors, qu'est-ce qu'on attend ?

Il me pose à nouveau une colle. J'improvise :

— On attend un signe de la part de Lélinda. Elle est censée nous avertir quand la route pour la rejoindre est libre. Si on croise une Yla ou autre, notre plan sera compromis.

— Ben ! va falloir qu'elle le fasse rapidement, son signe, parce qu'il y a un cleps, un singe et une Yla de niveau 2 qui courent droit vers nous.

Aussitôt dit, aussitôt… rien du tout. Je n'ai pas le temps de m'affoler que le « cleps » en question m'offre une rafale de léchouilles, après m'avoir passablement sauté dessus.

— Nom d'un p'tit bonhomme de neige fondu ! Je n'arrive pas à le croire ! Non, mais c'est pas possible, pas possible ! apostrophe l'Yla intrusive.

Rien n'est encore compromis. Cette Ylorienne est seule. Nous pouvons encore limiter les dégâts. Je cherche comment tourner les choses sans l'effrayer, tandis qu'elle me surprend en énonçant :

— Purée, ton chiot était carrément perturbé, tout à l'heure. Puis, il s'est mis à filer comme un dingue et j'ai eu un mal fou à le suivre. Heureusement que Bebba m'a donné un coup de main ! C'est vraiment pas fastoche de courir après un chien qui n'a pas de nom, franchement ! T'aurais pu lui trouver un prénom avant de retourner sur Terre !

Okay… Cette Yla me connaît… Je rassemble mes pensées et mes souvenirs lus. Le singe Bebba, ou plutôt la guenon… Une petite rousse qui redouble d'assurance, alors qu'elle se retrouve nez à nez avec un Ylor et une Yla de seize ans…

— Tellissia ? formulé-je d'une petite voix éteinte.

— Ah ! parce que tu ne m'avais pas remise tout de suite ? s'étonne-t-elle, presque vexée. Ne me dis pas que Malissia t'a à nouveau siphonné le ciboulot ! À moins que ce soit le prénom que tu souhaites donner à ton chien, mais je t'arrête tout de suite. C'est pas une femelle, dans le cas où tu l'aurais aussi oublié.

Je n'avais pas mentionné à quel point le débit de cette Yla était rapide dans mes carnets.

— Elle fait partie des cinq qui savent pour le plan ? m'interroge Jules, toujours sans me faire face.

— Alors c'est bien ce que j'pensais ! sursaute de joie l'Yla du rire. T'es un Ylor ! Oh la la la la, j'en reviens pas ! C'est toi, Mily, qui l'a fait venir ? Non, mais c'est obligé ! C'est trop trop trop génial ! C'est même mieux que génial, c'est…

Je croise les yeux exorbités de Jules m'indiquant que nous avons probablement à faire à une folle et que je dois à tout prix nous sortir de cette situation.

—… génialissimesque ! enchaîne Tellissia euphorique.

*Mes priorités…*

— Telli, lui soufflé-je le plus courtoisement possible, si tu restes muette jusqu'à ce que nous soyons tous les trois dans un abri sous-terrain, je te promets de tout te raconter dans les moindres détails.

Message reçu.

Elle attend et me le fait savoir avec insistance. Ses expressions ne m'aident pas à me concentrer sur l'itinéraire le plus sécurisé pour parvenir à cette petite salle de classe abandonnée.

— Si tu connais un abri proche d'ici, tu serais notre miracle de la nuit ! ajouté-je.

Tellissia répond à ce défi par un sourire empli de fierté. Elle se tourne vers sa guenon et lui fait signe de commencer à nous guider.

— « Miracle de la nuit », murmure-t-elle d'un ton moqueur. T'es restée trop longtemps sur Terre ! J'imagine que vous n'êtes pas censés être ici. Dommage que tu n'aies pas obtenu ton niveau 4, Mily, parce qu'une bonne averse assurerait une diversion idéale contre les Oriors. Mais heureusement, Tellissia a toujours plusieurs tours dans son sac et…

Sans crier gare, une pluie battante s'abat sur nous en laissant Tellissia bouche bée. Ahurie, elle se tourne vers Jules en quête d'une explication qu'il ne lui livrera pas. Ses traits en disent long sur ce qu'il pense de l'exubérance de l'Yla du rire.

Elle comprend très vite qu'elle doit s'activer.

Dès lors, nous voilà trempés, à la suite d'une guenon et de l'Yla du rire, vers un endroit inconnu hypothétiquement sécurisé, et nous courons un danger de chaque instant.

Est-ce qu'un jour ma vie ne ressemblera pas à une sombre blague douteuse ?

Pour l'heure, je me concentre sur le présent et sur ce fameux plan J dont j'ignore à peu près tout.

Tellissia a bien respecté les termes de son contrat. La petite trappe qui apparaît au loin n'est pas celle de la salle de classe abandonnée, mais elle devrait faire l'affaire. J'attends cependant de confirmer son niveau de sécurité une fois descendue à l'intérieur, avant d'honorer ma part du contrat et, ainsi, tout lui raconter.

— Je ne sais pas si tu gères l'auto, Mily, avance Tellissia tout bas, alors je me permets de vous précéder.

— L'auto est foutrement inutile vu comme elle me crame les yeux, marmonne Jules entre ses dents tandis qu'il la rejoint d'un bond dans le souterrain, en toute confiance.

Je n'ai plus qu'à les suivre et m'empresser de fermer la trappe derrière moi.

En effet, c'est très sombre, ici. Ce qui est rare sur Ylorior. Je ne savais pas que c'était possible. Rien ne scintille et rien ne brille en dehors de Tellissia qui utilise l'autolumilis, a priori.

— On y verrait plus clair si vous utilisiez…

— Tu vois pas que j'suis assez aveuglé comme ça ?

Jules ne peut pas se montrer plus sec avec Tellissia. Je constate toutefois qu'il n'éprouve aucune forme de difficulté à la regarder, elle. Je dois m'en assurer :

— Tellissia ne t'éblouit pas, Jules ?

— Je sais que je suis éblouissante, comme fille, s'immisce l'Yla du rire, mais je pratique l'auto depuis des années, moi. Il n'y a aucun risque !

— Ça n'a pas de sens ! me répond Jules. Avoue que tu m'as lancé un sort pour me manipuler et ainsi continuer à t'faire passer pour Mily !

— Attendez, j'pige rien ! Qu'est-ce qui se passe ? insiste Tellissia ahurie.

Je dois rétablir de l'ordre dans leurs pensées, afin de ne pas laisser la zizanie s'étendre davantage au sein du petit groupe.

Je prends une grande inspiration et tente d'être la plus concise possible :

— Lélinda, Malissia, Magnensia et Leïna viennent de me faire revenir ici, afin que je puisse utiliser mon pouvoir sur la pierre sacrée. Leur plan était que je téléporte Jules jusqu'ici et que…

— Tu veux dire, LE Jules ? m'interrompt Tellissia emplie de curiosité. Celui qui nous a valu notre qualification au tournoi Honera quand on a vu tes souvenirs de votre rencontre ? Tu veux dire que c'était pas un humain, finalement ? Je ne comprends plus rien. Je pensais que les Ylors ne pouvaient pas se faire bannir. Et comment t'as pu savoir que c'en était un ? J'ai loupé plusieurs décennies, là !

De toute sa tirade, la seule chose qui a retenu mon attention, c'est l'évocation de ce souvenir impliquant Jules. Notre rencontre. Quelle riche idée ! S'il ne peut pas me voir, je peux peut-être utiliser la proj pour lui montrer nos souvenirs. C'est tout à fait possible, maintenant que Malissia m'a débloqué tout ce qui concerne Jules dans mon esprit.

— Je te le confirme, Telli, il s'agit bien de ce Jules-là. Pas facile de le reconnaître sans ses cicatrices et ces années en plus, je sais bien.

241

Et pourtant, c'est bien lui. J'ai appris sa condition ylorienne il y a peu, par le biais de Magnensia dans mes rêves. Et maintenant que je le retrouve enfin, il ne parvient pas à me voir sans être ébloui…

— Sans me carboniser les yeux, rectifie l'intéressé.

— Et surtout, il refuse de croire que je suis moi. Il pense que je suis une Yla qui a scanné mes propres souvenirs sur Terre et qui cherche à le manipuler.

— Si c'était pas l'cas, ajoute-t-il, il n'y aurait aucune explication au fait que tu m'aveugles, alors que je peux voir les autres Ylas. Et puis, de toute façon, si ma Miny n'était pas humaine, je m'en serais rendu compte !

— J'ai le droit de rire ? intervient Tellissia.

Elle nous toise tour à tour en se pinçant le bout du nez. Son petit air espiègle ne nous aide pas, même s'il a le mérite d'apaiser les tensions. Je la supplie du regard pour la faire réagir.

— Je peux projeter mes souvenirs de cet instant présent, finit-elle par suggérer tandis qu'elle positionne déjà sa main pour lancer la projénarisation.

— Très drôle ! ironise Jules. Je ne vois pas ce que ça change !

La proj de Tellissia nous illustre Jules et moi éclairés par la lumière qui émane d'elle. Rien de plus.

— Tu ne vois toujours pas Mily ? questionne Tellissia abasourdie.

Jules fronce encore plus ses sourcils et rétorque :

— Là c'est sûr, on m'a jeté un sort. La proj a justement le pouvoir de retranscrire des données intactes. Là, j'vois une boule de lumière un peu moins éblouissante, mais je ne vois pas le visage de cette usurpatrice.

*C'est pas gagné…*

— Je ne vois pas quel serait son intérêt à te manipuler, lance Tellissia. À mon avis, ce n'est pas toi dans sa ligne de mire, mais quelqu'un de plus haut placé…

C'est à mon tour de froncer les sourcils. Tellissia n'est pas censée être au courant de la véritable identité de Morana ni d'à peu près tout le reste : ma lignée royale, les mauvais tours de la reine, tout ce qui a pu se passer durant la séparation du royaume.

Je me demande si je dois tout lui raconter ici en détail. D'une part, je ne suis pas certaine que les autres Ylas approuveraient d'intégrer l'Yla du rire dans la confidence. D'autre part, cette salle sombre ne semble pas contenir de coque de protection. Jules et moi sommes foutus d'office, si Morana met la main sur nous, mais je peux encore préserver le destin de Tellissia.

— Vous savez, vous pouvez me faire confiance, souligne-t-elle quelque peu vexée par mon mutisme. Lélinda et compagnie m'ont peut-être exclue de leur plan pour me préserver. Ou alors, parce que je ne leur sers plus à grand-chose sans mon niveau 3…

Elle prend une grande inspiration et poursuit d'un ton sérieux :

— Mais tu vois, Mily, je ne trouve pas ça très cool. J'aurais très bien pu remporter le tournoi Honera, et haut la main. J'ai volontairement provoqué la victoire de Leïna pour te permettre de retourner sur Terre grâce à ses pouvoirs. Je voulais que tu retrouves ton Jules, mais pas que. Je sentais bien que Morana représentait un danger pour toi et nous toutes. Je ne suis pas bête. J'ai bien vu que quelque chose clochait. Lélinda n'est pas si impassible que ça. Et puis…

Tellissia recule en nous incitant à la suivre. Elle s'approche de zones qu'elle éclaire au fur et à mesure à la lueur de son corps. Je peux juste distinguer un immense plan de travail sur lequel reposent des tas de bouquins et des objets que je ne saurais nommer. Ils ne ressemblent à rien de ce que ma mémoire daigne se souvenir.

— J'ai chargé Bebba de chercher tout ce qui pouvait sembler suspect, poursuit-elle. Des salles souterraines comme ça, elle m'en a trouvé quelques-unes dissimulées un peu partout dans chaque domaine. Tout ce que vous voyez ici, ce sont les plans et les équipements qui ont permis la création des Oriors. Tout y est ! Je pensais que la reine bénéficiait de multiples pouvoirs grâce à son prestigieux niveau 5 et sa lignée royale. Que nenni ! Elle se sert d'une magie noire extrêmement puissante.

Elle laisse traîner cette dernière phrase pour reprendre plus durement :

— Ce dont elle est capable me terrifie. Je serais vous, je retournerais sur Terre pour me la couler douce. Morana est intouchable.

— Pff, tu dis ça parce que t'as aucune idée de ce dont on est capables du côté des mecs, réplique Jules. Nous, on n'a pas de limite d'âge, de règlement strict, de bannissement, de cachotteries… Et tu ferais moins la maligne face à nous au tournoi Honera !

— Vous avez encore un tournoi Honera ? S'il n'y a pas de bannissement chez vous, quels sont ses enjeux ? interroge Tellissia.

— Bah… j'pense, comme vous. La victoire, la gloire, les honneurs. Sauf que les perdants se tapent bien la honte au lieu d'être bannis, si j'ai bien capté. Après, pour nous, les places sont restreintes. Seuls les meilleurs ont le droit de participer.

Un silence s'installe dans la pièce. Nous sommes à mon avis très loin d'imaginer à quel point les deux parties yloriennes s'opposent. Jules ne mesure sans doute pas à quel point les Ylas sont mises sous pression.

— T'es en train de nous dire que le tournoi Honera côté Ylor est une forme de… récompense ? tente d'éclaircir Tellissia.

Jules préfère ne pas répondre. Je comprends qu'il commence à saisir dans quelle partie du royaume il vient de mettre les pieds. Par ma faute.

— Alors quoi ? Morana utilise la magie noire, elle tyrannise tout le monde y compris ce brave Honéor, elle plombe l'ambiance du tournoi Honera et puis…, c'est quoi un Orior, au juste ?

Tellissia pousse un soupir et, d'un simple geste, fait voler un livre dans notre direction. Elle continue à utiliser l'exo pour tourner les pages devant Jules. Je n'ose pas m'approcher pour éviter de l'éblouir davantage. J'imagine que ce livre contient un bref aperçu des créatures qui tétanisent autant Leïna. Et d'après ce que j'ai pu lire dans mon propre récit, j'en étais effrayée aussi étant petite.

Je réserve une pensée pour Vita et son cher Adam… Si tous les Oriors étaient comme lui, il n'y aurait aucune raison de s'en méfier.

— Il y a des tas de manuels comme ça sur les Oriors, ici, explique Tellissia. On peut dire que je suis incollable sur le sujet. Incollable ! C'est d'ailleurs comme ça que j'ai su qu'une pluie battante pouvait les éloigner. T'es un niveau 4, Jules, pas vrai ? J'en suis persuadée !

Jules élude la question en faisant tourner les pages, en utilisant l'exo à son tour. Il a l'air pris de passion par les Oriors, ça y est ! C'est une bonne chose. Si on arrive à connaître les points faibles des Oriors, ils ne représenteront plus un si grand obstacle vers notre objectif final.

— T'as quoi, comme mission ? insiste Tellissia. Bonheur ? Non, t'as l'air un peu trop rabat-joie pour ça… Je dirais… Ylor de l'ordre ? Le miroir de Morana, un truc du genre.

— A priori, on ne peut pas voir les Oriors sous notre condition ylorienne, formule-t-il comme pour lui seul. Mais je suis sûr que sous notre condition humaine non plus. Ils ressemblent aux visions qu'avait ma… J'suis certain qu'il n'y a que les humains pure souche qui peuvent les voir, sinon je les aurais vus quand j'étais sur Terre.

Je désespère avec lui…

— Je te garantis que non, le contredit Tellissia. Ma meilleure amie, Vita, a été bannie et elle entretient une relation avec un Orior qui sort du lot. Je sais donc de source sûre que seuls les Yloriennes sous leur condition humaine peuvent les voir, et ce, parce que les Oriors ont été créés pour protéger le secret d'Ylorior sur Terre auprès d'elles.

— Ces créatures n'étaient pas le fruit de mon imagination de petite fille torturée, Jules. Il s'agissait bel et bien d'Oriors. Et cette Vita, tu la connais. C'est même toi qui l'as recueillie au foyer de Madame Stener lorsqu'elle était encore perdue. Tu l'as même nommée…

—… Violette…, continue-t-il d'un air songeur. Je me suis tout de suite posé la question quand je l'ai vue. La gamine n'avait aucune notion de ce qu'est manger, dormir, prendre sa douche. Elle ne savait plus qui elle était. Elle puait la Morana à plein nez, la pauvre ! C'est à partir de ce moment-là que j'ai commencé à me poser des questions. Je suis allé retrouver mon père, qui n'est autre que l'Ylor du passage, pour lui poser tout un tas de questions. Il n'a rien voulu me lâcher. Il m'a juste demandé de… Bref.

Une nouvelle fois, il fait abstraction des preuves qui assurent que je suis bien sa Miny. Il va bien finir par m'agacer !

— Ce qu'il faut retenir, c'est qu'ici, ils sont invisibles, nombreux, partout, mais ils craignent la pluie, conclut-il.

— Le seul souci, c'est que tu ne pourras pas te servir de ton niveau 4 aussi souvent que tu le souhaites, précise Tellissia. Morana se posera forcément des questions.

Elle a raison. Et pour éradiquer toute forme d'interrogation chez mon ami, je l'informe :

— Seuls les membres du conseil, Lélinda et toi, bénéficiez d'un niveau 4. Par conséquent, si toutes ces personnes se retrouvent ensemble, comme souvent, et qu'il se met à pleuvoir… elles ne mettront pas beaucoup de temps à se poser des questions.

— Attendez, mais c'est une blague ? Vous allez me faire croire qu'il y a aussi peu de niveaux 4 ?

— Morana n'avait aucun intérêt à garder des Ylas d'une aussi grande puissance à ses côtés, en dehors de ses protégées.

Je suis surprise par la quantité d'informations que détient cette petite rousse. Elle ne paye pas de mine avec ses airs de boute-en-train. Et pourtant…

— Dans ce cas, quel intérêt de te garder, toi, alors que tu sembles connaître tous ses secrets et que tu cherches à la nuire au moins autant que nous ?

Jules soulève une question intéressante. Je me permets d'y répondre :

— Parce que c'est Tellissia.

— Parce que je fais rire tout le monde, renchérit-elle. Parce qu'on ne se méfie pas de moi. On me respecte parce que j'ai remporté tous les tournois Honera auxquels j'ai participé à l'exception du dernier.

On ne se méfie plus de moi depuis que j'ai été rétrogradée au niveau 2. Depuis, je m'ennuie ferme. Mes missions sur Terre me manquent. Je passe mon temps à observer les humaines pour détecter leurs besoins, blablabla. Je suis trop excellente. Ce qui me dégage du temps pour braver des interdits. Comme observer Vita sur Terre, comme me retrouver ici avec vous. Entre autres. Et je suis trop intelligente pour me faire attraper.

— Et modeste par-dessus le marché, se moque Jules.

Le voir sourire et détendu ainsi me procure un plaisir que je ne saurais décrire. Là, je retrouve mon Jules.

— Tu peux faire le malin autant que tu veux, se défend-elle de son petit ton guilleret coutumier, mais en attendant, j'ai bien l'impression que vous aurez grand besoin de mon aide.

Elle n'a pas tort. Nous ne pouvons pas déambuler dans le royaume comme elle ni nous servir de la pluie à notre guise pour les raisons évoquées. Mais d'un autre côté, je ne veux pas la mettre en danger. Je suggère alors :

— Tu penses que ta guenon serait capable de chercher Lélinda pour la faire venir jusqu'ici en toute discrétion ?

— Bebba ? Discrète ? pouffe-t-elle en jetant un regard vers les animaux. Elle pourrait, oui, mais Lélinda ne ferait pas aussi bien le lien avec toi que si on envoyait ton chiot.

— Oovy…, soufflé-je tandis que ce dernier réagit à son premier/nouveau prénom en bondissant dans ma direction.

— Oovy comme OVNI ? relève Tellissia sans se douter que ce prénom est un clin d'œil vers l'ancien doudou de Jules. Quelle drôle d'idée !

Je serre mon petit Oovy dans les bras. Je lui chuchote :

— Je suis désolée de t'avoir abandonné, mon petit chou. Je n'ai aucune idée de la façon dont je suis censée te parler et j'en suis navrée. Je vais essayer comme ça… Ce serait super chouette si tu allais chercher Lélinda pour la ramener jusqu'ici. Tu comprends ce que je te demande ?

Après tout, Tellissia parle aussi naturellement à sa Bebba. Et contre toute attente, Oovy me confirme qu'il a reçu le message cinq sur cinq en détalant à toute vitesse.

Je n'ai pas pu le caresser une dernière fois, qu'il est déjà sorti par la trappe. Je constate par la même occasion que nos animaux sont capables de pratiquer l'exo tout comme nous. Incroyable !

— J'espère qu'il ne va pas se gourer de personne et nous ramener la Morana, marmonne Jules.

— T'as quoi comme animal, toi ? lui demande Telli.

Très bonne question ! Je constate que je l'ignore tout autant.

— Ça te sert à quoi de l'savoir ? Il n'est pas là, alors il ne va pas nous servir à grand-chose.

Je m'attendais à ce genre de réflexions. J'esquisse un petit sourire dans mon coin. Il ne changera jamais. Et cela me plaît. Même si nos retrouvailles ne se passent pas tout à fait comme je l'aurais souhaité, je suis trop heureuse de le retrouver.

# chapitre 16

## *L'union*

J'attends le retour d'Oovy avec impatience. L'ambiance commence à peser dans cette salle lugubre.

Tellissia a fini par comprendre que Jules n'était pas d'humeur à répondre à ses innombrables questions et qu'il ne ferait rien d'autre que se préoccuper des Oriors ici.

Il a encore le nez dans une sorte de grimoire, lorsque le retentissement des aboiements d'Oovy survient.

Je reste toutefois sur mes gardes. Le danger est permanent.

La trappe s'ouvre sur mon chiot et… sur Lélinda. Je soupire de soulagement, même si je reste un brin méfiante envers l'Yla du bonheur.

*Sait-on jamais…*

— Je ne suis pas surprise de te trouver là, exprime Lélinda envers Tellissia. Tu as toujours été la plus perspicace des Ylas. Qui a trouvé cette salle en premier ?

— Bebba, répond la jeune rousse. Il y a un bon bout de temps. Pendant que vous complotiez contre Morana, je menais mes petites recherches dans mon coin. Et au cas où ça t'aurait échappé, c'est moi qui ai pris Oovy, le chiot de Mily, sous mon aile. Je savais qu'elle reviendrait. J'ignorais juste le paramètre « quand ». C'est lui qui m'a guidée vers elle et Jules.

Lélinda effectue un rapide tour de la salle et aperçoit mon ami, dans un coin sombre. Sans bouger, elle lève la main et une multitude de particules enflammées jaillissent d'une boule de lumière pour venir s'écraser contre les parois qui nous entourent. En à peine deux secondes, la pièce baigne dans une lumière incandescente.

*Féérique…*

— Tu sais que tu es en capacité de faire ça aussi, Julior, lance Lélinda.

— Je sais. Et c'est Jules.

Il ne prend même pas la peine de se retourner pour lui faire face. Il poursuit ses recherches avec acharnement.

— Enchantée de faire ta connaissance, Jules ! Moi, c'est Lélinda.

— Je sais.

Quelle tête de lard, celui-là ! Il s'évertue à lui tourner le dos. Je ressens comme une envie de le secouer. Mais d'un autre côté, ce n'est pas plus mal qu'il se méfie d'elle.

— Je commençais à angoisser, interviens-je, je ne savais pas où te retrouver. Ce n'était pas clair.

— Oui, j'imagine bien. Je suis désolée, il y a eu un contretemps. Je devais assurer nos arrières.

— Quel contretemps ? s'enquit Tellissia suspicieuse.

Lélinda se montre bien embêtée face à cette question. Elle rétorque malgré tout :

— Le jugement d'Oceaya au conseil…

— Quoi ? s'écrie Tellissia en proie à la panique. Que s'est-il passé ? Ne me dis pas qu'elle a été qualifiée au tournoi, elle n'a aucune chance !

— Je regrette, Telli, je ne peux pas te divulguer d'informations pour l'instant.

— Comme d'hab. Pff. J'en ai ma claque de ce royaume pourri ! Si ça continue, j'demande à Mily de m'envoyer chez les Ylors. J'm'en fous. Là-bas, Honera est un divertissement honorable, non mais t'imagines un peu la vie de rêve ?

— Si le plan J est un succès, nous n'aurons bientôt plus à nous inquiéter de tout ça, la rassure Lélinda. À présent, il est temps que je vous parle de ce fameux plan un peu plus en détail.

— À la bonne heure ! survient Jules toujours sans se retourner.

— Pour ça, ce serait bien que tu nous rejoignes, Jules.

— Ouais mais non. Je suis moyennement chaud pour me faire cramer les yeux, tu vois.

La réaction de Lélinda me confirme qu'elle ne s'attendait pas non plus à ce désagrément. Cela m'ennuie. Je comptais sur elle pour m'apporter des réponses. Je tente alors :

— Apparemment, je l'éblouis au point que ça l'aveugle. Par contre, il n'y a aucun problème avec Tellissia. Est-ce parce que je suis niveau 3 et toi 4, qu'il y a une forme d'effet secondaire causé par la téléportation ou la magie noire de Morana ?

Un petit sourire en coin s'épanouit sur le visage pâle de Lélinda. Elle se dirige vers Jules et vient s'asseoir sur le plan de travail à côté de lui. Elle ajoute :

— Il n'y a aucun risque avec moi. Lève les yeux !

— Je ne crois que ce que je vois, insiste Jules en maintenant son regard sur ses bouquins. Et si je veux y croire, je tiens à pouvoir continuer à voir, tu vois ?

— T'es aussi têtu que ta mère et ta sœur, c'est incroyable ça !

Lélinda ne pouvait pas être plus efficace que cela. Non seulement elle a toute l'attention de Jules, mais elle vient de gagner son respect par la même occasion. Je le sens à travers ses expressions.

— Parce que tu crois qu'elle va tout te raconter ? déplore Tellissia d'un ton sarcastique. Que nenni, que nenni ! C'est la spécialité de Lélinda. Lâcher des bombes, et au moment où elle a notre attention, nous faire tourner en bourrique.

— Telli… Je n'ai aucun autre intérêt que votre protection. Mais pour Jules, les choses sont quelque peu différentes. Je crois avoir cerné le personnage. Je n'obtiendrai pas grand-chose de lui sans lui apporter quelque chose de concret en contrepartie. Et ce que j'ai besoin d'obtenir est primordial pour mener à bien le plan J contre Morana.

— Tu dois omettre que Jules n'est pas dupe ! réplique-t-il en la défiant du regard. Qui me dit que tu connais vraiment ma famille ?

— Parce que tu sais que je suis l'âme sœur de ton ami Don, et que nous avons grandi sur Ylorior avant la séparation du royaume.

— Je sais aussi que votre Yla de la mémoire a le devoir de vous ramoner la cervelle afin que vous ne conserviez aucun souvenir. C'est son âme sœur, un autre pote à moi, qui…

— Yaconistor, oui, je le sais bien. Mais comme tu peux le constater, je n'ai pas été bannie, alors que j'ai plus de huit ans. Je ne fais pas encore officiellement partie du conseil, alors Morana n'a pas débloqué le vieillissement pour moi. Je bénéficie cependant de certaines faveurs grâce à un pacte que ma mère a passé avec la reine illégitime au moment où elle s'est octroyé la place de Mila. Mila, Yla de l'amour, grande reine d'Ylorior, sœur d'Honéor, meilleure amie de ma mère et de la tienne.

Je suis surprise que Lélinda n'ait pas précisé qu'elle était également ma mère biologique. Peut-être qu'elle pense que je l'ai fait ou bien qu'elle ne veut pas risquer de focaliser l'attention sur moi, alors que son objectif est d'obtenir sa confiance. Je la laisse continuer :

— Je n'ai pas la prétention de connaître tous les Yloriens, mais ton père, Enthéor, Ylor du passage, si. Qui ne connaissait pas Enthé et sa douce âme sœur ? Je te dirai son prénom ainsi que celui de ta sœur le moment venu. Je peux juste te montrer ça…

Je ne m'attendais pas à ce qu'elle utilise la proj. Je me déplace pour observer la scène qui se déroule sous nos yeux ébahis.

Nous voyons une Yla mettre au monde l'enfant d'une autre Ylorienne que je n'avais jamais vue et qui, pourtant, ressemble trait pour trait à Jules.

— C'était le 4 octobre 1997, raconte Lélinda tout en laissant ses souvenirs défiler. J'avais onze ans et j'accompagnais de temps en temps ma mère, lorsque des amies à nous mettaient au monde les futurs grands espoirs d'Ylorior. Tu en faisais partie. Regarde ton père derrière !

Je reconnais Enthéor. Son image me renvoie aux rêves que Magnensia m'avait envoyés avec les souvenirs de Jules. Je comprends que nous sommes spectateurs de la naissance de mon Jules.

*Quelle émotion…*

— Bah okay, tu connaissais ma mère. Mais j'imagine qu'elle a été bannie en même temps que la reine Mila. Si je dois faire des choses que j'ai pas envie de faire en échange d'informations sur ma famille et qu'à la fin, c'est pour t'entendre me dire qu'elles sont mortes… Bah ! j'préfère pas…

— En toute honnêteté, Jules, j'ignore où se trouve ta maman. Tout comme j'ignore où se trouvent la mienne et Mila. J'étais sûre que les Oriors les avaient tuées, mais il semblerait que ce ne soit pas le cas. Nous aurons l'occasion de nous pencher sur le sujet, une fois que Morana sera hors d'état de nuire. Pour l'heure, concentrons-nous sur le plan J. J pour « Jules », parce que sans toi, nous n'avons aucune chance. Laisse-moi t'exposer ce qu'il en est et je te promets que je te présenterai à ta petite sœur au cours des jours qui viennent.

Lélinda interrompt la proj. Elle sait aussi bien que nous que Jules est tout ouïe à présent.

Nous attendons les instructions…

Lélinda s'installe à terre au centre de la pièce. Nous la suivons des yeux dans le plus grand silence. Elle nous fait signe de la rejoindre pour former une ronde. Tellissia et moi ne sommes pas difficiles à convaincre. Jules cède de mauvaise grâce après un regard appuyé de la part de Lélinda.

— Je sens que j'vais pas aimer, grogne Jules dans sa barbe.

— Seules tes appréhensions sont susceptibles d'entraver ton épanouissement, je te le garantis ! énonce Lélinda.

— Mes appréhensions de quoi ?

— Ne crois pas que tu as été choisi parce que tu es le seul à pouvoir être téléporté grâce au lien qui te lie à Mily et à son pouvoir spécial sur la pierre sacrée !

— Il vous fallait un pigeon que vous pouviez manipuler. Avec moi c'est l'jackpot ! Vous savez très bien que je recherche Mily, ma mère et ma p'tite sœur. Vous me tenez par l'entrejambe, alors j'vois pas bien si j'ai d'autres choix que de faire ce que vous me dites. De toute façon, j'aime pas Morana, alors ça tombe plutôt pas mal avec mes propres ambitions.

— Tu es très loin du compte, Jules, reprend Lélinda en soutenant son regard. As-tu seulement conscience du pouvoir que t'a gratifié le Créateur ?

— Appelle ça comme tu veux, pour moi c'est plus un fardeau.

Lélinda a raison. Ses appréhensions l'empêchent d'avancer. Elle poursuit son raisonnement :

— Te rends-tu compte que tu es le miroir de la reine Mila ?

— Bah ! vu où ça l'a menée, j'vois pas en quoi je devrais me réjouir.

— Attends ! T'es l'Ylor de l'amour ? apostrophe Tellissia les yeux écarquillés comme jamais. Purée, j'aurais jamais mais alors jamais deviné ! J'y crois pas, j'y crois pas !

Lélinda lui fait signe de se taire et reprend :

— Je suis le miroir du roi Honéor et je peux t'assurer que ce n'est pas négligeable. Si Morana me tient à une distance raisonnable du conseil, c'est parce qu'elle sait que mon pouvoir surpasse le sien. Ce qui penche en sa faveur, c'est qu'elle dispose d'un niveau 5 via son illégitimité au trône.

— Elle maîtrise aussi la magie noire, avance Tellissia. Je pense que vous n'avez pas idée à quel point. Je sais que tu te débrouilles pas mal aussi, Léli, mais promets-moi de ne jamais te mesurer à elle. C'est perdu d'avance !

Pour que Tellissia ait recours à un discours aussi pessimiste et fataliste, c'est que les enjeux surpassent ce que nous pouvons anticiper. Lélinda reste hébétée. Elle doit se faire la même réflexion que moi. Tellissia a beaucoup de choses à nous apprendre.

— Bah ! si tous vos espoirs reposent sur mon pouvoir pourri, soupire Jules, ramenez-moi direct de mon côté du royaume ! Voire directement sur Terre, si possible. Vous devez bien avoir une Yla du passage quelque part, non ?

— Là où je voulais en venir, Jules, appuie Lélinda, c'est que si mon pouvoir surpasse celui de Morana, le tien domine le mien. D'autant que l'amour est le talon d'Achille de la reine illégitime. Si

Mily le souhaite, elle te racontera l'histoire de la séparation du royaume. Je peux juste te dire que rien de tout ça ne se serait produit si son âme sœur, Manor, ton prédécesseur, n'était pas tombé amoureux de Mila. Ta mission à toi est donc de rétablir l'ordre et de lui prouver que l'amour peut aller dans son sens et profiter à tout le monde.

Si Lélinda m'avait dressé l'intégralité de son plan avant que je ne fasse apparaître Jules dans le lac, je l'aurais tout de suite éconduite. Convaincre Morana que l'amour est une bonne chose pour les humains comme pour les Yloriens est déjà une cause perdue. Alors, si on rajoute le fait qu'il faille convaincre Jules des bienfaits de sa mission dans l'équation, je désespère.

— T'es en train de m'dire que sans cet abruti de Manor, rien de tout ça ne se serait produit ? déplore Jules avec véhémence.

J'encaisse le fait qu'il vient de qualifier mon père biologique d'abruti. Je prends sur moi pour ne pas intervenir et lui imposer un peu plus de respect envers les anciens. Ils n'avaient rien demandé d'autre que de s'aimer en toute liberté.

— L'histoire d'amour entre Mila et Manor n'avait rien de grotesque ! riposte Lélinda sur un ton empli d'une colère froide. Je ne te permets pas de leur manquer de respect ! Sache que par simple jalousie, Morana a fait assassiner Manor en usant de magie noire pour faire accuser Mila. Et le conseil était en majorité à sa botte.

J'observe Tellissia se décomposer. Elle découvre tout cela en même temps que Jules. Sauf que cette dernière a conscience, contrairement à Jules, que Lélinda est en train de raconter la triste histoire de ma famille. Elle compatit pour moi, je le ressens.

— Désolé de t'avoir vexée, s'excuse Jules. J'ignorais tout ça, tu sais. Après, j'veux bien écouter ce que t'as à me dire et faire ce que tu attends de moi, mais tout a été dit. Morana maîtrise la magie noire et a réussi à se débarrasser de deux puissants Yloriens de l'amour. Moi, j'maîtrise ni la magie noire ni mes propres pouvoirs. Va peut-être falloir songer à faire appel à quelqu'un d'autre ou à du renfort ou…

— Notre meilleure arme est pour l'instant l'effet de surprise, enchaîne Lélinda. Elle ignore que Mily est de retour au royaume et qu'elle est parvenue à faire téléporter un Ylor de niveau 4 ici. L'Ylor de l'amour, qui plus est. Je te demande juste de me faire confiance. J'aimerais t'enseigner à utiliser tes pouvoirs comme Mila le faisait autrefois. Je t'apprendrai aussi comment les coupler avec ceux de Mily, qui n'est autre que le miroir de Donaor. Je sais qu'il t'a montré un bref aperçu de…

— Ce que tu dis n'a pas de sens. Je croyais que tu étais la seule à être un niveau 4 côté Yla, avec les membres du conseil. L'Yla de la famille est censée être un 4 aussi, comme Don. On me la fait pas, à moi ! Et si vous me disiez ce que vous cherchez à faire en essayant de me faire croire que cette Yla qui me broie les yeux est Mily ?

Je prie pour que Lélinda trouve enfin la formule qui saura le convaincre qu'il s'agit bel et bien de moi.

— C'est à Mily de te raconter son histoire, se contente-t-elle de lâcher. Pour ce qui est du reste, je n'ai qu'une seule chose à te recommander : écoute ton cœur. Il est la clé de notre réussite.

— T'es au courant que je n'ai plus de cœur depuis que j'ai récupéré ma condition ylorienne ?

— Tu es l'Ylor de l'amour, Jules. Pose-toi les bonnes questions ! Quels sont tes pouvoirs ? À quoi servent-t-ils ? Pourquoi parviens-tu à nous voir clairement, excepté Mily ?

— Bah…

— Ne réponds pas maintenant ! l'interrompt-elle à la hâte. Tellissia et moi allons vous laisser tous les deux, le temps de la réflexion. Vous avez besoin de vous retrouver en tête à tête, car il est clair que vous avez des tas de choses à vous raconter. Par mesure de sécurité, j'ai protégé cette salle, alors je vous prie de ne pas en sortir avant mon retour. Et par pitié, Jules, n'utilise pas tes pouvoirs de niveau 4 en dehors de cette pièce. Ce ne sont pas des ordres. Vous êtes libres de faire ce que bon vous semble. Mais nous avons le même objectif et le plan J reste notre meilleure chance.

— Vous revenez quand ? questionné-je, inquiète par l'aspect bancal du programme.

— Quand vous serez prêts, sourit Lélinda. Je le saurai en temps voulu, ne vous en faites pas !

Tellissia subit tout autant les décisions de Lélinda que nous, mais elle doit bien se rendre à l'évidence. Nous ne sommes que des pions. Mais sans pions, il n'y a aucun moyen de faire chuter les grandes instances.

Nous regardons Lélinda, Tellissia, Bebba et Oovy sortir par la trappe en silence.

Et nous voilà de nouveau tous les deux, avec encore plus de questions qu'auparavant.

*Je crains le pire…*

Il est temps de tout mettre à plat. Et puisqu'il ne peut pas me voir et qu'il trouvera toujours une excuse pour me prendre pour une usurpatrice, je positionne la paume de ma main face au sol. J'essaye de créer une passerelle. Je l'ai déjà fait auparavant. Je l'ai lu dans mes récits. Si j'y pense très fort…

*Hallelujah !*

La passerelle apparaît devant mes pieds. La texture m'impressionne. On dirait du métal fondu transparent en perpétuelle mouvance. À travers les reflets lumineux qu'elle génère, je distingue Movence. Je me concentre sur le foyer de Mme Stener et la magie opère. Nous le survolons en direct.

— C'est ici que tout a commencé, déclaré-je. Et je ne veux pas croire que c'est ici que tout s'est terminé. Je sais que tu cherches à évincer Morana pour pouvoir me retrouver sur Terre. Mais vas-y, utilise ton pouvoir au cas par cas sur David comme tu as pu le faire auparavant. Il doit être bénévole au foyer, encore. Approche !

J'admets que je le provoque avec David, mais il ne me reste que très peu d'options pour le convaincre.

Voyant qu'il ne réagit pas, j'insiste :

— Je peux scanner toutes les humaines que tu veux pour te prouver que je ne… que Mily n'est plus sur Terre, mais tu ne me croiras pas. À travers David ou mon père adoptif, tu comprendras vite que j'ai de nouveau disparu pour être ici. Avec toi.

— Et d'abord, comment tu sais tout ça ? Tu me l'as dit, mais c'était pas très clair. Comment tu sais quels sont mes pouvoirs, alors que moi-même je les connais à peine ? Comment tu sais que j'ai utilisé ce type pour me connecter à Mily ? J'vois pas comment l'Yla des rêves a pu t'envoyer mes propres souvenirs…

Il marque un point. Je n'ai pas non plus compris comment les Ylas ont pu m'envoyer tous ces rêves. Je ne peux cependant pas me permettre de le lui avouer tout de suite. Je risquerais de perdre toute crédibilité. Déjà que son niveau de confiance est au moins égal au néant…

— Nous sommes liés tous les deux, opté-je à défaut de trouver mieux.

— J'ai une théorie. Voire deux, me surprend-il. La première, c'est que tu es l'Yla de « je-n-sais-pas-quoi » et tu disposes de pouvoirs spécifiques que j'ignore encore. Mais tu as donc la capacité de scanner les souvenirs des Ylors, de les téléporter jusqu'ici et de faire en sorte qu'ils ne puissent pas te voir ou t'atteindre pour te protéger. Peut-être que tu es le fruit d'une magie noire très puissante, qui sait. On aura tout vu, ici !

Aussi loufoque que sa théorie puisse paraître, j'applaudis son effort d'imagination.

— L'autre théorie, poursuit-il, c'est que… Enfin, peut-être qu'effectivement nous sommes liés, et ce, parce que c'est toi ma sœur. Mais dans ce cas, j'vois pas pourquoi tu t'évertues à te faire passer pour Mily. À moins que tu sois vraiment ma Miny et que, depuis le début, tu es ma petite sœur. Ça expliquerait pourquoi je ressens ce puissant attachement envers elle depuis toujours et ce besoin quasi primaire de protection.

Ma poitrine se soulève alors que je suis sous ma condition ylorienne. Il n'y a que lui pour me procurer ce genre de ressenti.

Toujours est-il qu'il reste un nombre incalculable de phénomènes mystérieux demeurant inexplicables entre nous. Il est plus que temps que je lui raconte mon histoire…

Je commence par refermer la passerelle. J'ai besoin de toute son attention.

— Je ne suis pas ta sœur, Jules. Nous n'avons pas les mêmes parents, il…

— Si tu étais vraiment Mily, me coupe-t-il, tu ne saurais pas qui sont tes parents. Donc, ça prouve bien que…

— La vie ne s'est pas arrêtée depuis que nous avons été séparés, reprends-je la parole. J'ai appris tout un tas de choses, notamment l'existence d'Ylorior, ainsi que mon histoire.

*Rien que cela…*

— Comment t'as pu passer tout ce temps sur Terre sans savoir que tu avais des particularités yloriennes hors normes ? Même si Yaco m'avait ôté la mémoire, je me serais posé des questions quant à mes nombreuses capacités.

— À ton avis, Jules, d'où venait mon mal-être permanent ?

— Mily était tourmentée par la mort de ses parents dans la tempête, la perte de sa mémoire et le fait qu'elle se soit retrouvée orpheline et muette du jour au lendemain. Si elle venait d'Ylorior, comme cette Vita/Violette, je l'aurais tout de suite remarqué !

— Tu as raison sur ce point. Tu aurais remarqué si je venais d'Ylorior. Ma particularité à moi, c'est que je n'y avais jamais mis les pieds jusqu'au jour de mes huit ans. Et si tu cesses enfin de m'interrompre à tout va, je peux t'expliquer tout cela en détail.

Je le sens offusqué par ma remarque, mais il ne cherche pas à dominer la conversation. Je ne me fais pas prier pour prendre la parole :

— Ma mère a été bannie par Morana alors que j'étais encore dans son ventre. Je suis donc née sur Terre et, d'après ce qu'on m'a dit, j'ai grandi à Enivelle avec ma mère biologique jusqu'au jour de la grande tempête. Un drame orchestré par Morana pour se débarrasser d'un grand nombre d'Ylas bannies, car elles étaient devenues intouchables pour les Oriors. L'objectif allait donc au-delà de la protection du secret d'Ylorior. Elle avait une dent contre ma mère et ses amies, qui vivaient mieux que prévu leur bannissement sur Terre.

— Qui t'a raconté tout ça ?

Lélinda... Là encore, il marque un point. Je ne peux pas me fier à elle, mais quelque chose me dit que cette histoire est vraie.

— J'ai récolté pas mal d'informations durant mon premier séjour sur Ylorior. Malissia, l'Yla de la mémoire, m'a fait savoir qu'elle m'avait rendue amnésique au moment de la grande tempête pour me protéger. Peut-être qu'avant ça je savais que j'étais Ylorienne. C'est même certain. La suite, tu la connais. Déprimée, phobique, perturbée, mémoire eidétique doublée d'une amnésie profonde, narcoleptique dans les salles de classe. D'ailleurs... comment tu faisais, toi, pour ne pas t'endormir en l'absence de plantes ? Tu carburais au thé ?

Je songe au remède anti-somnolence de Vita.

— Non. J'bourrais ma doudoune sans manches de branches de cyprès. Elle était dégueu, mais au moins, je restais éveillé.

Cela expliquait la forte odeur de résine qu'il dégageait...

— Et le fait que je ne tombais jamais malade, que je ne souffrais jamais du froid ou du chaud, ou encore que tous mes sens étaient fortement développés, ça ne t'a jamais mis la puce à l'oreille ?

— Ni puce ni autres insectes rampants. Partons du principe que tu dis vrai... Quel intérêt pour Morana de te faire venir au royaume le jour de tes huit ans ? J'pige pas.

— Parce qu'il faut avoir huit ans pour pouvoir passer la troisième épreuve. On m'a donc préparée, afin que je passe les trois épreuves d'un coup, et ce, dans le but de se servir de moi contre les Ylors. Mais Morana a échoué, alors je suis retournée sur Terre. J'ai pris soin de tout rédiger sur des petits carnets avant que Malissia me supprime à nouveau la mémoire. Je savais qu'elle en recevrait l'ordre et qu'elle l'exécuterait. Je ne m'étais pas trompée. Elle m'a cependant débloqué tous les souvenirs liés à toi, afin que je puisse te téléporter ici.

Je me demande s'il ne serait pas judicieux que Jules incarne un humain pour lire mes petits carnets. Ça irait plus vite, mais d'un autre côté, cela mettrait en danger cet humain qui ne doit en aucun cas apprendre l'existence d'Ylorior.

Je sens toutefois que Jules commence à se détendre et à donner du crédit à mon histoire. Doucement, mais sûrement…

— Ma mère aussi était enceinte quand il y a eu la séparation du royaume. Mon père n'a jamais pu voir sa fille. Et tu dis que tu es née sur Terre et que tu n'as vécu qu'avec ta mère… Est-ce que tu sais que, lorsqu'Honéor m'a banni, mon père m'a donné pour instruction de me rendre dans une mairie pour demander où je pourrais trouver ma mère et ma sœur ? Ça veut bien dire qu'il savait qu'elles étaient sur Terre. Et comme par hasard, quelques jours après la grande tempête…

Je vois où il veut en venir. Je n'ai plus le choix, je dois lui parler de mes parents.

— Mon histoire repose sur de faibles certitudes, Jules. Mais je peux t'assurer que je ne suis pas ta sœur. Ton père s'appelle Enthéor. Mon père à moi… Manor.

Il ne met que très peu de temps à percuter. S'ensuit un froncement de sourcils signifiant qu'il a besoin de précisions.

— Lorsque je suis arrivée au royaume, je regorgeais de questions concernant ma famille et, forcément, d'espoirs de retrouver mes parents biologiques. Morana en a bien profité. Elle a fait en sorte que je croie qu'elle était ma mère. Certes, elle était destinée à mon père. Cela représentait une forme de revanche pour elle, même si son principal objectif était avant tout de se servir de moi et de mon pouvoir sur le diamant primaire. Elle a tenté de me transmettre sa haine, pour justifier le fait qu'elle cherche à exterminer les Ylors.

— Attends… Elle a obtenu tout ce qu'elle voulait, et maintenant qu'Honéor est totalement soumis à ses caprices, elle cherche encore à nous buter ? Et t'es en train de me dire que tu en as le pouvoir ?

— C'est pour cette raison que Morana ne doit surtout pas savoir que je suis de retour au royaume. Surtout pas avec toi. Elle pourrait menacer de s'en prendre à toi, si je ne fais pas en sorte de lui obéir. Elle a déjà essayé une fois. Heureusement, tu n'étais déjà plus sur Terre, elle n'a pas pu te trouver.

— Donc, si je résume bien, tu es la fille de l'ancienne reine, mon miroir, et de Manor, mon prédécesseur. Ça te donne de supers pouvoirs grâce à ta lignée royale et pourtant... t'es que niveau 3... Ton histoire est de plus en plus invraisemblable. Lélinda n'a pas évoqué de grossesse chez Mila, tout à l'heure.

Je soupire de frustration. À nouveau. J'étais si proche du but...

— Lélinda ne voulait pas raconter mon histoire à ma place, c'est tout. Elle l'a précisé plus d'une fois. Tu y mets de la très mauvaise volonté, Jules ! Comme toujours. T'es pas croyable !

J'ai haussé un peu le ton, mais ma patience a des limites.

— Cela dit, si t'es vraiment de lignée royale, ça expliquerait pourquoi t'es la seule qui me crame les yeux. Morana a dû faire en sorte que les Ylors ne puissent pas te voir. Quelque chose du genre.

Cette hypothèse est plausible.

— C'est parce que je dispose de ce pouvoir sur le diamant primaire que j'ai pu agir sur la pierre sacrée pour te faire venir ici, précisé-je. Honéor n'y a pas accès et nous sommes les deux seules personnes à pouvoir agir sur ces deux uniques éléments.

— Plutôt que me faire venir, pourquoi pas les utiliser pour exterminer Morana illico presto ?

— La pierre sacrée ne permet que la téléportation de quelque chose ou de quelqu'un de connu. Rien d'imaginé. Je n'aurais pas pu te faire venir, si Malissia ne m'avait pas débloqué les souvenirs qui me liaient à toi. Je n'aurais pas pu faire venir Donaor non plus, même si je sais à quoi il ressemble à travers tes souvenirs, par exemple. Je ne le connais pas personnellement. La première fois que j'ai eu la pierre sacrée entre les mains, j'ai tout de suite pensé au bouquin qui parlait de son existence. C'est pourquoi, la seconde d'après, je me suis retrouvée dans la salle des archives, face à ce même bouquin.

Entre autres... Jules n'a pas besoin de connaître toute l'histoire avec Ignassia tout de suite. Pour l'heure, je continue sur ma lancée :

— Seul le diamant primaire permet de matérialiser tout ce qui me vient en tête. Mais tu te doutes bien qu'il est hautement sécurisé par Morana. Elle s'est assurée que je sois digne de confiance avant de me le présenter. Le plan a bien évidemment échoué. Je ne pouvais pas partager sa haine des hommes. Elle m'a alors contrainte à agir contre ma volonté. Et elle a fait en sorte que, si je lui faisais du mal, à elle, les Oriors s'en prendraient tout de suite aux Tourel, à Madame Stener, Madame Peyrot ainsi qu'à tous mes proches sur Terre. En particulier toi. J'avais ce diamant à portée de main. Je me sentais coincée. Je devais opter pour le choix le moins destructeur. J'ai donc pensé très fort à mon retour sur Terre.

— Attends, quoi ? Tu pouvais la buter et tu as choisi la fuite ? fustige Jules. T'es malade !

Je n'ai pas l'habitude qu'il dirige sa colère contre moi. Je me braque avant de réaliser qu'il n'est pas encore convaincu que je suis sa Miny.

— Je ne maîtrise pas la magie noire, me défends-je. Morana m'a assuré que le diamant primaire ne pouvait pas lutter contre. Je n'ai donc aucun pouvoir contre les Oriors. J'ai, du moins, préféré ne pas prendre de risques. Tout ce que je savais, c'est que tant que j'étais sur Ylorior, Morana chercherait à se servir de mon pouvoir par tous les moyens. Une fois sur Terre, elle ne pourrait pas me faire revenir de force.

— Et pourtant, tu es de retour, désapprouve-t-il.

— C'est différent. Elle ne le sait pas. Et je n'ai plus huit ans. Je suis moins effrayée et plus à même de lui tenir tête. Et puis, tu es là et Lélinda a un plan.

J'aurais de toute façon fait n'importe quoi pour retrouver Jules. Je me garde bien de souligner cet état de fait.

— Et qui nous dit que tout ceci n'est pas un piège pour se servir de toi à nouveau à travers moi ? Regarde autour de nous ! Nous sommes dans la tanière des Oriors… Dans le genre « gueule du loup », on ne pouvait pas faire pire !

— Morana aurait déjà rappliqué depuis longtemps, si elle soupçonnait une seconde notre présence au royaume.

— Mouais… C'est louche tout ça. J'aime pas bien qu'on me prenne pour un jambon.

*Ça, je le sais !*

— Lélinda semble penser que nos pouvoirs combinés seraient la clé pour évincer Morana, tenté-je.

— Écoute, Lélinda est bien gentille, mais avec tout le respect que j'ai pour tes parents, je ne vois pas ce que mes pouvoirs ont d'extraordinaire. Et puis toi, t'es même pas niveau 4. D'ailleurs, tu m'as toujours pas expliqué pourquoi.

— Parce qu'une Yla a usé de la magie noire pour saboter ma dernière épreuve. Elle savait qu'une fois devenue une Yla, je constituerais une menace pour le royaume, car Morana chercherait à se servir de moi. D'autant qu'elle m'avait déjà bien manipulée en se faisant passer pour ma mère. Si je n'avais pas atteint le niveau 3, mon pouvoir aurait été moins puissant, c'est sûr. Hélas ! j'ignorais tout ça et j'ai pu sauver les meubles avec le peu de temps qu'il me restait.

— Yla de la famille ?

— Yla de la famille, acquiescé-je avec un petit sourire. Quelle ironie, n'est-ce pas ?

Il pouffe d'un petit rire dans son coin. Puis, après un bref silence, il lâche :

— J'ai du mal à croire que c'est bien toi…

— Je sais.

Et c'est peu de le dire…

— Si c'est bien toi, murmure-t-il tout bas, et tu n'as pas idée à quel point j'aimerais le croire… tu m'as vraiment manqué…

*Décharge électrique émotionnelle…*

— Tu disposes de tous les éléments pour me croire. Qu'est-ce qui t'en empêche encore ?

— Je n'arrive pas à accepter le fait que j'aurais pu manquer ça durant toutes ces années. J'suis relativement intelligent. Et puis, la probabilité pour que je me retrouve pile à l'endroit où tu es et que tu sois aussi une Yla et que…

Il soulève un point très intéressant. Je n'y avais jamais réfléchi, mais à présent que nous mettons le doigt dessus, j'ose déclarer :

— L'expérience a fait que je me méfie du hasard. Et si tout n'était qu'un coup monté par nos familles ?

Les informations fusent dans mon esprit. Je dois les ordonner avant de les lancer comme elles me viennent. Et puis, tant pis. Je balance tout à la volée :

— Honéor t'a banni soi-disant parce que tu devenais ingérable. Mais c'est tombé pile après la tempête à Enivelle. Ton père aurait pu t'envoyer n'importe où sur Terre, mais il t'a chargé d'aller à la mairie de Movence à la recherche de deux inconnues. Il devait savoir qu'on t'emmènerait tout de suite au foyer de Madame Stener. Comme par hasard, à l'endroit où je me trouvais. Honéor devait savoir où j'étais, je suis sa nièce.

— Sacrebleu, mais oui, t'es sa nièce ! s'exclame-t-il. Nom d'une pipe en bois ! Cela dit... tu oublies que, de notre côté, on ne peut pas voir les filles. Peut-être que c'était un moyen pour... ton oncle de s'assurer que tu allais bien et que tu te trouvais bien dans ce foyer. T'es donc en train de me dire qu'on se serait servi de moi depuis le début pour te savoir en sécurité ? Dans ce cas, pourquoi ne pas m'avoir dit ça tout court, au lieu de m'envoyer à la mairie et faire des secrets ?

Il ne me laisse pas répondre qu'il enchaîne :

— Ouais, question débile... Si on m'avait dit ça, j'aurais tout fait pour t'éviter et faire le contraire de ce qu'on me demandait... J'aurais jamais accepté qu'on se serve de moi. Franchement, si c'est ça, c'est brillant de leur part !

— Après, ce n'est qu'une hypothèse.

— Ça expliquerait aussi la requête de mon père juste avant ton anniversaire. J'étais intrigué par l'arrivée de Violette au foyer. Elle avait tout d'une Yla déchue. Il a trouvé ça étrange aussi, alors il m'a donné des fioles avec un produit spécial dedans qui leur permettait de voir les filles le temps de quelques heures. Il a précisé que Morana ne tarderait pas à se rendre compte que la Violette était en compagnie d'un Ylor interdit sur Terre. Il savait qu'elle chercherait à s'en prendre à tous mes proches pour me punir. Bref, en gros, tout un baratin pour m'inciter à te faire prendre ce produit, à toi aussi, pour te protéger.

— Juste avant mes huit ans. Ils devaient se douter que Morana chercherait à me faire venir au royaume, c'est tout.

— Et si j'avais réussi à t'injecter le bidule, peut-être que mon père aurait réussi à te faire passer côté Ylor avant la Morana. T'aurais eu ton niveau 4 et je n'aurais pas perdu tout ce temps à te chercher et à m'inquiéter.

Cette dernière remarque m'arrive droit au cœur. Non seulement il a l'air de commencer à me croire, mais en plus, je le retrouve. Mon cher ami. Mon protecteur. Mon Jules…

— Alors ça y est ? osé-je demander. Tu me crois ?

*Silence gênant.*

— Disons que j'en ai trop envie pour continuer à lutter. Mais je garde le bénéfice du doute dans un coin pour pouvoir bramer « je le savais ! », au cas où il s'agirait bien d'une entourloupe.

J'esquisse un petit gloussement. Du Jules tout craché !

— Tu m'as tellement manqué, soupiré-je dans un souffle.

— Sûrement pas autant que la réciproque.

Je le prendrais bien dans mes bras, mais je ne veux pas lui faire de mal.

— Je te prendrais bien dans mes bras, me surprend-il à énoncer tout haut, mais je ne sais pas pourquoi, tu brilles de plus en plus. C'est de pire en pire ! Faudrait voir s'il n'y a rien sur ce sort-là inscrit dans ces bouquins. Jusque-là, je n'ai lu que des choses sur les Oriors.

— Tu ne trouveras rien sur ce sort ailleurs qu'en toi, nous fait sursauter Lélinda.

Elle fait irruption dans la pièce comme si de rien n'était. Si elle a écouté toute notre conversation, je me félicite de ne pas avoir exprimé mes suspicions la concernant. Déjà que Jules émet des doutes, il ne doit se focaliser que sur le plan J.

— Nous n'avons pas de temps à perdre, s'impatiente l'Yla du bonheur. Approchez tous les deux !

La passerelle qu'elle crée face à elle nous mène tout droit au Canada. Je reconnais Montréal, bien que je n'y sois jamais allée.

— Nous sommes limités par le fait de ne pas pouvoir voir les hommes et inversement pour les Ylors, enchaîne Lélinda. Votre mission sera de prouver les limites de ce sort à Morana. Elle prétend que les humaines se porteraient mieux sans les hommes et qu'ils ne devraient servir qu'à leur apporter de quoi procréer. Elle se vante de ses statistiques depuis la séparation du royaume. Il est donc plus que temps de lui montrer que ses foutus chiffres se porteraient encore mieux sans son système tyrannique et ultra féministe.

— Et si par miracle on y arrive, rétorque Jules, tu crois sincèrement que Morana clamera tout haut : « Oh zut alors ! j'ai eu tort de terroriser tous mes sous-fifres ! Je vais réunir tout le monde et ce sera la fiesta, youpi ! ».

— L'objectif n'est pas de convaincre Morana, mais le conseil. S'ils suivent la reine illégitime, c'est juste parce qu'elle leur brandit ses statistiques à tout va. Justifier le mal en prêchant le bien, voilà sur quoi repose le règne de Morana. Il n'y a que le conseil et un vote à majorité capable de la faire bannir. Exactement ce qu'il s'est produit avec la maman de Mily.

Donc, Lélinda a suivi notre conversation… C'est une façon bien à elle d'achever tous les doutes dans l'esprit de Jules Toussaint.

Elle poursuit :

— Je côtoie assez les membres du conseil pour être persuadée qu'elles ne mettraient pas beaucoup de temps à se rendre à l'évidence. Si on leur apporte la preuve que nous pouvons parvenir à de meilleurs résultats sans devoir en passer par tout un tas de bannissements tyranniques et de guerre froide… Nous avons de bonnes chances. Ces femmes aussi ont laissé une âme sœur côté Ylor. Ces femmes aussi ont subi des pertes importantes.

— Et si tu te trompes et que ces Ylas sont toutes endoctrinées jusqu'au bout des ongles ? soulève Jules.

— Je refuse de le croire. Et je refuse de devoir en passer par la force, comme a pu le faire aussi lâchement Morana. On a déjà essayé de l'évincer en ayant recours à la fourberie, avec Mily, et nous avons lamentablement échoué. J'ai bon espoir qu'en agissant avec notre cœur et le respect de tous, nous parviendrons à de meilleurs résultats.

Est-ce sa façon à elle de s'excuser pour le coup en traître qu'elle m'a fait aux côtés de Morana ? Ce n'est pas le moment de m'en assurer. C'est déjà un miracle que Jules l'écoute avec autant d'attention.

— Si je comprends bien, intervins-je, on a du pain sur la planche !

— Je n'ai aucun doute quant à votre future réussite, nous confie-t-elle. En plus de vos puissances respectives et de votre incroyable complémentarité, vous avez vécu sur Terre. Nous avons pu constater combien cela faisait la différence lors de tes épreuves, Mily. J'imagine que tu as explosé tous les records yloriens, toi aussi, Jules.

— J'pensais que vous saviez tout sur moi…

— Seulement ce que Malissia et Magnensia ont pu sélectionner dans la précipitation. Je ne sais rien de plus que ce qui a été envoyé en rêve à Mily te concernant. Et si je le sais, c'est parce que j'ai pris soin de scanner son esprit avant qu'elle revienne parmi nous.

Entre les Ylas qui lisent en moi comme dans un livre ouvert et celles qui me bloquent l'accès à mes souvenirs… Je me demande si j'aurai droit à une part d'intimité un jour…

— C'est pas très clair, toutes ces magouilles avec Malissia et Magnensia, accuse Jules. J'peux savoir comment elles ont fait pour accéder à mes souvenirs, alors que Morana a fait en sorte qu'Ylors et Ylas ne puissent plus du tout avoir d'interaction ?

— On a déjoué le règlement, une fois de plus. C'est un peu long à expliquer. Le temps joue contre nous. La priorité, c'est que je vous apprenne à connaître et à maîtriser vos pouvoirs. Concentrons-nous là-dessus !

J'accepte de bonne grâce. Jules de mauvaise. Ce qui est tout de même une forme de victoire.

Et nous voilà plongés tous les trois dans de bons vieux cours théoriques.

Nous bénéficions tous les deux du même pouvoir général, à savoir : le contrôle des éléments sur Terre. J'ai lu que j'y avais eu pas mal recours lors de mes épreuves. Je pense que c'est comme le vélo, une fois qu'on sait utiliser un pouvoir, il ne s'oublie pas.

En attendant, Lélinda nous fait quand même une petite démonstration :

— Dans le doute, se justifie-t-elle auprès de Jules, une figure de rappel ne fait jamais de mal. J'ai conscience que tu maîtrises bien ce pouvoir sur Ylorior, Jules, mais sur Terre, on doit rester subtiles et ne jamais risquer le moindre soupçon nous concernant. Tout est dans le dosage, regardez…

Un petit geste de la main, et une légère brise vient caresser les arbres d'un petit parc Montréalais. Tout en douceur.

— J'suis pas débile, je sais très bien jauger mes pouvoirs en fonction du lieu, j'te montre.

Jules ne donne pas d'autre choix à Lélinda que de l'observer. Il effectue un rapide repérage des environs en orientant la passerelle à sa guise. Puis, il s'arrête proche d'une maman accompagnée de son bébé en train de somnoler dans l'herbe. Je me demande ce que Jules a prévu.

Une bourrasque.

Et voilà que le nourrisson se met à crier parce que le parasol qui le protégeait du soleil vient de lui tomber dessus.

— Vous avez vu ça ? se vante Jules tout sourire.

— Quand je te parlais de dosage, le réprimande Lélinda, c'était avant tout pour éviter ce genre d'incident ! Tu ne t'es pas douté une seule seconde qu'il y avait une maman avec sa petite fille sur le bas-côté, n'est-ce pas ?

— Oh mince, c'est vrai ? Non, mais de toute façon, je n'ai rien fait de dramatique qu'aider ce pauvre type qui crachait ses poumons à monter cette côte en courant. J'aurais fait un très bon Ylor du sport !

— Tu viens d'assommer un bébé d'à peine trois mois avec un parasol, rien que ça ! Et tu as eu de la chance que ce ne soit pas plus grave. Tu dois faire attention à ne pas agir dans la précipitation et tu dois anticiper qu'il peut y avoir des femmes dans les environs, même si un stupide règlement t'empêche de les voir.

— Mais si je missionne avec Mily, elle verra les femmes et moi les hommes. C'est là que tu veux en venir, non ?

Lélinda soupire et se concentre sur le petit nourrisson. Elle ferme les yeux et je vois l'enfant se détendre. Je suis subjuguée par son pouvoir au cas par cas. Je sais qu'il s'agit de l'arc de conscience et que je dispose de la même aptitude.

Une fois le bébé apaisé, Lélinda referme la passerelle, se tourne vers Jules et répond :

— Là où je veux en venir, Jules, c'est que tu dois prendre en compte les situations dans leur ensemble et non pas seulement la problématique d'un sujet en particulier. Tu dois faire preuve de discrétion, de recul et de réflexion avant d'agir. Tu es trop impulsif, encore. Tes pouvoirs sont beaucoup trop puissants pour te permettre trop de liberté.

— Oui maman ! réplique Jules un brin insolent.

Lélinda ne réagit pas et reste focalisée sur son objectif :

— Passons à la suite…

— Jules, ton pouvoir d'attraction… Donaor t'a introduit l'essentiel, je pense. Tu peux détecter les âmes sœurs de tes sujets, à condition qu'ils ne soient pas épris de quelqu'un d'autre. Puis, tu peux les incarner le temps nécessaire à leur épanouissement sentimental.

J'imagine à peine combien cela a dû être difficile et perturbant pour Lélinda de revoir l'homme qu'elle aime à travers les souvenirs de Jules. Il a grandi, lui. Pas elle. Ils ne sont pas juste séparés par la contrainte, la distance et le règlement. Désormais, tout les éloigne. C'est d'une tristesse sans nom.

— C'est passionnant, tout ça, commente Jules, mais tu omets un détail non négligeable, Miss Yla du bonheur. Comment sommes-nous censés missionner, alors que nous ne disposons d'aucune particule, d'aucun repérage anticipatoire et que ma colombe se trouve de l'autre côté du royaume ?

— Tout est sous contrôle, affirme-t-elle. Mily ne peut de toute façon pas missionner ici puisqu'elle ne dispose pas d'un niveau 4. Son périmètre d'action est limité au domaine du feu. Inutile de prendre des risques en s'approchant de la place principale et de la salle maternelle dédiée à Mily. Notre destination sera l'ancienne salle de Tellissia.

— La salle du rire ? demandé-je.

— C'est une blague ? renchérit Jules.

— Puisque Tellissia est entrée dans la confidence, autant tirer tous les avantages de sa collaboration. Non seulement son ancienne salle répond aux exigences dont nous avons besoin pour vos missions respectives, mais en plus, Tellissia pourra vous fournir particules et détections des besoins humains. Elle fait ça mieux que n'importe quelle autre Yla de niveau 2. Tout ça dans une discrétion capitale pour notre plan J.

— Donc, conclut Jules, si je comprends bien, on doit se déplacer dans le secteur du plaisir. Le secteur qui se trouve à l'opposé de là où nous sommes, c'est bien ça ?

Lélinda acquiesce d'un sourire conspirateur. Elle a tout prévu. La seconde d'après, elle cherche quelque chose dans son dos pour me le présenter sous les yeux à l'aide de l'exo.

Mon ruban rouge.

— Je ne vais pas tarder à provoquer une averse, précise-t-elle. Vous n'aurez qu'à vous propulser le plus haut possible, à l'abri des regards. Puis vous descendrez directement dans la salle du rire. Je lancerai des éclairs pour vous indiquer le chemin. Mais avant tout ça, il nous reste encore quelques heures yloriennes pour aborder tous vos pouvoirs en long et en large.

— D'accord, reprend Jules, c'est super tout ça, mais Tellissia va surtout détecter les besoins des humaines, pas de mes sujets, à moi. Et ça ne solutionne pas l'absence de Colombo. C'est sur lui que repose mon pouvoir spécial. C'est ballot !

Il n'a pas tort. Le règlement de Morana nous restreint beaucoup pour atteindre notre objectif.

— Tu as mieux que Colombo, avance Lélinda. Tu as Mily. Avant de préciser pourquoi, rappelons que ton pouvoir spécial a pour but de lutter contre le stress, les angoisses, la tristesse, la dépression, le manque et bien d'autres fléaux qui contaminent les humains à outrance. À l'instar de l'Ylor de l'alimentation, du sport ou encore des rêves, ta mission n'est pas simple à cerner, puisque nous autres Yloriens ne disposons pas des mêmes besoins que les humains. Mais tu as vécu sur Terre sous une condition qui t'a peut-être donné un aperçu de…

— Non, mais ça va pas la tête de dire des choses pareilles ! s'énerve Jules. J'étais qu'un gamin, bordel !

— Okay, calme-toi ! temporise Lélinda du mieux qu'elle le peut.

Quant à moi, je suis larguée. Je ne vois pas pourquoi Jules s'emporte, ni de quoi ils parlent.

— Je me calme, si t'arrêtes d'insinuer…

— Je n'insinue rien du tout ! s'excuse Lélinda en levant les mains en signe de reddition. Je voulais m'assurer que tu avais bien saisi l'importance de ton pouvoir spécial. Car tu vois, ton pouvoir d'attraction, au cas par cas, est pratique pour favoriser la rencontre entre deux âmes sœurs. Certes, l'amour est toujours plus intense, passionnant et durable entre deux êtres compatibles. Mais cela ne fait pas tout. Ton pouvoir spécial est vraiment, vraiment spécial !

— Je sais. Ton âme sœur m'a déjà rabâché ce discours. Et puis pour le moral, et pour la santé, et pour l'expansion de l'espèce humaine, et blablabla.

Avant que Lélinda ne se mette en colère à son tour, je me permets d'intervenir :

— Je peux savoir de quoi vous parlez, à la fin ?

Non, parce que tous ces mystères autour de ce fameux pouvoir spécial commencent à bien faire…

— De pouvoir aphrodisiaque, répond-elle.

— De sexe, quoi, précise Jules sans détour.

Je piquerais un fard, si j'étais encore sous ma condition humaine. Je pense avoir passé l'âge d'être gênée par le sujet, mais face à Jules… Je ne sais pas. Je suis prise de court, c'est tout.

— Vos pouvoirs spéciaux sont complémentaires. Mily, je t'avais parlé de l'assistance maternelle. Tu dois favoriser les fécondations issues de couples fiables et restreindre les autres. Pour ça, tu devras te reposer sur Jules pour savoir si les couples sont compatibles ou non, dans un premier temps. Et puis, c'est son pouvoir aphrodisiaque qui te permettra de gagner un temps précieux dans un second temps. Vous verrez.

Ai-je bien compris ce que je suis censée comprendre ? Est-ce que notre mission, à Jules et moi, sera bien de former des couples et de les amener à procréer ?

Quelque part, cela me paraît d'une logique implacable en tant qu'Ylor de l'amour et Yla de la famille. Néanmoins, l'humaine en moi crie au scandale. Je n'apprécie pas l'idée que l'amour et le désir n'aient que pour seul objectif de procréer. Je trouve cela discriminant pour les couples homosexuels ou ceux qui ne souhaitent pas avoir d'enfants. Je me demande si les Yloriens ont conscience qu'il existe des plaisirs qui surpassent la simple reproduction de l'espèce humaine.

Je n'aborderais cependant pas la question de sitôt. Je ne me sens pas assez… mâture pour cela. Pour tout dire, je n'avais pas pris conscience que nos deux pouvoirs spéciaux impliqueraient quelque chose… d'aussi embarrassant. Encore que ça le serait moins avec quelqu'un d'autre que Jules.

— Vos missions sont loin d'être simples ! réplique Lélinda pour interrompre le malaise qui s'est installé dans la salle. Les humains tombent amoureux aussi facilement qu'ils cèdent à leurs pulsions sexuelles incessantes. À vous de limiter les erreurs de casting, comme ils diraient. Si toutes les naissances étaient issues d'une union entre deux âmes sœurs, nous serions moins débordés.

— Parce que tu crois que les humains ont recours au sexe que pour procréer ? se moque Jules en écho à mes propres pensées.

— Bien sûr que non ! Je t'ai énoncé tous les bienfaits de ton pouvoir aphrodisiaque, il n'y a pas plus tard que trois minutes. Si tu deviens digne de cette mission, tu seras en mesure de contrôler l'alchimie, le désir, les envies, l'attirance, la tendresse, et d'apaiser toute forme de tension. La partie procréation ne concerne que Mily. Toi, tu devras surtout faire en sorte que les humains ne tombent pas dans l'excès, et que ce soit avec la bonne personne, dans de bonnes circonstances. Tu n'imagines pas à quel point tout ce que je viens de dire est capital !

— Le plus simple serait peut-être de missionner pour nous rendre compte de tout ça, proposé-je. J'avoue être un peu dépassée avec tous ces objectifs, ces pouvoirs, ces missions, ces rôles… Je préfère passer à des choses concrètes, si ça ne te dérange pas, Lélinda.

— Très bien ! s'exclame-t-elle en se tournant vers la sortie. Dans ce cas, vous savez comment vous rendre à destination. Suivez les éclairs !

On ne lui reprochera pas son manque de réactivité… Je me tourne vers Jules, toujours aussi meurtri par la lumière que je lui inflige. Je l'interroge :

— Tu veux mener la barque ou…

Il ne me laisse pas terminer qu'il se sert de l'exo pour s'accaparer le ruban rouge. Puis, d'un geste soudain, il me prend par la taille et le ciel se rapproche de plus en plus.

2 gouttes plus tard…

#

## *La force*

Jules me protège de la pluie battante. Je n'ai conscience de rien d'autre que ma joue contre sa poitrine, sa main dans mon dos, mes bras autour de sa taille. Je me demande si tous les Ylors sont aussi bien ciselés que lui ou s'il fait exception, là encore.

Une petite part en moi remercie le ciel qu'il ne puisse pas me voir. Mon regard et sourire béat trahiraient tout de suite mes sentiments mal placés à son égard.

Inutile de le nier plus longtemps. Je me rends à l'évidence. Je suis fascinée par Jules, et ce, depuis le jour de notre rencontre. Je ne vois que lui. Il n'y a que lui.

*Mon Jules…*

Je comprends mes parents. Tomber amoureux ne se commande pas. Je redoute le moment où Jules rencontrera son âme sœur. Car je ne suis pas naïve au point de penser que ça pourrait être moi. Je n'oublie pas, en effet, qu'à priori je ne suis pas censée exister.

Ma lignée royale ne m'attire que des problèmes, quand j'y pense. Rien de positif. C'est sûrement de cette façon-là que ma mère biologique a vécu son titre royal. D'énormes responsabilités et des choix restreints imposés. Même si rien de tout cela n'aurait eu lieu si elle n'était pas tombée amoureuse de mon père, je suis quand même ravie que cela se soit produit. Il n'y a rien de comparable à ce sentiment. Ma mère aura connu cela, au moins.

Je pourrais rester ainsi contre Jules durant des décennies. J'ai la nette sensation que ma place est ici. Je fais abstraction de tout le reste.

La pluie, le vent, les éclairs, le royaume qui défile à toute allure sous nos pieds… Tout cela me laisse aussi indifférente qu'un arrière-plan flou d'une photo mettant en scène mon idole favorite.

*Jules…*

Cette petite parenthèse utopique est, hélas ! de trop courte durée. J'ai l'impression d'avoir à peine eu le temps de me plonger dans son odeur que nous atterrissons déjà dans l'ancienne salle souterraine de Tellissia.

*Frustration…*

— À la bonne heure ! s'exclame cette dernière.

Lélinda n'est pas encore arrivée, cependant le comité d'accueil est au garde à vous. Malissia, Magnensia, Leïna et Tellissia nous détaillent comme si nous étions des stars mondiales inaccessibles. Leurs regards m'intimideraient presque. Ils expriment tout bas tous les espoirs qu'elles misent sur nous.

*Pression, quand tu nous tiens…*

— Bienvenue parmi nous, Julior ! entame Malissia avec prudence.

— Jules, Jules ! la corrige Tellissia. Surtout pas Julior, d'après ce que j'ai pu comprendre.

— Allons-y pour « Jules », alors, reprend l'Yla de la mémoire. Nous sommes très heureuses de faire ta connaissance !

— Euh ! pareil, se contente-t-il de marmonner.

Je ne suis pas la seule à être gênée, on dirait.

— Je te présente Leïna, le miroir de ton père, Magnensia, Yla des rêves, et moi-même, Malissia, Yla de la mémoire.

— Et moi, ancienne Yla du rire, précise Tellissia. C'était pas très clair tout à l'heure. Car oui, je suis niveau 2, mais j'avais une excellente spécialité avant, d'où notre présence dans la salle du rire. Lélinda a dû vous le dire, je pense, et…

— Tu comptes tout commenter lourdement comme ça pendant longtemps ? l'agresse Leïna sans lui laisser le temps de terminer sa phrase.

— Ce que je dis est important ! se défend Tellissia.

— Les filles ! temporise Malissia. Ne commencez pas, par pitié !

— Elle est juste insupportable ! insiste Leïna. Si on ne l'a pas intégrée au plan J dès le début, il y avait une raison ! Lélinda aurait pu nous consulter, au moins, avant de nous l'imposer !

— Moi, j'dis pas grand-chose, intervient Magnensia, mais je suis assez d'accord avec la blonde, pour une fois. Ce plan est censé être notre mission la plus importante et la plus discrète, et voilà qu'on recrute l'Yla la plus bruyante de tout le royaume…

Tellissia ne se laisse pas faire, bien entendu. Elle rétorque aussitôt :

— Sache que sans l'Yla la plus bruyante du royaume, tu serais obligée de faire le sale boulot des niveaux 1 et 2 pour Mily et Jules, quitte à t'exposer au risque que Morana l'apprenne et te qualifie à Honera. Je te permets donc de ne pas affecter tes statistiques, en t'évitant une perte de temps considérable. Un « merci Telli » est plus de rigueur.

La petite rousse vient de rabattre le caquet des deux capricieuses du groupe. J'éprouve une grande fierté pour mon amie qui a beaucoup de mérite. Car de toutes les Ylas qui se trouvent ici, elle est la seule en qui j'éprouve une pleine confiance. Je lui confierais ma vie et mes secrets sans la moindre hésitation.

Les autres ont beau partager les mêmes objectifs que nous, rien ne pourra me faire oublier le fait que Leïna est une mythomane, Lélinda une traîtresse manipulatrice, Malissia la marionnette de Morana et Magnensia son ombre puérile.

Jules n'a pas besoin d'en être informé.

— En tout cas, je note qu'il y a une de ces ambiances, côté Ylas ! souligne Jules pour apaiser les tensions. J'pensais que seul l'âge avait été bloqué et non pas la maturité. J'dis ça, j'dis rien…

— Dans ce cas, ne dis rien ! riposte Leïna tandis que Magnensia glousse dans son coin.

— Les rivalités sont sans doute plus difficiles à gérer de notre côté, confirme Malissia un peu honteuse. C'est ce qui arrive quand un règlement nous pousse à la rentabilité, à la compétition, et nous prive de toute forme de liberté. Tu ne serais pas aussi détendu, si tu vivais sous la même pression que nous, ne serait-ce qu'une seule journée ylorienne.

Jules ne répond rien. Il doit avoir une petite idée de l'enfer que Morana leur impose, même s'il est encore très loin de tout connaître.

C'est le moment que choisit Lélinda pour faire irruption dans la salle. On peut dire qu'elle maîtrise l'art de soigner ses entrées…

— Les présentations ont été faites ? questionne-t-elle.

— Je crois qu'il nous a bien cernées, oui ! ironise Tellissia.

— Alors, on ne vous retient pas plus longtemps, les filles, poursuit Lélinda. Merci pour tout ! Partez missionner avant que ça ne vous porte préjudice. Nous nous chargeons du reste. Tout est sous contrôle !

Tout le monde opine du chef et prend la direction de la sortie.

— Du coup, ça y est ? Mily t'as tout raconté et tu la crois enfin ? ne peut s'empêcher de demander Tellissia.

Toutes les Ylas interrompent leur ascension vers la sortie en se tournant vers Jules.

— Telli ! lui reproche Lélinda, tout de même amusée par la curiosité de la petite rousse.

— Bah quoi ? C'est quand même super important pour la réussite du plan J, non ? S'il n'est pas capable de voir Mily parce qu'elle lui crame les yeux et qu'il doute que ce soit elle, ça risque de nous porter préjudice face à Morana.

Là encore, Tellissia met le doigt sur quelque chose de délicat, mais de tout à fait légitime.

— Tiens, c'est amusant ! s'immisce Malissia à son tour. Ça me rappelle Mila. Elle aussi était éblouie par Jules à un moment. Tu t'en souviens, Léli ? C'est d'ailleurs comme ça qu'elle a compris que…

À mon grand malheur, Lélinda ne la laisse pas terminer sa phrase et ponctue d'un geste de la main :

— Ce n'est pas à nous d'intervenir. Ils doivent le découvrir par eux-mêmes !

L'instant d'après, elle pousse presque toutes les Ylas dehors pour nous laisser en tête-à-tête.

Nous n'avons donc pas d'autre choix que de ravaler notre curiosité et subir tous ces innombrables non-dits.

— Bon ! ben j'ai l'impression qu'il ne nous reste plus qu'à missionner ! énonce un peu trop sarcastiquement Jules pour avoir l'air enthousiaste à cette idée.

— À toi l'honneur ! réponds-je aussi convaincue que lui du fait que nous sommes prêts pour cela.

Là encore, nous n'avons pas le choix.

Commençons par essayer…

— Bon ! on va torcher ça vite fait bien fait, soupire Jules en créant une passerelle survolant la Chine.

Je suis prise de cours.

— Tu m'expliques ton plan ? demandé-je.

— Y'en a pas. J'me dis que si on doit taper fort, on doit commencer par le pays, voire le continent, le plus peuplé du monde. Ça m'paraît un minimum logique, non ?

— D'accord, mais après ? Tu ne préfèrerais pas qu'on apprenne d'abord à maîtriser nos pouvoirs ? Je ne me vois pas missionner sur les humains tant que nous ne sommes pas rodés.

— Tu sais, qu'on se foire ou non, ça ne changera pas grand-chose pour les humains. Ils font n'importe quoi avec leurs sentiments, leurs désirs, leurs vies...

Je ne peux pas lui donner complètement tort. Je n'ai aucun contre-argument. Je le laisse continuer sur sa lancée. Il fait tout un tas de mouvements, puis il fronce les sourcils.

— Je ne vois rien du tout. Pas une seule lumière, pas un seul sujet... Ça va être sympa pour missionner, ça ! ironise-t-il.

Pas question que je le laisse baisser les bras au moment où il se décide enfin à lever ne serait-ce que le petit doigt.

— Le pouvoir de Tellissia se limite aux Ylas, hélas ! On le savait. Et cela fait partie d'une des limites du règlement de Morana. Imagine combien nous serions performants, si nous missionnions dans les conditions d'autrefois !

— D'accord, mais de savoir ça nous fait une belle jambe, lâche-t-il amer. Quelles sont tes solutions ?

— Tu es niveau 4, Jules... Cela signifie que tu es capable d'assumer les missions des niveaux inférieurs. Et ce, en un rien de temps. Il n'y a rien de honteux à effectuer ces tâches, d'autant que nous avons tous les deux plus de recul sur les humains.

— Okay, mais j'ai aucune fichue idée de comment on s'y prend.

À vrai dire, moi non plus. Mais cela ne devrait pas être sorcier.

Je me sers de la passerelle de Jules pour observer les sujets que m'a préparés Tellissia.

Elle n'a pas chômé... La carte brille d'une centaine de points rouges et orange. J'imagine que le récolteur à particules à côté de nous est rempli. Dès lors, je réalise que même si Jules parvenait à générer des particules à l'instar d'un Ylor de niveau 1, il n'aurait de toute façon pas de récolteur pour lui. Et même s'il y en avait un, ce serait trop dangereux de collecter des particules d'origine « Ylor » parmi celles des Ylas. Le temps qu'elles convergent toutes vers l'observatoire, Morana ne mettrait que quelques secondes à réaliser ce qui se trame ici.

Tout ce que nous allons générer ici apparaîtra dans les statistiques de Tellissia. Étant donné qu'elle n'est plus niveau 3, le conseil ne pourra qu'en conclure qu'elle n'est pas à l'origine de telles prouesses. Tout cela au moment opportun.

Pour l'heure, ce qui intéresse mon ami, c'est de détecter ses sujets. Je vais essayer de trouver comment faire de mon côté, on avisera par la suite.

Je ferme les yeux et me concentre sur ma cible, à savoir la Chine. Rien que cela.

Je ressens une forte énergie au niveau de ma paume. Elle parcourt mon corps en semant des picotements presque imperceptibles, tant ma concentration demeure intense.

Je ne vois pas toutes ces femmes que la passerelle survole. Je les ressens. Je ressens leur peur, leur fatigue, leur stress, leur frustration, leurs... besoins.

Plus je persévère, plus l'énergie ressentie m'assaille. Je sens que je ne vais pas pouvoir tenir ainsi très longtemps. Le mal-être qui règne ici me prend à la gorge. Toutes ces blessures qui n'aspirent qu'à être soulagées. Tous ces non-dits. Tous ces cauchemars. Tous ces drames. Ces larmes…

Je rassemble mes dernières forces pour tenter d'aller encore plus loin dans la détection du mal-être humain.

Puis, c'en est trop.

J'ouvre les yeux et j'émets un hoquet de surprise. Je crois même avoir marqué un mouvement de recul. Ce ne sont plus des points lumineux qui s'offrent à ma vue, mais des zones. Des zones dominées par un rouge criard.

— Je crois que j'ai..., hésité-je un instant, réussi à faire preuve d'analyse, mais...

— Mais tu constates des zones d'opération plutôt que des points précis, complète-t-il comme s'il lisait dans mes pensées.

— Comment...

— Parce que je viens de me prêter à l'exercice aussi. Et je ne suis pas capable de dire si je l'ai fait comme il faut, au vu du résultat. Mais si tu constates la même chose, ça ne devrait pas être mauvais.

Quelque chose me titille :

— Peut-être que nous n'avons effectué qu'une seule étape sur deux des Yloriens de niveau 2. Ils doivent probablement détecter tous les maux humains dans un premier temps et les classer dans un second. Après tout, ce sont eux qui déterminent qui est le plus à même de pallier le mal-être des uns et des autres.

— Bah ! tant pis, on a perdu assez de temps comme ça, énonce-t-il. Et n'est-ce pas l'objectif, justement ? Elle va en avoir pour son grade, la Morana ! On va lui en faire bouffer de la statistique ostentatoire !

Il m'amuse. Je ne peux m'empêcher de pouffer. En même temps, je jubile en secret. Le voir aussi impliqué dans une mission qu'il prétend exécrer me comble d'une joie indescriptible.

— Le seul truc, c'est que je ne peux pas utiliser de particules, continue-t-il de plus en plus motivé. Mais toi si, alors ça devrait le faire. Et puis, je ne vois pas l'intérêt de semer des particules d'amour à tout va. Les humains s'en servent mal, quoi qu'il arrive. Je préfère contrôler leurs sentiments et pulsions au cas par cas.

— Ça mettra plus de temps, mais tu as raison.

— Je vais jongler de sujet en sujet en détectant où se trouvent les âmes sœurs les plus proches. C'est là que tu interviendras. Tu pourras voir et agir sur l'âme sœur choisie. Il suffit que nos deux sujets s'embrassent et hop, affaire conclue, on passera au suivant.

J'émets des réserves sur ce plan et ne peux pas le garder pour moi.

— Tu ne penses pas que ce serait étrange que toute une population se mette subitement à rencontrer « la » bonne personne en un claquement de doigts ? Notre but est d'agir dans la plus grande subtilité et discrétion.

— Ouais, mais on doit aussi frapper fort et créer une nette différence. Gros dilemme !

— Dans ce cas, hasardé-je, j'ai peut-être une suggestion...

De toute évidence, toutes ces femmes symbolisées par du rouge ne souffrent pas d'un manque lié à la famille ou en rapport direct avec nos missions respectives. Je n'ai pas fait le tri. Je ne suis même pas certaine de savoir le faire.

Certes, Jules et moi sommes freinés par tout un tas d'obstacles pour mener à bien nos missions. Mais je n'oublie pas notre meilleur atout. Nous connaissons assez les humains pour avoir vécu à leur côté.

Analyser leur mal-être et repérer ce qui fait défaut au bonheur de chacun est une chose réservée aux Yloriens depuis des décennies. Mes épreuves m'ont permis de me rendre compte qu'une autre forme d'approche pouvait faire la différence. Quoi qu'il arrive, Jules et moi ne serons jamais de parfaits Yloriens, même si nous maîtrisons nos pouvoirs à la perfection et que nous accumulons des années d'expérience.

Nous ne le serons jamais, parce que nous sommes trop « humains ».

Au tout début, je pensais que ce serait un fardeau, ici. Une tare. Quelque chose en moi que je devrais apprendre à renier pour devenir une excellente Yla.

C'est tout l'inverse !

Les Yloriens seraient plus efficaces, s'ils devenaient humains à leur tour. Et ce, ne serait-ce que l'espace d'une année ou deux au moins. Comment peut-on anticiper et appréhender les problèmes de quelqu'un qui n'a pas les mêmes besoins que nous et que nous ne comprenons pas ?

— Nous allons nous concentrer sur les adolescents dans un premier temps, annoncé-je.

— Moi qui pensais que tu allais lancer la solution du siècle ! dénigre Jules, déçu.

Je ne prête pas à attention à ce qu'il dit, je développe mon idée :

— Tu le sais aussi bien que moi. Si tous les humains réglaient leurs problèmes dès l'enfance, tout irait bien pour eux par la suite. Les soucis qu'ils traînent avec et derrière eux ne sont que des conséquences de leur éducation et de leur passé.

— Dans ce cas, pourquoi ne pas agir sur les enfants directement ?

— Parce que nous sommes l'Ylor de l'amour et l'Yla de la famille. Nos missions commencent à partir de l'adolescence, la puberté. Le moment où on commence à découvrir l'amour, le vrai, ainsi que...

— Le sexe, ouais. T'en sais quelque chose, toi ! Moi, je n'suis pas resté aussi longtemps sur Terre.

Cela sonne comme un reproche. Je me demande si c'est parce qu'il estime que je suis restée trop longtemps sur Terre ou si c'est parce que... Je retire toute trace de doute. Bien sûr que son reproche fait référence à David. Je me sens obligée de justifier :

— Tu sais très bien que je n'ai jamais franchi ce pas avec David !

— Ouais, mais il aurait bien voulu, cette face de rat ! J'suis certain que si je n'étais pas intervenu...

— Tu fais référence à la tornade ? fustigé-je d'une voix qui en dit long sur ce que j'en pense.

— J'suis pas certain que cette conversation penche en notre faveur et en notre cause face à la Morana. Ne nous écartons pas du sujet.

Il se moque de moi, là... Il a cependant raison. Je l'écoute achever sa pirouette de rattrapage jusqu'au bout.

— Tu parlais des adolescents. Quel est ton plan, alors ?

— On devrait équilibrer leur vie sentimentale et familiale, dans un premier temps. Si on leur évite toutes les déviances sexuelles...

— Quand tu dis déviance, me coupe-t-il, tu veux dire « homosexualité » ?

Je suis effarée, voire outrée par une telle remarque. Pour qui me prend-il au juste ?

— Bien sûr que non ! Je veux surtout parler de viols, de grossesses non désirées prématurées, ou de dénis de grossesse, d'addiction au sexe, de maladies sexuellement transmissibles, de perte de virginité dans de mauvaises conditions... Et je ne parle même pas des effets destructeurs d'un amour mal placé.

— Tant mieux, parce que j'aime pas bien les homophobes. Surtout que c'est plus facile pour moi, les gays, car je peux tous les voir. Il n'y a que les personnes transgenres qui sont presque invisibles, j'ai remarqué. Sauf les femmes transgenres. C'est bizarre.

— Les personnes transgenres doivent ingérer des hormones du sexe opposé. Morana a dû se baser sur les œstrogènes et la testostérone pour constituer son sort. Tu avais déjà émis cette hypothèse auprès de ton père. Je l'ai vu dans mes rêves.

— Oui, je l'ai toujours soupçonné, en effet...

Nous commençons à assembler les pièces d'un puzzle compliqué. Or, le temps joue contre nous. C'est bien d'apprendre à connaître les limites des sorts lancés par Morana, mais le plan J doit rester notre priorité.

— Si on règle les problèmes des ados dans un premier temps, reprends-je, ce sera déjà un souci en moins pour leur avenir ainsi que pour leurs parents. Je propose que nous concentrions toute notre attention sur les collèges et lycées. Je vais semer des particules pour soulager les tensions familiales, pendant que tu constateras combien les ados ont besoin de nous dans leur vie sentimentale.

— J'ai pas de meilleure idée qui m'vient là, alors commençons par ça, okay.

Je ne pensais pas que convaincre Jules Toussaint serait aussi facile.

J'attends de voir ce que nos missions donnent avant de crier victoire...

La première mise en pratique de nos pouvoirs est fastidieuse... Nous devons nous accorder l'un et l'autre pour trouver la parfaite complémentarité.

— Ah non, mais j'peux rien pour ce mec-là ! Ça doit être le seul asiatique qui a de l'acné !

C'est dans ce genre de situations que mon sang froid naturel me sauve. Et sauve Jules par la même occasion. Ce qu'il peut m'agacer ! Je m'efforce de prendre sur moi pour ne rien dire, mais il faut évidemment qu'il insiste :

— Non, mais sérieux, on pourrait créer un clavier spécial avec tous les symboles rares existants rien que sur son front !

Il se croit drôle, en plus...

— Sais-tu que l'acné juvénile pourrait être la conséquence d'une mauvaise alimentation, du stress, d'une allergie solaire, d'un souci hormonal ou bien d'un mal-être renfermé ? Plutôt que de juger ce pauvre garçon, tu ferais bien de faire ce que l'on te demande et lui venir en aide.

— J'suis pas l'Ylor de la santé, du stress ou de je ne sais quoi. Comment veux-tu qu'une nana veuille l'embrasser ? Rien que l'idée de l'incarner, ne serait-ce que deux secondes, me dégoûte !

Nous avons, effectivement, beaucoup de chemin à parcourir pour nous accorder sur nos missions...

J'essaye tant bien que mal de trouver les mots justes. Après quelques échanges, j'arrive à obtenir l'emplacement des âmes sœurs potentielles aux alentours de ce sujet. J'utilise l'arc de conscience pour déterminer quelle est la personne la moins superficielle. Celle qui pourrait voir au-delà de ce léger défaut éphémère.

J'en sélectionne une et tente une approche vers l'endroit désigné par Jules.

— Tu m'as dit que ton sujet était de type asocial, le nez constamment dans ses dessins ? le questionné-je pour être certaine de ne pas faire d'erreur.

— Ses mangas, rectifie-t-il. Quelle originalité !

Là encore, je fais abstraction de ses remarques désobligeantes.

— J'en ai une un peu dans le même genre, juste ici. Tu me confirmes que c'est un des points lumineux ?

— Oui, chef !

— Toi qui as l'air d'affectionner les bourrasques, je t'invite à faire s'envoler ses feuilles de dessin droit sur cette jeune fille. On va voir comment ton pouvoir d'attraction opère après ça.

Jules ne perd pas une seconde pour jouer avec le vent.

C'est à ce moment que je vois mon sujet se faire assommer par un classeur. Elle en tombe à la renverse.

— J'avais dit quelques feuilles de dessin ! riposté-je. Pas le classeur tout entier !

— Bah ! trop tard. Je l'incarne. À tout de suite...

Je suis surprise par la dextérité de Jules qui a vraisemblablement une meilleure aisance avec ses pouvoirs que moi avec les miens. En même temps, il a beaucoup pratiqué sur David...

J'effectue un arc de conscience sur mon sujet pour observer la scène à travers ses yeux. Du moins, je me concentre pour tenter cette manœuvre. Car je ne me suis servie de ce pouvoir que pour scanner les pensées et analyser mes sujets, jusque-là.

*Concentration maximum...*

— Pardon, pardon ! s'excuse le sujet de Jules.

Je le reconnais grâce à son acné sur le visage. Je dois faire en sorte que mon sujet à moi se concentre sur tous les autres détails, notamment la personnalité de ce garçon.

— Ce n'est pas de ta faute, l'incité-je à répondre tout en attirant son attention sur ses dessins.

Je ressens à travers elle une chaleur parcourir son corps. Ses dessins la touchent. Elle regarde à nouveau le garçon et je l'entends demander d'une voix émerveillée :

— C'est toi qui as dessiné tout ça ?

Il l'aide à se relever. Je me demande si c'est à l'initiative de Jules ou non.

— Tu voudrais que j'te dessine ?

Plutôt brutale, comme approche... Là, je reconnais mon ami !

— C'est gentil, mais je ne pense pas... Enfin, c'est sans doute mieux et plus simple pour toi avec des modèles plus jolis...

Je n'en reviens pas à quel point il est facile pour moi d'influencer mon sujet. C'est presque comme si je l'incarnais !

— T'as vu ma face de tableau de bord de 747 défraîchi ? Si j'arrive à me dessiner, moi, les beaux visages comme le tien, c'est même un peu trop facile. Tu as les traits très fins.

Je n'en reviens pas de la part de Jules. D'un côté, c'est assez... direct et maladroit. Mais d'un autre, j'ignorais qu'il pouvait se montrer si... charmant. Le Créateur aurait ainsi vu clair en lui. Il le niera probablement à vie, mais il a un don pour l'amour. Aussi objective que je puisse être le concernant...

En tout cas, son petit stratagème a fonctionné. Mon sujet est sous le charme. Séduite par l'artiste et par l'homme qui se cache derrière bien des blessures. Et elle meurt d'envie de le découvrir.

— Bon, affaire classée ! se vante Jules de retour dans la salle du rire.

J'interromps mon arc de conscience pour le rejoindre.

— Ils ne se sont pas encore embrassés, alors il est toujours en jaune et elle en point lumineux, mais ça viendra tout seul. J'en ai l'intime et nette conviction !

Je lui fais confiance.

En tout cas, de mon point de vue, cette jeune fille vient de passer de rouge à vert. En quelques minutes. Il ne faut pas grand-chose pour permettre à une femme qui manque de confiance en elle, de se sentir mieux et bien dans son corps. Elle était loin d'être moche. Mais c'est très humain, cela. Se concentrer sur des détails insignifiants qui ne vont pas et faire abstraction du reste.

— Bravo ! félicité-je mon ami. Tu m'as impressionnée, je dois dire. Vraiment !

— C'était marrant, j'avoue. Le souci, c'est qu'on va mettre des plombes si on doit régler les problèmes de tous ces ados au cas par cas. Je ne sais pas à quoi ressemble ta carte, mais la mienne est couverte de rouge rien que dans ce lycée. Si on doit faire tous les collèges et tous les lycées, en plus, on n'est pas rendus !

Il a raison, c'est certain.

— J'attendais qu'on se fasse la main sur quelques-uns de nos sujets avant d'embrayer sur la vitesse supérieure, expliqué-je. À force d'entraînement, on va finir par développer des combos de plus en plus efficaces. Nous n'aurons même plus besoin de nous concerter, on connaîtra les intentions de l'autre, et ce, dans un automatisme finement réglé.

— Alors, quoi ? Tu veux voir en combien de temps on pourrait soulager le mal-être de tous les étudiants de ce lycée ?

Cette phrase résonne comme un défi. Si c'est ainsi qu'il puise une quelconque forme de motivation, pourquoi pas ? Tant que le résultat est là, je saisis toute opportunité.

— C'est parti ! m'exclamé-je.

Je songe à mon vécu sur Terre en tant qu'adolescente. Observer les étudiants en classe, ou pendant les quelques minutes de pause entre deux cours, ne nous permettra pas d'agir à grande échelle. Les moments clés où tout peut prendre des proportions énormes sur le plan émotionnel, en allant de l'euphorie à la profonde déprime, ce sont les fêtes.

— Nous allons organiser des fêtes ! lancé-je avec entrain. Ce qui nous facilitera bien les choses, tu verras.

Je repère assez facilement ce qui m'a tout l'air d'être une déléguée, ou du moins son équivalent en Chine. Une jeune fille qui a été désignée comme porte-parole pour l'établissement. Je ne tarde pas à armer mon arc de conscience sur elle pour lui suggérer l'idée d'organiser une fête, un bal, un événement, peu importe le terme. L'idée est de rassembler un maximum de personnes dans une salle pour que la magie de Jules et la mienne opèrent.

— Et si ça ne branche personne ? s'inquiète Jules.

— C'est à nous de faire en sorte qu'ils aient tous hâte d'y aller et que, par la même occasion, ça leur procure du bien.

— Si ton truc fonctionne, on pourrait appliquer cette stratégie partout dans le monde pour faire rencontrer les âmes sœurs plus simplement, en se servant de la danse et pour canaliser les pulsions sexuelles en effervescence de chacun. Waouh ! Il y a tellement de possibilités, c'est juste... brillant !

Pour un peu, je rougirais. Je tiens cependant à ma modestie tant que nous n'avons pas de résultats concrets.

— Les fêtes sont idéales pour agir sur les adolescents. Une fois qu'on aura missionné dans la plupart des lycées, on pourra s'attaquer aux sites de rencontres pour brasser encore plus large. Les humains sont de plus en plus dépendants de leur téléphone et applications. Tu vas devoir me faire confiance sur ce coup-là.

— Voyons déjà ce que notre première fête va donner, très chère...

Le fait que le temps défile six fois plus vite sur Terre nous permet de constater rapidement nos succès, comme nos échecs.

L'événement approche à grands pas. Je mets au point nos missions respectives avec Jules, avant de figer notre passerelle au bon endroit et au bon moment. La ponctualité est cruciale !

— Et c'est... parti ! déclaré-je.

Jules fait vite le tour de la salle et utilise son pouvoir d'attraction pour détecter les premières âmes sœurs. Je l'aide en mettant en confiance chacune de ses cibles, les unes après les autres. Je lui indique ce que sa colombe ferait moins efficacement que moi, à savoir comment aborder mes sujets et ce qu'il faut éviter.

Plus la salle se remplit, plus notre complémentarité s'affirme. Puis, se confirme, vers le milieu de soirée.

C'est le moment de se concentrer sur nos pouvoirs spéciaux. L'alcool, l'ambiance, la danse, les premiers baisers, la séduction et tout ce qui règne d'aphrodisiaque au sein de cette fête doit être canalisé.

— Je ne détecte plus aucune âme sœur, m'annonce Jules. Il me reste quelques sujets en rouge, ce qui signifie que leur mal-être dépasse mes compétences en tant que satané Ylor de l'amour. Sinon, j'ai pas mal de sujets orange, ce qui m'indique qu'ils sont attachés à la mauvaise personne ou que je ne peux rien pour eux, là encore.

— On ne va de toute façon pas pouvoir satisfaire tout le monde. Notre objectif est avant tout de frapper fort grâce à notre complémentarité. On ne peut pas nous tenir rigueur des maux qui dépassent nos missions respectives. Je suis sûre que nous faisons déjà bien plus que ce que les Yloriens de niveau 2 nous auraient attribué.

J'ai en mémoire la carte que Tellissia m'avait préparée en venant dans cette salle. Je pouvais compter les points rouges et orange. Jules et moi agissons sur des zones depuis quelques heures.

— Bah ! alors, dans ce cas, j'vais me focaliser sur mon pouvoir spécial. T'es prête ?

— Quand tu veux !

L'assistance maternelle dont je bénéficie me permet de détecter les ovules sur le point d'être fécondés. Entre autres. Et je peux décider si, oui ou non, la fécondation doit se faire.

Je n'ai pas trente-six questions à me poser dans ce contexte. Ces étudiants n'ont pas l'âge de devenir parents, même si, grâce à nous, ils s'avèrent être avec la bonne personne. Pour la plupart, ils viennent de se rencontrer, qui plus est.

Nous n'avons pas encore à nous inquiéter de cela. Et nous n'aurons même pas à le faire, si j'arrive à responsabiliser toutes les filles de la salle face aux contraceptions. Les jeunes sont conscients de leur importance, mais une fois piégés par le moment et leurs pulsions, la raison demeure aux abonnés absents. L'arc de conscience va me permettre de m'assurer que le message est bien clair dans leur tête.

En parallèle, Jules se charge de contenir les pulsions de chacun avec son pouvoir spécial. Je crois comprendre qu'il est capable de les jauger et de les canaliser dans une certaine mesure. Il peut même en générer, dans le cas où un couple souffrirait d'un manque de désir et que cela deviendrait pesant, notamment pour faciliter la procréation. Nous ne sommes, bien sûr, pas dans ce cas de figure ici.

Les adolescents ne manquent que très peu de libido. Bien au contraire ! Ou sinon, c'est la peur de perdre leur virginité ou l'appréhension d'une éventuelle douleur qui les dominent. Il est du ressort de Jules de les apaiser.

Cette partie est abstraite pour nous, même si nous avons déjà été humains. Je peux en témoigner, puisque j'ai été une adolescente en couple dans ma condition humaine. Je pense qu'à l'instar des températures, de la maladie, des rêves et des cauchemars, nous ne sommes pas conditionnés pour ressentir le désir charnel, même sous notre condition humaine. Ce qui est logique, puisque nous ne sommes pas prévus pour mettre au monde un humain.

Je suis certaine que si Morana le pouvait, elle ferait en sorte que les humaines puissent procréer sans les hommes, et donc, sans avoir recours au sexe. Des tas de méthodes existent déjà comme la fécondation in vitro. Seulement, comme l'a si bien spécifié Lélinda, les rapports sexuels ont tout un tas de bienfaits d'un point de vue physique et mental chez l'être humain. C'est ce que nous nous efforçons de garder en tête à ce moment précis.

— Bon sang, mais t'as pas idée combien tous ces mecs sont pervers ! déplore Jules. Et encore, on est dans un pays asiatique, les mecs sont vachement modérés par rapport aux Européens ou Américains. Tout du moins, c'est ce que l'on prétend.

— Je pense que c'est dû à l'âge. Tout n'est que découverte. C'est comme s'ils découvraient l'existence des bonbons à la puberté. Ils en consommeraient à l'excès. Sauf s'ils ont reçu une bonne éducation qui les a informés des méfaits des abus et que, contrairement à toi, ils ne font pas tout pour contester les règles.

— Si j'étais un petit Ylorien tout sageounet, nous ne serions pas là, tous les deux, en train d'enfreindre les plus grandes règles d'Ylorior. Nous ne nous connaîtrions même pas !

Il marque un point. Comme souvent…

Je souris et reporte mon attention sur les couleurs que forment mes sujets.

Le vert domine et les points rouges et orange sont soit sur le point d'être apaisés, soit leur mal-être n'est pas de mon ressort. J'ai l'impression que Jules parvient aux mêmes conclusions.

Un soupir de contentement ponctue l'achèvement de notre mission sur ce lycée. Nous savons tous les deux que nous devons rôder cette méthode, puis l'affiner pour la maîtriser.

Je n'ai pas le temps de faire quoi que ce soit que Jules me surprend à rechercher le lycée le plus proche.

C'est donc reparti pour un petit tour !

Jules et moi missionnons depuis plusieurs heures, jours ou semaines...

J'ai perdu le fil du temps. Je ne compte plus le nombre de couples que nous avons formés, les grossesses évitées, les relations améliorées... Je suis fan de ce pouvoir et de cet impact que nous avons sur les humains. Ce sentiment intense que nous procure toute cette bienveillance.

Ce qui me comble d'autant plus de joie, c'est de constater le même effet sur Jules. On croirait dur comme fer qu'il est devenu accro à ses missions.

Qui l'eût cru ?

Nous sommes semblables à deux chirurgiens de spécialités différentes, opérant en parfaite symbiose sur tout un tas de patients à la fois. Notre synchronisation est de plus en plus aiguisée. Nous n'avons même plus besoin de nous concerter.

Un mot doux, une fleur, une petite brise fraîche bien placée, un rendez-vous arrangé, une maladresse adroite, un baiser volé, un jeu improvisé de la bouteille ou d'action et vérité (les incontournables !), une soirée déguisée, un secret partagé, une caresse subtile...

Nous pourrions créer un « kit de séduction pour les sujets en mal d'amour ».

Jules se montre très créatif, contrairement à moi qui suis la « raisonnable » du groupe et qui ne lui permets pas toujours ses extravagances.

J'aime notre complicité.

J'aime nos échanges.

J'aime notre alchimie.

J'aime...

— Coucou ! nous interrompt Magnensia. Je sais que je ne devrais pas être là, mais j'ai pas pu m'en empêcher. J'suis trop curieuse, en fait. Et puis, qui sait, peut-être que vous avez besoin de plus de particules que prévu, et que Tellissia n'avait pas assez prévu, et...

Elle s'arrête net devant le récepteur de particules que je remplis quasi machinalement.

— Attends, t'as utilisé que ça ? s'étonne-t-elle d'un air dubitatif quant à mes capacités en tant qu'Yla.

Elle est loin du compte ! Mais s'il me restait encore toutes ces particules issues de la récolte de Tellissia, ce serait en effet inquiétant. Magni n'est pas censée savoir que je suis parvenue à intégrer la récolte dans ma routine de missionnage. Et que je le fais sans difficulté. Je ne suis même pas certaine qu'elle soit au courant que je sais le faire tout court.

— Nous sommes passés à la vitesse supérieure, me contenté-je de lui expliquer tandis que je lui montre l'étendue de points verts sur notre passerelle.

— Attends, t'as fait tout ça en utilisant aussi peu de particules ? s'écrit-elle abasourdie. Et Tellissia t'avait attribué autant de sujets ? Je n'ai jamais vu ça de ma vie !

Je prends un petit temps pour lui expliquer notre façon de procéder, pour finir par lui suggérer l'idée que les Yloriens seraient plus efficaces s'ils comprenaient un peu mieux les humains.

Magnensia en profite pour reporter toute sa curiosité sur mon ami. Ce qui ne me poserait aucun problème, si elle ne le faisait pas d'un ton aussi mielleux.

En même temps, je peux comprendre. Magni n'a jamais rencontré de personnes de sexe masculin. Elle n'a fait que les voir et les analyser à travers sa mission sur les rêves. Et puis, Jules est loin d'être inintéressant. J'en sais quelque chose...

— C'est pas trop galère sans particules ? demande-t-elle en battant des cils.

*Ce qu'elle peut m'exaspérer...*

— J'en sais trop rien, lui répond Jules. Je n'ai jamais utilisé de particules, alors je vois pas bien en quoi ça pourrait me manquer.

— T'es en train de me dire qu'avant ça, tu n'avais jamais missionné ?

— J'ai testé quelques pouvoirs, ça m'a vite pris la tête. Alors, non.

Les choses ont bien évolué, depuis. Jules s'est bien plus que pris au jeu. C'est un peu ma petite fierté personnelle. Sans moi, il n'aurait jamais pris goût à cela.

— Bah ! là, j'imagine que ça a bien changé ! déduit Magnensia en tentant de se rapprocher de lui pour constater l'état de sa passerelle.

Ce qui est inutile, car en tant qu'Yloriennes, nous ne pouvons pas voir ce que génèrent les Yloriens. Et elle le sait.

Elle cherche à amadouer Jules. Et ça a le don de me mettre en rogne.

Je reste cependant impassible.

*Zen, Mily...*

— J'espère que ta mission se passe bien, insiste-t-elle. Je ne sais pas ce qu'ils ont tous avec l'amour, mais moi, j'suis d'accord avec toi. Cette mission, elle craint.

— Ah ! enfin quelqu'un de sensé ici ! s'exclame-t-il. Je me sentais incompris.

Et ils se mettent à glousser tous les deux, tels deux adolescents dans leur monde.

La colère monte en moi. Je la sens prendre le contrôle.

— Oui, mais on a trouvé un bon rythme, temporisé-je.

— Je pense qu'avec un peu de bonne volonté, Jules peut tout faire ! minaude Magnensia d'une petite voix insupportable. D'ailleurs, c'est bon, Jules ? Mily ne te crame plus les yeux ?

*ZEN...*

— Bah ! non, mais en même temps, explique-t-il, la première fois que j'ai rencontré Mily, elle était muette. Maintenant qu'on se retrouve, j'suis presque aveugle. J'ai pas hâte de voir ce que l'avenir nous réserve !

Cela sonne comme une plaisanterie, mais j'accuse tout de même le coup. Ces mots sont violents, ou alors, c'est que j'en fais des tonnes pour pas grand-chose.

— Tu es très drôle ! pouffe Magnensia en se tordant de rire.

Elle qui faisait preuve d'une si grande répartie... Aux côtés de Jules... plus rien ! Elle est comme obnubilée par lui. Et on dirait que ses manières lui plaisent.

Et voilà qu'ils commencent à partir dans des délires affligeants. Je n'écoute plus, parce qu'au-delà de la colère, cela me déprime. Un combo qui ne fait pas souvent bon ménage. Surtout chez moi. J'ai tendance à surréagir, encore plus lorsqu'il est question de Jules.

*Calme-toi, Mily...*

— À présent que tu es là, reprend sérieusement Jules, tu peux m'expliquer comment t'as fait pour scanner mes souvenirs ? L'Ylor des rêves a essayé d'accéder à l'esprit de ma mère, que j'ai pourtant connue, et ça n'a pas fonctionné. Alors que nous étions proches, elle et moi.

C'est la première fois que j'entends Jules parler de sa maman ainsi. Un excès de jalousie me ronge de l'intérieur, car ce n'est pas à moi qu'il se confie aussi naturellement. Mais à celle qui lui fait les yeux doux. Et on dirait qu'il adore ça...

— J'ai aussi essayé à travers Vita, par exemple, rétorque Magnensia. Ses souvenirs étaient bloqués, mais elle les a retrouvés grâce à la danse. Et Vita était très proche de Viitor, son frère jumeau.

— Connais pas.

— Ylor de la danse, sans grande surprise...

— Dans ce cas, c'est normal ! éclate-t-il de rire. Ce doit être la seule mission encore plus pourrie que la mienne !

Et Magnensia s'esclaffe en parfaite harmonie avec *mon* ami.

Ils sont sur la même longueur d'onde. C'est indéniable. Je ne peux cependant pas m'empêcher de me sentir de trop. C'est le toupet lorsque j'entends l'Yla des rêves préciser :

— Je disais donc qu'avec Vita, ça n'a pas fonctionné. Mais je ne sais pas pourquoi, avec toi, ça s'est fait tout seul. Il y a comme une connexion que je ne m'explique pas avec toi... Je songe à la théorie des âmes sœurs...

*ZEN ZEN ZEN ZEN ZEN...*

Jules se met à rire de plus belle, ce qui me rassure, en un sens. Toutefois, ce que vient de sous-entendre Magnensia est loin d'être idiot. C'est ce que je redoute tant depuis son intervention inopinée. Leur lien est si... évident. Et puis elle, au moins, il peut la voir.

Je tente de maîtriser les innombrables émotions qui m'assaillent, tandis que Jules essaye de reprendre son sérieux pour répliquer :

— Je ne crois pas à toutes ces conneries d'âmes sœurs. Enfin j'veux dire, pour les Yloriens. C'est un truc d'humains qui doit rester aux humains. J'en veux pour preuve que les parents de Mily n'étaient pas des âmes sœurs, et ça n'a pourtant pas empêché ce qui s'est passé. T'as bien vu ce que ça a entraîné !

*C'en est trop pour moi.*

J'espérais que Jules... Je ne sais plus trop ce que j'espérais, au final.

Jules ne croit pas aux âmes sœurs, puis il a l'air de penser que la séparation d'Ylorior est de la faute de mes parents. Quelque part, il n'a pas tort, mais ça ne reste pas moins difficile à entendre de la bouche de l'homme que j'aime et qui est sans nul doute promis à une autre. Même s'il n'y croit pas.

Tout est confus.

J'ai envie de crier.

Je manque d'air.

Sur Ylorior.

Ça ne va pas du tout !

J'avais tort de placer tous mes espoirs en lui.

Il ne changera jamais…

Je suis le fruit d'une erreur. Je reproduis ces mêmes erreurs et je fais encore l'erreur de croire que cela n'en est pas une.

C'est terminé.

J'abandonne.

Je ferme ma passerelle en même temps que j'ouvre la trappe dans la foulée.

Jules n'a même pas le temps de comprendre que j'ai récupéré mon ruban rouge attaché autour de sa taille, que je suis déjà loin.

Très loin, très haut.

2 battements plus tard...

# chapitre 18

## *L'arbre*

Mon objectif est tout trouvé : la petite salle de classe laissée à l'abandon dans le secteur de la flore. Personne n'aura l'idée de me chercher là-bas, sauf peut-être Lélinda. Qu'elle aille se faire voir, elle aussi avec son plan J, ses magouilles, ses secrets, ses complots ! Ils ne valent pas mieux les uns que les autres, ici. À part Tellissia, peut-être. Pas étonnant qu'elle fût aussi proche de ma meilleure amie.

Vita me manque tellement… J'aurais dû l'écouter !

En attendant, je dois contourner la place principale en survolant le secteur du sommeil et de la faune. Je ne devrais pas tarder à apercevoir la salle de cette peste de Magnensia, du haut du ciel ylorien. Si ça se trouve, elle s'est servie de moi, afin que je lui ramène son âme sœur.


Je ne suis qu'un pion depuis le début dans cette histoire.

Un pion qui a un pouvoir mortel entre les mains.

Un pion qui n'aurait jamais dû exister.


Je dois trouver une solution pour retourner sur Terre.


Sans Lélinda, mettre la main sur la pierre sacrée ne va pas être simple, dans un lac aussi vaste. Un problème qui me paraît minime face à celui qui s'impose subrepticement à moi...

Une tornade.

Une petite, mais une tornade quand même, qui me force à faire demi-tour dans les airs. Et cela n'a rien d'un jeu d'enfant. L'exo est moins puissant que la force du vent, c'est à savoir.

Je ne peux pas gagner d'altitude, et si j'en perds, je risque de me faire repérer par les Ylas. Cette tornade doit déjà attirer leur attention, cela ne doit pas être courant par ici.

Je n'ai de toute façon pas le choix. Enfin, si : soit faire demi-tour vers la salle du rire (hors de question !), soit regagner le sol et tenter de me faire le plus discrète possible.

Je n'ai pas le pouvoir de faire pleuvoir, donc je suis repérable par les Oriors, et donc, par Morana. Si ça se trouve, c'est elle qui a lancé cette tornade à mon encontre. Mais cela ne répondrait à aucune logique. Elle chercherait à se servir de moi en premier lieu, au lieu de m'effrayer ou chercher à me faire fuir.

Lélinda n'aurait aucun intérêt à me faire prendre les risques auxquels ma position actuelle m'expose. Sauf si elle s'imagine que je vais bêtement faire demi-tour et continuer cette mascarade de missionnage à deux. Magnifique combo ! Merveilleuses statistiques ! Blabla...

J'en arrive à la conclusion que ce brave Jules serait à l'origine de cette tornade qui s'acharne contre moi, envers et contre toute ma bonne volonté. Il n'a jamais su faire dans la subtilité. C'est du Jules Toussaint tout craché !

Je remercie le Créateur de m'avoir fourni des organes factices, sinon j'aurais déjà détérioré mon estomac, mes poumons et le reste, à travers cette maudite tempête de sable.

Si je reste en boule au milieu des dunes du secteur du sommeil, je m'expose moins, certes, mais je ne vais pas aller loin.

Je rampe à l'aveugle en direction du secteur de la faune. Le vent sera plus clément sans le sable qui s'abat sur moi, telle une vague s'échouant sur un rocher en perdition. La vase en moins. Quoique... je dois être ensevelie. Je peine à maintenir le ruban dans mes mains.

Il reste beaucoup trop de distance à parcourir dans ce désert en folie.

*Je ne vais jamais y arriver.*

— Mily ! résonne la voix de Jules loin derrière moi.

*Je dois y arriver !*

Je ne veux plus le voir ni l'entendre, sinon je me connais. Je vais à nouveau...

Bref.

Un pas après l'autre.

L'esprit contre le corps. Le corps contre les caprices (de Jules) de la nature.

— MILY !

Je redouble d'efforts et parviens à me hisser jusqu'au bord de la rivière qui sépare les domaines du feu et de la terre. Une prouesse qui ne va pas servir à grand-chose. Les traos sont aussi inutilisables que mon ruban rouge. Et si je mets ne serait-ce qu'un pied dans cette eau chargée en particules, à destination de l'observatoire... Eh bien ! je ne sais pas ce qu'il se passera. Mais il se passera quelque chose qui ne penchera pas en ma faveur, c'est une certitude !

Je dois cependant trouver un moyen de traverser.

Je me positionne sur un trao. Le vent est beaucoup trop puissant pour le défier avec mon exotokinèse. Je vais donc tenter de dupliquer ce pouvoir en combinant l'exo du ruban et du trao.

Cela... ma... rche. Approximativement.

Deux secondes, seulement.

Je retiens une série de jurons lorsqu'une bourrasque m'arrache le ruban des mains. Je l'observe s'échouer dans la rivière interdite. Impuissante.

— MILY, bon sang !

Sans plus attendre, j'effectue un bond comme je ne m'en serais jamais cru capable. J'atterris au beau milieu d'une meute de marmottes en hibernation. Elles n'ont pas pris la peine de s'enterrer sous terre, ce qui fait que je les réveille en sursaut. Si ce n'était pas moi, la tornade qui ne cesse de me poursuivre l'aurait fait.

Désormais, c'est la panique générale.

Tous les animaux hibernants se réveillent les uns après les autres dans un chaos sans merci.

Je slalome comme je peux dans la cohue. J'évite de justesse les chauves-souris, les reptiles, les loirs, les... ours ! Oh la la !

Mon cri couvre la voix de Jules qui braille de plus en plus proche dans mon dos.

Je n'ai pas fait tout ce chemin pour abandonner mon périple ici !

Je tiens bon, même si la pagaille animalière me fait regretter le sable.

*Je cours.*

Est-ce trop difficile pour autrui de me laisser tranquille et seule un instant ?

Tout ce que je veux, c'est un petit instant de paix rien qu'à moi dans la petite salle de classe. J'ai besoin de digérer tout ce que je (subis) vis depuis... depuis aussi longtemps que je m'en souviens. Et même avant.

*Je cours.*

Je ne me laisse pas ralentir par la déferlante qui s'acharne contre moi. C'est la zizanie à l'état pur, côté faune. J'essaye de me convaincre que ce n'est pas de ma faute. Je ne suis de toute façon pas responsable des frasques de Jules. Il devrait assumer la conséquence de ses actes (et non-actes) et de ses paroles (et non-dits) avant d'aggraver son cas.

*Je cours.*

Le plan J est de toute façon compromis. Et même si nos missions ont été un réel succès, le bazar provoqué ici décrédibiliserait tous les aspects que nous pourrions défendre.

*Je cours.*

Morana a raison depuis le début.

Les émotions générées par l'amour peuvent être aussi destructrices que constructives.

*Je cours.*

Je sème les animaux, le vent, les fleurs, les champs, les herbes folles et Jules.

*Je cours.*

Cette petite salle de classe se trouvait proche d'un arbre gigantesque que je reconnaîtrais entre mille.

*Je cours.*

Rien ne m'arrêtera, maintenant.

— Je t'en prie, ma Miny, attends-moi !

*Je cours.*

Il ne parviendra pas à m'amadouer davantage. J'ai conscience qu'il se rapproche de moi, mais je m'en fiche. Il me perdra bien de vue à un moment, quand je gagnerai le secteur de la flore bien plus fourni en végétations diverses et variées.

*Je cours.*

Il n'a pas réussi à me ralentir avec ses pouvoirs de niveau 4, ce n'est pas faute d'avoir essayé. J'ai désormais la certitude que plus rien ne peut m'atteindre.

*Je cours.*

J'aperçois enfin les premiers arbres du secteur de la flore.

Une fois la frontière franchie, je dévie sur ma gauche.

Je n'entends plus du tout Jules répéter mon prénom, mon surnom, des supplications...

*Je cours.*

Le calme domine de nouveau mon espace vital.

*Je ralentis.*

Cette lumière jaillissant à travers les feuilles des arbres me procure un bien-être indescriptible.

*Je m'arrête.*

Je me perds dans la contemplation de ce secteur à la beauté saisissante.

Les rayons du soleil me caressent la peau. J'ignore depuis combien de temps nous étions enfermés dans des sous-sols, mais cette sensation m'avait manqué.

Le chuchotement des feuilles s'entremêlant les unes dans les autres. Les insectes chantonnant en accord avec les oiseaux voisins…

Cette verdure est saisissante. J'en oublierais presque mon objectif.

Plutôt que de m'enfermer à nouveau dans un sous-sol, j'émets l'idée de prendre un moment pour moi, ici même, cachée dans le creux d'un arbuste que je repère tout de suite. Les Oriors ne songeront pas à chercher quelqu'un ici. C'est limite si cela m'est égal, à présent.

Je n'ai le goût à plus rien d'autre que de me laisser bercer par cette nature réconfortante.

Je repose ma tête contre le sol et ferme les yeux un instant.

Une goutte.

Deux.

Puis une averse s'abat sur la forêt.

*Jules...*

Il vient encore tout gâcher !

J'en ai assez de courir.

*Je reste.*

— T'aurais pu choisir un cyprès, me fait-il sursauter, c'est plus cosy ! Et c'est un peu notre lieu à nous.

Je n'ai plus le courage de fuir ni de me confronter à lui. Pour une fois, je suis bien contente de l'aveugler. Au moins, il est tenu de respecter une distance de sécurité.

— Il n'y a pas de « nous » et il n'y en aura jamais ! tranché-je d'un ton plus que sec.

Il ne répond rien à cela. Que dire, après tout ? Il le sait aussi bien que moi.

Il conserve un silence que je respecte, même si cela commence à me mettre mal à l'aise.

Je me tourne vers lui pour lui faire face, enfin. Il ne peut pas me voir, mais moi, si.

Il est accroupi, tête baissée sur ses mains posées à même ses genoux. L'eau ruisselle sur son corps tout entier. Je pourrais l'inviter à s'abriter de la pluie à mes côtés, mais n'en fais rien.

*Il est si beau...*

Ses vêtements trempés font ressortir cette couleur rouge dominante, symbole de l'amour.

Mon père devait porter la même tenue. Je me demande s'il était aussi beau que lui. Si c'est le cas, je comprends pourquoi ma mère s'est entichée de lui au point de mettre le royaume en péril.

*Je l'aime si fort...*

Cette émotion me dévore de l'intérieur. Elle va bien finir par me consumer. Je rêve de ses mains sur ma peau, de ses lèvres...

— Par pitié, Miny, cesse !

Il n'y avait rien d'agressif dans cette requête. Une véritable douleur atteint ses expressions. Je demeure cependant confuse. Je suis certaine de ne rien avoir formulé à voix haute. Et jusqu'à preuve du contraire, il n'est pas capable de lire dans mes pensées. Du moins, je l'espère.

— Quoi donc ? risqué-je.

— De... briller.

— C'est toi qui te fais subir cette torture ! J'ai tout fait pour te semer !

— Et pourtant, je suis là. Encore...

— Rien ne t'y oblige. Le plan J ne concerne que toi, à présent. Je vais retourner sur Terre avec la pierre sacrée et me tenir loin de Morana et du diamant primaire et...

Il me prend par surprise en me faisant taire d'une simple pression de sa main. Il a dû se coller à moi sous l'arbuste pour y parvenir. Ce confinement n'est pas prévu pour deux personnes, encore moins pour quelqu'un qui doit tenir ses distances pour soulager ses yeux.

— Tu veux bien la mettre en veilleuse de temps en temps ? se moque-t-il.

Je le repousse. Enfin, j'essaye. Le voir plisser les yeux de la sorte m'est insupportable.

— Va-t'en, Jules ! S'il te plaît !

— Pourquoi ?

— Je ne supporte plus de te faire du mal. C'en est trop !

— Ça ne te posait pas tant de problèmes avant que Magni arrive. Pourquoi es-tu partie aussi rapidement ? J'suis sûr que tu as mal interprété ce que j'ai dit sur tes parents !

Bon, s'il ne veut pas sortir de cet arbuste, c'est moi qui vais le faire.

Il me rattrape avant même que je parvienne à lever le petit doigt.

— Ça n'a pas d'importance ! riposté-je de plus en plus énervée par son comportement. Lâche-moi, s'il te plaît !

Naturellement, il resserre sa prise de plus belle.

— Pas tant que tu ne m'auras pas dit pourquoi tu m'évites !

C'est dans ce genre de moments que mes larmes humaines me manquent. Elles me faisaient perdre tous mes moyens, certes, mais elles avaient le mérite d'évacuer mon chagrin latent. Là, il ne demande qu'à exploser.

Ce que je fais...

— Oublie-moi, Jules ! Ce sera plus facile ainsi. Tu avais raison à propos de mes parents. Je n'aurais pas dû naître. Je ne représente qu'un danger pour Ylorior et une source de souffrance pour toi. C'est au-delà de mes forces, je...

Contre toute attente, Jules se met à...


... rire.

J'avoue ne pas savoir comment le prendre. Ses mains me surprennent à leur tour en venant se poser de part et d'autre de ma tête, en contournant mes oreilles. Puis, il vient poser son front contre le mien. Je n'imagine même pas la douleur qu'il doit ressentir. S'il le fait exprès pour tester ses limites ou si...

Je perds le fil de mes pensées.

Cette proximité me perturbe comme jamais !

— Je dois t'avouer que je conservais un doute du fait que ce soit bien toi derrière cet amas de lumière, me confie-t-il tandis qu'il tente de contenir son hilarité persistante. Mais alors là, plus du tout !

Et il repart dans un nouvel éclat de rire sans pour autant briser le contact de nos peaux.

— Je ne suis personne ! m'imite-t-il avec exagération. Ouin ouin, je ne mérite pas d'exister, ouin ouin, je suis une pauvre orpheline, je suis faible, ouin ouin ouin...

Derechef, je sens la rage m'envahir. J'essaye de m'éloigner, mais il reprend son sérieux.

— Ma Miny... Pardonne-moi !

Il relève tendrement mon visage pour...

*Oh !*

...

...

Je retrouve mes esprits au bout de quelques secondes.

Enfin... je crois.

Je suis au paradis d'Ylorior. C'est comme le paradis terrestre, mais version rayonnante, chatoyante. Je suis sur un petit nuage. Je n'ai pas envie d'interrompre ce doux et long baiser.

Jamais.

Apparemment, Jules non plus.

Une caresse aussi légère qu'une plume... C'est la sensation que me procurent ses lèvres sur les miennes. David m'embrassait de la même façon quand il était incarné par Jules. La sensation est toutefois différente.

*C'est si bon...*

C'est très égoïste de ma part. Il est forcément promis à une autre, à l'instar de mon père. Et tout cela pourrait générer de nouveaux conflits. J'ai beau le savoir, ainsi que connaître les répercussions probables : je me retrouve dans l'incapacité de me résoudre à mettre fin à cela.

*Oh ! mon dieu, je suis en train d'embrasser Jules Toussaint !*

*Mon Jules...*

Pendant que j'essaye de réaliser, ses mains descendent dans mon dos pour me prendre dans ses bras tout contre lui.

— Ça a toujours été toi, Miny, finit-il par me murmurer avant de m'embrasser de nouveau.

*Je dois rêver...*

*Encore un coup sordide de la part de Magnensia...*

Peu importe, je prends quand même !

*Bonheur...*

J'aime absolument tout. La sensation de sa bouche contre la mienne, ses caresses, ses étreintes, son odeur, sa douceur...

Quand il interrompt notre énième baiser, je me noie dans ses yeux chocolat. Je ne l'ai jamais vu aussi détendu et...

*Minute...*

— Je ne te brûle plus ? m'inquiété-je, interloquée.

*Là, c'est certain, je nage en plein rêve !*

— C'est vraiment toi ! me répond-il en passant une de mes mèches de cheveux derrière mon oreille gauche. Je t'aurais tout de suite reconnue si j'avais eu la chance de te voir. Tu es...

Il sourit. Gêné.

Jules Toussaint, gêné ! On aura tout vu !

— J'ai dû tomber sur la tête ou être victime d'une illusion, je n'en sais rien, avoué-je. C'est comme si tous mes rêves les plus fous, voire même inavoués, se réalisaient. Et là, je vais voir ma mère biologique m'accueillir à bras ouverts, puis Vita va me seriner les tympans à coup de « j'te l'avais dit ! ». Tout cela me semble trop beau pour être vrai...

— Trop beau... Hum... Peut-être, oui. D'accord, je reconnais que les cicatrices ne me mettaient pas à mon avantage. Mais j'y pouvais rien ! Personne ne m'avait prévenu que les humains avaient une peau aussi fragile. Enfin si, peut-être qu'on m'avait mis en garde, mais j'avais pas dû écouter. Tu m'connais...

— Justement, c'est parce que je te connais que j'ai du mal à comprendre...

— Qu'as-tu du mal à comprendre ?

Il fallait que je m'attende à ce genre de questions. Je relève l'ironie de la situation. En très peu de temps, Jules et moi sommes devenus les spécialistes de l'amour. Nous ne faisions qu'un durant nos missions. Notre efficacité était redoutable. Et surtout, nous avions fini par n'être embarrassés par aucun tabou.

Mais là, parce qu'il s'agit de nous... j'aimerais disparaître pour ne pas devoir exprimer mes sentiments. Il se moquerait, tournerait tous mes mots en dérision, s'esclafferait... Il ferait son Jules Toussaint et moi, ma Mily Tourel.

C'est la raison pour laquelle je fais abstraction de tout ce qui a trait aux sentiments et aborde :

— Pourquoi je ne t'éblouis plus ?

— Parce que je suis un idiot de ne pas l'avoir compris plus tôt, voilà tout ! Je suis l'Ylor de l'amour, et il a fallu que j'aie la peur de ma vie de te perdre, pour réaliser à quel point nous étions liés. À ton avis, comment crois-tu que je t'ai retrouvée dans cette jungle ?

— Je brillais ? hasardé-je.

— Pire que ça ! J'aurais pu te voir depuis la lune. Et j'avais remarqué ça plusieurs fois, déjà. Quand tu disais des choses qui me procuraient du bien, tu brillais plus que d'habitude. Ou quand je désirais te prendre dans mes bras, t'imagines même pas !

— Es-tu en train d'insinuer que...

— Je n'insinue rien du tout, Miny. Je te l'affirme et te le confirme. Tu es mon âme sœur.

Cette phrase agit tel un feu d'artifice dans mon cœur et mon esprit à la fois. Je dois cependant me rendre à l'évidence et ne pas sauter de joie trop vite.

— Mais c'est impossible...

— Attends, tu sais que je suis le premier à ne pas croire à ces bêtises. Et pourtant, la preuve en est que tu as cessé de m'éblouir quand on s'est... Enfin tu vois, c'est comme dans nos missions. Quand deux âmes sœurs sont officiellement ensemble, elles arrêtent de briller dans mon champ de vision.

— Donc... nous serions... officiellement ensemble ? le testé-je.

— À présent que tu ne me crames plus les yeux, rien ne nous oblige à rien. On peut rester de simples amis. On évitera juste d'aborder ce qui vient de se passer, c'est tout.

Ce n'était pas tout à fait la réponse escomptée...

— C'est ce que tu veux, toi ?

Il hausse les épaules pour toute réponse.

Je redescends de mon petit nuage. Brutalement. Je suis déçue par sa réaction, mais en même temps, cette situation me paraît plus réaliste.

— Puisqu'on ne va donc plus aborder... ce qu'il vient de se passer, poursuivis-je, pourquoi as-tu chuchoté « pardonne-moi », juste avant ?

— Parce que je savais ce que j'allais entreprendre et que je n'avais pas l'intention de te demander la permission. J'avais peur que tu me repousses ou me gifles ou que tu partes en courant comme tu sais si bien le faire.

— Et qu'est-ce que ça te fait d'imaginer que nous pourrions être des âmes sœurs ?

— Mily, il n'y a aucun doute là-dessus !

— Tu n'as pas répondu.

— Parce que tu as mal formulé ta question.

— Je ne vois pas comment le Créateur aurait pu me prévoir une âme sœur alors que, de base, je n'aurais jamais dû exister.

— Dans ce cas, comment se fait-il que le Créateur t'ait attribué la mission de la famille ? Il faut croire que le système qu'il a mis en place pour le remplacer a été créé pour pallier toutes les éventualités. Et je suis bien content que ce soit toi. Je me sens même soulagé de savoir que ce phénomène quasi magnétique qui nous liait depuis tout ce temps, cette force invisible, n'était pas le fruit de mon imagination.

Et moi donc. Cela expliquerait mon obsession pour Jules, même lorsque je ne me souvenais plus de lui.

— « Ça a toujours été toi », le cité-je d'un sourire timide.

— Et ça le sera toujours. Je t'en donne ma parole ! De toute façon, je n'ai pas le choix ! ajoute-t-il à moitié hilare.

— Alors, qu'est-ce que cela signifie pour nous d'être des âmes sœurs ? interrogé-je. Qu'est-ce que cela implique ?

— J'en sais foutrement rien ! J'te dirais bien de demander à l'Ylor de l'amour, mais manque de bol, il s'avère plus paumé que Movence sur une carte de France !

Au moins, il se fait rire. Voyant que sa réaction me blesse, il se ravise en vitesse pour enchaîner :

— Écoute, ma Miny, on verra. On va improviser, ça ira très bien ! ponctue-t-il en passant un bras autour de moi pour me coller contre lui.

Il pose sa joue contre le sommet de mon crâne et je me sens de nouveau bien.

— On a définitivement ruiné le plan J, pas vrai ? osé-je demander.

Il soupire un grand coup avant de rétorquer :

— On a foutu une sacrée pagaille... J'imagine que ça ne va pas pencher en notre faveur. Surtout lorsque la Morana apprendra la raison de ce remue-ménage.

— Je me suis peut-être emportée trop vite, me défends-je tant bien que mal.

— Peut-être ? raille-t-il en se mordant la lèvre pour ne pas éclater de rire. Mily, t'as piqué une crise de jalousie pour une gamine de huit ans !

Il est vrai que dit en ces termes, je me sens... minable. C'est le mot. Autant ne rien répondre à cela.

— Oh ! allez, fais pas ta boudeuse ! ricane-t-il en me chatouillant pour me détendre. J'suis content que tu l'aies fait. Ça m'a permis d'ouvrir les yeux, au sens propre comme au figuré. Quand Magnensia m'a dit que tu devais être jalouse... c'est tout de suite devenu évident pour moi. On n'est pas jaloux quand on ne tient pas à la personne.

— Si je me souviens bien de l'épisode David, tu en sais un rayon question jalousie...

— Ça non plus ça ne va pas pencher en notre faveur face à la Morana. Je commence à me demander si on ne ferait pas mieux de retourner sur Terre pendant qu'il en est encore temps. Tu as le pouvoir de nous y téléporter tous les deux grâce à la pierre sacrée, n'est-ce pas ?

Revenir à la case départ était mon intention. Jusqu'à ce que Jules la formule.

Je réalise que je souhaitais surtout retourner sur Terre pour le fuir. Pour l'oublier, ainsi que les sentiments que je ressens à son égard.

*Navrant, Mily...*

La situation a quelque peu évolué depuis. Il est temps de réévaluer les possibilités qui s'offrent à nous et leurs conséquences.

Retourner sur Terre nous permettrait de ne plus nous exposer au danger qui pèse sur nous en permanence. Après tout, Morana me laissait tranquille sur Terre. Les Oriors aussi.

Mais qu'adviendrait-il de Jules ? Si la reine illégitime venait à apprendre qu'Honéor a rompu leur accord en laissant un de ses Ylors (qui n'est plus un potentiel, à présent) déambuler sur Terre... Je ne préfère pas prendre ce risque.

Je suggère alors :

— La seule chose qui nous porterait préjudice face à Morana, en dehors du fait que nous sommes tous les deux entrés dans son territoire en parfaite illégalité, ce...

—... et que je bénéficie d'un chromosome Y, ajoute-t-il l'air de rien.

— Certes. Un détail de faible importance si on arrivait à prouver que nos compétences surpassent celles des Ylas, Morana comprise. Les membres du conseil seraient plus sensibles à nos atouts et complémentarités qu'aux caprices de leur reine despotique.

— Ça, c'est la théorie de Lélinda. La mienne, c'est qu'on ferait mieux de décamper d'ici en vitesse.

— Et que ferions-nous une fois sur Terre ? Je n'ai pas envie de vivre dans l'angoisse permanente qu'il pourrait t'arriver quelque chose. Morana a déjà assassiné mon père, et même s'il est possible que ma mère ait été épargnée, elle a tout de même réussi à nous séparer.

— Et que crois-tu qu'elle ferait si elle mettait la main sur nous ?

Je lance, avant d'avoir réfléchi à ce que cela impliquerait :

— C'est pour cette raison que nous ne pouvons ni rester ici ni retourner sur Terre.

Jules ne met qu'un bref instant avant de voir où je veux en venir. Avant qu'il me partage son opinion, je précise :

— Nous n'aurons qu'à nous procurer une injection d'hormone masculine, afin que ton père puisse me voir et nous faire passer côté Ylors tous les deux.

— Et tu serais la seule nana au milieu de tous ces frustrés en mal d'amour ? Hors de question ! J'préfère encore tous ces pervers d'humains. Eux au moins, je peux les calmer vite fait.

Je n'en reviens pas qu'il puisse émettre une pensée aussi déroutante et hors de propos dans un tel contexte ! Je ris jaune, avant de prendre conscience qu'il est tout à fait sérieux. Et malgré cela, je ne peux m'empêcher de me sentir flattée par cette remarque.

— Tu es impossible ! me scandalisé-je, néanmoins amusée. Si c'est ma sécurité qui t'inquiète, admets que je ne risquerais rien aux côtés d'Honéor, qui n'est autre que mon oncle, plutôt que d'être à la merci de Morana sur Terre. Tout comme toi.

— Bigre, c'est vrai ! réalise-t-il. J'en reviens toujours pas que tu sois sa nièce. La nièce du roi, rien que ça ! Il va devenir vert Hulk, quand il apprendra que c'est moi ton âme sœur. Je crois qu'il n'aurait pas pu rêver pire aspirant pour sa lignée royale !

Je souris. Je suis convaincue qu'au contraire, Honéor était tout à fait conscient de ce qu'il faisait, lorsqu'il a bravé les interdits pour envoyer Jules à l'endroit où je me trouvais.

*Jules se sous-estime tellement...*

— J'ai hâte de le rencontrer, tu sais ! lui confié-je.

— J'imagine... Depuis le temps que tu rêves de retrouver ta famille...

Il le sait mieux que personne. Ce qui m'amène à penser à sa famille à lui.

— Et la tienne ? Tu ne veux pas rencontrer ta sœur avant de partir ?

— Bof ! Je préfère la rencontrer dans un contexte un peu moins tyrannique. Pour l'instant, ma famille, c'est toi. Et ce bon vieux Enthé, aussi, mais si on veut le revoir, on ferait mieux de trouver un autre abri. Je sens une présence autour de nous et mon instinct m'envoie des signaux d'alerte.

Je me fige de stupeur. Il n'a pas l'air de plaisanter, et c'est bien ce qui me terrifie le plus. Jules ne prend pas grand-chose au sérieux et il n'est pas du genre à avoir peur, contrairement à moi.

— Quand je te fais signe, chuchote-t-il au plus près de mon oreille, tu cours dans cette direction le plus vite possible.

J'entends le grondement d'un vent sourd se profiler à l'horizon. Jules est en train de préparer sa riposte. À moins que ce soit ce vent-là, le danger en question. Mais si c'était le cas, Jules ne le redouterait pas. Il maîtrise les éléments naturels. Pas les Ylas, pas les animaux, ni les créatures invisibles.

— Vas-y ! hurle-t-il tandis qu'il brandit ses bras dans la direction opposée.

Une rafale manque de me faire tomber.

Je m'assure que Jules me suit avant d'enclencher mon plus grand sprint.

*Nous courons.*

Vers où ?

Eh bien ! vers l'improvisation la plus totale.

Le paysage défile à toute allure. J'aperçois des groupes d'Ylas au loin, j'espère qu'elles nous distinguent aussi mal que nous. Il y a des chances pour qu'elles nous prennent pour des animaux.

Inutile de créer un mouvement de panique. Il est déjà bien difficile de passer inaperçus avec la déferlante que Jules lâche derrière nous.

J'ignore quel est l'ennemi à nos trousses. À en juger par l'attitude de Jules et ce qu'il lance, ce doit être coriace !

Nous ne pourrons pas chercher et donc, trouver, la pierre sacrée dans ces conditions. Lélinda connaissait l'endroit exact où elle se trouvait. Pas moi. Et le lac est beaucoup trop grand.

Je finis par repérer cet arbre gigantesque auprès duquel se situe la petite salle de classe. C'est sûrement la cachette idéale pour semer notre ou nos assaillants.

Je me dirige droit sur lui.

— Pas par-là ! s'écrie Jules.

— Fais-moi confiance !

En effet, la végétation est moins accueillante par ici. Les vastes prairies donnent lieu à des fougères, orties et ronces en tous genres. Sans omettre les branches des arbres que je renvoie malgré moi en boomerang contre Jules.

Il ne s'en plaint toutefois pas, ce qui prouve sa grande confiance en moi, tandis que je commence à douter de mon idée. Cet itinéraire nous ralentit considérablement.

La pluie ne rend pas le périple plus accessible, qui plus est. Et j'espère que notre passage n'endommage pas la nature si précieuse d'Ylorior. On risquerait de nous reprocher notre part d'humanité, au lieu de nous l'envier.

J'essaye de minimiser les dégâts. De toute façon, il est impossible de faire machine arrière, alors je maintiens le cap sur le grand arbre.

Plus nous nous en rapprochons, plus l'endroit me paraît familier. Et contre toute attente, plus je me sens... apaisée.

On dirait que mon corps réagit positivement à cet environnement précis. Tout semble signifier que ma place est ici. Un sentiment d'intense bien-être s'immisce en moi à mesure que mes pas me guident vers l'objectif.

Je commence à chercher la trappe de la salle de classe du regard. Elle était enfouie par des fourrages.

— Plus vite, Mily !

Jules me passe devant en me tirant le bras sur son passage. L'urgence est, a priori, devenue alarmante. Je n'ose pas me retourner.

Mais je me retourne quand même.

Et je n'aurais pas dû.

— MILY !

Il n'est plus question de trappe, d'arbres, de bien-être, de protection de la nature ou de quoi que ce soit d'autre. Une horde de loups est à nos trousses. Et ils n'ont rien d'amical.

— Nous ne sommes pas supposés être immortels ? crié-je pour chercher un semblant de réconfort.

— La mort est le cadet de mes soucis ! énonce-t-il en me prenant sur son épaule aussi facilement qu'il soulèverait un sac d'école.

Je comprends qu'il courait à mon allure depuis tout à l'heure. Sa vitesse m'impressionne presque autant que la menace qui se rapproche. Les rafales et ripostes de Jules ne doivent plus faire beaucoup d'effet, étant donné qu'il a cessé toute autre tentative de défense que fuir.

Je réfléchis à d'autres solutions que celle de servir de fardeau.

Mais rien.

Je n'ai plus le ruban, rien n'est exotokinésable dans les environs et je ne dispose pas des pouvoirs d'un niveau 4.

Jules commence à ralentir sa cadence au moment où nous arrivons près du grand arbre majestueux. Il ne peut pas être épuisé, grâce à sa condition ylorienne. Donc, soit il abandonne, soit il ressent cette sensation de plénitude, qui a repris de plus belle chez moi en tout cas. Ou alors, il a compris pourquoi je visais cet arbre, et a ralenti pour me permettre de chercher la trappe du regard. Les loups ne pourraient pas nous suivre sous terre.

— Si tu as une idée lumineuse, Mily, c'est le moment ! exprime-t-il tandis qu'il effectue un rapide tour du tronc.

— La trappe était plutôt par-là ! indiqué-je en lui désignant un chemin approximatif.

— Trouve autre chose ! Nous sommes cernés.

Je n'ai pas besoin de lui demander une confirmation.

Le grognement des loups couvre l'averse qui s'abat sur nous sans vergogne. Ils avancent à présent droit sur nous, comme au ralenti, en position d'attaque.

— Rien ne sert de courir, il faut mourir à point, ironise Jules en marquant un arrêt contre le tronc.

Il me fait glisser contre lui afin que je puisse poser les pieds à terre. Il me garde néanmoins collée, voire comprimée à lui.

*Les loups avancent.*

— Ils ne peuvent pas grand-chose contre nous, tenté-je de nous rassurer d'une voix tremblotante.

— Je n'ai pas trop hâte de le découvrir. La Morana maîtrise un peu trop bien la magie noire. J'ai vu des trucs horribles dans sa salle aux Oriors.

— Elle n'a aucun intérêt à nous assassiner, tempéré-je. Elle a besoin de moi pour mon pouvoir royal et de toi pour ton pouvoir sur moi.

Ils ne sont désormais plus qu'à quelques centimètres.

— On dirait qu'ils cherchent à faire durer le plaisir pour savourer notre torture imminente, se plaint Jules.

— Je pensais que de nous deux, c'était moi qui dramatisais tout !

— Tu étais aussi supposée être la raisonnable du groupe. C'est le moment de me prouver que j'ai bien fait de te faire confiance en te laissant nous engouffrer ici.

Ça pourrait être un reproche, mais cela sonne davantage comme un adieu.

Je le dévisage.

Et soudain, tout s'éclaire.

Les loups ne vont pas nous tuer. Morana nous observe sûrement à travers eux. Elle veut nous faire regretter le séjour en nous effrayant. Peut-être nous teste-t-elle. Elle doit penser que nous allons nous rejeter la faute sur l'un et l'autre et regretter tout ce qu'il vient de se passer. Quelque chose de ce genre.

Que nenni !

Morana ne gagnera pas.

*L'amour l'emportera toujours.*

Je souris, à la grande surprise de Jules de plus en plus décomposé par la panique.

— Ça a toujours été toi ! murmuré-je avant de l'embrasser avec passion.

Peu importe ce que les loups, Morana, les Oriors, les mirages, les tempêtes et les mauvais sorts feront contre nous. Qu'ils s'acharnent ! Ils ne nous prendront jamais cette chose merveilleuse.

Notre baiser se fait de plus en plus fougueux. Qu'il s'agisse de notre dernier, ou pas, nous gagnerons.

Je réalise que ma mère n'a rien perdu. Mon père est mort, en effet. Je vais y passer, moi aussi, mais nous avons été aimées en retour d'un amour inconditionnel. Je ne vois pas d'objectif de vie semblable à celui-là. Cet amour entre mes parents n'était pas une erreur. Comment ai-je pu être aussi loin de la réalité à ce point ?

Une menace s'obstine contre nous, et pourtant, le bonheur irradie de mon/nos corps.

À mesure que notre baiser s'intensifie, j'ai la sensation que nous lévitons... vers le sol. Qu'importe, je ne désolidariserai mes lèvres des siennes sous aucun prétexte.

Puis, c'est le noir complet.


Enfin, presque.


Un unique point lumineux attire mon attention jusqu'à me détacher de mon étreinte avec Jules.

— Qu'est-ce... ?

— On est morts ? interroge Jules, au moins aussi perturbé que moi.

Si ce n'est pas le cas, cela y ressemble fortement. Nous nous approchons de la source lumineuse.

— Ça ressemble à s'y méprendre au tube de lumière de la fin des épreuves yloriennes, relève Jules.

— C'est peut-être le passage entre la vie et la mort version ylorienne, alors. Le Créateur a peut-être pensé à une ultime épreuve pour décider si on a le droit à une seconde chance ou non.

Jules passe la main à travers le rideau lumineux sans lâcher son autre main de la mienne.

— Je n'ai pas le souvenir de m'être fait dévorer. Et toi ? questionne-t-il.

— Non plus. J'ai juste eu l'impression de... m'envoler, mais vers le bas. Une sensation très étrange.

— Tu penses qu'on est sous l'arbre ?

Je fais un rapide tour d'horizon. Je ne vois que du noir s'étendre à perte de vue.

— C'était donc ça, ton plan ? insiste Jules. Tu savais que cet arbre pouvait nous abriter, c'est pour ça que tu m'as demandé de te faire confiance ?

*Euh...*

J'aimerais dire que oui, mais je ne suis sûre de rien. Je ne suis même pas certaine que nous soyons sous l'arbre.

— On doit peut-être se placer dans le rayon lumineux, comme pour la fin des épreuves, suggéré-je.

— On n'a pas trop l'choix. Mais on va y aller ensemble, comme ça, on est certains de ne pas être séparés. Imagine si on me renvoie côté Ylor !

— Entendu. C'est quand tu veux !

Nous nous toisons en silence.

Je détaille toutes les expressions de son doux visage. Je sais qu'il y a des risques de toutes natures, y compris celui consistant à le perdre à nouveau de ma mémoire. Mais je savoure l'instant présent. Avec lui, c'est facile. C'est beau. C'est même serein.

— Tu me fais croire en quelque chose qui me faisait honte, Miny, chuchote-t-il. C'est fort. Et puissant, aussi.

— C'est ta façon de me dire que tu m'aimes ? raillé-je par pure moquerie, bien que mon enthousiasme transparaisse à travers mon sourire jusqu'aux oreilles.

— Tout de suite les grands mots ! Tu m'as pris pour qui ? L'Ylor de l'amour, peut-être ? Prends garde à toi, Mily Crépin Tourel !

Il va pour me chatouiller. Je le sais. Et il sait que je le sais, alors j'esquive sans grande motivation. J'adore le contact de ses mains, de sa peau...

— Je suis heureuse d'être ton âme sœur, Jules Toussaint ! Et ceci n'est pas une déclaration d'adieux, d'accord ?

Il m'embrasse avec ferveur pour toute réponse et nous emmène à l'intérieur du tube lumineux sans que nous nous séparions du moindre millimètre.

# chapitre 19

## *L'évidence*

Le bruissement des feuilles virevoltant avec le vent.
Le soleil caressant mon visage.

C'est un fait. Me voilà au paradis !

Un aboiement.
Deux.

Quelque chose de mouillé me soutire un sursaut.
— Oovy ! ricané-je en ouvrant les yeux.
Je suis allongée sur une étendue d'herbe et Oovy me fait la fête.
Trop heureux de me retrouver.
— Bigre ! J'ai l'impression qu'un trois tonnes cinq conduit par
un troupeau d'éléphants m'est passé dessus ! soupire Jules en
s'asseyant à son tour.
Nous échangeons un bref regard avant de contempler les
environs.
— Si Oovy est ici, cela signifie que nous ne sommes pas morts,
élucidé-je.
— Ou qu'Oovy est mort aussi. Morana ne s'embarrasserait pas
de conserver ce qui lui rappellerait sa lâcheté. J'suis certain qu'elle
s'est débarrassée de tous les animaux appartenant aux Ylas qu'elle a
fait bannir.
C'est une remarque intéressante. Je ne m'étais jamais posé la
question. Oovy est resté sous la protection de Tellissia durant mon

absence, est-ce que cela signifiait que Morana se doutait que je comptais revenir un jour ?

Je n'ai pas le temps de chercher à comprendre quoi que ce soit d'autre, que Jules se fait brusquement entraîner dans les airs.

— Mais c'est quoi ce truc de...

Son langage est aussi animé que ses gestes. Il se débat dans tous les sens pendant que je commence à m'envoler, moi aussi. La seule différence, c'est que je ne cherche pas à résister. Je sais très bien ce qu'il se trame ici.

Cette force invisible.

Ce soleil rayonnant. Sans pluie.

Notre présence illégale au sein d'un royaume gouverné par un maître de la sorcellerie...

*Les Oriors.*

À présent, j'ai donc la certitude que nous ne sommes pas morts.

Mais cela risque de ne pas tarder...


Notre destination n'est pas non plus une grande surprise. Nous quittons un arbre pour un autre. Celui du conseil, bien évidemment !

Tout un tas de scénarios tournent en boucle dans mon esprit.

« *Nous sommes fichus* » résonne sans relâche. C'est ainsi que je résumerais la pensée dominante de notre situation.

Je ne quitte pas Jules des yeux, qui n'a de cesse de se débattre, jusqu'à ce que les Oriors nous déposent face aux membres du conseil.

Ma mémoire demeure bloquée les concernant. Je me souviens avoir lu m'être retrouvée ici, mais, une fois de plus, j'évolue dans une perpétuelle découverte.

Les couleurs des vêtements et médaillons de ces quatre femmes face à nous indiquent à quel domaine elles sont affiliées. Je suis juste surprise que Lélinda ne soit pas déjà présente. Cependant, son physique de douze ans me fait douter de sa place officielle au sein du conseil. Morana aurait débloqué son vieillissement jusqu'à vingt-huit ans, comme pour tous les autres membres ici présents.

— Bien le bonjour à toutes, mesdames ! se présente Jules en effectuant une révérence.

S'il essaye d'alléger l'ambiance, ceci est un échec. C'est à se demander depuis combien de temps les bouches de ces femmes n'ont pas esquissé de sourire. Leurs rictus doivent être à la retraite depuis des décennies !

— Mesdemoiselles, peut-être ? retente-t-il de sa voix guillerette.

Les membres du conseil s'échangent un regard furtif qui doit signifier quelque chose de particulier. Je ressens beaucoup de peine pour elles. Voire de la pitié. Elles sont semblables à des automates dépourvus de toute forme d'émotion.

Et dire que notre plan était de les convaincre de suivre notre nouvelle approche ! Défendre notre cause face à un glacier ne me paraîtrait pas plus absurde. Finalement, ne plus avoir de plan du tout n'est pas aussi dramatique que ce que j'imaginais. Préparés ou non, la tournure n'aurait pas été si différente. Je le vois à la façon dont ces femmes jaugent Jules. Un regard aussi mauvais que méprisant. Le lavage de cerveau « Made by Morana » a été on ne peut plus efficace...

— On attend la patronne, c'est ça ?

Je fais taire Jules d'un léger coup de coude. Ce qui ne l'empêchera pas de dire des âneries, mais sait-on jamais… Parfois, il m'écoute.

Et par miracle, il se tait. Il soupire ostensiblement, mais il se tait. Je me dois de relever ses progrès.

En attendant, les jurées restent muettes. Elles ont toutes vingt-huit ans, et pourtant, elles sont si austères qu'elles en font quarante de plus. Avec un peu d'exagération de ma part. On ne peut pas dire qu'elles savent mettre à l'aise leurs convives.

Puis, un battement d'ailes se fait entendre. Il s'agit très certainement d'Ocry escortant la fameuse Morana.

Je redoute ce face à face imminent, autant que je m'impatiente. Tout ce que j'ai pu lire à propos de cette reine illégitime m'a permis de me faire une image assez précise d'elle. Je me demande si cela correspond à la réalité.

Cette femme sans cœur. Cette sorcière tyrannique. Ce démon personnifié. Cet être perfide.

L'assassin de mon père.

La responsable des maux d'Ylorior.

La haine que j'éprouve pour Morana monte en puissance à mesure que je l'entends se rapprocher.

Jules me prend la main. Il doit se douter qu'un certain nombre de (res) sentiments m'assaillent à l'idée de faire face à l'ennemie tant redoutée.

Les membres du conseil se lèvent à l'unisson dans un silence des plus morbides.

*La voici...*

Je la détaille des pieds à la tête, non sans parvenir à réprimer une expression de dégoût. Grande, très mince, voire rachitique. Le teint hâlé, les cheveux aussi noirs que le plumage de son oiseau. Un regard perçant. Un de ceux qui ont le don de nous terroriser en une fraction de seconde. On pourrait lui trouver une grande beauté, si elle n'était pas aussi pourrie à l'intérieur.

— Alors c'est toi, la Morana ? entame effrontément Jules.

Je réprime l'envie de l'applaudir pour lui manquer à ce point de respect. Le vouvoiement est de rigueur dans de telles circonstances. Je suis cependant partagée par ce besoin de le faire taire. Ce n'est pas en jouant la carte de l'insolence qu'on augmente nos chances de nous en sortir. Quoique je n'espère plus grand-chose...

Morana ne se donne toutefois pas la peine de répondre à cette attaque maîtrisée. Elle lance un signe en direction de ses sous-fifres pour les intimer de s'asseoir.

De vraies marionnettes !

— Mily... Quelle surprise de te retrouver parmi nous ! énonce Maléfique en prenant bien soin d'ignorer mon Jules.

Ce qui me saisit de stupeur, c'est le fait que Morana ne soit justement pas surprise par notre présence.

*Elle le savait.*

J'ignore depuis quand, mais elle le savait. J'en suis certaine.

Morana conclut son entrée en scène en envoyant son oiseau de malheur chercher Lélinda.

*Observer.*

*Attendre.*

*Subir.*

*Et se relever.* Peut-être.

Avec un peu d'espoir, tout finit toujours par s'arranger.
Non ?


Lélinda fait à son tour irruption dans la salle du conseil à peine quelques secondes plus tard. Là encore, je trouve tout cela très suspect. Son masque impassible d'autant plus. Elle nous évite du regard, comme si elle avait quelque chose à se repprocher.

A-t-elle peur que nous dévoilions ses manigances les plus obscures à l'encontre de la reine ?

Six paires d'yeux nous sondent comme si nous étions de la vermine à exterminer le plus vite possible. Si seulement les membres du Conseil se rendaient compte à quel point leur reine illégitime représente la seule et unique imposture !

— Mesdames ! entame Jules de son ton théâtral hautain. Permett...

— Nous ne vous avons pas invités à prendre la parole ! le coupe sèchement Morana.

— Mais vous ne nous avez pas non plus invités à nous rendre ici. Et pourtant, nous sommes là ! Tes machins nous ont escortés de force comme si nous étions de vulgaires criminels. Peut-on savoir quel est notre délit en dehors du simple fait d'exister ?

Morana n'a pas l'habitude qu'on la défie ainsi. On dirait que c'est la première fois qu'elle se retrouve décontenancée. Ce pourquoi un des membres du conseil vient à sa rescousse :

— Ce n'est pas une façon convenable de s'adresser à notre reine !

— « Notre reine » ? reprend Jules faussement outragé. Jusque-là, ma reine était la défunte Mila, la mère biologique de ma compagne que voici. C'est donc envers Mily que je dois le respect dû à son titre, entre autres. Vous feriez d'ailleurs bien d'en faire autant !

— Veuillez...

Morana n'a pas le temps de le faire taire qu'il surenchérit :

— Tu n'as pas voulu nous représenter, Morana ! Nous, les Ylors, le sous-peuple que t'aimes autant que le fait de nous savoir « génocidables ». Je ne te dois alors ni respect, ni dévotion et encore moins obéissance. Allons tout de suite à l'essentiel, veux-tu ? Car malgré les complots, les coups bas et les motivations de chacun, je suis persuadé que nous pouvons trouver des intérêts communs.

Morana arque un sourcil interrogateur. Elle ne s'attendait pas à faire face à un Ylor de ce genre, j'imagine. En même temps, personne ne peut s'attendre à quelqu'un comme Jules, quelle que soit la situation.

— Ah, j'vois que j'ai titillé la curiosité générale ! enchaîne mon âme sœur pas peu fière de son petit discours. Parfait ! Il m'a semblé que votre objectif absolu, en dehors de nous exterminer, était de rendre les humains plus heureux. Ça tombe plutôt bien, parce que nous aussi ! Et nous avons l'immense plaisir de vous annoncer que Mily et moi avons trouvé un moyen d'accroître significativement vos statistiques, déjà très impressionnantes, par rapport à ce qu'elles étaient avant la séparation, inutile de le nier.

Morana se retrouve désarçonnée, tandis que les membres du conseil se montrent de plus en plus attentives à ce que Jules est sur le point de révéler. Tous les membres, à l'exception de Lélinda que je sens plutôt tiraillée entre elles et nous. Selon moi, elle pense que c'est perdu d'avance, étant donné le remue-ménage que nous avons créé en très peu de temps sur Ylorior.

*Mais moi, j'y crois !*

Enfin... Je crois en Jules et en nous. Très fort.

— J'imagine que vous allez suggérer que l'union Yla et Ylor fait la force, maugrée Morana pour reprendre contenance. Peut-être que vos statistiques pourraient appuyer vos arguments, mais l'expérience m'a...

— Bah non ! C'est pas ce qu'on allait dire. Loupé ! l'interrompt insolemment Jules. Outre le fait que Mily et moi avons été plus performants à deux que toutes les Ylas réunies, en quelques jours, nous ne serions pas aussi performants si nous n'avions pas une aussi bonne connaissance des sujets. Les solutions nous viennent sans attendre, puisque nous avons tous deux vécu sur Terre.

— Pardon ? s'écrie Morana furibonde.

Jules et moi comprenons en même temps l'ampleur de la boulette. Morana n'était donc pas au courant que Jules avait été banni sur Terre, malgré le pacte passé avec Honéor.

— Il n'avait pas le choix ! tente de se rattraper Jules. Honéor ne savait plus quoi faire de moi. J'étais un électron libre qui n'en faisait qu'à sa tête. Et puis, techniquement, le pacte lui interdisait de bannir tout Ylor, or, je n'étais alors qu'un potentiel. Un potentiel qui refusait de devenir un Ylor à la botte des humains.

*Je pense qu'il s'enfonce...*

— Je ne suis pas resté longtemps sur Terre, reprend-il. C'était juste pour me donner une leçon en me faisant réaliser à quel point nos missions sont importantes et combien les humains ont besoin de nous. Et grâce à cette expérience sur Terre, j'ai décroché mon niveau 4 sans effort. Moi. Le petit garnement. Imaginez une toute autre organisation où les potentiels feraient leur apprentissage parmi les humains, de façon encadrée. Ils reviendraient au royaume pour passer leurs épreuves et...

— La génération des potentiels est révolue ! achève Morana. Les Yloriens sont incapables de discipline lorsque le système d'âme sœur vient les dissiper et les écarter de leurs missions.

— Pour une fois, tu n'as pas tort, Morana ! J'admets volontiers que nous autres Ylors sommes indisciplinés. Nous n'évoluons pas sous une dictature plus terrorisante qu'autre chose. De notre côté du royaume, nous nous entraidons et nous distrayons pour être ainsi plus sereins et à même d'aider les humains à le devenir à leur tour.

Jules fait face à Morana en la fixant durement. Il ne la laissera pas prendre l'ascendant sur cet échange.

— Ne pense pas que la séparation du royaume ne nous a pas donné de leçon, Morana ! Nos statistiques sont même très certainement bien au-dessus des vôtres, et ce, pour la simple et bonne raison que notre effectif est démesurément supérieur. Tu penses vraiment que dix Ylas soumises à tes ordres les plus réducteurs valent mieux que des milliers d'Ylors épanouis ?

De nouveau, il s'adresse aux membres du conseil. Je n'avais jamais vu Jules défendre une cause avec autant de ferveur. C'est désormais lui qui m'éblouit par son admirable charisme.

— Sachez, Mesdames, que parmi tous les Ylors indisciplinés, je représente sans la moindre hésitation l'élément le plus perturbateur et indomptable qui soit. Pour qu'Honéor ne voie pas d'autre solution que de me bannir... Je ne crains ni les règlements, ni les châtiments, ni les représailles, ni les menaces. Et pourtant, me voici devant vous aux côtés de mon âme sœur !

Jules soupire un instant et me lance un regard à la volée. Puis, un sourire s'étire dans le coin de son doux visage. Il me prend la main et poursuit :

— Sans elle, je serais encore en train de faire tourner Honéor en bourrique. Sans elle, je n'aurais jamais cru en l'amour et en son pouvoir. Je ne serais d'ailleurs pas Ylor, encore moins Ylor de l'amour. Une mission que j'ai eue en horreur jusqu'à ce que je commence à missionner à ses côtés. Jusqu'à ce que nous pulvérisions toutes les statistiques du règne de Morana. Moi. Julior, alias Jules Toussaint sur Terre. Le petit merdeux marginal imbu de sa personne.

Me voilà devenu l'Ylor le plus puissant du royaume, sans crier gare. Grâce à mon expérience des humains et grâce à ma complémentarité avec Mily. Et me voilà implorant votre attention pour repenser les bases d'un monde meilleur pour humains comme Yloriens.

Il marque à nouveau une pause avant de lancer :

— Maintenant, imaginez un nouvel Ylorior réunifié ! Les âmes sœurs, main dans la main, se tirant vers le haut et non plus vers le bas comme cela a pu se produire par le passé. On remettrait en route la procréation afin d'augmenter les effectifs du royaume. Un nouveau règlement encadrerait tout ça, bien sûr. Mais surtout, je m'engage et me porte volontaire pour former les Yloriens au monde humain depuis la Terre. On peut faire un essai avec une poignée d'Ylas, si vous le désirez. Comme je vous le disais, nous avons des différends, mais nous partageons avant tout un intérêt commun. Et notre solution est meilleure que celle actuellement mise en place.

— C'est bien beau, ce petit discours, grommelle Morana la mâchoire tendue, mais ce qui importe, ce sont les preuves. Et toutes les informations dont je dispose vont dans le sens contraire, j'en ai bien peur. Vous clamez vos statistiques, mais nous n'en avons pas vu la couleur ! En revanche, j'ai eu vent qu'une partie du royaume s'est retrouvée chamboulée par votre passage. Comment justifiez-vous un tel chaos dans les secteurs sommeil, flore et faune ?

*Il fallait s'y attendre, à cette remarque...*

Derechef, je laisse à Jules le soin de tenter une défense efficace.

— Une simple réaction en chaîne qui n'aurait jamais eu lieu, si le règlement ici n'était pas aussi strict. Nous savions que notre présence de ce côté du royaume était interdite. Notre but était de missionner assez longtemps en équipe pour vous apporter la preuve que notre système à nous est meilleur. Le vent et la pluie avaient seulement pour objectif de nous protéger des Oriors pour gagner du temps. Pardonnez-nous pour le dérangement !

Je suis sur le point de pousser un soupir de soulagement lorsque la voix de Lélinda retentit pour répliquer :

— Sauf que cet incident a eu lieu après vos missions !

Je me surprends à ne pas être surprise par cette interruption soudaine de notre, soi-disant, alliée. Je doute fort que cela fasse partie du fameux « plan J ». À moins que ce soit une ruse pour nous permettre de nous expliquer et tirer avantage de la situation. J'ai toutefois du mal à voir comment...

— Vous étiez à l'abri des regards et sur une bonne lancée ! insiste sournoisement Lélinda. Et pourtant, il a fallu que vous gâchiez toutes vos chances de gagner notre respect. J'avais foi en vous et en votre complémentarité. Je voulais croire que l'amour pouvait puiser le meilleur de chacun pour en faire une véritable force. Vous en avez fait une faiblesse qui donne raison aux arguments de Morana, hélas ! Je suis forcée de l'admettre, malgré le fait que mon âme sœur me manque terriblement.

Je reste pantoise, stupéfaite par ce que je viens d'entendre. Je n'arrive pas à savoir si ce positionnement est une nouvelle tentative pour gagner la confiance de Morana et sa place définitive au sein du conseil, ou si Lélinda est pathologiquement manipulatrice. Dans tous les cas, ses mots agissent tel un nouveau bâton en travers de nos roues déjà en piteux état.

Difficile d'entrevoir une issue positive, à présent !

— Si Donaor apprenait ce que tu es devenue…, grogne Jules en fusillant Lélinda du regard.

Lélinda évite de lui faire face. Quant à moi, je ne sais même plus comment réagir. Je n'ai jamais cessé de me méfier d'elle, je ne suis donc pas plus abasourdie que cela, mais une immense déception me bouleverse.

*Tout est fichu !*

— Alors, quoi ? reprend Jules. Que risque-t-on ? Un bannissement, dans le pire des cas ? Vous savez que ça nous est égal. J'irais même jusqu'à dire que ça nous arrange, plutôt que de continuer à évoluer dans un monde fermé au bonheur. Un comble pour un royaume créé dans le but de le générer !

— Conseil ! s'empresse Morana pour dominer l'audience. Vous avez la vérité. Maintenant...

Jules a raison. Nous n'avons rien à perdre.

— Je ne suis pas d'accord ! osé-je m'interposer à mon tour. Le conseil n'a pas du tout la vérité ! Vous ne nous avez même pas laissé la possibilité de vous exposer nos statistiques. Évidemment, l'observatoire ne révélera rien, puisque nous devions missionner en secret. Mais nous pouvons nous servir de la projenarisation pour...

— Tout ce qu'il y a à savoir, je le sais ! intercède Morana. J'ai scanné vos pensées et les ai retransmises aux membres du conseil. Nous savons donc tout sur tout.

*Mais pas ce qui a été dit avec Lélinda sous une coque de protection...*

— Vous ne pouvez pas nier que notre impact sur les humains est stupéfiant ! Si votre unique objectif était le bien-être des sujets, Morana, vous attacheriez un peu de considération à ce que nous venons de vous énoncer !

— Et moi je trouve intéressant ce que tu viens de dire, Morana ! lâche Jules à son tour. Car je ne suis pas certain certain que le conseil sache véritablement tout ce qu'il y a à savoir... À moins que vous soyez toutes complices du meurtre des parents de Mily.

Morana émet un ricanement maléfique. Je serre les poings. Jusque-là, je faisais tout pour faire abstraction de la haine qui m'empêche de garder mon sang-froid.

*Je sens la colère monter.*

— Là encore, vous émettez des théories sans fondement ! J'ai projeté mes souvenirs qui sont infalsifiables face à l'assemblée. Nous voyons très nettement Mila assassiner Manor.

*Oh ! elle prend de l'ampleur, ma colère...*

Cette sorcière ponctue l'évocation du prénom de mes parents par une grimace de pur dégoût. Je constate que ses émotions demeurent encore fébriles vis-à-vis de mes parents, cela peut jouer en notre faveur.

— Vous êtes si habile avec la magie noire que rien ne prouve que vous ne l'avez pas utilisée contre ma mère pour l'hypnotiser et lui faire porter le chapeau de vos propres actes. Vous qui ne mentez jamais, essayez donc de déclarer haut et fort ne pas être impliquée de près ou de loin dans l'assassinat de mon père !

— Tout ceci est grotesque ! se défile une fois de plus Morana. Nous avons assez perdu de temps à ressasser ce passé douloureux. J'aimais ton père. Sincèrement. Et j'ai découvert les limites de l'amour par la même occasion. Conseil, vous avez la vérité...

— Conseil ! renchérit Jules. J'invoque le décret contre le maintien de Morana au pouvoir. Un vote à majorité l'emporte.

— Il n'existe pas de décret ! s'emporte Morana de plus en plus indignée.

— Eh bien ! il devrait exister, soumet Jules. Sinon, comment se protéger contre la tyrannie d'une reine illégitime ? Nous allons vous exposer les faits un à un, et nous procéderons au vote. Si Morana n'a rien à se reprocher, cela ne devrait lui poser aucun problème.

Un silence oppressant inonde la pièce déjà fort peu chaleureuse.

— Soit ! finit par trancher Morana. Je n'ai rien à me reprocher. Quelles sont vos preuves accablantes contre ma personne ? Nous vous écoutons...

Je ne m'attendais pas à ce genre de coopération. Ce qui n'est pas bon signe pour nous. Si Morana se montre aussi confiante, c'est qu'elle a dû assurer solidement ses arrières.

— Nous allons faire comme nous le pouvons, commence Jules aussi décontenancé que moi. Le fait que vous ayez ordonné le blocage de la mémoire de Mily nous empêche de faire appel à ses souvenirs. Et nos conversations privées se faisaient sous protection. Une protection ironique, puisqu'elle se retourne contre nous. Nous n'avons donc pas d'autre choix que d'appeler à témoigner d'autres Ylas.

Je lis la terreur à travers le regard de Lélinda. Elle ne s'attendait pas à cela dans ses petites manigances.

— Quelles sont ces Ylas ? interroge Morana sans émettre d'émotion particulière.

— Ils font sûrement référence à moi ! intercepte Lélinda en se levant. Je leur ai raconté des histoires farfelues vous concernant, Morana, mais dans l'unique intention de les pousser à se dépasser dans leurs missions et vous proposer de véritables solutions durables. Je savais que Jules n'accepterait jamais de faire cela s'il ne vous haïssait pas et s'il ne voyait pas cet objectif comme un challenge pour vous évincer. Tout ceci est de ma faute !

*Je ne sais plus quoi penser...*

— As-tu fait cela dans le but de me convaincre de réunifier le royaume pour retrouver ton... Donaor ? lui reproche Morana.

— Je l'avoue, oui. Mais je cherchais aussi à proposer de nouvelles solutions pour le royaume, car je m'inquiète, Morana. L'effectif diminue de façon significative et les Ylas ne sont pas heureuses.

— Bah ! moi, j'pense que ce que tu as prétendu sur Morana est vrai, riposte Jules. Si tu te défiles devant Morana parce que tu la crains ou parce que tu tiens trop au confort ylorien et à ta place chérie au sein du conseil, pas moi ! Alors comme tu n'es pas apte à témoigner en toute franchise, je fais appel à...

— Je veux bien témoigner ce que tu veux, Jules ! Pitié ! l'implore Lélinda en proie à une profonde panique.

De toute évidence, elle fait tout pour nous empêcher de faire témoigner les autres Ylas. Cela signifie donc que nous avons encore une chance de rallier le conseil à notre cause et d'écarter Morana.

— Que vaut le témoignage d'une opportuniste ? lâche Jules. Je n'ai jamais eu confiance en toi, Lélinda. J'appelle donc à la barre les témoins...

— S'il te plaît ! Ne...

— Leïna, Magnensia, Malissia et le prénom complémentaire... Tellissia !

Morana ne perd pas une seconde pour faire de grands gestes éloquents.

Les Oriors viennent de recevoir l'ordre de les ramener.

Durant le laps de temps où nous attendons les Ylas, Lélinda essaye de me corrompre, une fois n'est pas coutume, par des effets de regards attristés. Je vois plus clair en elle que jamais. Elle doit être déçue de constater que la fillette naïve que j'étais appartient à un passé révolu.

Une petite rousse bouclée fait son apparition, suivie des deux inséparables Malissia et Magnensia.

Sans grande surprise, Leïna est aussi livide qu'à l'accoutumée, lorsqu'elle est confrontée aux Oriors.

Tellissia pose à peine un pied sur le sol qu'elle énonce déjà effrontément :

— Je vois... On en est donc là ! Encore ! Morana, vous ne pensez pas qu'on gagnerait du temps si j'étais qualifiée d'office au tournoi Honera ? Une sorte d'abonnement…

— Je ne vois pas ce qu'on a fait de mal ! entame Magnensia avant de se faire taire par un léger coup d'épaule de la part de Malissia.

— Vous n'êtes pas ici en tant qu'accusées, mais comme témoins ! rectifie Jules haut et fort.

— Témoins ? réagit Telli.

— Tout dépend du témoignage, nuance Morana. Cela pourrait bien se transformer en complicité pour conspiration contre la reine. Inutile de préciser que le tournoi Honera ne sera même plus une option ! J'espère avoir fait le bon choix en vous donnant de nouvelles chances à toutes les quatre.

— Ne vous laissez pas intimider par la reine illégitime ! rétorque Jules plus convaincant que jamais. J'ai invoqué le décret nous permettant de prouver au conseil que Morana n'a pas sa place sur le trône. Il est plus que temps de faire éclater au grand jour la vérité la concernant. J'en appelle donc à vos divers témoignages. Le conseil sera amené à voter pour ou contre le maintien de Morana au pouvoir. C'est donc à vous de jouer !

Je lis le tiraillement à travers les regards apeurés des Ylas. Soit elles nous suivent en prenant de très gros risques de se faire bannir. Soit elles... nous lâchent. À l'instar de Lélinda.

— Mon immunité me condamne à conserver le silence ! annonce Malissia visiblement contrariée par cette déclaration. Je suis forcée de me retirer.

Elle baisse les yeux vers le sol avant de fustiger Morana d'un regard haineux, tout en se retirant avec soin. Elle ne peut donc rien dire, a priori, mais n'en pense pas moins. J'espère que ce bref échange n'a pas échappé aux membres du conseil et que cela penchera en notre faveur.

Nos chances reposent désormais sur Tellissia : l'Yla la plus indisciplinée qui soit. Rétrogradée une fois et quasiment systématiquement qualifiée pour le tournoi Honera. Je vois mal comment les membres du conseil pourraient accorder de l'importance à son discours avec tout cela.

Le témoignage de Magnensia ne représente guère plus de poids. L'Yla des rêves est la plus immature des Yloriennes. Son tempérament est aussi instable que les rêves qu'elle génère chez les humaines.

Quant à Leïna... Il faudrait déjà qu'elle se remette de son traumatisme du voyage en Orior Express. Sans omettre le fait qu'elle ne missionne jamais à cause de cette phobie. Son utilité au sein du royaume est plus que discutable.

Maintenant que j'observe la situation dans son ensemble, je pense que Lélinda a fait exprès d'impliquer les Ylas les moins crédibles face à un jury assoiffé de justice bancale. Bancale, parce qu'elles ignorent combien Morana leur a siphonné le cerveau.

— Je... pense que je devrais suivre Malissia, s'excuse Magnensia. Mais...

Elle lance un coup d'œil à la volée vers Jules. Il a un pouvoir sur elle que je ne m'explique pas. Elle rougirait presque. D'accord, j'ai la preuve qu'elle n'est pas son âme sœur, mais je suis persuadée qu'elle est amoureuse de lui.

Un paramètre supplémentaire qui penchera en la faveur de Morana. Elle prétextera que l'amour fait prendre de mauvaises décisions. Et elle n'aura pas complètement tort. Je serais prête à tout pour Jules. Et si notre discours ne tient pas la route, c'est à cause de cela. Si nous nous étions contentés de missionner au calme, le conseil aurait pris nos arguments plus au sérieux.

— Mais..., bégaye Magnensia. Mais je ne vais pas le faire. Car je sais des choses. Et ça ne serait pas bien ni juste de continuer à faire semblant d'ignorer le mal. Et ce que Morana a fait est mal. Très mal ! Grâce à ma mission des rêves, j'ai pu avoir accès aux souvenirs de Jules à travers la condition humaine de Mily. J'ai pu découvrir Ylorior du côté du roi Honéor. Je n'ai pas connu les Ylors ni le fonctionnement avant la séparation. Vous si, conseil !

Magni prend une pause, ferme les yeux et poursuit avec conviction :

— J'ai donc découvert un royaume paisible et libre. Des Yloriens heureux et enjoués. Un roi à l'écoute et juste. Peu importe le verdict de ce témoignage. Après tout ce que j'ai pu voir, vous savez... je ne me sens plus de me contraindre à ce règlement despotique. Un règlement mené par une manipulatrice de très haut niveau. Morana a su vous duper pour l'assassinat du père de Mily, comme elle a su vous convaincre que bannir la quasi-totalité de la population ylorienne serait bénéfique pour les humaines.

Elle déglutit et enchaîne sans attendre :

— Je n'ai pas de preuves tangibles de tout ce que j'avance, car bien évidemment, tous ses petits secrets sont bien gardés, mais allons... Ouvrez les yeux ! Regardez les faits ! Comparez ! Cherchez à comprendre pourquoi Mila aurait tué Manor alors qu'ils s'aimaient à la folie ! À qui profite le crime ? Qui maîtrise le mieux la magie noire depuis toujours ? Qui a le pouvoir ? Et qu'en a-t-elle fait à part créer les Oriors pour mettre fin à l'existence des Ylas qui arrivaient, contre toute attente, à s'en sortir sur Terre une fois bannies ?

— Elle a tué ma mère ! révèle Leïna d'une voix étouffée par l'émotion. Enfin... les Oriors. Ce qui revient au même. Jusqu'à présent, je n'ai jamais osé en parler par peur de... par peur tout court. J'ai peur de Morana, des Oriors, de vous, de moi, de l'avenir, de la Terre et parfois même des humains. J'ai peur de décevoir. J'ai également peur de réussir, car cela signifierait que cela profite aux méchants au détriment des bonnes personnes. Mily est une de ces bonnes personnes. Et je l'ai pourtant trahie. Plusieurs fois. Parce que je n'ai jamais pris le courage de parler. Il est temps que cela cesse !

Leïna se place au centre de la pièce et dirige sa main vers sa gauche, afin que nous soyons toutes et tous en mesure d'observer ce qu'elle est sur le point de projeter.

*Une magnifique jeune femme apparaît au travers des souvenirs de Leïna. Il ne fait aucun doute qu'il s'agit de sa maman. Seuls les yeux apparaissent d'une couleur un peu plus foncée que ceux de sa fille. Leïna serait sa copie conforme si elle avait vieilli.*

— *Je suis si fière de toi, ma puce ! Je suis navrée d'avoir manqué ta dernière épreuve, tu le sais. Mais je ne pouvais pas espérer mieux comme mission pour toi ! Tu imagines qu'on a la chance de pouvoir se voir autant qu'on le souhaitera ?*

— *Morana a été claire avec moi, maman, lui répond la voix de Leïna. Je n'ai pas le droit d'avoir des contacts avec les Ylas bannies. Et je suis tenue de missionner tout le temps. Nous avons des résultats à rendre ou sinon...*

— *Tu n'as pas à avoir peur, ma puce ! Méfie-toi de Morana ! La seule chose qu'elle peut contre toi, c'est te bannir. Et vivre sur Terre n'est pas si épouvantable que ça, tu sais. Mila nous aide énormément à nous adapter.*

— *Mais je ne veux pas vivre sur Terre ! Je veux que tu reviennes. Que papa revienne et que tout soit comme avant.*

— *Je le sais, trésor, mais...*

— *C'est pas juste ! Tu sais très bien que la Terre est dangereuse. Et puis, tu peux mourir de n'importe quoi à tout instant. Ou de vieillesse dans moins de soixante-dix ans dans le meilleur des cas. Je peux essayer de vous faire passer dans le royaume, le temps que tout revienne dans l'ordre. Mais pas l'ordre de Morana. Vous vous cachez et on trouve une solution pour...*

— *Leïna, mon cœur, s'il te plaît, ne fais pas ça ! Morana est très puissante. Elle a réussi à hypnotiser Mila pour l'obliger à user de son pouvoir sur le diamant primaire pour tuer Manor. Ne rentre pas dans sa ligne de mire, par pitié ! Fais tout ce qu'elle te demande de faire et tout se passera bien.*

— *Je ne peux pas me résoudre à renoncer à te voir, ça non ! Je ne suis pas devenue l'Yla du passage pour rien.*

— *On s'arrangera pour se voir en cachette, alors. Dans des grottes dénuées de végétation à l'abri des regards yloriens, par exemple. Promets-moi que tu ne prendras aucun risque, ma chérie !*

— *Je...*

— *Promets-moi que tu vas mentir, trahir, briller, faire semblant de ne rien savoir et m'oublier s'il le faut, pour te protéger ! S'il te plaît, Leïna, ma douce, promets-le-moi !*

— Et je romps cette promesse faite à ma mère aujourd'hui, exprime douloureusement Leïna en interrompant la projenarisation. « Me protéger » signifiait « éviter de me faire bannir, par tous les moyens ». Parce que voilà ce qui arrive aux Ylas qui se font bannir !

De nouveau, Leïna projette un souvenir. Celui de sa mère courant dans sa direction en hurlant.

— *Cours vers la grotte, vite !*

*Elle attrape le bras de sa fille et toutes deux se précipitent vers la grotte.*

*— Qu'est-ce qui se passe, maman ?*

*— Des... monstres. Morana a dû les créer pour nous éliminer. Tu ne risques rien tant que tu restes sur Ylorior ou loin des arbres.*

*À ces mots, un Orior se dessine à quelques mètres. En quelques pas, il atteint la mère de Leïna, la touche et le cri strident de Leïna résonne dans la salle du conseil.*

*La seconde d'après, l'Orior est déjà loin, laissant Leïna tétanisée face au tas de vêtements et bijoux que portaient sa maman. Elle n'était plus et ne serait plus jamais.*

Un silence de plomb paralyse l'assemblée. La peine que j'éprouve pour Leïna est bien loin de celle qui doit l'accabler depuis tant d'années. Je l'ai tant de fois jugée sans connaître ses raisons, si bien gardées.

Magnensia brise le silence en premier :

— Tout est dit... C'est à vous, conseil, de décider à qui vous permettez un tel pouvoir. Vous savez de quoi Morana est capable. Jusqu'où pensez-vous que ça va aller ? Quand il n'y aura plus d'Yla à bannir ?

Moi qui émettais de sérieux doutes sur la légitimité des témoignages de nos alliées, j'avoue les avoir sous-estimées. Tellissia ne s'est pas encore exprimée, mais j'ai déjà l'impression que le conseil est tout aussi secoué que moi par toutes ces émotions.

— Leïna, je... je te dois tant d'excuses ! exprime Tellissia. J'ignorais ce que tu as vécu et je n'ai pas été tendre avec toi.

— Nous avons été conditionnées pour ne pas l'être les unes envers les autres, tempère Leïna. Cette oppression constante contre nous, cette compétition malsaine, nous pousse à nous pourrir plutôt qu'à nous concentrer sur notre productivité commune. Ce n'est donc pas de ta faute, Telli ! Ce n'est pas non plus de la mienne, si je me suis montrée aussi minable envers vous toutes.

— Tu as raison ! confirme Tellissia. Quand Vita était encore parmi nous, nous avions l'habitude de missionner ensemble de temps à autre. Quand elle a été bannie, j'ai vu mes statistiques chuter drastiquement. Et là, je vois mal comment je pourrais être utile envers les humaines en tant que niveau 2, alors que j'excellais dans ma discipline. En me rétrogradant, Morana, vous avez privé les humaines de mon fantastique pouvoir sur le rire. Et je ne suis qu'un misérable exemple parmi tant d'autres !

— Combien d'Ylas ont été bannies ou rétrogradées ? soulève Jules l'air de rien.

— Suffisamment pour maintenir le bon équilibre au sein du royaume, lui répond Morana. Je comprends désormais pourquoi vous avez toujours été aussi difficiles à mettre sur le droit chemin. Laissez-moi vous éclairer...

Morana se place stratégiquement au centre de la salle.

Je sens un revirement total de situation...

— Ça sent mauvais pour nous..., me murmure Jules tout bas.

Morana a le don de captiver son auditoire. Même moi, je ne peux m'empêcher de l'admirer à cet instant présent. C'est un concept étrange, l'admiration pour ses ennemis...

— Quand la peste a frappé les humains, qu'ont-ils fait ? lance-t-elle avec de grands gestes harmonieux et élancés. Je n'ai pas vécu sur Terre, mais je l'ai très longtemps analysée. Je connais toute l'histoire dans ses moindres détails. La peste représente un des fléaux les plus meurtriers au monde.

Je ne vois pas du tout où elle veut en venir, mais nous l'écoutons tous très attentivement. « La peste »... Morana sait y faire en public.

— Cette épidémie a décimé les bonnes comme les mauvaises personnes. Elle ne connaissait ni la justice ni le mérite. La peste frappait et tuait.

Personne n'ose l'interrompre, mais nous n'en pensons pas moins.

— Pas de place pour les sentiments ou la logique, poursuit-elle. Quand un tel drame s'impose, les humains... Eh bien ! les humains subissent. Ils se soutiennent, bien sûr, ils s'aident, tentent de se guérir comme ils peuvent... C'est très touchant. Ils font de leur mieux. Sauf qu'en agissant ainsi, ils ne font que favoriser l'épidémie en se contaminant les uns les autres.

J'ai comme l'impression que dans sa métaphore, nous sommes « la peste ». Je le sens venir gros comme le taux d'hypocrisie de Lélinda !

— Les humains ont répété ce cercle vicieux un nombre incalculable de fois, avant qu'une poignée d'entre eux ne soulève enfin les bonnes questions ! Comment agir efficacement ? Pendant que les plus érudits se penchaient sur la recherche d'un remède, ils ont commencé à séparer les humains infectés de ceux qui étaient en bonne santé. C'est dans cette même logique que j'ai apporté de nouvelles solutions à notre royaume. Il était en train de s'effondrer par trop de laxisme et de distraction. Depuis, nos missions ne se sont jamais aussi bien portées !

— Donc selon toi, ricane Jules, les Ylors seraient semblables à la peste !

— Pas les Ylors, non. Mais l'indiscipline ! À quoi ressemblerait une population au gouvernement laxiste ? À quoi ressemblerait-elle, si on la laissait reproduire ses erreurs sans jamais les remettre en question ? À quoi ressemblerait cette même population, si on permettait à une personne de manquer de respect envers la reine, en la tutoyant, par exemple ? On élargirait la contagion en incitant d'autres Yloriens à faire de même, jusqu'à contamination globale et fatale.

Morana prend une grande inspiration, se tourne vers les membres du conseil et ajoute :

— À quoi ressemblerait une population anarchique avec autant de pouvoirs entre les mains ? Et surtout, à quoi ressembleraient les résultats des missions de cette population en friche ? J'ai longtemps médité sur ces questions et j'estime avoir apporté les solutions adaptées. Le bon vaccin ! Et voyez-vous, mieux vaut dix personnes en pleine santé que des milliers instables et mourantes. Mon règlement repose sur la qualité durable de nos missions sur Terre et non sur la quantité.

Je l'attendais cette phrase... Morana a coutume de la ressortir à toutes les sauces.

— Donc, selon vous, fustige Magnensia, la solution à une épidémie est l'extermination des malades ? Quand je dis « malades », je fais allusion aux plus faibles et à ceux qui refusent votre abus de pouvoir, bien entendu.

— Mon système d'éducation n'a rien à voir avec l'extermination, Magnensia. Mes lois ont été mises en place dans l'unique objectif de vous faire suivre le droit chemin. Le conseil est ici présent pour vous donner une, voire plusieurs chances de vous rattraper. Tout comme le tournoi Honera. Et l'ultime châtiment est un simple bannissement sur Terre. Rien de cruel !

— Un bannissement qui fait office de crémation ! vocifère Leïna. Et vous osez nier votre part de cruauté après ce que je vous ai projeté ?

— Leïna, se défend Morana, ce qui est arrivé à ta maman est dramatique, je le concède. Mes Oriors n'étaient pas encore au point lors de leur conception. Ils devaient protéger le secret d'Ylorior. J'ai été prise par le temps et la panique, car les Ylas sur Terre commençaient à mettre le royaume en péril à force d'en parler et de soulever des questions auprès des humains. J'ai appris de mon erreur et ai missionné Malissia de sceller les mémoires des Ylas bannies pour les protéger et nous protéger par la même occasion.

Malissia acquiesce dans son coin. Elle n'a pas eu le choix, tout comme elle n'a pas le choix d'appuyer le discours de la reine illégitime en cet instant présent.

— Les Oriors ne condamnent les Ylas sous silence qu'à partir du moment où elles ont prononcé le mot « Ylorior » sur Terre, précise Morana. Je peux vous assurer que cela fait bien longtemps qu'une Yla bannie n'a pas perdu la vie ! Tellissia, tu peux le confirmer. Je sais que tu veilles toujours sur ton amie Vita. Mily aussi. Et je vous garantis que je veille moi-même à leur bien-être. Ce n'est pas parce qu'elles ne sont plus compatibles à l'optimisation du fonctionnement ylorien qu'elles ne méritent pas d'être heureuses.

— Donc, la vermine à génocider, c'est juste les Ylors, si j'comprends bien ! en déduit Jules.

— J'ai déjà répondu à cette question, Julior. La vermine à exterminer, c'est l'indiscipline.

— C'est l'indiscipline, que vous avez cherché à éradiquer en faisant assassiner le père de Mily, aussi ? questionne Tellissia. Non, j'dis ça, j'dis rien. Après tout, il n'avait pas obéi au Créateur en tombant amoureux de la reine Mila et en tournant le dos à l'âme sœur qui lui avait été désignée. Il méritait sans doute cette correction !

Morana a beau tenter de conserver un masque impassible, Tellissia vient de mettre le doigt sur son talon d'Achille. Et le mien. Le sarcasme de Tellissia m'a toujours amusée, mais il est question de mon père. Je prends sur moi pour ne pas intervenir. Je n'y parviens toutefois pas.

— Vous avez affirmé ne pas avoir été impliquée de près ou de loin dans la mort de mon père ! accusé-je Morana, hors de moi. Et vous prétendez être la mieux placée pour... « assainir » toute une population ?

La reine illégitime m'adresse un regard faussement compatissant. Cela a le don d'alimenter ma colère grandissante.

— Mily... Si Julior avait tué David dans l'avalanche, serais-tu capable de l'assassiner ? L'amour génère bien de vives émotions ! Y compris la jalousie, la haine ou encore la rancœur quand cela se passe mal. Je sais que tu en as voulu à Julior pour avoir blessé David. Je sais tout sur toi, Mily.

*Rassurant...*

Je déglutis.

— Malgré tout ce que Julior pourrait faire de bien ou de mal, tu ne seras jamais capable d'atrocité envers lui, affirme-t-elle. Il est ton âme sœur. Alors, oui, ton père m'a fait du mal, beaucoup de mal, mais il ne se passe pas un seul jour sans que je ne pense à lui et au vide qu'il a laissé dans mon cœur. Je t'ai prise sous mon aile à ton arrivée pour...

— Pour me manipuler et vous servir de mon pouvoir sur le diamant primaire !

— Si tel était le cas, Mily, pourquoi t'ai-je laissée retourner sur Terre ? Si j'avais réellement besoin du diamant primaire, ne penses-tu pas que je t'aurais fait revenir plus tôt ? D'ailleurs, le moment est idéal, nous voilà réunis avec tes proches. Je pourrais te faire du chantage affectif pour... «me servir de ton pouvoir». Je ferais assassiner Julior pour haute trahison si tu ne m'obéissais pas... Par exemple…

Je n'aime pas du tout la tournure que ce procès prend, mais alors pas du tout ! Morana exprime sa défense d'une voix inoffensive chargée de menaces perceptibles. Sa grande spécialité...

— J'en ai le pouvoir, Mily, mais ni l'envie, ni le besoin, ni l'éthique. Notre dernière entrevue avait pour seul but de tester tes intentions. Tu aurais pu me tuer après que Lélinda m'ait rendue coupable de tous tes maux. Et tu ne l'as pas fait.

*Pour protéger mes proches.*

— Et je sais que tu ne l'as pas seulement fait pour protéger tes proches, ma douce. Ton âme est pure. Dommage que tu sois pervertie par l'amour. Je suis navrée pour toi.

Je me tourne vers Lélinda qui cherche à fuir mon regard par tous les moyens. Tout était calculé depuis le début !

Je ne comprends plus rien à rien. Qui sont les gentils et les méchants ? Pourquoi me manipule-t-on à tout va au lieu de me dire les choses avec franchise ?

Je soupire un instant et me permets de poser la question qui s'impose :

— Qu'attendez-vous de moi, à la fin ?

— Nous t'avons donné une chance de nous réconcilier avec les Ylors et entrevoir une réunification, Mily, me reproche Lélinda. Le plan J représentait une possibilité de renouveau. Morana avait anticipé votre échec, je l'ai suppliée de vous laisser essayer, au moins. Dans tous les cas, vous vous retrouviez, donc personne n'avait rien à perdre. J'avais placé tous mes espoirs en vous...

— Et contrairement à ce qui a été dit à mon encontre, souligne Morana, je ne suis pas fermée au progrès. En effet, l'effectif finira par poser problème, si toutes les Ylas décident de se tourner contre mon fonctionnement. Lélinda m'a suggéré une amélioration que je savais motivée par le désir de retrouver Donaor. Je savais notamment que vous alliez échouer, parce que j'ai assez d'expérience pour anticiper ce genre de choses. Or, je vous ai tout de même laissé votre chance...

— Alors, quoi, c'est tout ? s'enflamme Jules. Vous avez conscience que notre méthode fonctionne mieux que la vôtre, mais vous vous servez du moindre prétexte pour la réduire à néant. J'suis sûr que vous avez fait exprès de provoquer la jalousie de Mily. On parie combien que c'est toi, Morana, ou la Lélinda, qui a envoyé Magni me faire du rentre-dedans ?

— Attends, quoi ? s'offusque Magnensia.

— Tu n'avais aucune raison de te trouver là-bas ! renchérit Tellissia en fusillant Magni du regard. Je t'avais pourtant bien dit que je me chargeais de tout ! Mais c'est toujours pareil avec toi, faut toujours que tu n'en fasses qu'à ta tête !

C'est la première fois que je vois Tellissia aussi renfrognée. Depuis son arrivée face au conseil, son sens de l'humour légendaire semble avoir déserté.

— T'étais pas prévue dans le plan, toi ! s'emporte Magni. Et comme d'habitude, tu fais tout pour te faire remarquer et...

*De mieux en mieux...*

*Nous étions si bien parties...*

— Comment pouvez-vous envisager une seule seconde fonder les bases d'un meilleur gouvernement à partir de ce genre de comportement ? ironise Morana d'un rire jaune. Vous n'êtes même pas capables de discipline entre vous pour des choses aussi futiles !

Là encore, je déteste le fait qu'elle n'ait pas tort.

— Laissez-nous une dernière chance de vous prouver que nos méthodes ont une véritable valeur ajoutée ! imploré-je pour couper court aux querelles des Ylas.

— Je vous rappelle que Jules avait réclamé un vote auprès des membres du conseil, me répond Morana. Nous nous devons de l'honorer. Je suis une femme de parole.

Elle n'a vraiment peur de rien. À raison. Nous avons échoué.

*Une fois de plus.*

Et le pire, c'est que je ne sais même plus si je dois croire ou non en l'innocence des personnes que je m'étais habituée à haïr.

# chapitre 20

## *Le verdict*

Tout le monde s'affole, en particulier les membres du conseil, ne sachant pas comment réagir à ce fameux vote exigé par un Ylor clandestin.

— Je vous en prie, conseil ! les encourage Morana. Julior a demandé que vous votiez pour ou contre mon règne. La majorité l'emportera. Si, comme lui et toutes les Ylas se trouvant face à nous, vous estimez que mon comportement ou mes lois n'optimisent pas le bon fonctionnement d'Ylorior, alors votez contre ! Je ne vous en voudrai pas, bien au contraire. Vous savez mieux que personne combien je suis attachée à la perfection. Je veux ce qu'il y a de mieux pour le royaume.

Avec un discours pareil, c'est comme si elle remuait le couteau dans une plaie béante. Nous avions déjà très peu de chances d'obtenir gain de cause. Notre échec ne peut être qu'écrasant.

— Nous allons commencer par vous, Yla du temps, enchaîne Morana. Vous représentez le domaine de l'air. Que votez-vous ?

L'Yla du temps fait son possible pour ne pas se décomposer face à cette pression qui pèse sur elle. Je retiens mon souffle, comme si j'étais encore sous ma condition humaine. Tout cela pour l'entendre fayoter :

— Je vote bien évidemment en faveur de votre règne, Morana ! Nous ne pouvions espérer meilleure dirigeante. Vous avez tant fait pour nous. Vous bénéficierez toujours de mon soutien.

Je lance un regard à la volée vers mes alliés. Ils ne sont pas plus surpris que moi par ce dévouement envers la reine illégitime.

Nous pourrons cependant nous dire, qu'au moins, nous aurons essayé.

Les attentes se tournent désormais vers la voisine de l'Yla du temps. Sa couleur bleue en dit long sur son domaine de prédilection.

— J'imagine que c'est à mon tour de voter, en déduit-elle sans grande difficulté. J'aimerais être aussi convaincue que ma camarade par les bienfaits de vos lois, Morana. Cependant, un certain nombre de choses ont été évoquées et quelques points m'ont interpellée. Notamment, en ce qui concerne l'immersion des Ylas sur Terre. J'éprouve beaucoup de respect pour vous, Morana, et c'est dans cette continuité que je vais voter pour une révision de votre... fonctionnement. Car votre objectif est d'optimiser les choses. Je me dois donc de respecter vos ambitions par souci d'honnêteté et de transparence.

Serait-ce un soupçon d'espoir dans un océan de larmes sinistrement déprimantes ?

— Vous votez contre, Yla des mers ? s'assure Morana d'un ton qui en dit long sur l'amertume qu'elle ressent.

— Contre le maintien du règlement en l'état. Pas contre vous, Morana. Jamais !

Morana se tourne vers Lélinda.

— Et toi, Yla du bonheur... Tu représentes la place principale. Je suis impatiente de connaître ton vote !

*Et moi donc...*

Lélinda ne s'encombre d'aucune banalité pour rétorquer de but en blanc :

— Vous savez très bien que je vote en votre faveur, Morana. Je ne l'aurais pas fait si Mily et Jules m'avaient apporté une quelconque preuve assurant un nouveau fonctionnement plus performant que le vôtre. Et vous saviez combien je l'espérais ! Mais je me rends à l'évidence que vous aviez, comme toujours, raison. Sur toute la ligne. C'est donc à vos côtés que je veux continuer à faire prospérer ce royaume.

Je ne suis même plus capable d'être surprise ou déçue. Plus aucune émotion ne me traverse lorsqu'il est désormais question de Lélinda.

— C'est donc à votre tour, Yla des forêts ! Quelle est votre position ?

Je me demande quels pourraient être les pouvoirs d'une « Yla des forêts ». Là réside le véritable suspense.

— Si vous n'y voyez pas d'inconvénients, Morana, j'aimerais poser une toute dernière question à Mily avant de me prononcer.

Quoique finalement... Le scrutin n'est pas si évident que cela...

— Mais je vous en prie, Clairaya, faites donc !

*Pression quand tu nous tiens...*

L'Yla me lance un regard perçant de ses yeux vert clair. Je suis forcée de lui faire face sans ciller. J'ai comme l'impression que le verdict repose sur moi, dorénavant.

— Nous ne t'avons pas beaucoup entendue, Mily, si ce n'est pour accuser la reine de meurtre. Est-ce un désir de vengeance qui t'anime, ou as-tu la réelle motivation d'améliorer le royaume ?

Je réalise à cet instant présent que j'ai manqué le coche. Je voulais faire justice à mes parents avant même de me soucier du destin du royaume. Nos intentions n'ont pas été très claires, en dépit de tout ce que nous avons avancé. Morana n'a eu qu'à se servir de nos arguments contre nous.

Il me reste alors une toute dernière chance de remettre de l'ordre. Je la saisis.

— Vous avez raison, Clairaya. Je me suis laissé emportée par mes émotions. C'est mon plus grand défaut et je le regrette. Car mon ambition pour le royaume dépasse tout ce que vous pouvez imaginer. Si vous votez contre le maintien du règne de Morana, un remaniement général sera mis en place. Je propose que Jules et moi nous chargions de former les Ylas au monde humain, dans un premier temps.

— Qui prendrait la place de notre reine ? s'enquit l'Yla ornée d'orange sur la gauche de Clairaya.

— Nous procéderions à un vote, réponds-je sans détour. Comme pour toutes les lois nouvellement mises en place.

— Votre lignée royale vous donne accès au trône sans nul besoin d'accord, renchérit cette même Yla. Êtes-vous ici pour récupérer ce qui vous revient de droit ?

Je n'y avais même pas songé. Cette question me prend au dépourvu.

— Je... Euh...

Je bégaye le temps de reprendre mes esprits. Quoi qu'il arrive, la meilleure solution, c'est toujours la vérité. Alors, je vais opter pour cela :

— Je n'y avais pas pensé, pour être honnête. J'ai grandi dans la peau d'une petite fille sans nom, sans histoire et sans famille. Ma quête de fillette était mon identité. Une question à laquelle je pensais répondre en arrivant ici la première fois. Au final, je suis repartie d'ici avec davantage d'interrogations.

Je marque une pause et avance doucement vers les membres du conseil. Je continue sur ma lancée :

— Toutes mes convictions, même les plus profondes, se retrouvent sans arrêt chamboulées. Un jour on me dit que ma mère biologique est morte, l'autre jour on me fait croire que cette mère est Morana, et puis, non, c'est son ennemie. On m'apprend qu'elle l'a évincée, puis tuée... Aujourd'hui, on me dit que tout ceci était un nouveau moyen de me manipuler...

Je fusille Lélinda du regard, dans le cas où elle ne se sentirait pas visée.

— Cette lignée royale, reprends-je, comme vous dites, je m'en passerais bien ! Elle résume autant mon identité qu'elle m'en prive depuis toujours. Je suis l'enfant interdite, l'enfant aux pouvoirs dangereux. J'ai perdu la mémoire maintes et une fois. Malgré tout cela, je conserve deux uniques certitudes. Deux !

Je me tourne vers Jules et le désigne de la main.

— Je suis liée à lui depuis toujours. Une force invisible nous attire l'un vers l'autre sans qu'on puisse se l'expliquer. C'est un phénomène physique et psychique à la fois. Toutes mes plus vives émotions sont, je le reconnais, liées à cet amour indomptable. Je ne vois seulement pas en quoi c'est une mauvaise chose. J'ai peut-être semé la zizanie dans une partie du royaume, mais rien de grave en soi. Ce que nous avons fait sur Terre en missionnant ensemble, Jules et moi, est une prouesse à ne surtout pas prendre à la légère.

— Notre nouvelle méthode fonctionne, surenchérit Jules. Notre complémentarité en tant qu'âmes sœurs, nos pouvoirs et notre connaissance minutieuse des humains sont une équation hors pair !

— Et c'est ma deuxième certitude, conclus-je. Nous avons une véritable méthode à développer ici et sur Terre, pour les humains comme pour les Yloriens. Car c'est un point à ne pas négliger. Morana a voulu recadrer les choses en éradiquant toute distraction du royaume pour se recentrer sur l'essentiel. Mais elle a fait cela au détriment du plus important : le bonheur.

Silence dans l'auditoire. Je laisse tout le monde méditer sur ce mot chargé de signification. Puis, je développe :

— Comment pouvons-nous générer du bonheur et du bien-être, si nous n'avons pas la moindre idée de ce que c'est ? Les Ylas missionnent par devoir et par peur du châtiment. Moi, je propose que les Ylas s'inspirent de leur propre bonheur pour en véhiculer sur Terre. Certes, les Yloriens manquaient de structure avant la séparation du royaume. Ils ne pensaient qu'à se distraire, j'imagine. Repensons les choses afin qu'Ylorior renaisse de ses cendres et nous permette d'être heureux à nouveau !

— Qu'adviendrait-il de Morana ? soulève Clairaya.

Si je fais abstraction de toutes les émotions négatives qui s'imposent à moi... Je dois prendre en considération que tout ce que m'a raconté Lélinda était pure affabulation pour me manipuler. Alors, je réplique :

— Morana sera un membre essentiel à la restructuration du royaume. Je suis certaine que nous avons tous beaucoup à nous apporter pour le bien du royaume.

— Alors je vote en faveur de votre proposition, Mily ! sourit Clairaya de toutes ses dents.

Je ne sais pas comment réagir à cela. Je m'approche d'elle pour lui prendre les mains et lui souffler :

— Merci, Clairaya.

Deux votes pour, deux votes contre. Je n'en espérais pas autant ! Je me tourne vers l'Yla vêtue d'orange, chargée d'espoirs et de reconnaissance. Elle enchaîne tout de suite :

— Vous êtes le portrait craché de votre mère, Mily ! Mila était à l'écoute, compatissante et tendre. Adorable !

Son sourire contrit s'efface au profit d'un regard assassin.

— Ça ne l'a pas empêchée de me priver de mon frère ! Allez savoir jusqu'où vous seriez prête à aller, vous aussi, Mily, par amour ! Vous avez beau être ma nièce, je ne suis pas capable de voir autre chose que cette traître de Mila à travers la moindre de vos expressions.

*Voilà encore un rebondissement que je n'avais pas vu venir...*
Quand cela va-t-il cesser, par pitié ?

— Vous ne pouvez pas juger Mily par les prétendus actes de sa mère ! riposte Jules.

— Qu'importe vos dires, cela ne changera pas le passé ! Encore moins le présent ni le futur. Mon vote n'ira jamais autrement qu'en la faveur de Morana. La discussion et le débat sont clos.

Je regarde cette femme pleine de rancune achever la possibilité d'un monde meilleur en une phrase. Je ne saurais être plus décontenancée.

Cette femme est ma tante. La sœur de mon père. L'unique lien qui me rattache à son existence. Et cette même femme me regarde comme si j'étais la pire des abominations.

— C'est bien dommage, déplore Jules en venant me chercher comme pour m'éloigner au plus vite de cette Yla malfaisante.

Je ne connais ni son nom ni sa mission. Je devine qu'elle missionne dans le domaine du feu. Et c'est ma tante. Moi qui rêvais de connaître ma famille, elle est le premier membre que j'aurais adoré rencontrer. Je ne sais quoi penser. Elle me déteste. Elle me juge sans me connaître. Elle n'a pas le droit, elle...

— Pas si vite ! s'écrie Morana en interrompant notre cadence.

Je prends conscience du fait que Jules était en train de m'escorter vers la sortie.

— Bah ! quoi ? vocifère Jules. On est venus, on a vu, on est vaincus. Maintenant, je dois éloigner Mily de sa tante et la consoler. Vous ne vous rendez pas compte à quel point ça peut être destructeur pour elle ! Depuis le temps qu'elle attendait de rencontrer quelqu'un de sa famille, elle ne méritait pas que ça se passe ainsi.

— Nous devons à présent délibérer pour connaître l'issue de votre procès, esquive Morana sans la moindre trace de compassion.

En deux temps trois mouvements, Jules avance d'un pas énervé vers les membres du conseil et crie au scandale :

— Quel procès ? Je ne vois que des accusateurs incapables de faire la part des choses ! Si vous ne nous faites pas bannir sur-le-champ, nous allons de toute façon faire en sorte de retourner sur Terre. Vous le savez, je le sais, nous le savons. Il n'y a pas de place ici pour le progrès et le bon sens. Je veux que Mily soit heureuse. Je veux qu'elle retrouve sa famille aimante, même si ce n'est que sa famille adoptive. C'est toujours mieux que le mépris mal placé ! Gagnons du temps, voulez-vous bien ? Bannissez-nous !

— Par pitié, non ! s'effondre Leïna en se tordant d'une douleur invisible. Je ferais n'importe quoi...

— Dans ce cas, fais ton boulot et ramène-nous sur Terre ! propose Jules. Tout le monde sera content. Vous serez débarrassées de nous et nous de l'hypocrisie générale qui règne ici !

Ma tante se lève plus furibonde que lorsqu'elle déversait sa haine à mon encontre. Elle pointe mon âme sœur du doigt et déblatère :

— Vous nous avez imposé un vote contre notre reine ! Nous l'avons respecté. Soyez sport ! Vous n'avez pas remporté la victoire, inutile de vous montrer encore plus détestables que lors de votre arrivée rocambolesque. Je ne vous permettrai pas de manquer ainsi de respect à Morana une seconde de plus !

Jules répond à cet assaut par une révérence exagérément exécutée.

— Mesdemoiselles...

— Je vais le réduire en...

Clairaya et Lélinda font leur possible pour maîtriser ma tante qui perd patience face à l'insolence de Jules.

— Conseil ! finit par intervenir Morana. Vous avez la vérité concernant ces cinq Yloriens. Leur destin ne peut être autrement que lié à celui des uns et des autres. Il est plus que temps de délibérer !

2 souvenirs oubliés plus tard...

# chapitre 21

## *Des surprises*

— Telli ! Réveille-toi ! Tu vas être en retard !

J'ouvre un œil, puis l'autre... Oh et puis non, c'est trop difficile. Je les referme.

— TELLI ! insiste la personne à la durée de vie approximative si elle ose s'acharner contre mon niveau de léthargie profonde.

— Hmmm, je grogne pour toute réponse.

Mais qu'est-ce qui m'arrive, bon sang ? J'ai l'impression de... ne plus être capable de déceler mes impressions.

Je refais une tentative d'« ouvrage » d'œil.

*Et pourquoi diable ai-je besoin de les ouvrir ?*

On a dû me lancer un sort. De la magie noire. Quelque chose. Voire pire !

Là, je les ai bien ouverts, mes yeux !

— Nom de non ! m'exclamé-je pour moi seule.

*Je suis sur Terre.*

*Mayday...*

J'effectue un rapide inventaire du regard. Je suis dans une chambre pour le moins bordélique. Je lève le bras pour m'emparer du premier carnet de notes qui s'impose à ma vue embuée par ma condition humaine.

*Pff.*

L'exo ne fonctionne pas. Ce qui confirme cette maudite condition humaine.

*Comment vais-je m'en sortir sans mes pouvoirs ?*

Je tente une pensée rationnelle. Je suis toujours en vie. Morana a dû nous bannir. Normal. J'en aurais fait autant. De toute façon, je n'avais plus ma place sur Ylorior avec un niveau 2 et mes frustrations de plus en plus handicapantes.

Quelle sensation étrange de se retrouver dans la peau de mes sujets !

De l'air gonfle ma poitrine, qui aussitôt se vide. Je trouve cela plus étrange encore que le fait d'avoir de la poitrine.

Je fronce les sourcils. Je n'avais pas eu vent de ce changement physique en bénéficiant d'une condition humaine.

— Tu sais bien que ce n'est pas le jour pour être en retard ! revient la fille qui me tape sur le système depuis tout à l'heure.

— Oui.

*Non.*

J'ai répondu machinalement.

— Oui, oui oui oui ! répété-je afin de focaliser mon attention sur le timbre de ma voix.

Une voix plus grave.

Je sors une jambe de ma couverture pour la poser à terre... et je suis interloquée.

*Je suis si grande !*

Je me tourne dans tous les sens en quête d'un reflet, un miroir, quelque chose me permettant de justifier mon identité. Je ne trouve que des photos scotchées au mur. Des photos de gens inconnus à côté d'un visage familier roux bouclé. Le mien en plus vieux. En plus adolescent, plutôt.

— Qu'est-ce qui te prend, Telli ? T'as la gueule de bois, ou quoi ? On est censées être en train de s'échauffer à l'heure qu'il est !

Ce n'est pas l'heure qui m'intéresse, mais...

— Attends, attends, attends ! On est en quelle année ?

— C'est une vraie question ?

Mon regard se pose à présent sur un agenda posé sur le sol.

*« Agenda 2023/2024 ».*

— Oui, non ! bégayé-je en tentant de faire venir ledit agenda par l'exo — avant de me souvenir de l'inutilité du geste.

— T'as intérêt à pas foirer le match, Tellissia !

*Le match ?*

Je me gratte la tête. Je faisais souvent faire ça à mes sujets quand ils étaient à court de blague, le temps que je leur concocte une répartie d'enfer. L'Yla du rire n'est cependant pas à mes côtés. Ni sur Terre ni sur Ylorior, encore moins en moi. Elle a pris un grand coup sur la tête.

*2023... Ça me fait quel âge ?*

À quand remonte mon bannissement ? Et pourquoi avoir tout oublié depuis ? Tout cela ne répond à aucune logique. Est-ce que Malissia m'a laissé tout ce temps avec mes souvenirs et que là, BIM BAM BOUM, Morana l'a obligée à se rattraper ? Dans ce cas, pourquoi m'avoir bloqué les souvenirs sur Terre et non les précédents ?

Je ne pige plus rien…

Je sais juste que je suis plus vieille, dans la peau d'une humaine qui doit apparemment se préparer pour un match de…

Une photo m'illustre en train de faire un smash avec un ballon de… volley ?

*Sérieusement, le volley ?*

La seule chose que j'ai envie de voler, c'est ma condition ylorienne, mes pouvoirs, ma dignité, mon histoire, mes souvenirs, mes…

Un cri strident met un terme à mes pensées lugubres. Je suis prête à parier que c'est Leïna. Soit il y a de l'Orior dans les parages, soit elle vient, comme moi, de capter sa présence sur Terre. Ce qui revient au même.

Et rien que pour cela, je suis finalement ravie d'être ici !

Si Leïna est là, je sens qu'on va bien se marrer…

*De l'air, de l'air !*

De l'air ?

La panique me réveille en sursaut, le souffle court.

Suis-je dans la peau d'un de mes sujets ? Un rêve conscient ? Cela en a tout l'air sans l'être à la fois.

*Étrange...*

Okay ! J'inspire profondément et expire. Je ferme les yeux et réitère l'opération plusieurs fois. Je me concentre dessus et attends que cela devienne naturel.

Je rassemble mes idées.

Mon dernier souvenir face au conseil prononçant la sentence de bannissement... Leïna qui crie et...

— AAAAAAHHHHHH !

Leïna crie encore ? Cette flippette ne peut pas se morfondre en silence ?

J'effectue un geste en direction de la porte pour la claquer et m'isoler du bruit.

Je retente l'expérience.

La porte est-elle en plomb ou en...

Je soupire et me passe une main sur le front. Un réflexe de désolation humaine pour l'humaine que je suis, a priori, devenue.

*Pas d'exo, donc.*

Au moins, ma Mali m'a épargné la perte de mémoire. Cela aurait été judicieux de l'infliger à Leïna afin qu'elle cesse de piailler.

*Voyons voir où j'en suis...*

Une petite chambre bien décorée, je ne suis pas mal tombée du tout !

Cela va nécessiter un temps d'adaptation, c'est certain, mais j'ai bon espoir que tout se passe au mieux.

À commencer par le silence.

— Tu ne veux pas la mettre en veilleuse, Leïna ? hurle quelqu'un dans le couloir en parfaite harmonie avec ce que j'étais sur le point de beugler à mon tour.

La requête semble efficace. Plus aucun son n'est à déplorer, en dehors de l'animation en dehors de... la maison ? L'immeuble ? Le bâtiment ?

Je sors de mon lit douillet pour me familiariser avec le terrain.

*J'adore !*

C'est comme dans les rêves que je génère, sauf que tout ceci est... réel !

Je fais mon lit. Pour de vrai de vrai !

— Pardon, t'aurais pas vu Leïna ? m'interroge une jeune fille rousse.

— Euh...

Je cherche mes mots. Comment se fait-il que cette fille cherche Leïna alors que nous venons à peine d'arriver ? L'attendait-elle ?

Les yeux écarquillés de mon interlocutrice me mettent la puce à l'oreille.

— Tellissia ?

— Magnensia ? formule-t-elle à l'unisson.

Nous restons interdites face à l'autre. Comment se fait-il que Tellissia soit aussi...

— Mais enfin, tu as quel âge ? questionné-je abasourdie.

— Bonne question ! déclare-t-elle aussi perdue que moi. Je sais juste qu'on est en 2023 et que j'ai tout oublié depuis notre véritable arrivée ici.

Cela fait beaucoup d'informations d'un coup.

— Ah ! Et je fais du volley, aussi ! ajoute-t-elle comme s'il s'agissait d'une information capitale à la compréhension globale de l'instant.

— Attends, tu...

— Ne me dis pas que, toi aussi, tu as tout oublié ! maugrée-t-elle. Je comptais sur ton incroyable complicité avec Malissia et le fait qu'elle t'aurait donc épargnée.

— Épargnée de quoi ?

— Magni... quel est ton dernier souvenir avant ton réveil ?

Tout se mélange dans ma tête.

— Je ne sais pas, je... le bannissement, Leïna qui crie et...

— Okay ! énonce-t-elle en me tirant par le pyjama pour me guider face à mon armoire.

Le grand miroir face à moi reflète la silhouette de deux adolescentes. Je bouge les mains ci et là pour m'assurer qu'il s'agit bien de moi aux côtés de la nouvelle Tellissia. Je reconnais mes yeux, ma bouche, mon nez. Et le reste.

*Quel choc !*

— On est en 2023, Magni ! me répète Tellissia. Cela signifie que ça fait un bon bout de temps que nous sommes sur Terre et qu'on a tout oublié depuis.

— À moins qu'à l'instar de Mily lors de son retour sur Terre, on se réveille, nous aussi, dans la peau d'une adolescente, suggéré-je en quête de logique.

— Dans ce cas, comment se fait-il qu'il y ait plein de photos de moi dans ma chambre ? Des photos me représentant avec des amis sur Terre, en train de faire du sport, du patin à glace... Des preuves d'un vécu oublié. Bon ! Je reconnais que ta chambre à toi n'est pas tellement représentative. Aucune trace de vie. Rien. Elle doit être aussi vide que ton cœur !

— Pas de doute, il s'agit bel et bien de la garce que tu as toujours été à mes yeux ! lui lancé-je.

— Pas de doute non plus, il s'agit bien de toi ! me confirme-t-elle de son sourire coutumier.

Elle n'a vraiment pas changé. Ce qui a quelque chose d'aussi rassurant qu'agaçant en pareilles circonstances.

— En parlant de garce, reprends-je, tu ne cherchais pas Leïna ?

*Loin des plantes.*

*Loin des arbres.*

*Loin des...*

— Enfin, te voilà ! s'exclame une fille qui vient de m'éblouir en ouvrant ce placard.

— Beurk ! Mais ça pue ! se plaint sa voisine. Ne me dis pas que... Non, mais je rêve ! Elle s'est pissée dessus !

— Un peu d'indulgence, Magnensia ! Tu ne vois pas qu'elle est en état de choc ?

— Attends, mais c'est un comble, ça ! C'est elle l'Yla du passage, donc la mieux placée parmi nous pour s'adapter à la vie sur Terre !

— Parle plus fort, Magni, j'suis pas certaine que les Oriors t'entendent assez mettre notre secret en péril !

*Les Oriors...*

*Pas les Oriors...*

*Pas les Oriors...*

— Ah bah ! c'est malin, Tellissia ! Tu sais bien qu'elle est traumatisée ! Regarde, elle est aussi rigide qu'une morte empaillée.

— Charmant !

— Comment on va faire pour la sortir de là ? On a besoin de Jules.

— Tu trouverais n'importe quelle excuse pour avoir besoin de Jules, de toute façon...

— N'importe quoi !

*Qu'elles se taisent...*

— Je n'ai toujours pas compris pourquoi tu es retournée dans ma salle du rire alors que je m'étais chargée de tout, justement, pour ne pas que tu aies à le faire. Sans cela, on n'en serait pas là !

*Qu'elles se taisent...*

— Oh ça va, hein ! C'est pas comme si j'avais pu deviner que ma présence déclencherait une crise de jalousie chez Mily !

*Qu'elles se taisent !*

— Et je suis sûre que ça t'a fait plaisir !

*Qu'elles se taisent, bon sang !*

— Pff. Mily est la seule Yla avec Mali que j'apprécie, alors ne viens pas prétendre des choses que tu ne sais pas !

— La ferme ! osé-je en sortant de mes gonds.

Je relève la tête et fais face à deux paires d'yeux me scrutant avec attention.

— Qui êtes-vous ?

C'est la question qui me vient spontanément alors que leur échange est éloquent. Ces deux filles s'échangeant un regard complice. Elles ressemblent à Tellissia et Magnensia, mais elles ont l'air plus âgées.

— À toi l'honneur ! s'empresse de formuler la brune aux yeux bleus.

— Leïna, on ne sait pas pourquoi, mais nous nous sommes réveillées en 2023, dans la peau d'adolescentes, comme tu peux le constater. Toi aussi, d'ailleurs, tu as le même âge.

— Sauf que toi, tu pues la pisse !

— Magni !

— Bah ! quoi ? Je ne vais pas m'excuser d'avoir un odorat développé. Si ça ne vous accommode pas, moi si !

J'accuse le coup. Toutes ces informations me perturbent. Et oui, je dois le reconnaître, une forte odeur d'acide émane des vêtements humides que je porte.

*Quelle horreur !*

— On va t'aider, Leïna ! me rassure Tellissia tandis qu'elle passe un bras sous mes épaules. Tu ne crains rien avec nous, on va se protéger toutes les trois, fais-moi confiance !

Je la laisse me porter et m'attirer en dehors du placard.

— Je devrais peut-être chercher Jules et Mily, non ? suggère Magnensia. Ils en sauront sans doute plus que nous.

— D'accord ! Pour l'instant, je vais essayer de voir comment nettoyer Leïna. Je pense qu'on doit se servir d'une douche ou d'une baignoire pour frotter... On trouvera bien.

— Je te laisse faire, hein ? apostrophe Magnensia avant de disparaître de ce qui a l'air d'être ma chambre.

— Si tu as une quelconque expérience de la vie humaine en réserve, Leïna, je suis preneuse !

La triste vérité, c'est que ma mission ne me servira pas plus ici qu'elle ne me servait sur Ylorior. À croire que j'étais destinée à être un boulet. Sauf qu'ici, je suis un boulet à la merci des Oriors et sans le moindre pouvoir pour m'en sortir.

*Je fonds en larmes.*

— Okay... Si tu te laisses aller comme ça, Leïna, ça ne sera simple pour personne. Redresse-toi, redeviens la fille égocentrique et irritable que tu étais, et par pitié, aide-moi à te redonner une contenance !

— Je n'en ai pas la force.

— Alors quoi ? me sermonne Tellissia. Tu abandonnes ? Tu veux donner raison à Morana ? Tu veux faire honte à la mémoire de ta maman qui voulait que tu sois, certes, en sécurité, mais avant tout heureuse ? Si tu te laisses mourir, ne compte pas sur moi pour compatir ! Je pense qu'on a une nouvelle chance. Pas celle qu'on espérait. Mais une nouvelle chance, c'est toujours mieux que rien.

*Tellissia et son éternel optimisme...*

— Pas la peine de lever les yeux au ciel, Leïna ! Oui, je suis optimiste, mais je regarde les faits. Nous sommes toutes réunies dans un endroit plutôt sympa. Nous sommes en bonne santé et nous n'avons pas tout oublié. Aujourd'hui commencent les nouvelles bases de notre vie, à nous de choisir ce que nous voulons en faire. La vivre ou la subir. À toi de voir !

Elle ponctue cette dernière phrase en me faisant signe de la suivre dans la salle de bains.

— Je pense que je vais réussir à me débrouiller toute seule, lui soufflé-je quelque peu honteuse.

— Je reste à côté si tu as besoin de moi.

Je vais pour refermer la porte de la salle de bains derrière moi et interromps mon geste.

— Merci Telli, murmuré-je avant de verrouiller la serrure.

J'ai pu entrevoir un bref petit sourire s'esquisser sur le visage de mon amie rouquine.

Comme quoi la vie nous réserve parfois de belles surprises...

« DRING »

*Fichu réveil...*

Ce n'est pas très ylorien comme concept. Pas de doute, me voilà de retour sur Terre !

« DRING »

Un œil récalcitrant finit par ne plus obtenir le dernier mot. Il est rivé vers ce maudit nuisible parcourant une table de chevet de part et d'autre.

Une de mes mains vient s'échouer, aussi gracieusement que la situation le permet, sur l'objet en question.

*L'alarme ne s'arrête pas.*

Je cherche le bouton à enclencher.

*Aucun bouton.*

J'étudie le réveil un peu plus en détail.

*« Appel entrant : FOYER ».*

*C'est un téléphone...*

J'appuie sur le truc vert qui fait des signaux dans tous les sens.

— Hum...

Je me racle la gorge deux fois avant de reprendre :

— Oui, allô ?

Une voix émane du boîtier. Je le colle à mon oreille pour mieux entendre.

— Monsieur Toussaint, désolée de vous déranger un jour de congé, mais Magnensia Prosper souhaitait s'entretenir avec vous de toute urgence. Ne quittez pas !

Je ne quitte pas. Je me redresse dans le lit et sursaute en découvrant une jeune femme brune à mes côtés.

— Jules ? s'interloque-t-elle en ramenant le drap jusqu'à ses épaules.

— Allô ? Jules ? intercède une autre voix au téléphone.

Mon premier instinct est de m'éloigner de la jeune inconnue dans mon lit. Je ne sais pas qui elle est et pourquoi...

— Oh bordel ! juré-je en découvrant avec effarement que je suis nu comme un ver.

J'attrape mon oreiller à la volée et protège le peu d'intimité qu'il me reste.

— Qui... qui êtes-vous ?

— C'est Magni ! répond celle dont je me fiche éperdument au téléphone.

— C'est bien toi, Jules ? questionne la femme censée répondre à ma question au lieu d'en poser. Ça alors ! Nous sommes restés combien de temps là-bas pour avoir pris autant d'années ?

— Jules ! braille la voix au téléphone. Tu m'entends ?

Ce boîtier téléphonique m'insupporte. Je le balance sur la table de chevet. Je dois d'abord éclaircir la situation avec la brune qui semble comprendre tout ce bordel mieux que moi.

— Jules, c'est moi, Mily ! Ne me refais pas le coup de l'éblouissement, je t'en prie !

— Mily ?

C'est la seule chose que je trouve à dire en étudiant son visage plus en détail.

*Si belle...*

Je me rapproche du lit et plonge mon regard dans ses grands yeux verts inquiets.

— Je suis désolé, ma Miny, je ne t'avais pas reconnue !

— J'ai tant changé que ça ?

— Tu es sublime...

Un compliment qui m'a échappé. Elle se met à rougir si fort que je ne le regrette pas.

Je m'installerais bien à ses côtés dans le lit pour la prendre dans mes bras, mais ma tenue d'Adam me met extrêmement mal à l'aise.

— Je suis nu, déclaré-je sans cérémonie.

— J'ai l'impression que moi aussi, me confie Mily en devenant aussi rouge que feue ma tenue d'Ylor.

— Serions-nous devenus humains à ce point ? pensé-je tout haut.

La honte me bouleverse bien plus que je ne l'aurais pensé. Je n'ai jamais compris l'attrait des humains pour le sexe, malgré mes pouvoirs spéciaux. Là, j'ai tout bonnement l'impression de ne pas valoir mieux qu'eux.

— Tu penses qu'on a...

— Pitié, beurk ! éructe Magnensia au téléphone.

Je l'avais zappée. Elle revient cependant à point nommé ! Loin de moi l'idée d'aborder cette conversation des plus embarrassantes.

— Tout va bien, Magni ? demande Mily en tendant le bras pour s'emparer du boîtier téléphonique.

Je l'aide en le lui avançant. Nos regards s'évitent. Cette distraction vient au bon moment.

Pendant que mon âme sœur discute avec l'Yla des rêves, je pars en quête de vêtements. Un peignoir me fait de l'œil dans une salle de bains attenante. Ce sera parfait !

J'en profite pour oser affronter mon reflet dans un miroir.

Mouais... Je ne suis toujours pas désagréable à regarder. J'arbore une légère barbe qui me donne un air sérieux, c'est cool. En revanche, les grimaces que j'enchaîne ne vont pas dans le même sens. Je devrais m'en tenir aux mimiques du mec beau gosse qui arrive à hausser un sourcil sur deux pour se la péter.

Je me donne quel âge ? Moins de vingt-huit, car je ne fais certainement pas aussi vieux que mon père. Il n'y a pas intérêt !

Toujours est-il que je ne pensais pas être resté aussi longtemps au royaume pour vieillir autant d'un coup.

Je jette un œil sur ma gauche.

Un cabinet de toilette.

J'effectue un signe militaire dans sa direction.

— Ravi de faire ta connaissance, soldat ! Toi et moi allons vivre des aventures passionnantes !

— Jules ? m'interpelle Mily.

Sa voix trahit une forme d'angoisse. Je sais qu'elle n'est pas sur le point de se moquer de mon petit duel avec nos nouveaux W.-C.

— Plaît-il ?

Je sors la tête de la salle de bains, le temps de terminer de nouer mon peignoir.

— Nous sommes en 2023... Les Ylas sont au foyer de Madame Stener. Elles vont bien, mais elles non plus ne se souviennent de rien depuis notre bannissement jusqu'à leur réveil ce matin.

— Ouais, c'est ce que j'me disais aussi. J'pensais pas qu'on était restés autant de temps là-bas.

— Jules, tu ne comprends pas ! Nous sommes revenus il y a un moment. Nous avons vécu des choses sur Terre. Et nous avons, tous les cinq, oublié ces dernières années.

C'est le moment de sortir ma tête d'intrigué.

*Moi pas comprendre.*

— Regarde autour de nous, Jules ! Tout laisse penser que nous sommes chez nous. Ton peignoir est à ton nom, par exemple. Et je suis sûre que le vert derrière toi est au mien.

Rien que pour le délire, je vérifie.

— Ah ah ! Mauvaise réponse ! C'est écrit « Miny » ! éructé-je de joie à l'idée de relever une erreur.

— Jules...

Bon okay ! Ma Miny n'est pas d'humeur à plaisanter ce matin. A-t-elle déjà été du matin, à présent que j'y pense ? J'attrape son peignoir pour le lui tendre.

— Tu ne trouves pas ça curieux ? questionne-t-elle véritablement tourmentée par la situation.

— Écoute, la rassuré-je, tout le monde va bien, les Ylas aussi. Que demander de plus ? Si c'est le fait d'avoir vieilli qui te fait du mouron, ne t'en fais pas ! Tu es aussi magnifique qu'avant, voire même plus !

Je l'incite à se lever pour la prendre dans mes bras, une fois qu'elle s'est couverte de son peignoir à son tour.

— Je suis fatiguée de tout ça, Jules ! soupire-t-elle en me serrant fort contre elle. C'est la deuxième fois que je vais être obligée de prétendre me rappeler de tout un tas de choses. On va devoir rendre visite aux filles au foyer, mais pour ça, il nous faudra nous souvenir comment conduire, où nous rangeons nos clés, comment trouver l'itinéraire et nous adapter aux nouvelles technologies.

— On n'a qu'à voir tout ça comme un jeu !

Ma Miny a tout sauf envie de jouer. Message reçu !

— Je ne sais pas pourquoi, je sens que quelque chose ne va pas. Un manque. Quelque chose qui m'étouffe de l'intérieur. Quelque chose d'horrible s'est passé. On ne nous a pas ôté la mémoire comme ça, sans raison, au bout de x années.

Sur ce point, elle n'a pas tort. Je ne peux cependant rien faire d'autre que de la rassurer et lui répéter que tout va bien se passer.

— On va se préparer et retrouver les Ylas. Et nous parviendrons à trouver des solutions tous ensemble. Voilà ce qu'on va faire dans l'immédiat ! proposé-je.

Mily acquiesce et part en direction de la salle de bains.

J'en profite pour faire le tour du propriétaire. Si c'est notre nouvelle maison, je devine sans effort que nous avons tous deux réussi dans la vie.

J'arpente un long couloir blanc en sortant de notre chambre.

Des photos attirent mon attention.

*Mily et moi en tenue de mariés.*

C'est à ce moment-là que je réalise l'ampleur de tout ce que Mily, ou plutôt devrais-je dire « Madame Toussaint », vient d'énoncer. Des tas d'événements se sont passés depuis notre retour.

Et nous avons tout oublié.

Mily était divine dans cette robe. Je donnerais n'importe quoi pour me souvenir de ce jour si spécial. Son sourire, ses yeux verts larmoyants... Oh ! je ne doute pas une seule seconde qu'elle a dû en verser, des larmes, à notre mariage...

Ses parents adoptifs sont à nos côtés sur la photo d'après.

Je reconnais les Ylas sur la photo de groupe encore après. Tellissia, Vita, Magnensia et Leïna. Je pars en quête de visages familiers dans cette foule. Je constate avec bonheur que Nathalie et Jean-Marc Tourel ont fini par avoir des enfants naturels. À moins qu'ils aient adopté d'autres enfants que Mily. La vie a suivi son cours en notre absence... Ainsi qu'en notre présence. Je repère aussi des fantômes de mon passé : Mme Stener, Mme Peyrot et...

*Que fait ce microbe sur notre photo de mariage ?*

Tonelli...

Mily a dû réussir à me convaincre de l'inviter.
Je suis énervé rien qu'en le voyant…
Je passe à la photo suivante et là, comme on dit...
... c'est le drame.

# ÉPILOGUE

Je n'ai jamais ressenti pareil mauvais pressentiment. Tout a l'air trop beau. Jules et moi, cette maison... Quelque chose me taraude.

Le présage s'aggrave lorsque Jules revient dans la salle de bains. Livide.

— Je...

Il cherche la moins mauvaise façon de me l'annoncer. Parfois, il n'y a pas de meilleur moyen que les mots s'enchaînant d'eux-mêmes...

— Dis-le sans détour, Jules ! Que se passe-t-il ?

— Je viens de comprendre ce qu'il s'est passé quand nous étions à...

— Ne le prononce pas ! l'avertis-je, affolée.

Morana n'attend que cela. Que nous prononcions le mot interdit, afin que les Oriors mettent fin à notre existence indésirée.

— L'arbre, souffle-t-il dans un étranglement à peine audible.

*Et je comprends.*

Cet arbre qui nous a engloutis sans crier gare. Ce faisceau lumineux.

Je pose ma main contre mon ventre.

Il s'agissait d'un arbre fondateur... Comment n'y ai-je pas songé avant ?

— On a eu un...

Jules ne me laisse pas terminer ma phrase.

— Suis-moi !

Il me tend la main et m'oriente vers un couloir interminable. Il passe devant des photos de notre mariage sans y prêter la moindre attention. Je me laisse guider telle une marionnette sentant que la tension est grave. Je fais abstraction de tout en attendant que Jules ouvre cette mystérieuse porte, dans sa ligne de mire.

— Quoi qu'il se soit passé, je te promets que nous trouverons une solution, ma Miny !

Mon ventre se noue tandis que Jules ouvre la porte.

*Je le savais.*

Je le sentais au plus profond de moi.

Je ne suis guère surprise de découvrir ces deux lits de princesse.

— Nous avons eu...

— Des jumelles, je le sais, Jules.

— Est-ce pour cette raison que Morana nous...

— S'il te plaît, ne prononce pas un mot de plus !

Des larmes se déversent de tout mon être. À l'intérieur, à l'extérieur. Que sais-je... Rien ne peut décrire ce que je ressens en cet instant présent.

*De la rage.*

Une rage folle bouillonne en moi.

Je la contiens, tandis que je fais le tour de cette chambre d'enfant.

Les draps sont défaits. Les filles ont dû partir dans la précipitation. Elles peuvent être à l'école, chez des amis ou en colonie de vacances. Je pourrais me rassurer ainsi.

Je sais qu'il n'en est rien.

Les prénoms « Ilia » et « Iliana » trônent à la tête de chaque lit. Des photos d'elles tapissent les murs, révélant deux adorables petites filles au bonheur contagieux.

*Non. Je ne craquerai pas.*

Drôle de façon de découvrir à quoi ressemblent ses enfants.

Drôle de façon de découvrir avoir des enfants, aussi.

Je vois Jules à travers leurs expressions. Tant de malice, tant de joie.

*Non. Je ne craquerai pas.*

En plus de nous priver de nos filles, on nous prive de leurs souvenirs.

*Non. Je ne craquerai pas.*

Je focalise mon attention sur des graduations notées sur le papier peint. Les différentes tailles des filles au fil des années...

La graduation s'arrête à sept ans et demi...

*Je craque.*


Je m'effondre à terre.

Elles allaient avoir huit ans.

Morana n'a pas pu me manipuler. Lui voilà deux nouvelles chances de parvenir à ses fins.

Je n'ai pas le courage.

Je n'ai plus le courage.

— Ça ne prouve...

— Tu sais très bien que si ! beuglé-je submergée par la tristesse.

Jules accourt dans mes bras.

— On ne la laissera pas faire, ça aussi tu le sais, n'est-ce pas ?

Je suis à court d'idées en ce qui concerne la reine illégitime.

— Comment ?

— On trouvera. Je te le promets ! On va réunir Mila, Honéor, le monde entier s'il le faut ! Nous retrouverons nos filles et Morana le regrettera.


*Si seulement...*

# GLOSSAIRE

*Pour davantage de précisions et de couleurs, n'hésitez pas à visiter mon site
internet : <u>www.mariefaucheux.com</u>*

## *Plan*

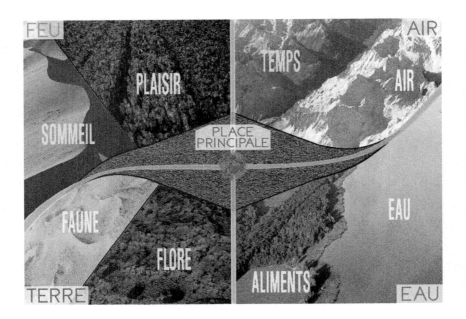

## Personnages

*(dans l'ordre d'apparition depuis le tome 1)*

- **Mily Crépin/Tourel** — *Héroïne*
- **Mme Stener** — *Directrice du foyer de l'enfance de Movence*
- **Jules Toussaint** — *Meilleur ami de Mily*
- **Mme Peyrot** — *Psychologue du foyer de Mme Stener*
- **Mlle Bolier** — *Institutrice du foyer de Mme Stener*
- **Nathalie Tourel** — *Mère adoptive de Mily*
- **Jean-Marc Tourel** — *Père adoptif de Mily*
- **Mme Valonois** — *Directrice de l'établissement « Valonois »*
- **Violette** — *Orpheline*
- **Leïna** — Yla du passage
    - **Iola :** Luciole de Leïna
- **Lélinda** — *Yla du bonheur*
    - **Mino** — *Ours polaire de Lélinda*
- **Le Créateur** — *Sculpteur*
- **Sigma** – *Yla de niveau 2 – Domaine de la terre*
- **Corela** — *Yla de la chance*
    - **Occina** — *Coccinelle de Corela*
- **Lyvia** – *Yla des animaux*
    - **Leony** — *Lionne de Lyvia*
- **Magnensia (Magni)** — *Yla des rêves*
    - **Nouna** — *Lapine de Magnensia*
- **Malissia** — *Yla de la mémoire*
    - **Numys** — *Libellule de Malissia*

- **Tellissia (Telli)** — *Yla du rire*
  - **Bebba** — *Guenon de Tellissia*
- **Olinna** – *Yla des océans*
- **Fita** — *Yla de l'amitié*
- **Chaïna** — *Yla de la chaleur*
- **Oléa** – *Yla de la nutrition*
- **Vaïtana** – *Yla du vent*
- **Loraneila** – *Yla des humeurs*
- **Ilia** — *Yla de la santé*
  - **Cassy** — *Cassowary d'Ilia*
- **Morana** — *Yla de l'ordre – Reine d'Ylorior*
  - **Ocry** — *Tyran pitangua de Morana*
- **Ignassia** – *Yla de la sagesse*
- **Mysta** – *Yla de la sanction – Petite sœur de Morana*
- **Lytonia** – *Yla du courage*
- **Dr. Green** — *Médecin*
- **Victoire** — *Bénévole au foyer de Mme Stener*
- **Bérangère** — *Bénévole au foyer de Mme Stener*
- **Loïs** — *Bénévole au foyer de Mme Stener*
- **Sophie** — *Bénévole au foyer de Mme Stener*
- **David Tonelli** — *Bénévole au foyer de Mme Stener*
- **Audrey Tonelli** — *Sœur de David*
- **Maud** — *Bénévole au foyer de Mme Stener*
- **Ronan** — *Bénévole au foyer de Mme Stener*
- **Arthur** — *Orphelin au foyer de Mme Stener*
- **Adam** — *Orior*

- **Honéor** — *Roi Ylorien – Frère jumeau de Mila*
- **Mila** — *Ancienne reine Ylorienne — Sœur jumelle d'Honéor*
- **Enthéor** — *Ylor du passage*
- **Yaconistor** — *Ylor de la mémoire*
- **Donaor** — *Ylor de la famille*
- **Clairaya** – *Yla des forêts – membre du conseil de Morana*
- **Sata** – *Yla du bien-être – membre du conseil de Morana*
- **Glana** — *Yla des mers – membre du conseil de Morana*
- **Vena** — *Yla du temps – membre du conseil de Morana*
- **Lina** — *Ancienne Yla de la famille – Mère de Lélinda*
- **Manor** — *Ancien Ylor de l'amour — Père de Mily*

# TABLE DES MATIÈRES

Je vous remercie pour le renouvellement de votre confiance.
J'espère que cette histoire vous fait du bien.
Les Yloriens s'en soucient énormément !

La toute fin est accessible sur Amazon/Kindle, en tapant ces
mots de recherche ou mon nom :

YLORIOR – Espoir — Tome III

Sinon, elle se trouve aussi sur mon site d'auteur :

www.mariefaucheux.com

J'y poste souvent des actualités, des bonus, de nouveaux
romans, des conseils, des photos, des événements, des
anecdotes, etc.

VOUS AVEZ AIMÉ ?

N'hésitez surtout pas à noter Ylorior ou à laisser un
commentaire sur mon site, sur Amazon/Kindle, sur Booknode
et/ou sur ma page Facebook.
Cela fait toujours plaisir, et ça m'aide beaucoup à faire
connaître mes histoires, mon univers.

Merci d'avance !

Printed in Great Britain
by Amazon